KB264077

부활 1

부활 1

부활 1

톨스토이 지음 | 이동현(전 한국외대 교수) 옮김

좋은 책 좋은 독자를 만드는 —
㈜신원문화사

차례

1부

1

몇 십만이라는 인간이 비좁은 곳에 모여서, 서로 밀치락달치락하며 그 땅을 못 쓰게 만들려고 아무리 파헤쳐도, 작은 틈바구니로 움트는 풀을 아무리 뜯어도, 석탄이나 석유 연기로 아무리 그을려도, 아무리 나무들의 가지를 베고 짐승과 새들을 모조리 쫓아 버려도 봄은 역시 봄이었다.

도시에 태양이 따뜻하게 내리쬐면 풀은 생기를 되찾아 움튼다.

뿌리만 남아 있으면 가로수 길의 잔디는 물론 포장 도로 틈새에도 여기저기 파랗게 싹이 트고, 자작나무며 포플러며 벚나무도 향그러운 새 잎을 펼치고, 보리수는 벌어진 새 움을 부풀렸다.

작은 새며 참새나 비둘기들은 봄을 맞아 희희낙락하며 둥지를 만들기 시작하고, 파리는 양지 쪽 벽에서 윙윙거리고 있었다.

초목도 새도 벌레도 아이들도 모두 즐거워 보였다. 그러나 사람들은 ─ 어른들만 ─ 자기 자신을 속이고 괴롭히며, 서로 속이고 남을 괴롭히는 것을 그치지 않았다.

사람들이 신성하고 중요하다고 생각하는 것은 이 봄날의 아침도 아니고, 만물의 행복을 위해 주어진 신(神)의 세계의 아름다움, 즉 평화와 화합과 사랑에 사람의 마음을 이끄는 이 아름다움도 아니었다. 그들은 상대를 지배하기 위해 그들 자신이 생각해 낸 일들만이 신성하고 중요한 것이라고 생각하고 있었다.

마을의 감옥 사무실에서도 역시 신성하고 중요한 일이란 살아 있는 모든 것에 봄의 감동과 기쁨이 주어진 것이 아니라, 어젯밤에 받은 무슨무슨 사건이라 표기된, 봉인과 번호가 찍힌 서류였다. 거기에는 오늘, 즉 4월 28일 오전 9시까지 구류중인 미결수 세 명, 여자 죄수 두 명, 남자 죄수 한 명을 지방 재판소에 출두시키라고 적혀 있었다. 여자 죄수 하나는 중요한 용의자로서, 나머지 두 명과는 따로 연행하지 않으면 안 되었다. 그래서 이 명령에 따라 4월 28일 아침 8시에, 악취가 풍기는 어두컴컴한 여죄수 감방 복도로 간수장이 들어왔고, 그 뒤를 따라 금줄 완장을 단 웃옷을 입고 가장자리가 푸른 허리띠를 맨, 피로에 지친 듯한 얼굴의 곱슬머리 여자가 들어왔다. 백발이 희끗희끗 섞인 그녀는 여간수였다.

"마슬로바를 부르시려고요?"

당직 간수장과 함께 복도로 향해 있는 어느 한 감방 문 앞으로 다가가면서 여간수가 물었다. 간수장은 쇳소리를 철커덕거리면서 열쇠를 꽂아 감방 문을 열고는, 복도보다 한층 더 심하게 흘러 나오는 악취를 정면으로 맡으면서 소리쳤다.

"마슬로바, 출정이다!"

그리고 곧 문을 닫고 안에서 나오기를 기다렸다.

감옥 뜰만 해도 생기를 주는 상쾌한 전원의 공기가 있었다. 그러나 이 복도에 풍기고 있는 것은 배설물과 콜타르와 부패물의 악취가 밴, 속이 뒤집힐 듯한 탁한 공기여서 처음 들어온 사람들은 순식간에 답답하고 무거운 기분에 끌려들어가고 마는 것이었다. 뜰에서 들어온 여간수도 더러운 공기에 익숙해져 있었지만, 역시 이러한 기분에 휩싸였다. 그녀는 복도에 들어선 순간 갑자기 피로를 느끼며 무엇엔가 빠져들어가는 듯한 졸음을 느꼈다.

감방 안이 떠들썩하기 시작하더니, 여자들의 목소리며 맨발로 급히 왔다갔다하는 소리가 들렸다.

"빨리 해, 뭘 하고 있어! 이봐, 마슬로바!"

간수장이 감방 문을 향해 외쳤다.

2분쯤 지났을 때 흰 웃옷과 스커트 위에 회색 코트를 입은, 키는 별로 크지 않지만 가슴이 매우 풍만한 젊은 여자가 힘차게 문틈으로 나와 간수장 곁에 섰다. 여자는 리넨 양말 위에다 죄수용 털신을 신었으며, 머리는 하얀 숄로 감싸고 있었는데, 그 밑으로는 분명히 일부러 멋을 부려 늘어뜨린 듯싶은 물결치는 검은 머리 한 가닥이 빠져 나와 있었다. 오랫동안 실내에만 갇혀 있던 사람에게서 흔히 볼 수 있듯이 여자의 얼

굴은 유달리 창백해서 움 속의 감자 싹을 연상하게 했다. 조
그맣고 통통한 손도, 가운의 커다란 깃 속으로 보이는 희고
토실한 목덜미도 역시 같은 느낌이었다. 그 얼굴에서 특히 사
람의 눈을 끄는 것은, 그 음울한 창백함과는 대조적으로 새까
맣고 반짝반짝 빛나는, 약간 부은 듯하지만 놀랄 만큼 싱싱한
눈이었는데, 한쪽은 약간 사팔기가 있었다. 그녀는 풍만한 가
슴을 내밀면서 꼿꼿이 등을 펴고 있었다.

그녀는 복도로 나오자 약간 고개를 뒤로 젖히고 똑바로 간
수의 눈을 보면서, 무엇이든지 시키는 대로 실행할 자세를 취
했다. 간수가 문을 닫으려 할 때 안에서 노파 한 명이 희끗희
끗한 머리를 묶은 채, 창백하고 매서운 얼굴을 쑥 내밀었다.
노파는 마슬로바에게 뭐라고 말을 던졌다. 그러나 간수는 막
무가내로 노파의 얼굴을 향해 때려 붙이듯이 문을 닫았다. 노
파의 얼굴이 사라졌다. 그리고 감방 안에서는 여자들의 웃음
소리가 들렸다. 마슬로바가 빙그레 웃으며 작은 살창문 쪽을
돌아보니 노파는 안쪽에서 창문에 달라붙어 쉰 목소리로 말
했다.

"첫째는…… 쓸데없는 말을 하지 말아야 해. 한 가지 말만
되풀이하면 된다."

"그야 물론 한 가지 말만 하고 있으면 이 이상 더 나빠지는
일은 없겠지."

하고 간수장은 자못 상사답게 자기의 그럴 듯한 말솜씨를 스
스로 확인하듯 한 마디 던졌다.

"자, 나를 따라와!"

살창문으로 보이던 노파의 눈이 사라졌다. 마슬로바는 복도 중앙으로 나와 종종걸음으로 간수장의 뒤를 따라갔다. 그들은 돌계단을 내려가서, 여자 감방보다 더 악취가 지독하고 떠들썩한 남자 감방 앞을 지나갔다. 살창문마다 번들번들 빛나는 사내들의 눈길에 쫓기면서 두 사람은 사무실로 들어갔다. 그곳에는 총을 든 두 명의 호위병이 서 있었다. 책상 너머에 앉아 있던 서기가 호위병에게 담배 냄새가 밴 서류를 건네주면서, 여죄수를 턱으로 가리키며 말했다.

"인수해 가시오."

얼굴에 곰보 자국이 있는 병사는 니주니노브고로트 출신의 농부로, 서류를 받아 외투 소매 속에 집어넣고는 광대뼈가 튀어 나온 추바시인 동료를 보며 여죄수 쪽으로 한쪽 눈을 찡긋해 보였다. 호위병들은 여죄수를 사이에 끼고 계단을 내려가 정문 쪽으로 갔다.

정문의 샛문이 열렸다. 그리고 그들은 샛문의 문턱을 넘어 바깥 뜰로 나갔다. 그들은 감옥 구내를 빠져 나가 시내의 포장 도로 중앙을 걸어갔다.

마부들이며, 가게 주인들이며, 하녀들과 직공들, 관리들이 멈추어 서서 여죄수를 돌아보았다. 그들 중에는 고개를 흔들면서,

'나쁜 짓을 하면 저런 꼴이 되는 거야. 우리들처럼 성실하면 아무 탈 없을 텐데.'

라고 생각하는 사람도 있었다. 아이들은 무서운 듯이 여죄수를 바라보았지만, 그래도 병사들이 함께 있으므로 아무런 행

동도 하지 못한다는 것을 알고는 마음을 놓는 것이었다. 마을에서 숯을 팔기 위해 왔다가 돌아가는 길에 싸구려 식당에서 차를 마시고 있던 한 농부가 여죄수 곁으로 가서 성호를 긋고는 1코페이카짜리 동전을 쥐어 주었다. 그러자 여죄수는 얼굴을 붉히며 머리를 숙이면서 입 속으로 무슨 말인가를 중얼거렸다.

자기가 뭇사람에게 보여지고 있다는 것을 느끼자 여죄수는 머리를 움직이지 않고 살짝 곁눈질을 했다. 그리고 자기가 주목의 대상이 되었다는 사실에 기쁨을 느꼈다. 감방과는 비할 수 없는 상쾌한 봄날의 공기도 그녀의 마음을 유쾌하게 해주었다. 그러나 오랫동안 걸어 보지 못한 포장 도로를 딱딱한 죄수용 털신을 끌고 걷는다는 것은 여간 괴로운 일이 아니었다. 그래서 그녀는 발끝을 보면서 되도록 가볍게 발을 옮겨 놓으려고 애썼다.

밀가루 가게 앞에 이르니 아무에게도 쫓겨 본 적이 없는 비둘기 몇 마리가 몰려다니면서 모이를 쪼고 있었다. 여죄수는 하마터면 그중 한 마리를 한쪽 발로 밟을 뻔했다. 그러자 비둘기는 푸드덕 날아올라, 부산하게 퍼덕이며 날아갔다. 여죄수는 생긋 웃었으나 곧 자신의 신세가 생각난 듯 무거운 한숨을 내쉬었다.

2

여죄수 마슬로바의 성장 과정은 지극히 평범했다. 그녀는 남의 집 종살이를 하는 남편 없는 여자의 딸로 태어났다. 그 여자는, 여지주인 두 자매의 영지에서 가축을 돌보는 늙은 어머니와 함께 살고 있었다. 이 남편 없는 여자는 해마다 아이를 낳았지만 어느 마을에서나 흔히 그렇게 하듯이 아이에게 세례만 받게 하고는, 필요 없는 자식은 일에 방해가 된다면서 젖을 주지 않고 내버려 두었다. 그렇기 때문에 아이는 굶주려 죽어 버리곤 하는 것이었다.

이렇게 하여 다섯 아이가 죽었다. 모두 세례는 받았지만, 그 후 먹을 것을 주지 않아 죽은 것이다. 떠돌이 집시 사내한테서 낳게 된 여섯 번째 아이는 계집애였다. 그리고 다섯 아이와 같은 운명을 더듬을 수밖에 없었던 것을 우연히 지주인 노처녀 자매 가운데 한 사람이 크림 냄새가 고약하다고 가축지기를 꾸짖기 위해 축사에 왔다가 이 계집애의 목숨을 구하게 된 것이다.

축사 안에는 귀엽고 튼튼해 보이는 아기를 안은 산모가 누워 있었다. 이것을 본 여지주는 그 크림 문제와, 산모를 축사 안에 들여 놓은 데 대해 한바탕 꾸짖고 나서 돌아 나가다가 문득 갓난아이를 보자 그만 마음이 움직여 대모가 되어 주겠다고 말했다. 그녀는 이 아기에게 세례를 받게 해주고, 그 후에는 자기가 세례를 받게 해준 아이가 불쌍하다는 생각이 들어, 그 어머니에게 우유와 돈을 주었다. 이렇게 하여 이 계집아이는 살아 남은 것이다. 그래서 노처녀인 여지주 자매는 이 아이를 '구원받은 아이'라고 부르기로 했다.

아이가 세 살이 되었을 때, 어머니는 병이 들어 죽었다. 가축지기 할머니가 손녀딸을 어떻게 할 줄 몰라 하자 늙은 여지주 자매가 맡아 기르기로 했다. 눈이 까만 이 아이는 무척 명랑하고 귀여운 아이가 되었으므로, 여지주 자매는 그 아이의 성장을 바라보는 것이 큰 즐거움이었다.

두 여지주 중의 동생인 소피아 이바노브나는 아주 상냥했다. 소녀에게 세례를 받게 해준 것도 바로 그녀였다. 언니 마리아 이바노브나는 동생보다 엄격했다. 소피아 이바노브나는 소녀에게 예쁜 옷을 입히고 읽는 법을 가르쳐서 장차 양딸로 삼고 싶어했으나, 마리아 이바노브나는 소녀를 일 잘하는 하녀로 만들 생각이어서 엄격하게 훈련하고 꾸짖었으며, 기분이 나쁠 때는 때리기까지 했다.

이렇게 두 사람 사이에서 자란 소녀는 나이가 들자 반은 하녀, 반은 양딸 같은 존재가 되었다. 그녀를 부르는 이름도 카치카나 카체카가 아닌, 그 중간을 딴 카튜샤였다. 그녀는 바느질도 하고, 방 청소도 하고, 그릇 닦는 가루로 성상(聖像)도 닦고, 커피를 볶아서 가루로 빻아 끓여 내기도 하고, 자질구레한 빨래도 했지만, 때로는 여주인들과 함께 앉아 그들에게 책을 읽어 주기도 했다.

여러 곳에서 혼담이 들어왔지만 그녀는 아무에게도 시집가려 하지 않았다. 혼담의 상대가 모두 가난한 사람들이어서 부잣집 생활의 편안함에 젖어 버린 그녀로서는 그런 사람들과 산다는 것이 괴로울 것이라고 생각되었던 것이다.

이런 생활은 그녀가 열여섯 살이 될 때까지 계속되었다. 그녀가 만 열여섯 살이 되었을 때, 여주인 자매의 조카뻘 되는, 대학생인 부유한 공작이 놀러 왔다. 그를 본 순간 카튜샤는 그를 사모하게 되었다.

그로부터 2년 후, 이 조카가 싸움터로 가는 도중 고모네 집에 들러서 나흘 동안 묵었는데, 그는 떠나기 전날 밤 카튜샤를 유혹했다. 그리고 이튿날 아침 그녀에게 1백 루블짜리 지폐 한 장을 주고는 떠났다.

그가 떠난 지 다섯 달 후에 그녀는 자기가 임신한 사실을 알았다. 그때부터 그녀는 모든 것이 싫어졌다. 그녀는 자기를 기다리고 있을 치욕을 어떻게 하면 모면할 수 있을까 하는 생각에 몰두한 나머지, 여주인들에 대한 시중도 소홀히 하게 되었을 뿐만 아니라 ― 어째서 그렇게 되었는지 자기 자신도 몰랐지만 ― 울화가 치밀어 갑자기 화를 폭발시키곤 했다.

그녀는 여주인들에게 몹시 난폭한 말을 던졌으며, 나중에는 그런 자신이 후회스러워 내보내 달라고 간청하기까지 했다.

여주인들도 카튜샤를 못마땅해하고 있었으므로 마침 잘되었다 싶어 그녀를 내보내고 말았다. 집을 나온 카튜샤는 어느 지방의 경찰 지서장 집에 하녀로 들어갔는데 그곳에서도 석 달밖에 있지 못했다. 그 이유는 쉰 살이 넘은 지서장이 그녀를 쫓아다니며 너무 끈질지게 덤비자 카튜샤가 그만 버럭 화를 내며 "미친 놈, 늙은 색마!"라고 욕을 퍼부으며 가슴을 떠밀었더니 맥없이 나자빠지고 말았던 것이다. 그래서 그녀는 난폭하다는 이유로 쫓겨났다. 이미 해산달이 가까웠으므로 일자리를 구하고 싶어도 구할 수 없게 된 카튜샤는 술도매를 하는 과부인 산파 집에서 신세를 지게 되었다.

해산은 비교적 수월했다. 그런데 산파가 마을에서 병든 산부를 거두고는 카튜샤에게 산욕열을 옮겨 주었기 때문에 태어난 사내아이는 양육원으로 보내지게 되었다. 그러나 데리고 간 노파의 말에 의하면 아이는 그곳에 도착하자마자 곧 죽었다고 했다.

산파 집에 신세지러 갔을 때 카튜샤가 가지고 있던 돈은 1백 27루블이었다. 27루블은 자신이 번 돈이고, 1백 루블은 공작에게서 받은 돈이었다. 그러나 그곳을 나왔을 때 그녀의 손에는 불과 6루블밖에 남지 않았다. 그녀는 돈을 아낄 줄 모르는 성품이어서 자신이 쓰기도 하고 청하면 아무에게나 돈을 빌려 주었기 때문이었다. 산파가 식사와 찻값이 포함된 두 달 생활비로 40루블을 받았으며, 25루블은 어린아이를 맡기느라고 썼고, 다시 산파가 암소를 산다고 40루블을 빌려간데다가 입을 것과 차나 과자 같은 것을 사느라고 20루블 가량이 없어졌으므로, 카튜샤가 자리에서 일어났을 때는 거의 돈이 남아 있지 않았다. 그래서 그녀는 당장에라도 일자리를 찾지 않으면 안 되었다.

마침 산림관 집에 일자리가 났다. 그런데 산림관은 아내가 있는데도 첫날부터 카튜샤를 괴롭히기 시작했다. 카튜샤는 이 사나이가 징그럽도록 싫어 피하려고 했으나 사나이는 워낙 경험이 있고 교활한데다, 주인이기 때문에 언제든지 그녀를 마음먹은 곳으로 심부름을 보낼 수가 있었다. 그리하여 기회를 엿보다가 자기 뜻대로 그녀를 손에 넣고 말았는데, 그것을 아내가 눈치채고 말았다. 어느 날 밤에 산림관의 아내는 남편과 카튜샤가 단둘이 있는 것을 발견하고 카튜샤에게 덤벼들었다. 카튜샤도 지지 않고 맞붙어 싸운 끝에 그녀는 월급도 받지 못하고 쫓겨났다.

카튜샤는 시내로 나가 아주머니 집에 몸을 의지했다. 아주머니의 남편은 제본소를 하고 있어 전에는 그런대로 부유한 생활을 했으나, 지금은 단골을 빼앗겨 닥치는 대로 물건을 팔아서 술만 마시고 있었다.

아주머니는 조그마한 세탁소를 경영하여 그 수입으로 아이들을 키우고, 타락한 남편의 뒷바라지를 하고 있었는데, 카튜샤에게 세탁부가 될 것을 권했다. 그러나 그녀는 아주머니 집에 있는 세탁부들의 괴로운 생활을 보고는 마음이 내키지 않아 고용인 소개소에서 하녀 자리를 찾았다.

중학생 아들을 둔 어느 귀부인의 집에 일자리가 생겨 들어 갔으나 1주일 정도 지나자, 이제 겨우 코 밑에 수염이 나기 시작한 중학교 6학년 짜리 큰아들이 공부는 뒷전이고 카튜샤를 귀찮게 굴기 시작했다. 그러자 그의 어머니는 모든 것을 카튜샤의 탓으로 돌리고 그녀를 내쫓아 버렸다.

새로운 일자리는 좀체로 나타나지 않았다. 그러던 중, 그녀는 우연히 직업 소개소에서 살집이 풍만하고 손에 보석 반지와 팔찌를 낀 부인을 만났다. 부인은 카튜샤가 일자리를 찾고 있다는 것을 알자 자기 주소를 알려 주며 한번 찾아오라고 했다. 카튜샤가 부인을 찾아가자 부인은 상냥하게 그녀를 맞아들이며 만두와 달콤한 포도주를 대접하고는 하녀에게 편지를 들려서 어디론가 심부름을 보냈다.

저녁이 되자 희끗희끗한 머리를 길게 기르고 흰 턱수염이 있는 키 큰 사나이가 방으로 들어왔다. 사나이는 카튜샤 곁에 앉아 눈을 번들거리고 웃으며 그녀를 찬찬히 뜯어보기도 하고 농담을 걸기도 했다. 부인은 그를 옆방으로 불러 말했다.

"시골에서 데려온 순진한 여자라오."

이러한 부인의 목소리가 카튜샤의 귀에 들렸다. 그런 다음 부인은 카튜샤를 불러, 이분은 작가이고 상당한 부자라 네가 마음에 들기만 하면 돈을 조금도 아끼지 않을 거라고 했다. 그는 그녀를 마음에 들어했다. 그리고 노인은 가끔 만나 줄 것을 약속하게 한 다음 25루블을 주었다. 카튜샤는 이 돈을 아주머니네 집에 빚진 밥값을 갚고, 새 옷과 모자와 리본을 사느라고 순식간에 다 쓰고 말았다. 2, 3일이 지나자 작가는 다시 그녀를 맞으러 사람을 보냈다. 그녀는 따라갔다. 작가는 또 25루블을 그녀에게 주고는 따로 방을 얻어 이사하기를 권했다.

작가가 얻어 준 집으로 이사를 가서 사는 동안 카튜샤는 같은 건물 안에 사는 소탈한 점원과 좋아하게 되었다. 그녀는 그것을 작가에게 고백한 후 작은 방으로 옮겼다. 그런데 점원은 결혼을 하겠다고 약속까지 해놓고는 그녀에게 말도 없이 종적을 감추고 말았다. 그녀를 버리고 도망가 버린 것이다. 그리하여 카튜샤는 다시 외톨이가 되었다. 그녀는 그 방에서 혼자 살아 보려고 생각했지만, 그 또한 쉽지 않았다. 경찰관이 와서 매음부 감찰을 받고 검진을 받지 않으면 여기에서 살 수가 없다고 말해 주었다.

그래서 그녀는 다시 아주머니 집으로 돌아갔다. 아주머니는 그녀의 멋진 코트와 예쁜 모자를 보고는 그녀의 생활이 아주 좋아진 줄 알고 이제는 세탁부가 되라고 권하지도 않았다. 카튜샤 역시 세탁부가 되는가 안 되는가는 전혀 문제되지 않았다. 이제는 그녀도 안색이 나쁘고 목이 가느다란 세탁부들이 일방에서 보내고 있는 고역 같은 생활을 동정의 눈빛으로 바라보게 되었다. 그 여자들 가운데는 폐병에 걸려 있는 사람도 몇 명인가 있었다. 그들은 여름이든 겨울이든 창문을 열어젖히고, 삼십 도가 되는 비누 냄새가 엉긴 김 속에서 빨래를 하거나 다리미질을 했다.

'하마터면 나도 저런 고역에 빠질 뻔했구나.'
라는 생각이 들자 그녀는 소름이 쫙 끼쳤다.

　그런데 마침 그 무렵, 창녀 집에 여자를 알선하는 뚜쟁이 할멈이 후원자를 만나지 못해 곤경에 빠져 있는 카튜샤를 발견했던 것이다. 카튜샤는 이미 오래 전부터 담배를 피우고 있었고, 최근 점원에게 버림을 받은 뒤로는 술도 배우게 되어 차츰 그 정도가 지나치고 있었다. 그녀가 술에 끌리게 된 것은 그 맛을 알게 된 탓도 있었지만, 그보다도 술이 지금까지 맛보았던 괴로움을 완전히 잊게 해주었고, 가슴의 응어리를 풀어주어 자기도 남못지 않다는 자부심을 가질 수 있게 해주었기 때문이었다. 술을 마시지 않고는 도저히 그런 심정이 될 수 없었다. 그래서 술을 마시지 않을 때는 늘 자기 자신이 부끄러워 우울해졌다.

　뚜쟁이 할멈은 아주머니에게도 대접을 하고, 카튜샤에게는 술을 실컷 먹인 다음 시내에서 제일 가는 유곽에 들어갈 것을 권했다. 천한 하녀의 신분으로, 추근대는 남자들에게 놀림이나 받으며 가끔 은밀한 정사의 상대가 되느냐, 아니면 합법적이고 안정된 환경 속에서 실속 있고 연속적인 간음 생활을 하느냐, 카튜샤는 양자 택일을 해야 했다.

　그녀는 후자를 택했다. 그리고 이 길을 택함으로써 자기를 처음 유혹한 남자와 그 점원에게, 그리고 자기한테 나쁘게 한 모든 사람들에게 복수를 하려고 생각했다. 그러나 그녀가 결심을 하게 된 가장 큰 원인 중의 하나는 —— 벨벳이건, 프랑스 비단이건, 견직물이건, 어깨와 팔이 노출된 야회복이건 —— 뭐든지 원하는 의상을 맞추어 입을 수 있다는 뚜쟁이 할멈의 말이었다. 검정색 벨벳 장식이 달린 비단을 몸에 감고 있는 자기 모습을 상상하자 카튜샤는 더 이상 참을 수 없어 동의하고 말았다. 그날 밤 뚱쟁이 할멈은 마차를 불러 키타예바라는 여자가 경영하는 유명한 유곽으로 그녀를 데리고 갔다.

그리고 그때부터 카튜샤에게 있어서 신과 인간의 계율에 위배되는 만성적인 범죄 생활이 시작된 것이다. 그것은 몇십만 명이라는 여자들이 국민의 행복을 배려하는 정부의 보호 아래 삶을 영위해 나가며, 열 명 중 아홉 명은 병에 걸려 나이보다 일찍 늙고 비참하게 죽어가는 생활이었다.

한밤중의 떠들썩한 연회 뒤에 오는, 한낮까지의 수렁에 빠진 듯한 깊은 잠, 2시나 3시가 지나서야 더러운 자리에서 부스스 일어나 술 깨는 탄산수와 커피를 마시고 화장옷이나 가운만을 걸친 모습으로 나른한 듯이 이 방 저 방을 돌아다니기도 하고 커튼 뒤에서 창밖을 내다보기도 하고, 탄력 없는 목소리로 동료들과 욕을 하며 싸움을 하기도 한다. 그러다가 세수를 하고 화장을 하고 몸과 머리에 향수를 뿌린다. 의상 가봉 때문에 여주인과 다투기도 하고, 거울 앞에 앉아 얼굴을 고치고 눈썹을 그린다. 정력이 생기는 기름진 식사도 한다. 그리고 몸이 비칠 것 같은 밝은 빛깔의 비단 옷을 입고, 화려하게 장식된 눈부실 정도의 밝은 홀로 나가는 것이다.

손님이 온다. 음악 소리가 들리면 춤을 추고 과자를 먹고 술을 마시고 담배를 피우며 쾌락에 빠진다. 상대는 젊은이, 중년배, 소년, 노인, 독신자, 기혼자, 상인, 점원, 아르메니아인, 유대인, 타타르 인, 부자, 가난뱅이, 건강한 사람, 병자, 주정뱅이, 술 취하지 않은 사람, 난폭한 사람, 상냥한 사람,

군인, 문관, 대학생, 고등학생 등 계급, 연령, 성격 등이 모두 다른 사나이들이다. 고함 소리와 농담, 싸움과 음악, 담배와 술, 저녁부터 새벽녘까지 계속적으로 흘러나오는 음악, 아침이 되어서야 가까스로 해방이 되고 나면 무겁고 답답한 수렁 같은 잠, 이런 생활이 매일 되풀이되는 것이다.

주말에는 국가 기관인 경찰서에 간다. 그곳에는 공무원들과 의사들이 때로는 점잖은 얼굴을 하고 엄중히, 때로는 히죽히죽 웃으면서 장난스런 태도로 죄악을 막기 위해 이 여자들을 검진하여 그녀들이 1주일 동안 범죄를 다시 계속할 수 있도록 면허증을 준다. 그리고 다시 1주일이 시작된다. 이러한 날이 매일같이, 여름이고 겨울이고 평일이고 축제일이고 쉴 새없이 되풀이되는 것이다.

이렇게 카튜샤는 7년을 살았다. 그 동안에 그녀는 두 번 포주를 바꾸고 한 번 병원에 입원했다. 유곽으로 나간 지 7년, 최초의 타락으로부터 8년째 되던 해에, 즉 스물여섯 살이 되었을 때 그녀가 감옥에 들어가게 된 사건이 일어났다. 그리고 살인범과 절도범들과 6개월이나 한 방에 갇혀 있던 끝에 이제 가까스로 법정에 끌려나오게 된 것이다.

3

먼 길을 걷느라고 지친 카튜샤가 호위병과 함께 지방 재판소 건물에 거의 다다랐을 무렵, 그녀를 유혹한 장본인인 드미트리 이바노비치 네플류도프 공작은 스프링 장치가 잘 된 높직한 침대 위에서 폭신한 깃털 이불에 싸여 가슴의 주름이 단정히 다림질된 네덜란드제의 깨끗한 파자마 깃을 펼치고 담배를 피우고 있었다. 그는 멍청히 앞쪽을 바라보며 지금부터 할 일과 어제 있었던 일을 생각하고 있었다.

그는 그 집 딸과 결혼할 것이라고 모든 사람들이 믿고 있는 부호이자 명문 집안인 코르차긴 댁에서의 어제 일을 생각하고는 한숨을 쉬며 다 피우고 난 담배를 버렸다. 은제 담배 상자에서 새로 담배를 꺼내려다 말고 미끈한 흰 다리를 침대에서 내리며 슬리퍼를 더듬어 신었다. 살찐 어깨에 비단 가운을 걸친 그는 무겁지만 빠른 걸음으로 침실에 붙은, 인공적인 향기가 넘치는 화장실로 들어갔다. 거기에서 그는 특제 치약으로 이를 닦고는 향긋한 양칫물로 입을 헹구고 이곳저곳 몸을 깨끗이 씻은 다음 수건을 바꾸어서 닦기 시작했다. 향기 좋은 비누로 꼼꼼히 손을 씻고, 모양 좋게 기른 손톱을 작은 솔로 정성껏 닦고는 커다란 대리석 세면대에서 얼굴과 살집 좋은 목덜미를 씻었다. 그러고 나서 그는 다시 옆방으로 들어갔다.

그곳은 샤워실로, 거기에서 기름진 흰 몸을 찬물로 씻고 올이 굵은 고급 목욕 수건으로 말끔히 닦았다. 그러고 나서 깨끗이 다림질된 산뜻한 속옷을 입고 거울처럼 반짝반짝 윤나게 닦은 구두를 신은 다음 화장대 앞에 앉아 별로 자라지 않은 곱슬곱슬한 검은 턱수염과 숱이 적어지기 시작한 이마 쪽의 머리를 두 개의 빗으로 빗기 시작했다.

속옷에서 옷, 구두, 넥타이, 핀, 커프스 버튼에 이르기까지 그가 사용하는 장신구는 두드러지게 눈에 띄지는 않지만 모두 값비싼 최고급이었다.

열 개나 되는 넥타이와 핀 중에서 아무거나 손에 닿는 것을 집어서 매고 — 전에는 이것저것 고르는 것이 즐거움이었지만 이제는 관심이 없어졌다 — 깨끗이 손질되어 의자 위에 놓인 옷을 입었다. 아직도 머리는 약간 무거웠지만 산뜻한 향수 내음에 감싸인 네플류도프는, 어제 하인 셋이 바닥에 깔린 나무 모자이크를 반들반들하게 닦아 낸 길쭉한 식당으로 들어갔다.

식당에는 커다란 참나무 찬장이 놓여 있고 역시 커다란 테이블이 사자발을 본뜬 네 개의 다리를 묵직하게 벌린 채 버티고 있었다. 테이블은 이 집 첫 글자가 새겨진 풀기 있는 식탁보로 덮여 있었는데, 그 위에는 향긋한 커피가 든 은제 주전자와 설탕 그릇, 뜨거운 크림을 담은 그릇, 갓구운 빵과 기름에 튀긴 빵, 비스킷을 담은 바구니가 놓여 있었다. 그리고 그 옆에는 배달된 편지와 신문과 신간 잡지《두 세계 평론》이 있었다. 네플류도프가 편지를 집으려 했을 때 복도로 통하는 문이 열리더니 상복 차림의 살이 찐 중년 부인이 들어왔다.

그녀는 아그라페나 페트로브나라고 하며 원래 얼마 전에 이 집에서 세상을 떠난 네플류도프 어머니의 하녀로, 지금은 그 아들의 하녀가 되었다.

아그라페나 페트로브나는 네플류도프의 어머니를 따라 10년 가량 외국에서 지낸 일이 있어 귀부인다운 풍채와 태도를 갖추고 있었다. 그가 어렸을 때부터 네플류도프 가문에서 일해 왔던 그녀는 드미트리 이바노비치를 아직 미첸카라고 불렀던 소년 시절부터 알고 있었다.

"안녕히 주무셨어요, 드미트리 이바노비치?"

"잘 잤소, 아그라페나 페트로브나? 무슨 좋은 일이라도 있소?"

하고 네플류도프는 농담조로 물었다.

"공작님 댁에서 편지가 와 있습니다. 마님한테서인지 아가씨한테서인지는 모르지만 하녀가 벌써부터 와서 제 방에서 기다리고 있습니다."

아그라페나 페트로브나는 편지를 주면서 의미 있는 미소를 지어 보였다.

“그래요? 어디 봅시다.”

네플류도프는 편지를 받아 들고 이렇게 말했으나 아그라페나 페트로브나가 짓는 미소의 의미를 깨닫고 이맛살을 찌푸렸다.

아그라페나 페트로브나가 지은 미소의 의미는, 이 편지는 코르차긴 공작의 따님한테서 온 것이라는 의미로, 그녀는 네플류도프가 이 아가씨와 결혼할 줄로만 알고 있었다. 그녀의 미소에 나타난 이 예상이 네플류도프의 기분을 상하게 한 것이다.

“그럼 기다리라고 말해 두겠어요.”

그렇게 말한 후 그녀는 아무렇게나 놓여진 식탁용 솔을 집어 제자리에 옮겨 놓은 다음 조용히 식당에서 나갔다.

네플류도프는 그녀가 건네 준 향기가 스며 있는 편지를 뜯어 읽기 시작했다.

저는 당신의 기억을 환기시켜 드릴 의무가 있기 때문에 그 소임을 다하려는 의미에서(끝이 고르지 않은 두꺼운 회색 종이에 뾰족한 글씨로 또박또박 씌어져 있었다) 말씀드리겠습니다. 당신은 오늘, 4월 28일에는 배심원으로서 재판소에 나가게 되어 있습니다. 그러니까 평소의 경솔하신 버릇으로 어제 약속은 하셨지만, 저희들이나 콜로소프 님과 함께 전람회 구경을 가실 수 없으실 것입니다. 하긴 정각에 출정하시지 못한 벌로 당신이 말을 사시려던 그 3루블이라는 돈을 재판소에 벌금으로 바칠 작정이시라면 별문제 아닙니다만……. 저는

어제 당신이 돌아가시자 곧 이 일을 생각해 냈답니다. 아무쪼
록 잊지 마시기를…….

M. 코르차긴

뒷면에는 이렇게 덧붙여져 있었다.

어머니께서 당신에게 전해 드리라는 말씀입니다. 당신 식
사는 당신이 오실 때까지 놓아 두시겠다니, 아무리 늦더라도
꼭 와 주세요.

네플류도프는 살짝 눈살을 찌푸렸다. 이 편지는 벌써 두 달
동안에 걸쳐 그에게 행해지고 있는 교묘한 수법의 연장이며,
그 목적은 눈에 보이지 않는 실로 차츰 그를 강하게 묶고 있
었다. 그러나 이제 그는 덮어놓고 사랑의 포로가 될 수 없는,
청춘 시절이 지난 사람들이 결혼을 앞두고 항상 느끼는 그런
망설임 외에 또 한 가지 중대한 이유가 있었다.
그 이유는 그가 10년 전에 카튜샤를 유혹했다가 버렸다는
것 때문이 아니다. 그런 것은 까맣게 잊고 있었고, 또한 그것
이 자신의 결혼에 방해가 된다고는 꿈에도 생각하지 않았다.
바로 이때 그는 어느 유부녀와 관계를 맺고 있었는데, 이미
그는 관계가 끝난 것으로 알고 있었으나 여자 쪽에서 아직 미
련이 있어 관계가 끝났다는 것을 인정해 주지 않았기 때문이
었다.
네플류도프는 대체적으로 여자에 대해 몹시 소심한 사내인

지라 이 점이 그 유부녀로 하여금 그를 정복하려는 마음이 생기게 했다. 이 여자는 네플류도프가 선거 때 갔던 군(郡)의 귀족회장 부인이었다. 그리고 여자 쪽에서 그를 유혹했던 것인데, 이 관계로 인해 네플류도프는 나날이 더 꼼짝할 수 없게 됨과 동시에 싫증이 나기 시작했다. 처음에 네플류도프는 유혹을 물리칠 수 없었는데, 이제는 그녀의 동의 없이는 이 관계를 끊을 수 없게 되었다. 이것이 자기가 공작 딸과 결혼하고 싶다 하더라도 자기에게는 결혼 신청을 할 자격이 없다고 생각하는 이유였다.

더구나 공교롭게도 테이블 위에는 이 여자의 남편한테서 온 편지가 놓여 있었다. 그 필적과 소인을 보자 그는 얼굴이 확 달아올랐으며, 순간 위험이 닥쳐 왔을 때 직감적으로 와닿는 흥분의 열기를 느꼈다. 그러나 그 긴장은 쓸데없는 걱정이었다. 상대의 남편, 즉 네플류도프의 주요 영지가 있는 군의 귀족회장은 5월 말에 임시 총회가 열린다는 것과 보수파의 맹렬한 반대가 예상되니 꼭 출석하여 학교와 철도 지선 부설의 중요 안건의 가결에 힘찬 지지를 해주기 바란다고 그에게 알려 온 것이었다.

귀족회장은 자유주의적인 인간으로서, 얼마 안 되는 동지들과 함께 알렉산드르 3세 시대에 대두한 반동에 항거하여 이 투쟁에 완전히 몰두하고 있었으므로 자기 가정의 어두운 그늘에 대해서는 아무것도 알지 못하고 있었다.

네플류도프는 이 사나이를 생각할 때마다 느껴야 했던 괴로운 망상들을 하나하나 떠올렸다. 한번은 남편에게 모든 것이 알려진 줄만 알고 결투를 각오하고, 그럴 경우에는 하늘을 향해 권총을 쏘겠다고 배짱을 부린 일도 있었고, 또 한번은 그녀가 절망한 나머지 연못에 투신 자살을 하려고 뛰어나가는 바람에 자기가 필사적으로 말리던 무서운 일도 있었다.

'이제 이렇게 된 이상 그 여자의 회답을 받을 때까지는 갈 수도 없고 아무 계획도 세울 수가 없다.'
라고 네플류도프는 생각했다.

그는 1주일 전에, 자기의 죄를 인정하여 어떠한 보상이라도 할 각오이지만 그녀의 행복을 위해서 이와 같은 관계는 영원히 끝내고 싶다는 최후의 편지를 그녀에게 보냈던 것이다. 그런데 이 편지에 대한 회답을 아직 받지 못했다.

회답이 없다는 것은 어떤 의미에서는 좋은 징조였다. 그녀가 만약 관계를 끊고 싶지 않다면 벌써 회답을 보냈든가, 아니면 전처럼 찾아왔을 터였다. 네플류도프가 풍문으로 들은 바로는, 어떤 새로운 장교가 그녀의 비위를 맞추고 있다는 것이었다. 그는 질투심으로 괴롭기는 했지만 동시에 시달림받던 그녀로부터 해방이 될 것 같은 희망에 마음이 놓였다.

또 한 통의 편지는 영지의 관리인한테서 온 것이었다. 관리인은, 상속권의 확인도 있고 앞으로의 경영을 어떻게 하느냐 하는 문제도 결정해야 하니 꼭 네플류도프가 와 주어야 한다고 간청하고 있었다. 공작 부인이 살아 있을 때와 마찬가지로 경영해 나갈 것인지, 혹은 그가 돌아가신 공작 부인에게도 권해 왔었고, 또 지금 젊은 공작에게도 권하고 있듯이 농기구를 늘려 분배한 토지를 모두 이쪽에서 경작하느냐 하는 문제를 결정해 달라는 것이었는데, 이러한 방법을 취하는 것이 훨씬 더 수입이 오를 것이라고 관리인은 말했다. 끝으로 매달 초하룻날까지 보내기로 되어 있는 3천 루블의 송금이 늦어진 것을 사과하고, 다음 편으로 보내겠다는 약속을 했다. 늦어진 이유는 농민들한테서 거둘 수가 없었기 때문이라면서, 농민들이 이렇게까지 뻔뻔스러워졌으니 당국에 부탁하여 강제 수금이라도 하지 않으면 안 될 것이라고 한탄했다.

이 편지를 읽은 네플류도프는 유쾌하기도 했고 불쾌하기도 했다. 유쾌했던 것은 큰 영지에 대한 자기의 지배력이 느껴진 일이고, 불쾌했던 것은 젊었을 때는 허버트 스펜서의 열광적인 신봉자였던 자기가 지금 대지주가 되고 보니, 정의는 토지 사유를 허락하지 않는다는 《사회 평형론》의, 그의 명제에 새삼 놀랐다는 것이다.

그는 청년의 곧은 기질과 정열에 힘입어, 토지는 사유의 대상이 되어서는 안 된다고 주장하기도 했고 대학에서 이에 관한 논문도 썼을 뿐만 아니라, 실지로 토지 사유에 대한 자기 신념에 위배되지 않으려고 약간의 토지를 농민들에게 나누어 주었던 것이다. 그것은 어머니의 토지가 아니라 아버지에게서 상속받은 그 자신의 토지이긴 했지만.

지금 대지주가 되고 보니 그는 둘 중 어느 하나를 택하지 않으면 안 되었다. 즉 아버지에게서 상속받은 2백 헥타르의 토지에 대해 10년 전에 강행했듯이 사유를 거부하든가, 아니면 자기의 이전 사상이 모두 잘못된 허위였다고 인정하든가.

전자를 택한다는 것은 불가능했다. 왜냐하면 토지 이외에는 그에게 어떠한 생활의 수단도 없었기 때문이다. 그는 취직할 생각은 하지도 않았고, 게다가 이제는 사치스러운 생활에 젖어 버려 그것을 버린다는 것은 생각할 수조차 없었다. 또한 그렇게 할 이유도 없었던 것이다. 이제는 젊었을 때 가졌던 그 결단력도, 남의 의표를 찌르려던 허영심도 열의도 상실되어 버렸기 때문이다. 그렇다고 후자, 즉 그가 당시 스펜서의 《사회 평형론》에서 감동을 받았고, 그리고 그 후 상당한 시일이 지난 뒤 헨리 조지의 논문 가운데서도 그 빛나는 확인을 발견했던 토지 사유의 불법성을 부정한다는 것도 그로서는 도저히 할 수 없는 일이었다.

그래서 관리인의 편지를 읽고 난 그는 불쾌한 기분이 되었던 것이다.

4

　네플류도프는 커피를 마신 다음, 몇 시까지 재판소에 가야 하는지 통지서를 볼 겸 공작 영양에게 회답도 쓸 겸 서재로 가기 위해 아틀리에를 지나야만 했다. 아틀리에에는 그리다 만 그림이 뒤집혀진 채 놓여 있었고, 습작 몇 장도 걸려 있었다. 2년 동안이나 그려 오던 이 그림과 습작과 아틀리에 전체를 바라보던 그는, 이제　그림을 그려도 소용없다고 최근에 조금씩 느껴 온 절망감이 또다시 되살아났다. 그는 이것을 너무 섬세하게 발달한 자기의 미적 감각 탓으로 돌리고 있었지만, 그래도 역시 이러한 자기의 무기력을 의식한다는 것은 결코 유쾌한 일이 아니었다.

　7년 전에 그는 자기의 사명은 화가가 되는 데 있다고 단정을 내리고 군대 일을 버렸다. 그리고 예술가적인 높은 견지에서 다른 모든 활동을 약간 경멸적인 시선으로 내려다보기까

지 했다. 그러나 이제 와서 자기에게는 그러한 자격이 없다는
것을 알았던 것이다. 그러므로 그림에 대한 모든 추억이 그에
게는 못마땅했다. 침울한 심정으로 사치스럽게 장식한 아틀
리에를 바라보던 그는 기분이 언짢아져서 서재로 들어갔다.
서재는 널찍하고 천장이 높은 방으로 온갖 장식과 편리한 장
치가 마련되어 있었다.

커다란 책상의 '지급'이라 씌어 있는 서랍 속에서 재판소의
통지서를 찾아내어 11시까지 가야 한다는 것을 확인한 후, 네
플류도프는 앉아서 초대에 대한 감사와 되도록 만찬 시간까
지는 가도록 하겠다는 취지의 편지를 공작 영양에게 썼다. 그
러나 다 쓰고 나서 그는 곧 그것을 찢어 버렸다. 글이 너무나
다정하게 여겨졌던 것이다. 다시 써 보았지만 이번에는 너무
쌀쌀하여 무례한 것 같았다. 그래서 그는 그것도 찢어 버리고
는 벽에 달린 초인종을 눌렀다. 회색 옥양목 에이프런을 걸
친, 볼수염만 남기고 깨끗이 얼굴을 면도질한 중년의 하인이
문 앞에 나타났다.

"마차를 불러 주게."

"네."

"그리고 저기 코르차긴 댁에서 심부름 온 사람이 기다리고
있을 테니 고맙다는 인사를 드리고 되도록 찾아 뵙겠단다고
전하게."

"네."

'예의가 아니지만 할 수 없군. 어차피 오늘 만나니까 괜찮
겠지.'

이렇게 생각한 네플류도프는 옷을 갈아입으러 나갔다.

그가 옷을 갖추어 입고 현관에 나가자 마차 바퀴에 고무 타이어를 끼운 마부가 기다리고 있었다.

"어젯밤에는 코르차긴 댁으로 갔더니 나리께서 막 돌아가신 뒤더군요."

마부가 볕에 그을은 건강한 목을 반쯤 뒤로 돌리면서 말했다.

"제가 마차를 갖다 댔더니 문지기가 방금 돌아가셨다고 말하지 않겠어요."

'마부들까지도 나와 코르차긴 집안과의 관계를 알고 있구나.'

하고 네플류도프는 생각했다. 그러자 공작 영양과 결혼을 할 것인가 안 할 것인가 하는, 요즘 줄곧 그를 괴롭히고 있는 미해결의 문제가 또다시 그를 괴롭혔다. 그리고 그는 요즘 직면한 대부분의 문제가 그렇듯이 이 문제 역시 어느 쪽으로도 결정을 지을 수가 없었다.

일반적으로 볼 때 결혼에는 다음과 같은 이점이 있었다. 첫째로 결혼은 가정의 즐거움은 물론이거니와 불륜한 성생활을 배제하고 도덕적인 생활의 가능성을 부여해 준다. 둘째로 이점이 중요한데, 가정이나 아이들이 무의미한 그의 생활에 어떤 의의를 줄 것이라고 네플류도프는 기대하고 있었다. 이것이 일반적으로 결혼을 찬성하는 이유였다. 한편 일반적인 견지에서 결혼을 반대하는 이유는 모든 독신 생활을 하는 노총각에게 공통된, 자유를 빼앗기지 않을까 하는 두려움과 여자라는 신비한 존재에 대한 무의식적인 공포였다.

구체적인 예로 미시 —— 코르차기나는 마리아라는 이름이
있는데, 그런 특별한 계급의 모든 가정의 예를 본따서 그녀에
게도 이러한 이름이 주어져 있었다 —— 와의 결혼의 이점은
첫째로, 그녀는 집안이 좋고 옷맵시에서부터 말솜씨, 걸음걸
이, 웃는 모습에 이르기까지 모두 보통 처녀들보다 뛰어났다.
그렇다고 해서 유달리 뛰어난 데가 있다는 것은 아니고, 말하
자면 품위가 있다는 것뿐이었다. 그는 달리 표현할 줄을 몰랐
지만, 이 품위를 대단히 높이 평가하고 있었다. 둘째로는 그
녀가 다른 누구보다도 그를 높이 보고 있다는 점인데, 이것은
그를 이해하고 있다는 것을 의미한다. 그리고 그를 이해한다
는 것, 즉 그의 높은 가치를 인정한다는 것이 네플류도프로서
는 그녀의 지성과 판단력이 올바름을 증명하는 것이라고 생
각했다.

그러나 미시와의 결혼이 망설여지는 이유는, 첫째로 미시
보다 훨씬 더 많은 소질을 지닌, 따라서 그에게 좀더 어울리
는 처녀가 발견될 가능성이 얼마든지 있다는 것이었다. 둘째
로 그녀는 이미 스물일곱 살이 되었으니까 아마 몇 번인가의
연애 경험을 갖고 있을 것인데, 이런 생각은 네플류도프로서
는 견딜 수 없는 고통이었다. 그녀가 비록 과거일지라도 그
이외의 남자를 사랑했다는 것은 그로서는 용납할 수 없었다.
물론 그를 만나리라는 것을 그녀는 예기치 못했을 것이다. 하
지만 이전에 그녀가 어떤 다른 남자를 사랑했을지도 모른다
고 생각하면 그것만으로도 심한 굴욕감을 느꼈다.

그러므로 찬성의 이유와 반대의 이유는 비등했다. 그래서 그 이유의 경중을 논한다면 우열을 가리기가 더욱 어려웠다. 네플류도프는 자기를 비웃으면서, 자기를 뷰리던의 당나귀(14세기의 철학자 뷰리던의 우화. 두 개의 구유를 앞에 놓고 어느 것을 먹을까 망설이다가 결국 굶어죽었다는 이야기)에 비유했다. 그래도 역시 그는 두 다발의 꼴 중에서 어느 것부터 먹어야 할지 모르는 채 여전히 뷰리던의 당나귀로 머물러 있었던 것이다.

"어쨌든 마리아 바실리예브나의 문제를 깨끗이 처리하지 않고는 어쩔 수 없지."

하고 그는 혼자 중얼거렸다.

그리고 결정을 연기해도 상관없고, 그렇게 하는 것이 당연하다는 생각이 그의 기분을 가볍게 했다.

"아무튼 이 문제는 나중에 잘 생각해 보기로 하자."

마차가 어느새 소리도 없이 재판소의 아스팔트로 된 주차장으로 미끄러져 들어갔을 때 그는 이렇게 다시 중얼거렸다.

'지금은 내가 언제나 따라 왔고, 또한 의무라고 생각해 온 것처럼 성의를 가지고 사회적 의무를 이행해야 한다. 어쨌든 이런 일이 가끔 있어야 따분한 기분이 전환되니까.'

이런 생각을 하면서 그는 문지기 옆을 지나 재판소 현관으로 들어갔다.

5

네플류도프가 들어갔을 때, 재판소 복도에는 사람들이 분주하게 움직이고 있었다.

간수들은 명령서와 서류를 들고 이리저리 바삐 오가고 있었고, 개중에는 마룻바닥에서 발을 들어 올리지도 않고 미끄럼타듯 헐레벌떡 뛰어다니는 자도 있었다. 정리들, 변호사들, 판검사들이 바쁘게 움직이고 있었고, 청원인들, 감시자가 딸리지 않은 피고들은 자기 차례를 기다리면서 벽 옆에 고개를 숙이고 앉아 있었다.

"지방 법원 법정은 어디요?"

네플류도프는 한 간수에게 물어보았다.

"어디를 찾으십니까? 민사 법정입니까, 형사 법정입니까?"

"나는 배심원이오."

"그럼 형사 법정입니다. 처음부터 그렇게 말씀해 주셨으면 좋았을 텐데…… 여기서 오른쪽으로 가서 왼쪽으로 꺾어지면 두 번째 문입니다."

네플류도프는 가르쳐 준 대로 걸어갔다.

두 번째 문 앞에는 두 사람의 남자가 재판이 시작되기를 기다리며 서성거리고 있었다. 그중 하나는 키가 크고 뚱뚱한 상인이었는데, 겉으로 보기에도 호인답게 생긴데다가 벌써 어디서 한잔 들이키고 왔는지 무척 기분이 좋아 보였다. 또 한 사람은 유대인 출신 점원이었다. 그들은 양모 시세에 대해서 이야기하고 있는 모양이었다. 네플류도프는 그들에게 다가가서, 여기가 배심원 대기실이냐고 물었다.

"네, 여기입니다. 나리께서도 배심원이신가요?"

호인답게 생긴 상인은 유쾌한 듯이 눈을 껌벅이면서 물었다.

"그럼 함께 수고하기로 하십시다."

네플류도프가 고개를 끄덕이자 상인은 말을 계속했다.

"저는 제2급 상인 바클라쇼프올시다."

그는 한 손으로는 잡기 거북할 만큼 크고 부드러운 손을 내밀며 말했다.

"수고하셔야겠습니다. 그런데 나리께서는 누구신지요?"

네플류도프는 자기 이름을 밝히고 배심원 대기실로 들어갔다.

그다지 크지 않은 배심원실에는 여러 종류의 사람들이 열 명 가량 모여 있었다. 모두 방금 도착했는지, 몇 사람은 의자에 앉아 있었으며, 몇 사람은 서로 힐끔힐끔 쳐다보기도 하고, 초면 인사를 하기도 하면서 방 안을 거닐고 있었다. 군복을 입은 예비역 장교가 한 사람 있고, 모두들 프록코트나 양복을 입고 있었다. 러시아 식 외투를 입은 사람은 한 명밖에 없었다.

대부분의 사람들이 자기 용무를 보지 못해서 곤란하다는 말을 하고 있었지만, 그 사람들의 얼굴에는 사회적인 중요한 일을 수행하고 있다는 일종의 만족감이 엿보였다.

배심원들은 서로 정식으로 인사를 나눈 사람도 있기는 했으나, 대부분은 그저 짐작으로 상대방이 누구라는 것을 알아차리고는 날씨 얘기, 이른 봄철 얘기, 목전에 다가온 사건에 대한 얘기 등을 하고 있었다. 아직 인사가 없는 사람들은 앞다투어 네플류도프에게 자기 소개를 했다. 그와 알고 지내는 것이 큰 영광이라도 되는 것처럼 생각하는 모양이었다. 그리고 네플류도프 쪽에서도 언제나 초면인 사람들 사이에서는 그러했듯이 그것이 당연한 일로 받아들여지는 것이었다.

어째서 너는 자신을 다른 모든 사람들보다 높은 위치에 있다고 생각하느냐고 누군가가 묻는다면, 아마도 그는 어떤 대답도 할 수 없을 것이다. 왜냐하면 그는 여태까지 이렇다 할 특별한 자질을 발휘한 적이 없기 때문이다. 그가 영어, 프랑스어, 독일어를 훌륭히 구사한다는 것도, 일류 상점에서 구입한 셔츠며 옷이며 넥타이며 커프스 버튼 따위로 몸단장하고 다닌다는 것도 결코 그가 우월하다는 것을 나타내는 하등의 이유가 될 수 없었다. 이것은 네플류도프도 잘 알고 있었다. 그럼에도 그는 자신의 우월함을 아무런 의심 없이 인정하고 있었으며, 다른 사람들이 자기에게 표시하는 존경을 당연한 것으로 생각했을 뿐만 아니라 그렇지 않을 때는 모욕감을 느끼기까지 했다.

그런데 그는 오늘 배심원실에서 공교롭게도 그런 불손한 태도를 접하고 불쾌감을 맛보게 되었다. 배심원 중에는 마침 네플류도프가 아는 사람이 하나 있었다. 그는 표트르 게라시모비치 — 네플류도프는 지금까지 그의 성을 알려고 한 적도 없거니와 그것을 은근히 자랑으로 여기고 있었다 — 라는, 전에 네플류도프의 누님네 집에서 가정교사 노릇을 한 적이 있는 사람이었다. 이 표트르 게라시모비치는 대학을 마치고 현재 어느 중학교 교사로 있었다. 네플류도프는 그의 버릇없는 태도와 자기 자신에 만족하고 있는 듯한 너털웃음과 그의 '공산주의자인 척하는' 언행 — 이것은 네플류도프 누님의 표현이지만 — 을 늘 못마땅하게 여겼다.

"여어? 당신도 끌려나오셨군요!"

표트르 게라시모비치는 껄껄 웃으면서 네플류도프를 맞았다.

"피하실 수 없었던가요?"

"피할 생각은 하지도 않았소."

네플류도프는 무뚝뚝하고도 침울한 어조로 대꾸했다.

"허어, 그것 참, 시민적 헌신이란 말이군요. 하지만 이제 두고 보시오. 배는 고파 오고, 졸려서 눈이 자꾸 감겨 오면 그때는 아마 당신 입에서도 못해 먹겠다는 소리가 나올 겁니다."

더욱 큰 소리로 웃어대며 표트르 게라시모비치는 말했다.

'이러다간 이놈의 신부 아들놈한테서 자네라는 소리를 듣겠는걸.'

하고 네플류도프는 속으로 생각했다. 그래서 그는 일가 일족이 모두 죽었다는 소식을 들었을 때나 지을 수 있을 듯한 서글픈 표정으로 중학교 교사 곁을 떠났다. 그러고는 키 크고 풍채가 당당하며 수염을 말쑥하게 깎은 신사가 열심히 떠드는 것을 빙 둘러서서 듣고 있는 사람들 쪽으로 다가갔다.

이 신사는 현재 민사 법정에서 심의되고 있는 소송 사건을 자세히 알고 있는 것처럼 이야기하면서 판사들과 유명한 변호사들을 성을 빼고 이름과 호칭어로만 부르고 있었다. 어느 유명한 변호사가 놀라운 수완으로 사건을 뒤집어 놓는 바람에 상대방의 늙은 귀부인은 어디까지나 정당함에도 불구하고 막대한 금액을 이쪽에 지불하게 되었다는 것이었다.

"그야말로 천재적인 변호사라니까요!"

하고 그는 말했다.

사람들은 존경의 빛을 띠면서 듣고 있었다. 개중에는 자기 의견을 말하려는 사람도 있었으나, 그는 모든 것을 정확하게 알고 있는 것은 자기밖에 없다는 듯이 다른 사람들의 말을 가로막았다.

네플류도프는 꽤 늦게 왔는데도 오랫동안 기다려야 했다. 아직도 출석하지 않은 판사가 한 사람 있어서 재판이 열리지 않고 있었다.

6

　재판장은 일찌감치 재판소에 나와 있었다. 재판장은 키가 크고 풍채 좋은 사나이로 희끗희끗한 구레나룻을 기르고 있었다. 그와 그의 아내는 서로 경쟁이라도 하듯이 단정하지 못한 생활을 하고 있었는데, 그들은 서로의 생활을 간섭하지 않기로 하고 있었다. 오늘 아침에 그는 여름 동안 그들의 집에 가정교사로 있었던 스위스 여자에게서 편지를 받았다. 남러시아에서 페테르부르크로 가는 도중인데 오늘 시내에 있는 호텔 '이탈리아'에서 오후 3시부터 6시까지 그를 기다리겠다는 것이었다. 그래서 그는 지난 여름 별장에서 로맨스의 꽃을 피웠던 빨간 머리의 클라라 바실리예브나를 어떻게든 6시까지 만나러 가기 위해 오늘의 재판은 일찌감치 시작하여 빨리 끝낼 작정이었다.

　그는 서재로 들어가서 문을 잠그고 서류장 아래칸에서 아

령 두 개를 꺼내 들고 다리 위로, 앞뒤로, 좌우로 스무 번씩
흔들고 나더니 이번에는 아령을 머리 위로 쳐들고 세 번 무릎
을 가볍게 굽혔다.

'냉수마찰과 체조만큼 건강에 좋은 건 없거든.'

금반지를 낀 왼손으로 오른팔의 긴장한 상박근을 만져 보
면서 그는 이렇게 생각했다. 끝으로 손을 돌리는 운동을 할
차례였으나 —— 그는 장시간 법정에 나가 앉기 전에 언제나
이 두 가지 운동을 하곤 했다 —— 그때 갑자기 문이 가볍게 움
직였다. 누군가가 문을 열려는 모양이었다. 재판장은 황급히
아령을 제자리에 놓고 문을 열었다.

"아, 실례했소."

하고 그는 말했다.

작달막한 키에 어깨를 쳐들고 방 안으로 들어온 사람은 시
무룩한 얼굴에 금테 안경을 쓴 배심 판사였다.

"아직 마트베이 니키치는 오지 않았군요."

하고 그는 불만스러운 목소리로 말했다.

"아직 안 왔소."

재판장은 법복을 입으면서 대답했다.

"시간을 지켜서 온 예가 없다니까."

"어이가 없군. 어지간히 염치도 없군요."

판사는 담배를 꺼내면서 화난 듯이 의자에 앉았다.

이 판사는 무척 깐깐한 사나이로 오늘 아침에도 아내와 불
쾌한 말다툼을 하고 나왔는데, 아내가 한 달치의 생활비를 벌
써 다 써 버린 것이 그 이유였다. 아내가 다음달치를 달라고

요구했지만 그는 정한 일을 어길 수 없다고 거절했다. 그래서 한바탕 싸웠는데 아내는 그렇다면 저녁 식사 준비는 못하겠다고 선언한 것이다. 그쯤 하고 그는 집을 뛰쳐나왔으나, 아내는 무슨 일이든지 할 수 있는 여자이기 때문에 정말로 그 말을 실행할지도 모른다고 속으로 겁먹고 있었다.

'정말이지, 이 사람처럼 훌륭하고 도덕적인 생활을 하고 싶다.'

그는 명랑하고 밝은 얼굴을 한, 몸도 마음도 건강해 보이는 재판장을 바라보면서 생각했다. 재판장은 두 팔꿈치를 넓게 펴고서 희고 아름다운 손으로 희끗희끗한 털이 섞인 긴 구레나룻을 금실로 수놓은 옷깃 양쪽으로 쓰다듬고 있는 참이었다.

'이 사람은 언제나 만족스럽게 싱글벙글하고 있는데, 나는 왜 1년 내내 괴로운 생활만 하고 있을까?'

그때 서기가 무슨 서류인가를 가지고 들어왔다.

"음, 수고하네."

하고 재판장은 담배를 빨며 말했다.

"어느 사건부터 시작하겠나?"

"네, 독살 사건이 좋을까 생각합니다."

서기는 아무래도 좋다는 듯이 말했다.

"응, 좋겠지. 독살 사건이라면 귀찮을 게 없어."

이 정도의 사건이라면 4시까지 끝낼 수 있겠다고 생각하며 재판장은 말했다.

"그런데 마트베이 니키치는 아직 안 왔나?"

"아직 안 오셨습니다."

"그럼 브레베는?"

"오셨습니다."

"그럼 그 사람을 보거든 독살 사건부터 시작한다고 전해 주
게."

브레베는 이 재판에서 논고를 하기로 되어 있는 검사보였
다.

복도로 나가자 서기는 브레베를 만났다. 검사보는 어깨를
으쓱거리면서 제복 단추도 채우지 않은 채 손가방을 옆에다
끼고 한쪽 손을 걸어가는 방향으로 직각으로 흔들면서 쿵쿵
거리며 거의 뛰다시피 걸어왔다.

"준비가 다 되었는지 물어보라고 미하일 페트로비치께서
말씀하셨습니다만."
하고 서기는 그에게 물었다.

"물론 나는 언제든지 준비가 되어 있지."
하고 검사보는 말했다.

"어느 사건부터 시작하는가?"

"독살 사건입니다."

"좋지!"
하고 검사보는 말했으나 그는 그것이 조금도 달갑지 않았다.
어젯밤에 그는 거의 잠을 자지 못했다. 친구의 송별회가 있어
마구 술을 마시고 2시까지 게임을 한 다음, 6개월 전까지 마
슬로바가 있던 바로 그 유곽에 갔으므로 독살 사건의 조서를
읽어 볼 틈이 없어 지금부터 대강 읽어 두려고 생각했던 참이

다. 서기는 그것을 알고 있었기 때문에 일부러 이 사건을 먼저 하자고 재판장에게 진언했던 것이다. 서기는 자유주의자라기보다는 급진적인 사상의 소유자였고 브레베는 보수적인 사람이었다. 러시아에 근무하는 모든 독일인이 그러하듯이 특히 열심히 러시아 정교에 귀의하고 있었으므로, 서기는 그를 좋아하지 않았고, 그의 지위를 시기하고 있었던 것이다.

"그런데 거세 종파(18세기 말 러시아에서 발생한 광신적 종파) 사건은 어떻습니까?"
하고 서기는 물어보았다.

"그건 할 수 없다고 내가 말하지 않았나!"
하고 검사보는 말했다.

"증인이 없는데 어떻게 해? 나는 재판부에 못하겠다고 분명히 말하겠네."

"그렇지만 어차피……."

"나는 할 수 없다니까!"

검사보는 이렇게 말하고 다시금 한쪽 손을 내저으면서 자기 방으로 급히 가 버렸다.

그다지 중요하지도, 필요하지도 않은 증인의 부재를 구실 삼아 그가 거세종파 사건을 지연시켜 온 까닭은 배심원의 구성이 주로 지식층이어서 공판에서 무죄 판결이 날 가능성이 많았기 때문이다. 그래서 결국은 재판장과의 합의 아래 군청 소재지의 하급 재판소로 이 사건을 회송하기로 했다. 그곳의 배심원들은 대부분 농촌 출신이므로 유죄 판결의 가능성이 그만큼 컸기 때문이다.

복도는 점점 소란스러워졌다. 그중에서도 가장 붐비는 곳은 민사 법정 근처였는데, 그곳에서는 소송 사건에 특별한 관심을 가지고 있는 그 배심원이 방금 이야기하던 바로 그 사건의 심리가 진행중이었다.

휴정이 선포되자 그 법정에서 한 늙은 귀부인이 나왔다. 이 늙은 귀부인은 천재적인 변호사 때문에 자기 재산을 아무런 권리도 없는 원고측에게 빼앗기게 된 장본인이었다. 이런 사정은 재판관들도 알고 있었고, 또 누구보다도 원고와 그 변호인 자신이 더 잘 알고 있었다. 그러나 변호인이 너무나 빈틈 없이 일을 꾸며 놓아서 부득이 이 노부인의 재산을 몰수하여 그것을 원고에게 넘겨 줄 수밖에 없었던 것이다.

노부인은 몸집이 뚱뚱한데다가 화려한 옷차림을 하고 커다란 꽃이 달린 모자를 쓰고 있었다. 그녀는 복도로 나와 걸음을 멈추고는 짧고 통통한 두 팔을 벌리면서 자기 변호사를 향해,

"대체 어떻게 된 거예요? 이런 기막힌 일이 어디 있느냐 말이에요!"
하고 같은 말만 되풀이했다. 변호사는 그녀의 모자에 달린 꽃만 멍청히 바라보면서 그 말에는 귀도 기울이지 않고 무언가를 골똘히 생각하고 있었다.

노부인의 뒤를 따라 민사 법정 문에서 넓게 패인 조끼 사이로 앞가슴을 내밀고 만족스러운 얼굴을 번뜩이면서 그 유명한 변호사가 빠른 걸음으로 나타났다. 바로 이 사람의 수완으로 모자에 꽃을 단 노부인은 무일푼이 되었고, 그에게 만 루

블의 보수를 약속한 원고는 10만 루블 이상의 돈을 받게 된 것이다. 모든 사람의 시선이 일제히 그에게로 쏠렸다. 변호사도 그것을 느꼈는지 '뭐 그렇게까지 감탄하는 얼굴들을 할 건 없어.'라고 말하는 듯한 태도로 사람들 앞을 성큼성큼 지나갔다.

7

그러는 동안에 마트베이 니키치도 출근했다. 목이 길고 몸 집이 호리호리한 정리(廷吏)가 옆으로 쏠리는 듯한 걸음걸이로 배심원 대기실로 들어왔다.

이 정리는 대학 교육까지 받은 정직한 인간이었으나, 술을 지나치게 좋아했기 때문에 어떤 근무지에서나 오래 있지 못했다. 3개월 전에 자기 아내의 보호자 격인 모 백작 부인이 이 재판소에 취직을 알선해 주었는데, 오늘까지 무사히 다니고 있는 것에 대해 그 자신은 무척 만족해하고 있었다.

"어떻게 되었습니까? 모두 모이셨나요?"

정리는 코안경을 쓰고 그 안경 너머로 둘러보면서 말했다.

"다들 모인 것 같소."

쾌활한 상인이 말했다.

"그럼 호명을 하겠습니다."

정리는 이렇게 말하고 호주머니에서 종이 한 장을 꺼내 이름을 부르고는 대답하는 사람을 일일이 코안경을 통해서, 혹은 안경 너머로 확인하기 시작했다.

"5등관 니키포로프 씨."

"네."

재판에 대해 상세히 알고 있는 풍채 좋은 신사가 대답했다.

"퇴역 육군 대령 이반 세묘노비치 이바노프 씨."

"네."

퇴역 장교 군복을 입은 홀쭉한 사람이 대답했다.

"2급 상인 표트르 바클라쇼프 씨."

"네."

호인다운 상인이 싱글벙글 웃으면서 말했다.

"준비 완료!"

"근위 중위 드미트리 네플류도프 공작."

"네."

네플류도프는 대답했다.

정리는 코안경 너머로 그에게 눈길을 보내면서 특히 점잖고 상냥하게 머리를 숙였다. 이렇게 함으로써 그를 다른 사람들과 구별하고 있다는 것을 보이려는 것 같았다.

"육군 대위 유리 트리예비치 단첸코 씨, 상인 그리고리 예피모비치 클레쇼프 씨."

이 두 사람 외에는 전원이 모여 있었다.

"그럼 여러분, 법정으로 가시기 바랍니다."

정리는 상냥하게 문 쪽을 가리키며 말했다.

　사람들은 서로 길을 양보하며 대기실에서 복도로 나와 법정으로 들어갔다. 법정은 크고 기다랗게 생긴 홀이었다. 한쪽 끝은 층계가 삼단으로 된 높은 단이 차지하고 있었는데, 그 높은 단 위의 중앙에는 검푸른 술이 달린 녹색 상보를 씌운 테이블이 놓여 있었다. 그리고 테이블 뒤에는 참나무를 다듬어 만든 무척 높은 등받이가 붙은 안락의자 세 개가 나란히 놓여 있었으며, 안락의자의 뒤쪽 벽에는 금빛 액자에 넣은 황제 폐하의 전신상이 걸려 있었다.

　군복에 훈장을 단 황제는 한쪽 발을 뒤로 비스듬히 디디고 서 한 손은 군도(軍刀) 위에 얹은 자세로 서 있었다. 오른쪽 구석에는 가시관을 쓴 그리스도 상을 모신 틀이 걸려 있고, 그 밑으로 성서대(聖書臺)가 하나 놓여 있었다. 바로 그 오른쪽에 검사석이, 그리고 맞은편인 왼쪽 깊숙이 서기용 책상이 있었다. 방청석 가까이에 참나무로 된 격자 칸막이가 있고 저쪽에는 아직 비어 있는 피고석이 있었다. 단상 오른쪽에는 역시 높다란 등받이가 붙은 배심원들의 의자가 두 줄로 놓여 있고 아래로 한 단 낮은 곳은 변호인석이었다. 이러한 것들은 모두 칸막이로 갈라 놓은 법정 앞부분에 배치되어 있었다. 법정 뒷부분은 전부 방청인용 벤치가 차지하고 있었는데, 방청석은 한 단씩 높아지면서 뒷벽까지 계속되고 있었다.

　방청석 앞쪽 벤치에는 여공이나 하녀인 듯한 여자 네 명과 직공 차림의 남자 두 명이 앉아 있었으나, 그들은 이 법정의 장엄한 분위기에 위축된 듯 서로 조심스럽게 소곤거리고 있었다. 배심원들이 자리에 앉자 곧 정리가 옆으로 쓰러지려는 듯한 걸음으로 중앙으로 나가 방청인들을 위압하는 듯한 큰 소리로 외쳤다.

"개정!"

전원이 일어서자 정면 단 위로 재판관들이 나타났다. 먼저 근사한 턱수염을 빗어 올린 늠름한 재판장이 나타나고, 그 뒤로 금테 안경을 쓴 무뚝뚝한 판사가 따라 들어왔다. 그는 아까보다도 한층 더 어두운 표정을 짓고 있었다. 그도 그럴 것이 개정 직전에 판사보로 있는 처남을 만났는데, 누이가 식사 준비는 절대로 하지 않겠다고 했다는 것이었다.

"그러니 매부, 오늘 저녁엔 선술집에나 갑시다."

처남은 웃으면서 말했다.

"웃을 일이 아니야."

하고 말하는 판사의 얼굴 표정은 더욱 우울해졌다.

제일 나중에 나타난 사람이 바로 언제나 늦게 오는 마트베이 니키치 판사였다. 그는 턱수염을 기른 건장한 몸에, 선량해 보이는 듯한 처진 눈을 갖고 있었다.

이 판사는 위염으로 고생하고 있었는데, 의사의 권고에 따라 오늘 아침부터 새로운 치료법을 시작했으므로, 오늘은 여느 때보다 더 오래 집에서 꾸물거렸던 것이다. 그는 언제나 자기 스스로 여러 가지 질문을 던지고는 온갖 방법으로 그것을 점치는 버릇이 있었기 때문에, 지금도 단상에 오르면서 무엇엔가 정신을 집중시키고 있는 듯한 표정을 하고 있었다. 지금 그는, 만약 판사실 문에서부터 법정 재판관석까지의 걸음 수가 3으로 나누어진다면 새로운 치료법으로 위의 염증을 고칠 수 있고, 나누어지지 않는다면 고칠 수 없을 것이라는 것을 점치고 있었던 것이다. 걸음 수는 스물여섯이 될 뻔했으나, 그는 일부러 걸음을 좁게 해서 꼭 스물일곱 걸음으로 자기 자리에 닿도록 했다.

옷깃을 금실로 수놓은 법복을 입고 단상에 나타난 재판장이나 판사들의 모습은 사람들에게 위압감을 주기에 충분했다. 그들 자신도 그것을 알고 있어서, 세 사람 다 자기들의 위엄에 스스로 어색함을 느끼는 듯이 아주 겸손하게 눈을 내리뜨고서 녹색 보가 덮여 있는 테이블 앞 안락의자에 앉았다. 테이블 위에는 독수리 문장(紋章)이 달린 세모꼴 문진(文鎭)과 식당 같은 데서 과자를 담는 데 쓰는 유리 그릇, 잉크병과 펜, 질이 좋은 백지, 뾰족하게 깎은 크고 작은 연필 등이 놓여 있었다. 재판관들과 함께 검사보도 들어왔다. 그는 여전히 서류 가방을 옆구리에 끼고 한 손을 크게 내저으며 창가에 있는 자기 자리로 바삐 가더니, 1분이라도 아껴서 준비를 해 두려는 듯이 곧 서류를 읽고 검토하는 데 열중하기 시작했다.

이 검사보가 법정에서 논고를 하는 것은 이번이 겨우 네 번째였다. 그는 무척 허영심이 강한 사람이어서 반드시 출세하고야 말겠다고 굳게 결심하고, 무슨 사건이든 자기가 논고를 맡은 사건은 모두 유죄로 판결이 내려져야만 한다고 생각하고 있었다. 독살 사건의 요점은 그도 대강 알고 있었고, 논고 초안도 이미 만들어 놓았지만, 좀더 자료를 보충할 필요가 있었으므로 그것을 조급히 서류 속에서 발췌하고 있었던 것이다.

서기는 단상 반대쪽에 자리잡고 앉아서, 낭독할 필요가 있을 듯한 서류를 모조리 준비해 놓고는 어제 입수하여 읽어 본 발매 금지된 논문을 다시 훑어보고 있었다. 그는 자기와 항상 견해가 일치하는 턱수염이 탐스러운 판사와 이 논문에 대해서 이야기해 보고 싶었기 때문에 그 전에 미리 내용을 잘 알아두려고 했던 것이다.

8

재판장은 대충 서류를 읽어 본 다음 정리와 서기에게 두세 가지 질문을 하고 이상이 없다는 것을 확인하자 피고를 데려오라고 명했다. 그러자 살창 뒤에 있는 문이 열리더니 모자를 쓰고 칼을 뽑아 든 두 경관이 들어왔다. 그 뒤에 먼저 주근깨 투성이의 얼굴을 한 빨간 머리의 남자 피고가 한 명, 잇달아 여자 피고 두 명이 들어왔다.

남자는 몸에 맞지 않는 헐렁한 죄수복을 입고 있었다. 그는 법정에 들어올 때 투박하게 생긴 손가락을 쭉 펴서 바지 솔기를 꼭 누르고 있었는데, 그렇게 함으로써 긴 소매가 흘러내리는 것을 가까스로 막고 있었다. 그는 재판관이나 방청객에게는 눈길을 보내려 하지도 않고 똑바로 피고석만을 바라본 채 주의 깊게 그 앞을 돌아 끝자리까지 가서 나머지 두 사람의 자리를 남겨 놓고 단정히 앉았다. 그러고는 재판장 쪽으로 똑바로 눈길을 보내며 마치 무언가 속삭이듯이 볼의 근육을 씰룩거리기 시작했다.

뒤이어 들어온 사람은 죄수복을 입은 중년 여자였다. 머리에는 죄수용 스카프를 쓰고, 얼굴은 잿빛이었으며, 눈썹도 속눈썹도 없이 눈만 빨갰다. 이 여자는 아무렇지도 않은 듯이 태연해 보였다. 자기 자리로 갈 때 죄수복이 무엇인가에 걸렸지만, 당황해하지도 않고 천천히 그것을 뽑고는 자리에 가서 앉았다.

세 번째의 피고가 마슬로바였다. 그녀가 들어온 순간 법정 안의 모든 사나이들의 눈이 일제히 그쪽으로 쏠렸다. 그들은 빛나는 검은 눈의 흰 얼굴과 죄수복 안으로 풍만하게 솟아 오른 가슴에 한동안 넋을 잃었다. 경관들마저 그녀가 곁을 지나 피고석으로 갈 때까지 완전히 눈을 떼지 못했다. 그녀가 앉고 나서야 비로소 자기 입장을 잊어버린 소홀함을 깨달았는지 황급히 얼굴을 돌리고, 머리를 한 번 흔들고는 곧장 앞을 주시하기 시작했다.

재판장은 피고들이 자리에 앉기를 기다리고 있다가 마슬로바가 앉자 곧 서기를 돌아보았다.

공판으로 들어가기 전에 항상 행하는 절차가 시작되었다. 배심원의 점호, 결석자에 대한 심의와 벌금의 결정, 사퇴자에 대한 결의, 결원의 보충 등이 끝나자 재판장은 작은 카드를 몇 장 접어서 유리 그릇 속에 넣더니, 금줄이 달린 법복 소매 끝을 조금 치켜올려 마치 요술쟁이 같은 동작으로 카드를 한 장 한 장 꺼내 읽기 시작했다. 그런 다음 재판장은 소매를 내리고 배심원 선서를 진행하도록 사제에게 일렀다.

누렇고 창백한 얼굴에 갈색 제의를 걸친 사제는, 가슴에는 금빛 십자가를, 그리고 한쪽에는 작은 훈장까지 달고 있었다. 그는 부은 듯한 발을 느릿느릿 제의(祭衣) 자락 밑으로 옮기면서, 성상 아래에 놓인 성서대로 다가갔다.

배심원들도 일어나서 성서대로 나갔다.

"이리로 오십시오."

사제는 푸석푸석한 손을 가슴의 십자가에 갖다 대고 배심원들이 다가오기를 기다리면서 말했다.

이 사제는 이미 46년 간이나 이 직책을 맡아 왔으므로 이제 3년만 더 있으면 얼마 전 대성당의 주교가 거행한 것처럼 성직 50년 축하식을 거행할 작정이었다. 이 지방 재판소가 창설된 당시부터 줄곧 근무해 온 그는 여태까지 수만 명에 달하는 사람들의 선서를 집행했다는 것, 또 이미 늙을 만큼 늙었음에도 불구하고 교회와 조국과 가족의 번영을 위해 여전히 자기 직무를 수행하고 있다는 것, 가족들에게는 현재 살고 있는 가옥 이외에도 유가 증권으로 3만 루블 이상의 재산을 남겨 줄 수 있다는 것 등을 무척 자랑스럽게 여기고 있었다.

재판소에서의 그의 직무란, 선서를 금하고 있는 성서를 앞에 놓고 사람들에게 선서를 시키는 일이었으나, 그것이 옳지 못한 행위라는 생각은 한 번도 해본 적이 없었다. 그런 문제로 기가 죽기는커녕 그는 직무상 훌륭한 신사들과 사귈 수 있는 기회가 많기 때문에 이 일에 대하여 애착까지 느끼고 있었다. 오늘도 그는 그 유명한 변호사와 알게 되었으므로 만족스러운 기분이 되었다. 모자에 커다란 꽃을 단 노부인 사건 하나만으로 1만 루블의 사례금을 받았다는 사실이 그 변호사에 대한 깊은 존경심을 불러일으켰던 것이다.

배심원 일동이 단상에 올라오자 사제는 반백이 된 대머리를 한쪽으로 기우뚱하고 때묻은 수단(繡緞)을 목에 걸고는 듬성듬성한 머리털을 한 번 쓰다듬은 다음 배심원들 쪽을 향해 말했다.

"오른손을 드십시오. 손가락을 이렇게 하고……."

손가락 마디가 움푹 패인 통통한 손을 들어 물건을 집을 때처럼 손가락을 합쳐 보이면서, 그는 늙은이다운 목소리로 천천히 말했다.

"자, 내가 말하는 대로 따라 하십시오."
하고는 한 마디 한 마디 끊으며 선서문을 읽기 시작했다.

"거룩한 복음서와 생명의 근원인 십자가 앞에서 전지 전능하신 하느님께 맹세합니다. 이 사건을 심리함에 있어……."

구레나룻을 기른 풍채 좋은 신사와 대령, 상인, 그리고 그 밖의 몇몇 사람은 그 어떤 특별한 만족감을 느끼기라도 하는 듯이, 사제가 시키는 대로 손가락을 합친 오른손을 유난히 높이 쳐들고 있었으나 그 밖의 사람들은 그저 마지못해 하는 태도였다.

개중에는 '어쨌든 나는 이렇게 선서를 하고 있다.'라는 듯한 표정으로 공연히 악을 쓰듯 큰 소리로 사제의 말을 되뇌이고 있는 사람이 있는가 하면, 또 어떤 사람은 중얼중얼 작은 소리로 되뇌이면서 혼자 점점 뒤떨어졌다가 깜짝 놀라서 엉뚱한 대목으로 뒤쫓아가는 자도 있었다. 그리고 또 어떤 사람은 무엇을 떨어뜨릴까 염려되기라도 하는 듯이 힘껏 손가락을 합쳤다 벌렸다 하고 있었다. 모두들 어색한 기분이었다. 다만 늙은 사제만이 자기가 매우 중요하고도 유익한 일을 하고 있다는 것을 믿어 의심하지 않았다.

선서가 끝나자 재판장은 배심원들에게 배심원 대표를 선출하도록 했다. 배심원들은 자리에서 일어나 서로 앞다투듯 회의실로 들어갔다. 들어가기가 무섭게 거의 모두가 즉시 담배를 꺼내서 피우기 시작했다. 누군가가 풍채 좋은 신사를 배심원 대표로 선출하는게 어떠냐고 말을 꺼내자 전원이 즉석에서 찬성했으므로, 그들은 곧 피워물었던 담배를 발로 비벼 끄고는 법정으로 되돌아왔다. 선출된 배심원 대표가 결과를 재판장에게 보고하고, 일동은 다시 높은 등받이가 달린 의자에 두 줄로 자리잡고 앉았다.

모든 일은 순조롭고 신속하게, 그리고 엄숙하게 진행되었다. 그 규칙적인 정확함과 엄숙함이, 자신들이 진지하고 중요한 임무를 수행하고 있다는 의식을 사람들에게 느끼게 해줌으로써 어떤 만족감을 불러일으킨 듯싶었다. 네플류도프도 그런 기분을 맛보았다.

배심원들이 모두 자리에 앉자 재판장은 그들의 권리와 의무와 책임에 대해 판에 박힌 듯한 주의를 주었다. 주의를 주는 동안 재판장은 쉴새없이 자세를 바꾸었다. 왼쪽 팔꿈치를 세우는가 하면 오른쪽 팔꿈치를 세우기도 하고, 의자 등받이에 기대는가 하면 팔걸이에 몸을 기대기도 하고, 서류 끝을 가지런히 간추리는가 하면 이번엔 페이퍼 나이프나 연필을 만지작거렸다. 재판장의 말에 의하면, 배심원의 권리란 재판장을 통하여 피고에게 질문하거나 연필과 종이를 가지고 있다가 메모하거나, 증거물을 검사할 수 있다는 것이었다. 그들의 의무는 거짓 없이 정당하고 공평하게 재판하는 일이며, 책임은 회의의 비밀을 지키지 않거나 외부 사람들과 연락을 취할 경우에는 처벌을 받는다는 것이었다.

모두들 정중하게 듣고 있었다. 상인은 술 냄새를 물씬물씬 풍기며, 나오려는 하품을 참으면서 한 마디 한 마디 지당한 말씀이라는 듯이 고개를 끄덕이고 있었다.

9

재판장은 배심원에 대한 주의가 끝나자 피고석으로 얼굴을 돌렸다.

"시몬 카르친킨, 일어서!"

하고 그는 말했다.

시몬은 불안하게 일어났다. 볼의 근육이 점점 더 심하게 떨리기 시작했다.

"이름은?"

"시몬 페트로프 카르친킨입니다."

그는 이미 입 속에서 몇 번이나 되풀이하고 있었던 듯, 흥분한 목소리로 빠르게 말했다.

"신분은?"

"농부입니다."

"출생지의 현과 군은?"

"툴라 현, 크라피벤스키 군, 쿠반스카야 면, 보르키 마을입
니다."

"나이는?"

"서른넷입니다. 출생은 천팔백……."

"종교는?"

"러시아 정교입니다."

"아내는?"

"없습니다."

"직업은?"

"네, 마브리타니야 호텔에서 사환으로 일하고 있었습니다."

"전에 재판을 받아 본 적은?"

"한 번도 없습니다. 왜냐하면 저는 여태까지……."

"없단 말이지?"

"암요, 아직 한 번도……."

"기소장의 사본은 받았는가?"

"받았습니다."

"앉아! 예브피미아 이바노브나 보치코바."

하고 재판장은 여자 피고 쪽을 돌아보았다.

그러나 시몬은 앉으려 하지 않고 보치코바 앞을 가로막고
서 있었다.

"카르친킨, 앉아."

카르친킨은 여전히 서 있었다.

"카르친킨, 착석!"

그래도 카르친킨은 여전히 버티고 서 있었다. 정리가 고개

를 갸우뚱거리며 찢어질 듯이 눈을 부릅뜨고 달려가서 주의
를 주자 그제야 겨우 앉았다.

카르친킨은 일어설 때도 그랬지만 이번에도 후닥닥 앉더니
죄수복 앞자락을 여미고는 또다시 소리 없이 볼을 떨기 시작
했다.

"이름은?"

재판장은 그쪽을 쳐다보지도 않고 탁상에 놓여진 서류를
뒤적여 무엇인가를 확인하면서 물었다. 재판장으로서는 너무
나 익숙한 사건이었으므로, 빨리 처리하기 위해 두 가지 문제
를 동시에 해치울 수도 있을 지경이었다.

보치코바는 마흔세 살, 신분은 콜로므나 출신 평민, 직업은
역시 마브리타니야 호텔의 하녀로 전과는 없으며 기소장의
사본만 받고 있었다. 그녀의 대답은 무척 또렷또렷하여 대답
할 때마다,

"네, 그렇습니다. 예브피미아지요. 보치코바입니다. 사본은
받았지요. 그것이 자랑이니까요. 누구든지 나를 얕본다면 용
서하지 않겠어요."

하고 사뭇 도전하는 투로 말했다. 그녀는 심문이 끝나자 앉으
라는 말도 하기 전에 얼른 앉아 버렸다.

"이름은?"

여자를 좋아하는 재판장은 특별히 상냥한 어조로 세 번째
피고 쪽으로 얼굴을 돌렸다.

"일어서야지."

그는 마슬로바가 아직 앉아 있는 것을 보고 부드럽고 상냥

하게 주의를 주었다.

마슬로바는 활발한 동작으로 일어서서 '자, 뭐든지 물어보세요.'라는 표정으로 풍만한 가슴을 펴며 미소를 머금은 채 약간 사시인 검은 눈을 똑바로 재판장의 얼굴로 보냈다.

"이름이 뭐지?"

"류보비예요."

하고 그녀는 재빨리 말했다. 네플류도프는 조금 전부터 코안경을 끼고 심문받는 피고들의 얼굴을 바라보고 있었다.

'아니야, 그럴 리가 없어.'

그는 피고의 얼굴에서 눈을 떼지 않고 생각했다.

'그러나 이상하다, 류보비라니?'

그녀의 대답을 듣고 그는 고개를 갸웃거렸다.

재판장은 심문을 계속하려고 했다. 그러자 코안경을 낀 판사가 화가 난 듯이 뭐라고 속삭이며 그를 제지했다. 재판장은 끄덕이며 피고 쪽을 돌아보았다.

"류보비라니? 피고가 조서에 기재한 이름과 다르지 않나?"

하고 그는 말했다.

피고는 잠자코 있었다.

"본관은 피고의 본명을 묻고 있는 거야."

"세례를 받았을 때 이름은 뭐지?"

라고 화가 난 판사가 물었다.

"전에는 카체리나라고 불렀습니다."

'아니야, 그럴 리가 없어.'

네플류도프는 속으로 생각했다. 하지만 그러면서도 분명히 그 여자라는 것을 의심할 여지가 없었다. 그 처녀였다. 그가 그 무렵 사랑을 한, 그렇지, 미칠 듯한 정열에 쫓겨 유혹했다가 버린, 고모집에서 양딸처럼 자란 하녀이다. 그는 한 번도 그녀를 생각해 본 적이 없었다. 그것은 그 추억이 그에게 너무나도 고통스러웠고 너무나 생생하게 그의 마음의 상처를 노출시켜, 이처럼 인격의 고결함을 자랑으로 삼고 있는 그가 고결은커녕 비열하기 이를 데 없는 태도를 이 여자에게 취했다는 것을 또렷이 보여 주기 때문이었다.

'그렇다, 분명히 그 여자이다.'

그는 지금 한 사람 한 사람의 얼굴을 구별하고, 독자적이고 단 하나뿐인, 세상에 둘도 없는 그 사람만이 갖는 그 신비적이라고밖에 할 수 없는 특징을 똑똑히 보았다. 얼굴이 부자연스럽게 희고 살이 찌긴 했지만, 그녀만이 갖는 사랑스러운 특징은 그 얼굴에, 입술에, 약간의 사시에, 그리고 특히 이 천진난만한 웃음을 담은 눈길과 얼굴만이 아니라 몸 전체에 넘쳐 있는 스스럼없는 표정에 뚜렷이 나타나 있었다.

"진작 그렇게 말해야지."

재판장은 또 특별히 부드럽게 말했다.

"부칭(父稱)은?"

"저는 사생아예요."

하고 마슬로바는 말했다.

"하지만 대부는 있겠지?"

"미하일로바입니다."

'대체 무슨 일을 저질렀단 말인가?'

네플류도프는 숨이 막힐 듯한 심정으로 계속 생각했다.

"성은?"

"어머니 성을 받아 마슬로바라고 합니다."

"신분은?"

"평민입니다."

"종교는 정교겠지?"

"네, 정교입니다."

"직업은? 무엇을 하고 있었나?"

마슬로바는 잠자코 있었다.

"무슨 일을 하고 있었지?"

하고 재판장은 다시 물었다.

"가게에 있었습니다."

하고 그녀는 말했다.

"어떤 가게지?"

코안경을 낀 판사가 엄격하게 물었다.

"어떤 가게인지 잘 아시면서."

이렇게 말하고 마슬로바는 생긋 웃었지만, 곧 재빠른 눈길을 주위에 돌리고는 다시 똑바로 재판장에게 눈을 돌렸다.

그녀의 얼굴 표정엔 무언가 심상치 않은 것이 있었고, 그녀가 한 말의 의미에도, 생긋 웃는 희미한 웃음에도, 법정 안으로 흘려 보낸 재빠른 눈길에도, 무언가 가련함을 유발하는 듯한, 무섭고도 처량한 것이 느껴졌으므로 재판장은 저도 모르게 눈을 내리깔았고, 법정 안은 한동안 잠잠해졌다. 정적은 방청석 누군가의 숨죽인 웃음소리로 깨졌다. 누군가가 '쉿'

하고 제지했다. 재판장은 얼굴을 들고 심문을 계속했다.

"전에 재판이라든가 취조를 받은 일은?"

"없습니다."

마슬로바는 한숨을 섞어 가며 조용히 말했다.

"기소장 사본은 받았는가?"

"받았습니다."

"앉아도 좋아."

하고 재판장은 말했다.

그녀는 화려하게 차려 입은 부인이 옷자락을 매만질 때와 같은 동작으로 스커트 뒷자락을 살짝 쳐들고 앉더니, 죄수복 소매 속으로 희고 조그마한 손을 깍지끼고 가만히 재판장을 바라보았다.

잇달아 증인들의 호출과 퇴장, 감정 의사(鑑定醫師)에 대한 결정과 소환이 이어졌다. 이윽고 그것이 끝나자 서기가 일어나서 기소장을 낭독하기 시작했다. 그는 커다란 소리로 또렷하게 읽었지만, 너무나 빨라서 엘과 알의 발음을 구분할 수 없는, 부정확한 소리가 줄줄 이어지는 단조로운 울림처럼 들려서 졸음이 올 정도였다.

재판관들은 의자의 팔걸이에 번갈아가며 팔꿈치를 얹기도 하고, 탁상에 팔꿈치를 짚었다가, 등받이에 등을 기댔다가, 눈을 감았다 떴다 하며 이야기를 주고받고 있었고, 헌병 한 사람은 억지로 하품을 참고 있었다.

피고석에서는 카르친킨이 여전히 볼을 씰룩거리고 있었다. 보치코바는 남의 일인 양 태연하게 바른 자세로 앉아 있었는데, 이따금 스카프 밑으로 손가락을 찔러 머리를 긁었다.

마슬로바는 가만히 앉아 낭독자의 얼굴을 주시한 채 낭독을 듣고 있었는데 이따금 섬뜩한 듯이 얼굴을 붉히며, 반론하고 싶은 듯한 태도를 보였지만 곧 괴로운 듯이 한숨을 쉬고 팔짱을 바꾸어 끼고는 주위를 둘러본 다음 다시 눈을 낭독자에게로 보냈다.

네플류도프는 맨 앞 줄 끝에서 두 번째의 높은 의자에 앉아 코안경을 낀 채 지긋이 마슬로바를 응시하고 있었다. 그의 마음속에서는 복잡하고 괴로운 투쟁이 진행되고 있었다.

10

기소장은 다음과 같았다.

"1881년 1월 17일, 호텔 '마브리타니야'의 주인은 동 호텔 숙박객 시베리아의 제2계급 상인 페라폰트 예멜리야노비치 스멜리코프가 급사했다고 경찰에 신고했다.

제4구역 경찰의는 스멜리코프의 죽음이 알코올성 음료의 과도한 섭취에서 온 심장 파열에 기인한다고 검증했으며, 스멜리코프의 시체는 죽은 지 사흘 만에 매장되었다.

그런데 스멜리코프 사후 나흘째 되던 날, 그의 동향인이자 동업자인 치모힌이라는 상인이 페테르부르크에서 돌아와 동업자 스멜리코프의 죽음과 그 최후에 얽힌 상황을 듣고, 스멜리코프는 도둑질을 목적으로 하는 어떤 자의 손에 의해 독살된 것 같다는 의심을 표명했다. 스멜리코프가 가지고 있던 돈과 다이아몬드 반지가 그의 소지품 목록에서 빠져 있는 것이 그 증거라고 주장한 것이다. 그래서 예심이 성립되어 다음과 같은 사정이 확인되었다.

1. 스멜리코프가 은행에서 찾은 3천 8백 루블의 돈을 가지고 있었다는 것은 마브리타니야 호텔의 주인도, 스멜리코프가 이곳에 도착한 후에 거래한 스탈리코프의 점원도 다 알고 있었다. 그런데 스멜리코프의 죽음과 동시에 봉인된 여행용 트렁크와 지갑에는 불과 3백 12루블 16코페이카밖에 없었다.

2. 스멜리코프는 죽기 전날 하루와 그 날 밤을 창녀 류브카 (본명 예카체리나 마슬로바)와 함께 지냈는데, 그 동안 그녀는 그의 방에 두 번 갔다.

3. 스멜리코프가 가지고 있던 다이아몬드 반지를 이 창녀가 자기 고용주에게 팔았다.

4. 호텔의 하녀 예브피미아 보치코바는 상인 스멜리코프가 죽은 다음날, 상업 은행에 당좌 예금으로 1천 8백 루블을 예금했다.

5. 창녀 류브카의 진술에 의하면, 하인 시몬 카르친킨이 가루약 한 봉지를 주면서 그것을 술에 타서 스멜리코프에게 먹이도록 권했으며, 류브카는 그렇게 했다고 자백했다.

심문을 받은 창녀 류브카는, 그녀가 일하고 있는 유곽에 상인 스멜리코프가 있는 동안 스멜리코프의 지시로 마브리타니야 호텔에 돈을 가지러 갔으며, 가지고 간 열쇠로 상인의 트렁크를 열어 40루블의 돈을 꺼냈으나 그 이상은 한푼도 꺼내지 않았으며, 이러한 사실은 그녀가 트렁크를 열쇠로 열 때 입회한 시몬 카르친킨과 예브피미아 보치코바가 증명할 수 있다고 주장했다.

그리고 스멜리코프의 독살 건에 관해서 창녀 류브카는 이렇게 진술했다. 즉 그녀는 세 번째로 상인 스멜리코프의 방에 갔을 때 시몬 카르친킨의 사주를 받아 코냑에 무슨 가루약을 타서 그에게 먹였다. 그녀는 그 약을 수면제라고만 생각하고 있었으므로, 그것을 먹이면 상인이 빨리 잠들어 자기를 자유롭게 해줄 것이라고 생각했기 때문이다. 그녀는 돈은 한푼도 건드리지 않았으며, 스멜리코프가 그녀를 때렸기에 그녀가 돌아가려고 하자 그녀에게 반지를 준 것이라고 주장했다.

예브피미아 보치코바와 시몬 카르친킨의 진술에 의하면, 예브피미아 보치코바는 분실된 돈에 대해서는 조금도 아는 바가 없다, 자기는 상인의 방에 들어가지 않았다, 그 방에서 무슨 짓인가 한 것은 류브카뿐이다, 따라서 만약 상인의 소지품이 도둑을 맞았다면 그것은 류브카가 돈을 가지러 갔을 때 훔친 것이 틀림없다고 말했다.

낭독이 이 부분까지 왔을 때, 마슬로바는 기가 막힌 듯 입을 벌리고 보치코바를 바라보았다.

"예브피미아 보치코바는 은행에 1천 8백 루블을 저금한 통장에 대해서는, 앞으로 결혼할 작정이었던 시몬 카르친킨과 둘이서 12년이나 걸려서 모은 돈이라고 진술했다. 한편 시몬 카르친킨은 처음 진술에서는 유곽에서 열쇠를 가지고 온 예카체리나 마슬로바에게 선동되어 예브피미아 보치코바와 함께 돈을 훔쳐 마슬로바와 보치코바 이렇게 셋이 나누어 가졌다고 자백했다."

여기서 또 마슬로바는 몸을 부르르 떨며 벌떡 일어나 얼굴이 새빨갛게 되어 뭐라고 말하기 시작했으나, 정리가 제지했다.

"그리고 마침내……."

하고 서기는 낭독을 계속했다.

"카르친킨은 가루약을 마슬로바에게 준 것도 자백했다. 그런데 두 번째 진술에서 그는 돈을 훔칠 것을 공모한 것도, 마슬로바에게 가루약을 준 것도 부인하고 모든 죄를 마슬로바에게 씌우고 있다. 보치코바가 은행에 예금한 돈에 대해서는 보치코바와 마찬가지로 12년이나 호텔 근무를 하는 동안 두 사람이 손님에게서 팁으로 받은 것이라고 진술했다."

이어 기소장에는 대질 심문의 기록, 증인들의 증언, 감정인의 소견 등이 계속되었다. 그리고 기소장의 결론은 다음과 같았다.

"이상과 같은 사실에 근거하여 보르키 마을의 농민 시몬 페트로프 카르친킨, 33세, 평민 예브피미아 이바노브나 보치코바, 43세, 평민 예카체리나 미하일로바 마슬로바, 27세는 188×년 1월 17일 공모하여 상인 스멜리코프로부터 2천 5백 루블의 현금과 반지 한 개를 훔치고, 그 생명을 빼앗을 의도로 스멜리코프에게 독약을 먹임으로써 스멜리코프를 죽게 한 데 대해 유죄임을 인정한다.

이 범죄는 헌법 제1453조 제4항 및 제5항의 규정에 해당된다. 그러므로 형사 소송법 제201조에 의거하여 농민 시몬 카르친킨, 예브피미아 보치코바 및 평민 예카체리나 마슬로바를 본 지방 재판소의 배심원이 참여하는 법정에 기소한다."

서기는 긴 기소장의 낭독을 끝맺고 자리에 앉았다.

드디어 이제부터 심리가 시작되면, 모든 것이 명백해지고 정의가 이기게 될 것이라는 유쾌한 생각을 하면서 모두들 한숨을 쉬었다. 그러나 단 한 사람 네플류도프만은 그런 기분이 될 수 없었다.

그는 10년 전에 천진하고 귀여운 처녀로만 알고 있던 그 마슬로바가 어쩌면 그토록 끔찍한 짓을 저지르게 되었을까 하는 의문 섞인 공포감에 휩싸였던 것이다.

11

기소장 낭독이 끝나자 재판장은 판사들과 잠깐 의논한 다음 표정을 고치고는 카르친킨 쪽으로 돌아앉았다. 그 표정에는,

'자, 이제는 가장 정확한 방법으로 모든 진실을 밝혀 보이겠다.'

하는 결의가 역력히 보였다.

"농민 시몬 카르친킨!"

그는 상체를 약간 왼쪽으로 기울이며 불렀다.

시몬 카르친킨은 두 손을 바지 솔기에 바싹 댄 채, 몸 전체를 앞으로 기울이고 여전히 소리 없이 볼을 실룩거리면서 일어섰다.

"피고는 188×년 1월 17일 예브피미아 보치코바와 예카체리나 마슬로바와 공모하여 상인 스멜리코프의 트렁크에서 소

지품을 훔치고, 이어 비소를 예카체리나 마슬로바에게 주어, 그 독약이 섞인 술을 스멜리코프에게 마시게 하여 죽인 죄로 기소되었다. 피고는 자신을 유죄라고 인정하는가?"

이렇게 말하고 재판장은 상체를 오른쪽으로 기울였다.

"당치도 않습니다. 제 일은 손님에게 서비스하는 일이라서⋯⋯."

"그런 말은 나중에 해. 피고는 자기를 유죄라고 인정하나?"

"천만의 말씀입니다. 저는 다만⋯⋯."

"그런 말은 나중에 해. 피고는 자기를 유죄라고 인정하는가?"

재판장은 조용히, 그러나 단호하게 되풀이했다.

"어떻게 그런 대담한 짓을. 하지만 저는⋯⋯."

또다시 정리가 시몬 카르친킨 옆에 달려가서 그를 제지했다.

재판장은 이 질문은 일단 끝났다는 표정으로 서류를 누르고 있던 팔꿈치의 위치를 바꾸며 예브피미아 보치코바 쪽으로 돌아앉았다.

"예브피미아 보치코바, 피고는 188×년 1월 17일 마브리타니야 호텔에서 시몬 카르친킨과 예카체리나 마슬로바와 공모하여 상인 스멜리코프의 트렁크 속에서 돈과 반지를 훔쳐 그것을 셋이 나누어 가진 다음, 자기의 범행을 감추기 위해 상인 스멜리코프에게 독약을 먹여 그를 죽게 한 죄로 기소되었다. 피고는 자기를 유죄라고 인정하는가?"

"저는 아무 죄도 없습니다."

피고는 또렷한 목소리로 단호히 말했다.

"저는 방에도 들어가지 않았습니다. 이 망할 계집이 들어갔으니 이 년이 한 짓임에 틀림없습니다."

"그것은 나중에 말하시오."

재판장은 부드러우나 단호하게 말했다.

"그럼 피고는 자기를 유죄라고 인정하지 않는단 말이지?"

"돈을 훔친 것도 제가 아니고, 독약을 먹인 것도 제가 아닙니다. 저는 방에도 들어가지 않았어요. 만약 제가 방에 있었더라면 이 여자를 쫓아냈을 겁니다."

"피고는 자기를 유죄라고 인정하지 않는단 말이지?"

"절대로."

"좋아."

"예카체리나 마슬로바!"

재판장은 세 번째 피고 쪽을 향해 말했다.

"피고는 상인 스멜리코프의 트렁크 열쇠를 가지고 마브리타니야 호텔로 가서 트렁크에서 돈과 반지를 절취하고……."

하며 그는 암기한 문제를 외우듯이 줄줄 말했으나, 동시에 왼쪽 판사 쪽으로 귀를 기울여 증거 물건의 리스트 속에 약병이 누락되어 있다는 주의를 듣고 있었다.

"그 트렁크에서 돈과 반지를 절취하여……."

재판장은 되풀이했다.

"절취한 물건을 나눈 다음 다시 상인 스멜리코프와 마브리타니야 호텔로 갔을 때 독을 섞은 술을 스멜리코프에게 마시게 하여 그를 죽게 한 죄로 기소되었다. 피고는 자기를 유죄라고 인정하는가?"

"제게는 아무런 죄도 없습니다."

그녀는 재빨리 말했다.

"처음에 말씀드렸던 것을 거듭 말씀드리겠어요. 저는 훔치지 않았습니다. 훔치지 않았으니까 훔치지 않았다는 거예요. 정말 아무것도 훔치지 않았어요. 반지는 그분이 제게 준 거예요……."

"피고는 2천 5백 루블의 돈을 훔친 데 대해 자기를 유죄라고 인정하지 않는단 말이지?"

하고 재판장은 말했다.

"몇 번이나 말씀드렸듯이 40루블 외에는 한푼도 꺼내지 않았습니다."

"그럼 상인 스멜리코프에게 가루약을 탄 술을 마시게 한 데 대해서는 자기의 죄를 인정하는가?"

"그것은 인정합니다. 다만 저는 그것이 수면제이기 때문에 아무런 해도 없다고 생각했던 거예요. 죽인다는 것은 생각하지도 않았습니다. 하느님께 맹세코 말씀드리지만, 그런 것은 꿈에도 생각하지 않았어요."

하고 그녀는 말했다.

"그럼, 상인 스멜리코프의 돈과 반지를 훔친 데 대해서는 죄를 인정하지 않지만……."

하고 재판장은 말했다.

"가루약을 타서 마시게 한 일은 인정한단 말인가?"

"하지만 제가 인정하는 것은 수면제라고 생각했다는 것뿐입니다. 저는 그분을 재우기 위해서 마시게 했을 뿐이에요. 그런 일은 꿈에도 생각하지 않았고 바라지도 않았습니다.”

“좋아.”

재판장은 심문한 결과에 대해 자못 만족한 듯이 말했다.

“그러면, 그때의 상황을 말해 봐.”

그는 의자에 등을 기대고 두 손을 탁상 위에 놓으면서 말했다.

“모두 사실대로 말해 봐. 정직하게 말하면 자기 입장을 유리하게 할 수도 있으니까.”

마슬로바는 여전히 재판장의 얼굴을 똑바로 바라보며 잠자코 있었다.

“어떤 상황이었는지 말해 봐.”

“어떠했느냐고요?”

마슬로바는 갑자기 빠른 말투로 말하기 시작했다.

“호텔로 가자 방으로 안내되었습니다. 그곳에 그분이 있었습니다. 벌써 몹시 취해 있었어요.”

그녀는 이상하게도 공포의 표정을 띠고 눈을 크게 뜨면서 그분이라는 말을 했다.

“저는 돌아가려 했습니다만, 그분이 놓아 주지 않았어요.”

그녀는 갑자기 말머리를 잊었는지 혹은 딴생각이 났는지 입을 다물었다.

“그래서?”

“그래서 잠깐 있다가 돌아갔어요.”

이때 검사보가 어색하게 팔꿈치를 짚고 몸을 반쯤 일으켰다.

"무슨 질문이 있으십니까?"

재판장은 검사보가 고개를 끄덕이는 것을 보자 질문의 권리를 그에게 양도한다는 손짓을 했다.

"내가 질문하고 싶은 것은, 피고가 전부터 시몬 카르친킨을 알고 있었느냐는 것입니다."

검사보는 마슬로바 쪽은 보지도 않고 말했다. 그리고 질문을 끝내자 입을 다물고 눈살을 찌푸렸다.

재판장이 검사보의 질문을 되풀이하자, 마슬로바는 겁먹은 표정으로 검사보에게 눈길을 돌렸다.

"시몬하고요? 알고 있었어요."

하고 그녀는 말했다.

"내가 알고 싶은 것은 피고와 카르친킨의 관계가 어느 정도였었는가 하는 것입니다. 두 사람은 가끔 만나곤 했나요?"

"어느 정도의 관계였느냐고요? 손님의 부탁을 받고 몇 번인가 불러 주었을 뿐 잘 알지는 못했어요."

마슬로바는 불안하게 검사보와 재판장을 번갈아 보면서 말했다.

"내가 알고 싶은 것은 왜 카르친킨이 다른 여자들은 부르지 않고 마슬로바만을 불렀는가 하는 점입니다."

검사보는 눈을 가늘게 뜨고는 악마와 같은 교활한 웃음을 지으면서 말했다.

"저는 모릅니다. 그런 것을 제가 어떻게 알겠어요?"

하고 마슬로바는 대담하고 겁먹은 눈빛으로 주위를 둘러보다가 한순간 시선을 네플류도프에게 멈추었다.

"부르고 싶으니까 불렀겠지요."

'알아봤을까?'

네플류도프는 피가 얼굴로 솟구치는 것을 느꼈다. 그러나 마슬로바는 그를 알아본 것 같지 않았다. 그녀는 곧 눈길을 돌려 다시 겁먹은 듯한 표정으로 검사보에게 똑바로 눈길을 보냈다.

"피고는 카르친킨과 어떤 특별한 관계에 있었다는 것을 부인하는군. 알겠소, 내 질문은 이것으로 끝입니다."

검사보는 짚고 있던 한쪽 팔꿈치를 책상에서 떼고는 곧 무엇인가 쓰기 시작했다. 사실은 무엇을 쓴 것이 아니라 다만 자기 메모에다 펜으로 쓰고 있는 시늉을 해 보였을 뿐이다. 검사나 변호사들이 곧잘 교묘한 질문을 한 뒤에 상대방을 눌러 버릴 수 있는 포인트를 자기의 기록 속에 적는 것을 보아 왔기 때문이었다.

재판장은 피고 쪽으로 금방 얼굴을 돌리지 않았다. 마침 그때 서기가 미리 기록해 준 질문의 순서에 동의할 것인지 어떤지를 안경 쓴 판사에게 묻고 있었기 때문이다.

"그럼, 그 이후는 어떻게 되었는가?"

하고 재판장은 질문을 계속했다.

"집으로 돌아가서……."

마슬로바는 좀더 대담한 눈빛으로 재판장 한 사람만을 보면서 말했다.

"주인 마담에게 돈을 내주고 잤어요. 잠이 들자 곧 동료인 베르타가 저를 깨워서 '가 봐요, 당신 손님인 그 상인이 또 왔어요.' 하고 말했습니다. 저는 나가고 싶지 않았지만 주인 마담의 명령이었어요. 가 보았더니 그분이 있었어요."

그녀는 또 역력히 공포의 표정을 띠고 그분이라는 말을 했다.

"그분은 우리 집 여자들 모두에게 술을 먹이겠다고 술을 더 사려 했지만 돈을 죄다 써 버려서 돈이 없었습니다. 주인 마담이 외상을 주려 하지 않았기 때문에, 그분은 저를 호텔로 보내 돈을 가져오도록 시켰어요. 그래서 저는 갔던 거예요."

재판장은 그때 왼쪽의 판사와 이야기를 주고받고 있었기 때문에 마슬로바의 말을 듣지는 못했지만, 모두 들은 것처럼 보이기 위해 그녀의 마지막 말을 되풀이했다.

"피고가 갔단 말이지? 그래서 어떻게 했나?"
하고 그는 말했다.

"가서 시키는 대로 먼저 방으로 갔지요. 하지만 혼자 가는 것이 싫어서 시몬 미하일로비치와 이 여자를 불렀습니다."

그녀는 보치코바를 가리키면서 말했다.

"거짓말이에요. 제가 들어가다니 당치도 않은 말을……."
하고 보치코바는 소리쳤으나 제지당했다.

"이 사람들이 보고 있는 앞에서 10루블 짜리 지폐를 네 장 꺼냈습니다."

마슬로바는 보치코바 쪽은 보지도 않고 말을 이었다.

"그래, 피고는 40루블을 꺼냈을 때 거기에 돈이 얼마나 있는지 몰랐는가?"

다시 검사보가 질문했다.

검사보가 입을 연 순간 마슬로바는 또다시 몸을 떨었다. 그녀는 무슨 이유에서인지는 몰랐으나, 그가 그녀에게 불리한 것을 바라고 있는 것 같다는 느낌이 들었다.

"세어 보지는 않았지만 1백 루블 지폐 뭉치가 있는 것을 보았어요."

"피고는 1백 루블 지폐가 있는 것을 보았단 말이지. 내 질문은 이것뿐입니다."

"그래서 돈을 가져왔단 말인가?"

재판장은 시계를 보면서 질문을 계속했다.

"가져왔습니다."

"그리고?"

재판장이 물었다.

"그리고 그분은 다시 저를 데리고 갔어요."

하고 마슬로바는 말했다.

"그래? 그래서 어떻게 가루약을 탄 술을 먹였지?"

재판장은 물었다.

"어떻게 먹였냐고요? 술에 섞어서 마시게 했지요."

"왜 먹였지?"

그녀는 대답하지 않고 괴로운 듯이 깊은 한숨을 쉬었다.

"아무리 해도 저를 놓아 주지 않았기 때문이에요."

잠시 사이를 두고 그녀는 말했다.

"상대를 하고 있는 것이 진저리가 나서 복도로 나가 시몬 미하일로비치에게 '어떻게 하든지 돌아가게 해주지 않겠어요?’라고 하니까 시몬 미하일로비치가 말하기를 ‘그 손님에 게는 우리도 진저리가 나. 어디 잠자는 약이라도 먹여 볼까? 녀석이 잠들면 당신도 갈 수 있지.’ 그래서 저는 ‘그게 좋겠 어요.’ 하고 말했습니다. 저는 그것이 독약인 줄 몰랐어요. 시 몬 미하일로비치는 저에게 종이 봉지를 하나 주었습니다. 방 으로 들어가니 그분은 칸막이 뒤에 누워서 빨리 코냑을 가져 오라고 하더군요. 저는 테이블 위에 있던 고급 코냑 병을 집 어들고 두 개의 잔에다 따랐습니다. 하나는 제 것이고 하나는 그분 것이지요. 그리고 그분의 글라스에 가루약을 넣어서 주 었습니다. 하지만 독약이라는 걸 알았다면 어떻게 그럴 수가 있었겠어요?”

“그런데 어떻게 반지가 피고의 손에 들어갔지?”

“반지는 그분이 직접 제게 준 거예요.”

“언제 주었지?”

“그분을 따라 호텔 방에 갔을 때 제가 돌아가고 싶다고 하 니까 그이가 제 머리를 때려서 빗이 부러져 버렸어요. 제가 화를 내며 돌아가려고 했더니, 그분은 저를 붙들어 두려고 반 지를 빼서 제게 주었던 거예요.”

하고 그녀는 대답했다.

그때 검사보가 다시 몸을 일으키더니 언제나처럼 어색한 태도로 다시 두세 가지 질문을 하고 싶다고 했다. 그는 허락 을 받자 금실로 수놓은 깃 위에 턱을 약간 기울이며 말했다.

“내가 알고 싶은 것은 피고가 상인 스멜리코프의 방에 몇 시간이나 있었느냐는 것입니다.”

“얼마나 있었는지 기억하고 있지 않습니다.”

“그럼 피고는 상인 스멜리코프의 방을 나와 호텔 안의 다른 방에 들른 일은 없었나!”

마슬로바는 잠시 생각했다.

“비어 있는 옆방에 들렀습니다.”

하고 그녀는 말했다.

“무엇 하러 들렀지?”

검사보는 몸을 밀어내듯이 하여 똑바로 그녀 쪽을 보면서 말했다.

“옷매무새를 고치고 마차를 기다리기 위해서였어요.”

“그럼 카르친킨도 피고와 함께 있었나? 아니면 피고 혼자 있었나?”

“그 사람도 함께 있었습니다.”

“무엇 하러?”

“상인이 마시던 고급 코냑이 남아 있었기에 함께 마셨지요.”

“같이 마셨단 말이지? 좋아, 그런데 피고는 시몬과 무슨 이야기를 했지?”

마슬로바는 갑자기 미간을 찌푸리고 얼굴을 새빨갛게 붉히며 빠른 소리로 대답했다.

“무슨 이야기를 했느냐고요? 아무 얘기도 하지 않았어요. 이것으로 그때 일은 전부 말했습니다. 더 이상 아무것도 몰라요. 저를 어떻게 하려는 거예요? 제게는 아무런 죄도 없습니다. 단지 그것뿐이에요.”

"내 질문은 이것으로 끝입니다."

하고 검사보는 재판장에게 말하더니 어색하게 어깨를 추켜올리며 피고가 시몬과 함께 빈 방에 들렀다는 피고의 자백을 재빨리 적기 시작했다.

침묵이 흘렀다.

"피고는 이제 더 할 말이 없는가?"

"저는 모두 말했습니다."

그녀는 한숨을 섞어 말하고는 앉았다. 그 뒤에 재판장은 무언가 조서에 기입을 하며 왼쪽의 판사가 귀엣말을 하는 것을 듣고 나더니, 10분 동안의 휴정을 선언하고는 급히 일어나 법정을 나갔다. 재판장과 판사와의 귀엣말은 다름아니라 판사가 배가 약간 아프니 마사지를 하고 물약을 마시고 싶다는 것이었다. 그가 그 말을 재판장에게 전하자 휴정이 선언된 것이다.

재판관들에 이어 배심원과 변호사, 그리고 증인들도 일어나 이제 중요한 문제의 일부가 끝났다는 일종의 안도감을 느끼면서 뿔뿔이 흩어졌다.

네플류도프는 배심원 대기실에 들어가서 창가에 앉았다.

12

그렇다. 그녀는 카튜샤였다.

처음으로 네플류도프가 카튜샤를 만난 것은 대학 3학년 재학 중 토지 소유에 관한 논문을 쓰기 위해 고모네 집에서 여름을 지냈을 때였다. 여느 때는 어머니와 누이와 함께 모스크바 교외에 있는 어머니의 큰 영지에서 여름을 보내곤 했다. 그런데 그해에는 누이가 결혼을 했고, 어머니는 외국의 온천지에 휴양을 하러 가 있었다. 게다가 네플류도프는 눈문을 써야만 했기 때문에 여름을 고모네 집에서 보내기로 했던 것이다. 고모들은 조카이자 자기들의 상속인이 되는 그를 친절하게 보살펴 주었고, 그도 그런 고모들을 사랑했으며, 그 소박한 시골 생활을 좋아했다.

네플류도프는 그해 여름, 고모네 집에서 지내는 동안 터져버릴 듯한 감동을 경험했다. 그것은 청년이 되어 처음으로 타

인의 지시에 의해서가 아니라 자기 혼자서 인생의 아름다움
과 중대함을 인식하고 인간에 주어진 사명의 의의를 깨닫는
것이었으며, 자기와 전세계의 끝없는 완성의 가능성을 발견
하고, 그에 대한 완전한 확신을 가지고 이 완성에의 길에 몰
두할 때 느끼는 바로 그러한 감동이었다. 그해 여름 방학이
시작되기 전에 그는 스펜서의 《사회 평형론》을 읽었는데, 그
자신이 대지주의 아들이니만큼 토지 사유 문제에 관한 스펜
서의 소론에 특히 강렬한 감명을 받았다.

아버지는 과히 부유하지 않았지만, 어머니는 시집올 때 지
참금으로 약 1만 헥타르의 토지를 가지고 왔다. 그때 그는 비
로소 개인에 의한 토지 사유가 잔혹하고 부당한 행위임을 깨
달았다. 그는 도덕적 요구를 위한 희생을 최고의 정신적 기쁨
으로 느끼는 인간의 한 사람이었으므로, 토지 소유권을 이어
받지 않기로 결심하고 아버지의 유산으로 받은 토지를 농민
들에게 즉시 분배해 주었다. 그리고 그는 이것을 주제로 해서
논문을 쓰고 있었던 것이다.

그 해 여름 고모네 마을에서의 생활은 다음과 같은 계획에
의해서 진행되었다.

아침에는 아주 일찍, 때로는 새벽 3시경에 일어나서 해뜨기
전에, 때로는 아직 아침 안개가 자욱한 가운데 산기슭의 강에
목욕을 하러 갔다. 그리고 아직 풀과 꽃이 밤이슬에 젖어 있
을 때 돌아왔다. 어떤 때는 모닝 커피를 마시고 나서 곧 책상
앞에 앉아 논문을 쓰기도 하고 자료를 읽기도 했지만, 대개는
책읽기와 글쓰기는 뒤로 돌리고 다시 집 밖으로 나가 들과 숲

속을 이리저리 돌아다녔다. 그리고 식사 전에는 뜰 한구석에
서 낮잠을 자고, 식사 때에는 그 쾌활한 말솜씨로 고모들을
놀려 주기도 하고 웃기기도 했으며, 말이나 보트를 타기도 했
다. 밤에는 자료를 읽거나 고모들과 트럼프 놀이를 했다. 밤
에, 특히 달 밝은 밤에는 인생의 기쁨에 가슴이 설레여 잠을
이룰 수가 없어 여러 가지 공상을 하면서 새벽녘까지 뜰을 거
니는 때도 있었다.

이처럼 행복하고 평화롭게, 그는 고모의 집에서 처음 한 달
을 지냈다. 그러는 동안에 그는 반은 하녀이고 반은 양딸 같
은, 행동이 민첩하고 까만 눈동자를 가진 카튜샤에게는 아무
런 관심도 없었다.

그 당시 네플류도프는 열아홉 살이 되어 있었지만 어머니
품 속에서 따뜻하게 자랐기 때문에 아주 순진한 청년이었다.
그는 여자라는 것은 아내밖에 공상할 수가 없었다. 그의 생각
으로는, 그의 아내가 될 수 없는 여자들은 모두 그에게 있어
서는 여자가 아니라 단순한 사람들에 지나지 않았다. 그런데
우연히 그해 여름 그리스도 승천절에 이웃에 사는 여지주가
나이 찬 딸 둘과 중학생 하나와 그들 집에 손님으로 와 있는
농민 출신의 젊은 화가를 데리고 고모네 집에 놀러 왔다.

차를 마신 뒤, 이미 풀 베기가 끝난 집 앞 풀밭에서 두 사람
이 한 조가 되어 달아나는 술래잡기 놀이를 하게 되었는데,
카튜샤도 함께였다. 몇 번인가 짝이 바뀐 뒤 네플류도프는 카
튜샤와 짝이 되어 달리게 되었다. 네플류도프는 카튜샤를 바
라보는 것이 언제나 즐겁기는 했지만, 그들 사이에 어떤 특별

한 관계가 생기리라곤 꿈에도 생각해 본 일이 없었다.

"안 되겠는데, 이 두 사람이 짝이 되면 도저히 잡을 수가 없어."

하며 술래가 된 쾌활한 화가가 말했다. 그는 다리가 짧고 안짱다리였지만, 튼튼한 다리를 가지고 있어 달리는 것이 매우 빨랐다.

"넘어지기라도 해 줘야지."

"당신한테는 잡히지 않을걸요."

"하나, 둘, 셋!"

손뼉을 세 번 쳤다. 간신히 웃음을 참으면서 카튜샤는 재빨리 네플류도프와 자리를 바꾸고 까칠까칠한 작은 손으로 네플류도프의 커다란 손을 잡고는 풀을 먹인 스커트를 버석거리면서 왼쪽으로 휙 달려나갔다.

네플류도프도 빨리 달렸다. 그는 화가에게 지기 싫었으므로 기를 쓰고 달렸다. 돌아보니 카튜샤를 쫓고 있는 화가가 보였다. 그러나 그녀는 탄력 있는 젊은 다리를 재빠르게 놀려 화가를 피해 왼쪽으로 달려갔다. 앞쪽에는 라일락이 무성한 숲이 있었다. 그 뒤쪽까지 달아나는 사람은 없었으므로 카튜샤는 네플류도프를 돌아보고 라일락 수풀 뒤에서 만나자고 손짓했다. 그는 그 신호를 알아차리고 수풀 속으로 뛰어들어갔다. 그러나 거기에 쐐기풀이 우거진 도랑이 있다는 것을 그는 알지 못했다. 그는 그곳에 엎어져서 쐐기풀 가시에 손을 찔렸고, 벌써 내려앉은 초저녁 이슬에 함빡 젖은 채 나동그라졌다. 그는 자기의 우스꽝스러운 꼴이 창피해서 얼른 일어나 깨끗한 곳으로 뛰어나갔다.

카튜샤는 시원스러운 웃음을 짓고 포도알 같은 까만 눈을 반짝이며 그에게로 달려왔다. 그들은 서로 달려와서 손을 마주 잡았다.

"어머나, 찔리셨네요."

그녀는 다른 한 손으로 흐트러진 머리를 매만지며 가쁜 숨을 몰아쉬고 생글생글 웃으면서 똑바로 그의 얼굴을 바라보았다.

"저기 도랑이 있는 줄은 몰랐어."

그도 웃으면서 카튜샤의 손을 잡은 채 말했다.

그녀가 그에게 다가섰다. 그러자 그는 왜 그렇게 되었는지 자기도 모르게 그녀 쪽으로 얼굴을 가져갔다. 그녀도 피하려는 것 같지 않았다. 그는 그녀의 손을 꼭 쥐고 입술에 키스했다.

"어머나!"

그녀는 이렇게 속삭이더니 재빨리 손을 빼고 달려갔다.

라일락 수풀에 다다른 그녀는 꽃이 다 져 가는 하얀 라일락의 작은 가지를 두 개 꺾어 들고, 그것으로 상기된 얼굴을 토닥토닥 두드리고 있었다. 그러더니 그에게 힘차게 두 손을 흔들어 보이고는 다른 사람들이 있는 곳으로 달려갔다.

그때부터 네플류도프와 카튜샤 사이의 관계는 달라졌으며, 서로 이끌리는 순진한 젊은 청년과 역시 순진한 처녀와의 사이에 흔히 볼 수 있는 그 특수한 관계가 생겼던 것이다.

카튜샤가 방으로 들어오거나, 혹은 멀리서 그녀의 하얀 앞치마가 보이기만 해도, 네플류도프는 갑자기 주위가 눈부신 태양에 의해 밝아진 것같이 보였으며 모든 것이 한결 더 재미 있고 즐거운 것처럼 느껴졌다. 그녀도 그와 똑같은 경험을 하고 있었다. 그러나 카튜샤가 옆에 있다는 것만이 네플류도프에게 이 작용을 준 것은 아니었다. 그에게 있어서는 카튜샤라는 처녀가, 그녀에게 있어서는 네플류도프라는 청년이 이 세상에 살고 있다는 것을 생각하는 것만으로도 이 작용이 생기는 것이었다. 어머니에게서 불쾌한 편지를 받건, 논문이 잘되지 않건, 청년다운 이유 없는 시름에 사로잡히건, 카튜샤가 존재하고 카튜샤의 모습을 볼 수 있다는 생각만으로도 네플류도프의 모든 불쾌감은 안개처럼 사라져 버리는 것이었다.

카튜샤는 집안일이 매우 많았지만 재빨리 해치우고는 틈을 만들어서 책을 읽곤 했다. 네플류도프는 자기가 읽은 도스토예프스키나 투르게네프의 작품을 그녀에게 빌려 주었다. 가장 그녀의 마음에 든 것은 투르게네프의 《정적》이었다. 두 사람의 대화는 복도에서 만났을 때나, 발코니나, 뜰이나, 때로는 고모들의 늙은 하녀 마트료나 파블로브나의 방에서 재빨리 단편적으로 교환되었다. 늙은 하녀는 카튜샤와 함께 살고 있었는데, 네플류도프는 그곳에 가끔 초대받아 농민들이 하는 대로 설탕을 바로 베어 먹으면서 차를 마시곤 했다. 그리고 마트료나 파블로브나 앞에서 이야기한 때가 특히 즐거웠다. 단둘이 있을 때에는 대화가 그리 자연스럽게 이어지지는 않았다. 금빛 눈이 입으로 말하고 있는 것과는 전혀 다른, 훨씬 더 소중한 말을 하기 시작해서 입술이 굳어지고 어쩐지 어색해져서 허둥지둥 헤어지는 것이었다.

이러한 관계는 그가 고모들 집에 묵고 있는 동안 줄곧 그와 카튜샤 사이에 계속되었다. 고모들은 이 관계를 눈치채고 깜짝 놀라 외국에서 휴양 중인 네플류도프의 어머니 엘레나 이바노브나 공작 부인에게 알려 주었을 정도였다. 고모인 마리아 이바노브나는 드미트리가 카튜샤와 육체 관계를 맺지나 않을까 두려웠던 것이다. 그러나 그 걱정은 공연한 것이었다. 네플류도프는 스스로도 깨닫지 못한 채 정신적으로 카튜샤를 사랑하고 있었던 것이다. 그리고 그의 사랑은 그에게 있어서도, 그녀에게 있어서도 타락을 막는 커다란 방패가 되었다. 그에게는 육체적으로 그녀를 소유하려는 욕망이 없었을 뿐만 아니라, 그녀와 그러한 관계가 있을 수 있다는 것을 생각하는 것조차 두려워하고 있었다. 드미트리가 순수한 성격이니만큼 사랑하게 되면 상대방 처녀의 태생이나 신분을 생각하지 않고 결혼을 생각하지 않을까 하는, 소피아 이바노브나의 근심 쪽이 훨씬 더 확실한 근거를 지니고 있었다.

만약 네플류도프가 그 무렵 카튜샤에 대한 자기의 사랑을 분명히 자각하고 있어서, 특히 그와 같은 처녀와 자기가 운명적으로 맺어진다는 것은 절대로 있을 수 없는 일이고 그와 같은 짓은 해서도 안 된다고 옆에서 누군가가 설득이라도 했다면, 모든 일에 일직선으로 나아가는 버릇을 발휘하여, 자기가 사랑하고 있다면 상대가 어떤 신분의 처녀이건 결혼해서는 안 된다는 이유는 추호도 없다고 결심한다는 것은 얼마든지 있을 수 있는 일이었다. 그러나 고모들은 그러한 걱정을 그에게 말하지 않았고, 그도 그녀에 대한 자기의 사랑을 자각하지 못한 채 떠나갔던 것이다.

카튜샤에 대한 그의 감정은 그 무렵 그의 전부를 채우고 있던 삶에 대한 감정 표현의 하나로서, 그것이 이 사랑스럽고 쾌활한 소녀의 공감을 얻었던 것이라고 믿고 있었다. 드디어 그가 떠나가게 되자 카튜샤는 고모들과 나란히 현관 계단 위에 서서 새까맣고 약간 사시 같은 눈에 눈물을 가득 담고 그를 전송했다. 그는 이제 두 번 다시 돌아오지 않을, 무언가 아름답고 귀중한 것을 버리고 가는 것만 같은 기분이 들어 말할 수 없이 슬퍼졌다.

"잘 있어, 카튜샤. 여러 가지로 정말 고마웠어."

그는 마차에 오르면서 소피아 이바노브나의 모자 너머로 말했다.

"안녕히 가세요. 드미트리 이바노비치."

그녀는 언제나처럼 밝고 상냥한 목소리로 말하고, 눈에 가득히 괴어 있는 눈물을 참으면서 마음껏 울 수 있는 현관 안으로 달려갔다.

13

그 후 3년 동안 네플류도프는 카튜샤를 만나지 못했다. 그가 겨우 그녀를 만나게 된 것은 신임 장교가 되어 부대로 부임하는 도중, 고모들 집에 들렀을 때였다. 이미 그는 3년 전에 이곳에서 여름을 지냈던 때와는 전혀 다른 사람이 되어 있었다.

그 당시의 그는 순진하고 헌신적인 청년이었지만, 지금의 그는 쾌락만을 사랑하는 타락하고 세련된 에고이스트가 되어 있었다. 그 당시의 그에게는 모든 세계가 신비에 싸인 것으로 여겨져서 기쁨과 감동으로써 그 수수께끼를 풀어 가려고 애를 썼지만, 지금은 이 세상의 모든 것이 단순하고 명백하여 그를 둘러싼 생활 조건에 의해 규정되고 있었다.

그 당시에는 자연과의 교감, 자기보다도 이전에 생활하고 사색하고 느낀 사람들, 특히 철학자나 시인을 안다는 것이 필요하고 소중한 일이었지만, 지금은 인간이 만든 제도나 친구들과의 교제가 필요하고 소중한 일이었다. 그 당시에는 여자가 신비하고 매혹적인 것으로 여겨져서, 다름아닌 그 신비성 때문에 매력 있는 존재로 보였지만, 지금은 자기의 가족이나 친구의 아내를 제외한 온갖 여자의 의미가 매우 간단하고도 명료했다. 다시 말하자면 여자라는 것은 이미 경험한 바 있는 쾌락의 가장 좋은 수단의 하나에 지나지 않는 것이다. 그 당시는 많은 돈이 필요없었고 어머니가 주는 돈의 삼 분의 일도 남을 정도였으며, 아버지의 유산인 토지를 거부하여 농민들에게 나누어 줄 수도 있었지만, 지금은 어머니가 보내 주는 한 달에 1천 5백 루블의 용돈도 모자라 벌써 몇 번이나 돈 때문에 어머니와 불쾌한 말다툼까지 했다. 그 당시의 그는 자기의 정신적인 존재를 참다운 자아라고 생각하고 있었지만, 지금은 건강하고 튼튼한 동물적인 자아를 참다운 자기로서 간주하고 있었다.

이러한 일체의 무서운 변화는 요컨대 그가 스스로를 믿지 않고 남을 믿게 되었기 때문에 생긴 것이다. 그리고 그가 자기를 믿지 않고 남을 믿게 된 것은 자기를 믿으면서 산다는 것이 너무나도 어려웠기 때문이었다. 자기를 믿으려면, 모든 문제를 항상 가벼운 쾌락을 구하는 자신의 동물적 자아에 유리하게 하는 것이 아니라, 대개는 그것과 반대 방향으로 해결하지 않으면 안 되었기 때문이다. 그러나 남을 믿으면 해결하지 못할 것이 아무것도 없었다. 모든 것들이 이미 해결되어 있었으며, 더구나 항상 정신적 자아에 반하여 동물적 자아에 유리하게 결정되어 있었다. 그뿐 아니라, 자기를 믿으면 항상 사람들의 비난을 받게 되지만, 남을 믿으면 주위 사람들의 동조를 받는 것이다.

이를테면 네플류도프가 신, 진리, 재물, 빈곤에 대해서 생각하거나 이야기를 하면, 주위 사람들은 모두 그것을 어울리지 않는 우스꽝스러운 일로서 간주했고, 어머니나 고모는 점잖게 놀리는 투로 그를 '우리의 친애하는 철학자'라고 부르기도 했다.

그러나 그가 소설을 읽거나 외설적인 이야기를 듣거나, 통속적이고 우스꽝스러운 프랑스 희극을 보고 와서 재미있게 그 이야기를 해주면 모두들 그를 칭찬하고 치켜세우는 것이었다. 그가 절약하는 것이 필요한 일이라 생각하여 낡은 외투를 입거나 술을 마시지 않거나 하면 모두들 그것을 일종의 색다른 허영이라고 비난했고, 사냥을 하거나 서재를 꾸미기 위해 특별히 사치스러운 장식을 하느라고 돈을 낭비하면, 모두들 그의 취미를 칭찬하며 값진 물건을 선사하기도 했다.

그가 결혼할 때까지 총각으로 순결을 지키겠다고 하면, 친척들은 병이 들지 않았느냐고 걱정했고, 그가 제대로 남자가 되어 어떤 프랑스 여자를 친구한테서 빼앗았다는 말을 하자 어머니는 한탄하기는커녕 오히려 기뻐했을 정도였다. 그가 결혼을 생각할 우려가 있었던 카튜샤와의 일을 생각하면 어머니인 공작 부인은 몸서리를 쳤다.

그러므로 네플류도프가 성년이 되어, 토지 사유를 옳지 못한 일이라고 생각하여 아버지에게서 상속받은 약간의 토지를 농민들에게 나누어 주었을 때, 그의 이런 행위는 어머니나 친척들을 공포의 구렁텅이로 몰아넣었고 친척들의 비난과 조소의 대상이 되었던 것이다. 그후 그는 토지를 받은 농민들이 좀더 부유해지기는커녕 마을에다 술집을 세 군데나 만들고 전혀 일을 하지 않게 되어 심한 가난뱅이가 되고 말았다는 이야기를 들었다. 그리고 네플류도프가 근위 연대에 근무하게 되어 좋은 집안의 자손들과 돌아다니며 놀거나 도박을 하여 돈을 크게 잃어서 엘레나 이바노브나 공작 부인이 은행에서 돈을 꺼내 쓰게 되었을 때에도 그것을 당연하게 생각했고, 오히려 어머니는 상류 사회에서 젊었을 때, 좋은 친구들 사이에서 이러한 예방 주사를 맞아 두는 것은 마땅히 필요하고 오히려 다행한 일이라고 생각하는 것이었다.

처음에는 네플류도프도 싸워 봤지만 그 싸움은 어렵기 그지없었다. 그것은 그가 자기를 믿었을 때 바르다고 생각하던 것은 모조리 다른 사람들에게는 악으로 간주되었고, 또 그와 반대로 자기가 믿었을 때에 그가 악이라고 생각한 모든 것이 주위 사람들에게는 착한 일이라고 생각되었기 때문이다. 그래서 결국은 네플류도프가 자기를 믿는 것을 단념하고 남을 믿게 된 것이다. 처음 얼마 동안은 이 자기 부정이 불쾌했지만 그 불쾌감은 잠시 동안이었다. 마침 그때 네플류도프는 술과 담배 맛을 배워서 이 불쾌감의 괴로움을 당하지 않게 되었고, 오히려 커다란 해방감마저 느끼게 되었다.

그리고 네플류도프는 타고난 열정으로, 이 새로운 모든 사람들에게 인정되고 있는 생활 속에 몰두함으로써 무엇인가 다른 것을 요구하는 자기 내부의 소리를 완전히 눌러 버리고 말았다. 이것은 페테르부르크로 이사한 뒤부터 시작되어 군대에 복무하기 시작함으로써 그 절정에 달했다.

군대 근무라는 것은 일반적으로 인간을 타락시킨다. 그것은 그 세계에 들어간 사람을 완전한 무위(無爲), 즉 유익한 지적 활동의 결여라는 조건 속에 가두고 사회인으로서의 의무에서 해방시켜 주는 대신 연대, 군복, 군기라는 한정된 명예만을 정면에다 내세워, 한편으로는 다른 사람들에 대한 무제한의 권력을, 다른 한편으로는 상관에 대한 노예적인 복종을 요구하기 때문이다.

군복이나 군기의 명예와 폭력과 살인의 용인으로 연결된 군대 근무는 일반적인 타락 위에, 부유한 명문의 장교들만이 근무하고 있는 선택된 근위 연대에서 볼 수 있는 것처럼, 돈이 남아 돌고 더구나 황족과 친하다는 우월감에서 생기는 타락이 더해지면, 그것에 빠진 사람들을 광적인 에고이즘의 상태에까지 이르게 한다. 네플류도프도 군대에 근무하여 동료 사관들과 같이 생활을 하게 된 뒤부터 이와 같은 광적인 에고이즘의 상태에 있었던 것이다.

자기 손에 의해서가 아니라 남의 손에 의해 훌륭하게 지어지고 깨끗이 손질된 군복을 입고, 군모를 쓰고, 역시 남이 만들고 손질해 준 칼을 차고, 역시 남의 손에 의해 사육되고 훈련된 말을 타고, 동료 장교들과 더불어 교련이나 사열을 하거나, 말을 달리거나 칼을 휘두르거나 총을 쏘거나 그것을 다른 사람들에게 가르치는 일 외에는 할 일이 없었다. 그 외에 다른 일은 아무것도 없었다. 그런데도 최고의 지위에 있는 사람들은 젊은이, 늙은이, 황제, 측근자들 할 것 없이 모두 이런 일을 승인하고 있었고, 나아가 칭찬하고 감사하기까지 했다. 이러한 교련이 끝나면 장교 클럽이나 최고급 레스토랑에 모여서 식사를 하거나 술을 마시거나 하며 어디서 얻어 왔는지 모르는 돈을 뿌리는 것이 모범적인 행위로 되어 있었다. 그러고는 또 극장, 무도회, 여자, 그리고 그 후에도 말을 타고, 칼을 휘두르고, 질주하고 또 돈을 뿌리고 술, 도박, 여자가 되풀이되었다.

이러한 생활이 특히 군인을 타락시키는 것은, 만일 군인 이외의 인간이 이와 같은 생활을 한다면 마음 속으로 그것을 부끄러워하지 않고는 견딜 수 없을 지도 모르지만, 군인은 그것을 당연한 일로 알고 그러한 생활을 자랑하고 긍지로 삼는다. 특히 네플류도프가 근무하던 당시는 터키에 선전 포고를 한 전시라 특히 이런 경향이 심했다.

"우리는 싸움터에서 생명을 바칠 각오가 되어 있다. 그러므로 우리들에게는 이런 편안하고 즐거운 생활이 허락되어 있으며, 또 필요하다. 그러므로 우리는 이런 생활을 하고 있는 것이다."

이 시기에는 네플류도프도 막연히 그런 식으로 생활하고 있었다.

그리고 그는 이전에 자기에게 스스로 가했던 모든 도덕적 억제에서 해방된 감격에 잠겨 줄곧 광적인 에고이즘의 만성적 증상에 빠져들고 있었다.

3년이라는 세월이 지난 뒤 고모네 집에 들렀을 때 그는 이
러한 상태에 있었던 것이다.

14

네플류도프가 고모네 집에 들른 것은 그곳이 이미 이동 중인 그의 연대를 쫓아가는 길목에 있었다는 것과, 고모들의 끝없는 희망도 있었지만 무엇보다 가장 큰 이유는 카튜샤에 대한 좋지 못한 의도였다. 그 의도는 이미 완전히 고삐가 풀린 그의 동물적 자아에게 줄곧 속삭이고 있었는데, 자신은 그것을 의식하지 못하고 있었다.

그가 고모들의 영지에 도착한 것은 3월 말, 부활제 직전의 금요일이었는데, 비가 억수같이 쏟아지고 있었으므로 길이 아주 질척거릴 때였다. 비로 흠뻑 젖어 몸이 꽁꽁 얼어 있었으나 그 무렵은 언제나 그러했듯이 넘쳐나는 왕성한 원기를 느끼고 있었다.

'그녀가 아직도 있을까?'

벽돌담으로 싸인, 지붕에서 떨어진 눈에 파묻혀 있는 고모

댁의 예스러운 저택으로 들어가면서 그는 생각했다.

그는 마차의 방울 소리를 듣고 카튜샤가 문 앞으로 달려나와 줄 것이라고 기대하고 있었다. 그러나 하녀 방문 앞에서 나온 것은 맨발에다 옷자락을 걷어올리고 양동이를 든 두 하녀였다. 정면 현관에도 그녀는 보이지 않았다. 그쪽에서도 역시 청소를 하고 있었던 듯 앞치마를 입은 하인 치혼이 나왔을 뿐이었다. 현관방으로 나온 사람은 비단옷을 입고 실내 모자를 쓴 소피아 이바노브나였다.

"이게 누구야. 참 잘 왔구나!"

그에게 키스를 하면서 소피아 이바노브나는 말했다.

"마리아는 몸이 좀 불편해서…… 교회에서 지친 모양이야. 성찬식(聖餐式)에 갔다 왔단다."

"축하합니다, 소냐 고모님."

네플류도프는 고모 손에 키스하면서 말했다.

"죄송합니다. 고모님 옷을 적셔 버려서."

"방으로 가자. 어쩌면, 흠뻑 젖었구나. 벌써 수염을 다 기르고…… 카튜샤! 카튜샤! 빨리 커피를 내오너라."

"네, 곧 내갑니다."

그립고도 명랑한 목소리가 복도 쪽에서 들려왔다.

네플류도프의 마음은 기쁨으로 두근거렸다.

'저기 있구나!'

그것은 마치 태양이 구름 사이로 얼굴을 내민 것 같은 심정이었다. 네플류도프는 유쾌한 얼굴로 치혼에게 안내되어 전에 있던 자기 방으로 옷을 갈아입으러 갔다.

　네플류도프는 치흔에게 카튜샤에 대한 것을 물어보고 싶었다. 어떻게 지냈는가? 어떤 생활을 하고 있는가? 아직 시집은 가지 않았는가? 그러나 치흔은 정중하고 공손한데다 몹시 딱딱하고 자기 손으로 직접 젊은 나리의 손에 물을 부어드리겠다고 우기는 고집쟁이여서 네플류도프는 도저히 카튜샤에 대한 것을 물어볼 용기가 나지 않았다. 그래서 그는 그의 손자들과 '형님'이라는 별명이 붙은 늙은 말과, 집을 지키는 개 폴칸에 대해서 묻는 것으로만 그쳤다. 작년에 광견병에 걸려 죽은 폴칸 말고는 다 잘 있다는 것이었다.

　젖은 옷을 모두 벗고 깨끗한 새 옷으로 갈아입기 시작했을 때 네플류도프는 빠른 발소리와 문 두드리는 소리를 들었다. 네플류도프는 그 걸음걸이도, 문 두드리는 소리도 모두 귀에 익었다. 그런 식으로 걷고 그런 식으로 노크하는 사람은 그녀뿐이었다.

　그는 다시 젖은 외투를 걸치고 문 쪽으로 달려갔다.

　"들어와요!"

　그녀였다. 카튜샤였다. 예전 그대로였다. 전보다 한층 더 예뻐져 있었다. 미소를 담은 채 천진스럽게, 약간 사시인 까만 눈으로 밑에서 올려다보는 듯한 태도도 예전 그대로였다. 역시 산뜻한 흰 앞치마를 두르고 있었다. 그녀는 고모한테서 지금 갓 포장을 벗긴 향기 좋은 비누와 올이 굵은 커다란 러시아 식 타월을 두 개 가지고 왔다. 그리고 글씨가 선명하게 새겨진 아무도 손대지 않은 비누도, 수건도, 그녀도, 모두 다 한결같이 깨끗하고 싱싱하고 순결해서 상쾌했다. 아직도 단단한 꽃봉오리를 연상시키는 사랑스러운 빨간 입술이 역시 전과 마찬가지로 그 앞에서 누를 수 없는 기쁨에 꼭 오므라져 있었다.

"안녕하셨어요? 드미트리 이바노비치!"

그녀는 가까스로 말했다. 순간 얼굴이 확 붉어졌다.

"어…… 잘 있었소."

그는 '너'라고 불러야 할지 '당신'이라고 고쳐 불러야 할지 몰라 어리둥절해하며 그녀와 마찬가지로 얼굴을 붉혔다.

"그동안 잘 있었소?"

"덕분에……이것은 고모님께서, 당신이 좋아하시는 장미 향기 나는 비누를 갖다 드리라고 하셨어요."

하면서 그녀는 비누를 테이블 위에다 놓고 수건을 안락의자 팔걸이에 걸쳤다.

"도련님은 자기 것을 가지고 계셔."

손님의 자주성을 고집하는 치혼은 열어 놓은, 커다란 은뚜껑이 달린 네플류도프의 화장 상자를 엄격한 얼굴로 가리켰다. 그 속에는 많은 화장수와 브러시, 머릿기름, 향수, 그리고 온갖 화장 도구가 들어 있었다.

"고모님께 고맙다고 말씀드려요. 아, 정말 오기를 잘했소."

네플류도프는 그전에 곧잘 느꼈듯이 마음이 밝아지고 상쾌해지는 것을 느끼면서 말했다. 그녀는 이 말에 미소로 대답하고는 방을 나갔다.

고모들은 언제나 네플류도프를 사랑하고 있었지만 이번에는 여느 때보다도 더 반갑게 그를 맞았다. 그는 싸움터로 가는 도중이라 부상을 당하거나, 잘못하면 전사할지도 몰랐다. 이 점이 고모들을 감상적으로 만든 것이다.

네플류도프의 여행 일정으로는 고모네 집에서 하룻밤만 묵을 작정이었는데, 카튜샤를 보고는 이틀 후에 있을 부활제를 여기서 맞기로 결정했다. 그리고 오데사에서 만나기로 되어 있는 친한 동료인 센보크에게 고모네 집에 들러 달라고 전보를 쳤다.

카튜샤를 만난 그날부터 네플류도프는 그녀에 대해 그전과 같은 감정을 느꼈다. 이전과 마찬가지로 지금도 카튜샤의 하얀 앞치마 차림을 보면 가슴의 두근거림을 느끼지 않을 수가 없었다. 특히 그녀가 생글생글 웃고 있을 때, 윤기 있는 포도알 같은 그 새까만 눈을 보면 마음의 감동을 느끼지 않을 수 없었다. 그리고 무엇보다도 그녀가 그를 만날 때마다 얼굴을 붉히는 것을 보면 저도 모르게 어리둥절해지는 것이었다.

그는 자기가 사랑에 빠졌음을 느꼈다. 그러나 전에는 사랑이 신비로운 것으로 여겨져서 자기가 사랑하고 있다는 것을 제 자신에게 고백할 용기조차 없었고, 사랑을 할 수 있는 것은 일생에 한 번뿐이라고 생각하고 있었던 옛날하고는 달랐다. 지금은 자기가 사랑에 빠졌음을 알고, 그리고 그것을 기뻐하며 비록 제 자신에게 숨기고는 있었지만, 그 사랑이 어떤 것이고 어떤 결과를 낳는다는 것을 희미하게나마 알면서도 그 사랑에 빠져 들어간 것이다.

사람들은 모두 그렇지만 네플류도프의 내부에도 두 사람의 인간이 살고 있었다. 한 사람은 남에게도 행복이 될 수 있는 그런 행복을 자기에게 요구하는 정신적인 인간이고, 다른 한 사람은 오직 자기만을 위해 행복을 구하고 그 행복을 위해서는 전세계의 행복마저도 희생시키려는 동물적인 인간이었다. 페테르부르크의 생활과 군대 근무가 네플류도프에게 선사한 이 광적인 에고이즘의 시기에는, 이 동물적 인간이 그를 지배하여 정신적 인간을 완전히 압도하고 있었다.

그러나 카튜샤를 만나서 전에 그녀에게 품었던 감정을 새로이 느끼게 되자 정신적 인간이 머리를 쳐들어 그 권리를 주장하기 시작했다. 그리하여 네플류도프의 내부에서는 부활제까지의 이틀 동안 그가 의식하지 못하는 마음속의 갈등이 계속되었던 것이다.

마음속에서 그는 출발하지 않으면 안 된다, 지금 이곳에 머무를 이유가 없다는 것을 알고 있었고, 이러고 있으면 결코 좋은 결과가 오지 않으리라는 것을 알고 있었지만, 너무도 즐겁고 기분이 좋았기 때문에 그는 그냥 머물러 있었다.

토요일 밤, 즉 거룩한 그리스도가 부활한 전날 밤에 사제가 부사제와 교회지기를 데리고 새벽 기도를 드리기 위해 교회와 고모네 집 사이의 3킬로미터 진창길을 썰매로, 그들의 말에 따르면 지독한 고생을 하면서 찾아왔다.

네플류도프는 문 앞에 서 있는 고모들과 하인들 옆에 서서, 향로를 나르고 있는 카튜샤를 흘끔흘끔 보면서 기도가 끝날 때까지 서 있었다. 그리고 사제와 고모들과 그리스도 부활에 대한 축복의 입맞춤을 교환하고 침실로 돌아가려다가, 그는 복도에서 늙은 하녀인 마트료나 파블로브나와 카튜샤가 케이

크와 물들인 달걀을 교회로 가져갈 준비를 하고 있는 소리를
들었다.

'나도 갈까?'

그는 문득 생각했다.

교회까지는 마차로도 썰매로도 갈 수 없다기에, 고모네 집
에서 자기 집처럼 행동하고 있던 네플류도프는 '형님'이라 불
리는 늙은 말에다 안장을 얹도록 명령했다. 자는 것을 그만두
기로 하고 군복 차림에 승마 바지를 입고 그 위에 외투를 걸
치고서, 살이 찌고 동작이 둔해져 줄곧 콧김만 불어 대는 늙
은 말을 타고 진흙과 눈으로 질척해진 캄캄한 길을 더듬어 교
회로 향했다.

15

이날 새벽 기도식은 네플류도프에게 있어 밝고 강렬한 추억의 하나가 되어 그 후 일생 동안 그의 머릿속에서 사라지지 않았다.

여기저기 하얀 눈이 희미하게 비쳐 보일 뿐인 어둠 속을, 진창에 발이 빠지면서 교회 주위에 켜진 등불을 보고 귀를 쫑긋거리기 시작한 늙은 말을 채찍질하면서 가까스로 교회의 뜰에 들어갔을 때 기도식은 이미 시작되고 있었다.

농부들은 그가 마리아 이바노브나의 조카라는 것을 알자 말에서 내릴 수 있는 마른 땅으로 안내하여 말을 맨 다음, 그를 교회 안으로 안내했다. 교회는 과연 들뜬 사람들로 가득 차 있었다.

오른쪽은 농민들의 자리로, 노인들은 집에서 짠 윗옷을 입고 나막신을 신고 깨끗하고 흰 각반을 차고 있었고, 젊은이들은 새 비단옷을 입고 화려한 띠로 허리를 매고 가죽 장화를 신고 있었다. 왼쪽은 여자들의 자리로 빨간 비단 수건을 쓰고, 소매 없는 우단옷을 입어 그 밑으로 새빨간 소매를 내놓았으며 푸른색, 녹색, 알록달록한 빛깔 등 여러 가지 색깔의 스커트를 입고 징을 박은 단화를 신고 있었다. 흰 스카프를 쓰고 회색 저고리에다 구식 스커트를 입고 단화나 새 짚신을 신은 검소한 노파들은 뒤쪽에 서 있었다. 그 사이에는 머리에 기름을 반질반질하게 바르고 나들이옷을 차려 입은 아이들이 있었다.

남자들은 성호를 긋고 머리카락을 늘어뜨리면서 머리를 숙이고 있었다. 여자들, 특히 노파들은 윤기없는 눈을 등불에 비친 성상에 못박은 채 성호를 긋기 위해 모은 손가락을 스카프에 싸인 이마와 가슴, 좌우의 어깨로 차례차례 힘차게 누르고 무언가를 중얼거리면서 선 채로 혹은 무릎을 꿇고서 상체를 구부렸다. 아이들은 사람들이 볼 때만 어른들의 흉내를 내면서 열심히 기도했다. 성단의 금빛 휘장은 금박을 칠한 커다란 촛불이 사방에서 비추고 있어 반짝반짝 빛이 났다. 촛대에는 많은 초가 꽂혀 있었고 성가대석에서는 유지들로 편성된 성가대의 우렁찬 저음과 소년들의 날카로운 고음 섞인 매우 밝은 노랫소리가 들려오고 있었다.

네플류도프는 앞으로 나아갔다. 중앙은 귀빈석으로, 부인과 세일러 복을 입은 아들을 데리고 온 지주들과, 경찰서장, 우체국장, 장식이 달린 장화를 신은 상인, 훈장을 단 촌장들이 늘어서 있고, 설교대 오른편 지주 부인의 뒤에는 금록색의 의상을 입고 선을 댄 흰 숄을 두른 마트료나 파블로브나와, 허리에 잔주름을 잡은 흰 옷에 하늘빛 띠를 두르고 검은 머리에 빨간 리본을 맨 카튜샤가 나란히 서 있었다.

모든 것이 축제답게 엄숙하고, 신나도록 즐겁고 아름다웠다. 금실로 십자가를 수놓은 반짝이는 은빛 제의(祭衣)를 입은 사제들도, 축일에 입는 금빛과 은빛의 제의를 입은 부사제나 교회지기들도, 머리를 기름으로 번들거리게 한 나들이옷 차림의 성가대도, 축제 노래의 명랑하고 탄력 있는 노랫소리도, 꽃으로 장식한 세 개의 촛불을 손에 들고 줄곧 '예수 부활하셨네…… 예수 부활하셨네……'를 외면서 뭇사람들에게 주는 사제들의 축복도, 모든 것이 아름다웠지만, 무엇보다도 멋있었던 것은 흰 옷에 하늘빛 띠를 매고 까만 머리에 빨간 리본을 달고 서서 감동에 눈을 빛내고 있는 카튜샤였다.

그녀가 얼굴을 움직이지 않고 이쪽을 보고 있다는 것이 네플류도프에게 느껴졌다. 바로 그녀 곁을 지나서 제단 쪽으로 걸어갈 때 그는 그것을 느꼈다. 그는 아무런 할 말이 없었지만 언뜻 생각이 나서 말했다.

"아침 기도식이 끝나면 잔치를 한다고 고모님이 말씀하더군."

언제나 그를 볼 때면 그렇듯이 젊은 피가 그녀의 사랑스러운 얼굴에 활짝 피어올랐고, 까만 눈은 기쁨의 미소를 담고 수줍은 듯 쳐다보며 네플류도프의 얼굴에 멎었다.

"네, 알고 있어요."

생긋 웃으며 그녀는 말했다.

이때 커피를 끓이는 놋주전자를 들고 사람들 사이를 헤치고 나온 교회지기가 카튜샤의 옆을 지나가면서 제의 자락으로 그녀를 스쳤다. 교회지기는 아마도 네플류도프에게 실례가 되어서는 안 된다는 것에만 신경을 쓰다가 그만 저도 모르게 카튜샤를 건드리고 만 모양이었다. 어째서 이 교회지기는 모른단 말인가? 이 교회당, 그리고 온 세계에 있는 모든 것이 오직 카튜샤만을 위해서 존재한다는 것을, 그리고 그녀는 모든 것의 중심이므로 세상의 모든 것을 무시하더라도 그녀만은 무시할 수 없다는 것을 어째서 교회지기가 모르는가 싶어 네플류도프는 이상한 생각이 들었다. 제대 앞에 금빛 휘장이 빛나고 있는 것도 샹들리에나 촛대의 모든 촛불이 타고 있는 것도 그녀를 위해서였고, '주 부활하셨네, 모두 기뻐할지어다'라고 부르는 기쁨에 넘친 노랫소리도 그녀를 위해서였다. 그리고 이 세상의 아름다운 것 모두가 그녀를 위한 것이었다.

그리고 카튜샤도 그것이 모두 자기를 위한 것임을 알고 있는 것 같이 네플류도프는 여겨졌다. 허리가 잘록하게 주름잡힌 흰 옷을 입은 그녀의 아름다운 모습과 기쁨에 넘친 진지한 얼굴에 지그시 눈길을 보냈을 때 네플류도프는 그렇게 느꼈던 것이다. 그는 그녀의 얼굴 표정에서, 그의 마음속에서 불려지고 있는 것과 똑같은 노래가 그녀의 마음속에서도 불려지고 있다는 것을 알아차렸다.

한밤중의 기도식이 끝나고 아침 기도식이 시작되는 사이에 네플류도프는 교회 밖으로 나갔다. 사람들은 그에게 길을 비켜 주며 인사를 했다.

그를 아는 사람도 있었고 '누구시더라?' 하고 묻는 사람도 있었다. 그는 입구 앞에서 멈추어 섰다. 거지들이 그를 둘러 쌌다. 그는 지갑에 있던 잔돈을 나누어 주고 층계를 내려갔 다.

주위가 보일 만큼 환하게 밝아 있었지만 해는 아직 뜨지 않 았다. 교회 주위의 묘지에 점점이 사람들의 모습이 보였다. 카튜샤는 교회 안에 남아 있었다. 그래서 네플류도프는 그녀 를 기다리면서 멈추어 섰다.

사람들이 연달아 나왔다. 그리고 징 박은 구두를 울리면서 돌계단을 내려와 교회의 뜰과 묘지 쪽으로 흩어져 갔다.

마리아 이바노브나의 단골 과자 가게 노인이 네플류도프를 불러 머리를 흔들면서 그리스도 부활의 입맞춤을 했다. 그리 고 비단 목도리 밑으로 쭈글쭈글한 목이 보이는 그의 늙은 아 내가 엷은 자줏빛으로 칠한 달걀을 꺼내어 네플류도프에게 주었다. 이때 새 반코트에 녹색 띠를 맨 젊고 건장한 농부가 싱글싱글 웃으면서 다가왔다.

"그리스도 부활하셨네."

하고 눈으로 웃으면서 말한 다음 젊은 농부는 네플류도프 쪽 으로 얼굴을 내밀고는 농부의 독특하고 기분 좋은 냄새로 그 를 감싸고 곱슬곱슬한 턱수염으로 비벼 대면서 네플류도프의 입술 한가운데 그 뻣뻣하고 싱싱한 입술로 세 번 입맞춤을 했 다.

네플류도프가 농부와 입맞춤을 교환하고 다갈색으로 칠한 달걀을 받은 바로 그때 마트료나 파블로브나의 금록색 의상과 빨간 리본을 맨 사랑스러운 까만 머리가 나왔다.

그녀는 앞에 가는 사람들 머리 너머로 곧 그를 알아보았다. 그는 그녀의 얼굴이 활짝 빛나는 것을 보았다.

그녀들은 계단 입구에 멈추어 서서 거지들에게 적선을 하고 있었다. 코 언저리에 붉은 딱지가 앉아 있는 한 거지가 카튜샤 앞으로 다가갔다. 그녀는 손수건에서 무언가를 꺼내어 거지에게 준 후 가까이 다가가서 조금도 싫어하는 빛 없이 오히려 기쁜 듯 눈을 빛내면서 세 번 입맞춤을 했다. 그리고 그녀가 거지에게 입맞춤을 한 바로 그때 그녀의 눈이 네플류도프의 시선과 마주쳤다. 그것은 '제가 하고 있는 일이 좋은 일일까요?' 하고 묻는 듯한 눈이었다.

'그렇고말고, 사랑스러운 카튜샤. 모두 다 좋은 일이야. 아름다운 일이지, 나는 당신을 사랑해.'

두 사람이 계단을 내려왔다. 네플류도프는 그녀 쪽으로 걸어갔다. 그는 입맞춤을 교환할 셈은 아니었다. 그저 그녀의 곁에 있고 싶었던 것이었다.

"그리스도 부활하셨네!"

하고 머리를 숙여 생글생글 웃으면서 마트료나 파블로브나가 말했다. 그 목소리에는 오늘은 아무렇게나 해도 상관없다는 듯한 투가 있었다. 그리고 조그맣게 접은 손수건으로 입술을 닦고는 그에게 입술을 내밀었다.

"진실로 부활하셨네!"

네플류도프도 입맞춤하면서 대답했다.

그는 카튜샤 쪽을 보았다. 그녀는 얼굴을 확 붉히며 곧 그의 앞으로 나왔다.

"그리스도 부활하셨네, 드미트리 이바노비치."

"진실로 부활하셨네."

그는 대답했다. 그들은 두 번 입맞춤했다. 그리고 한 번 더 필요할 것인가 하고 생각하다가 필요하다고 정한 듯이 세 번째 입맞춤을 교환하고 서로 생긋 웃었다.

"사제한테 가지 않겠소?"

네플류도프가 그들에게 물었다.

"아니에요, 저희들은 여기 잠시 앉아 있겠어요."

카튜샤는 기쁜 일이 있었던 것처럼 천천히 가슴 가득히 한숨을 쉬더니, 그 더없이 맑은, 약간 사시인 정다운 눈으로 똑바로 그의 눈을 보면서 말했다.

남녀간의 사랑에는, 그 사랑이 정점에 이르러서 의식도 분별도 감각도 모두가 없어져 버리는 순간이 항상 있는 법이다. 거룩한 그리스도 부활의 이날 밤이 네플류도프에게 있어서는 그와 같은 순간이었다. 그는 지금 카튜샤를 생각하니, 그녀를 본 모든 장면들이 이날 밤의 다른 모든 것을 휘덮어 버리는 것 같았다. 매끈하게 반짝이는 검은 머리, 가느다란 허리와 아직 덜 여문 가슴을 깨끗하게 감싸고 있는 잘록하게 주름잡힌 흰 의상, 발그스름한 얼굴, 수면 부족 때문에 사시기가 좀 더 심해진 상냥하게 젖은 검은 눈, 그리고 그녀가 가진 모든 것에는 두 가지 커다란 특징이 있었다. 그것은 순결한 처녀의 깨끗함과 사랑의 깨끗함이었다. 더구나 그 사랑은 그도 알고 있었지만 그에게만 대하는 사랑이 아니라 모든 것에 대하는 사랑, 이 세상에 있는 모든 좋은 것은 물론, 그녀가 키스를 해 준 그 거지까지 포함하여 모든 것에 대한 사랑이었다.

그녀에게 이러한 사랑이 있다는 것을 그는 알고 있었다. 그 것은 그도 이날 밤과 아침에 자기 속에 이 사랑을 의식했기 때문이며, 또 그 사랑 속에서 그녀와 하나로 융합되었다는 것을 의식하고 있었기 때문이었다.

아, 만약 모든 것이 그날 밤 품었던 그 감정대로 머물렀더라면!

'그렇다, 그 모든 무서운 일이 거룩한 그리스도의 부활제가 있던 그 직후에 일어났던 것이다!'

그는 배심원 대기실 창가에 앉아 이렇게 생각하고 있었다.

16

네플류도프는 교회에서 돌아와서는 고모들과 부활제 음식을 먹고 군대에서 몸에 밴 습관대로 원기를 돋우기 위해 보드카와 포도주를 마셨다. 그러고는 자기 방으로 돌아가 옷을 입은 채로 잠이 들었다. 문을 노크하는 소리에 그는 눈을 떴다. 그 노크하는 소리로 그녀임을 알자 그는 눈을 비비고 기지개를 켜면서 일어났다.

"카튜샤? 들어와요."

그녀는 문을 살며시 열었다.

"식사하세요."

하고 그녀는 말했다.

그녀는 아까의 그 흰 의상을 입은 채였으나 머리의 리본은 떼고 있었다. 그와 눈이 마주치자 그녀는 활짝 웃는 얼굴로 대했다.

“곧 가지.”

머리를 빗기 위해 빗을 집으면서 그는 대답했다.

카튜샤는 그대로 나가지 않고 머뭇거리며 있었다. 그는 그것을 보자 빗을 내던지고 그녀에게로 다가갔다. 그녀는 그 순간 몸을 홱 돌려 재빠른 걸음으로 복도의 양탄자 위를 달려갔다.

‘나는 왜 이리 바보일까?’

네플류도프는 속으로 중얼거렸다.

‘왜 붙잡지 않았을까?’

그는 그녀의 뒤를 쫓아 복도를 달려갔다. 그녀를 어떻게 하려 했는지 자신도 알지 못했다. 그러나 그녀가 그의 방에 들어왔을 때, 그는 그럴 때 누구나가 하는 무언가를 해야만 할 텐데 그것을 하지 못한 듯한 기분이 들었다.

“카튜샤, 잠깐만.”

그녀는 돌아보았다.

“왜 그러세요?”

잠깐 멈추어 서서 그녀는 물었다.

“뭐, 그저 좀……”

그리고 스스로를 격려하며 이런 경우에 그와 같은 입장에 있는 사람 모두가 행하는 짓을 생각하면서 카튜샤의 허리를 끌어안았다.

그녀는 흠칫 놀라면서 그의 눈을 바라보았다.

“안 돼요, 드미트리 이바노비치. 안 돼요.”

그녀는 얼굴이 확 붉어지고 눈물이 글썽해져서 이렇게 말하며 억세고 거친 손으로 허리에 돌려진 그의 팔을 뿌리쳤다.

네플류도프는 그녀를 놓았다. 그는 순간 쑥스럽고 부끄러웠을 뿐 아니라, 자기 자신에게 혐오를 느꼈다. 그는 이런 자기를 믿어야만 했을 터인데, 이 어색함과 부끄러움이 표면에 스며나온 그의 영혼의 가장 선량한 감정이었다는 것을 알지 못하고, 오히려 그와 반대로, 이것은 그의 내부에서 그의 어리석음이 사람들이 하는 것처럼 하면 된다고 속삭이고 있는 것이라고 여겨졌다.

그는 다시 카튜샤를 쫓아가서 끌어안고 목덜미에 키스를 했다. 이 키스는 이미 전에 한 두 번의 키스, 라일락 숲 속에서 한 무의식적인 것, 두 번째로 오늘 교회에서 한 그것과는 전혀 다른 것이었다. 그것은 무서운 키스였다. 그녀도 그것을 직감했다.

"왜 이런 짓을 하세요?"

그녀는 마치 더없이 귀중한 것이 부서져 버린 것처럼 비통한 소리로 외치며 그의 손을 뿌리치고 달려갔다.

그는 식당으로 들어갔다. 화려하게 차려 입은 고모들과 의사와 이웃 부인이 자쿠스카(러시아의 전채 요리)를 차려 놓은 테이블 앞에 서 있었다. 모든 것이 여느 때와 같았지만 네플류도프의 가슴속에는 폭풍이 일고 있었다. 그는 아무 말도 귀에 들어오지 않아 계속 엉뚱한 대답을 해댔다. 그리고 복도에서 있었던 그 키스의 감촉을 상기하면서 카튜샤만을 생각하고 있었다. 그는 다른 것은 아무것도 생각할 수가 없었다. 카튜샤가 식당으로 들어오자 그는 그쪽을 보지 않고도 그녀가 있다는 것을 알았으며, 필사적으로 눈길을 보내지 않으려고 애썼다.

식사가 끝나자 그는 곧 자기 방으로 들어와 거센 흥분에 사로잡혀 방 안을 돌아다녔다. 그의 내부에 도사리고 있던 동물적 인간이 머리를 쳐들었을 뿐만 아니라, 그가 지난번에 왔을 때와 오늘 아침 교회에 있었을 때조차도 그에게 존재했던 정신적 인간을 발로 짓밟고 있었다. 그리하여 이 무서운 동물적 인간만이 그의 마음을 지배하고 있었다. 그는 줄곧 그녀의 동정을 살피고 있었지만 그날은 한 번도 단둘이 만날 기회를 잡을 수가 없었다. 아마 그녀가 그를 피하고 있었기 때문이리라. 그런데 저녁 가까이 되어 카튜샤가 의사의 잠자리를 준비하기 위해 네플류도프가 있는 옆방으로 가야 할 일이 생겼다. 그녀의 발소리를 듣자 네플류도프는 마치 범죄라도 행하려는 듯이 발소리를 죽이고 그녀의 뒤를 따라 슬그머니 방으로 들어갔다.

두 손을 하얀 베갯잇에 넣어서 베개 양끝을 누른 채 그녀는 네플류도프를 돌아보며 생긋 웃었다. 그러나 그것은 전과 같은 밝은 웃음이 아니라 겁먹었다는 것을 호소하는 듯한 웃음이었다. 그 웃음은 그에게 애원하고 있는 것 같았다. 그 순간 그는 멈추어 섰다. 거기에는 아직 가능성이 있었다. 약하기는 했지만 그래도 아직 그녀에 대한 참다운 사랑의 소리가 들리고 있었다. 그러나 다른 하나의 소리는 어물거리다가는 자기의 쾌락을, 자기의 행복을 놓쳐 버린다고 그를 부추겼다. 그리고 이 두 번째 소리가 첫 번째 소리를 눌러 버렸다. 그는 과

감하게 그녀의 곁으로 다가갔다. 그러자 무섭고도 억제할 수 없는 동물적 감정이 그를 사로잡았다.

네플류도프는 그녀를 끌어안은 채 침대에 앉혔다. 그리고 다시 무언가를 해야 한다는 것을 느끼면서 자기도 그 옆에 앉았다.

"드미트리 이바노비치, 이러시면 안 돼요. 제발 놓아 주세요."

그녀는 애원하듯이 말했다.

"마트료나 파블로브나가 와요!"

그녀는 몸을 뿌리치면서 소리를 죽여 외쳤다. 확실히 누군가가 문 앞으로 다가오는 발자국 소리가 들렸다.

"그럼 오늘 밤에 가지. 물론 혼자겠지?"

네플류도프가 말했다.

"무슨 말씀이세요? 안 돼요! 절대로."

그녀는 입으로는 이렇게 말했지만, 야릇하게 설레이는 온몸은 다른 것을 말하고 있었다.

문 앞에 다가온 것은 바로 마트료나 파블로브나였다. 그녀는 담요를 가지고 방 안에 들어와 책망하는 눈으로 네플류도프를 흘겨보고는 화난 듯이 카튜샤가 담요를 잘못 가지고 왔다고 꾸짖었다.

네플류도프는 잠자코 방을 나왔다. 그는 이제 부끄럽다는 생각도 없었다. 그는 마트료나 파블로브나의 표정에서 그녀가 그를 비난하고 있다는 것을 알아차렸다. 그리고 그녀가 그를 비난하는 것이 당연하고, 그가 하는 행동이 좋지 않다는 것도 알고 있었다. 하지만 카튜샤에 대한 동물적 감정이 그를 사로잡고 완전히 지배하여 다른 아무것도 인정하려 하지 않았다. 그는 지금 이 감정을 채우기 위해 해야 할 일을 알고 있었다. 그리고 그것을 해치울 방법을 찾고 있었던 것이다.

그는 초저녁부터 줄곧 마음이 조마조마하여 고모들의 방으로 가 보았다가 자기 방으로 돌아왔다 하며 어떻게 하면 그녀가 혼자 있는 기회를 잡을 수 있을까 하는 생각만을 하고 있었다. 그런데 그녀는 그를 피하고 있었고, 마트료나 파블로브나는 그녀에게서 눈을 떼지 않으려 애쓰고 있었다.

17

이렇게 초저녁이 지났고 이윽고 밤이 되었다. 의사는 침실로 물러갔고 고모들도 잠자리에 들었다. 마트료나 파블로브나가 지금쯤은 고모들의 침실에 가 있어 하녀의 방에는 카튜샤 혼자만 있다는 것을 네플류도프는 알고 있었다.

그는 다시 바깥 계단으로 나갔다. 뜰은 어둡고 습기에 차 있었으나 따뜻했다. 그리고 봄 기운이 잔설(殘雪)을 녹여, 눈이 녹아감에 따라 다시 퍼져나가는 그 하얀 안개가 뜰에 가득하게 있었다. 집에서 백 보 가량 앞에 있는 낭떠러지 밑을 흐르고 있는 강에서 이상한 소리가 들려왔다. 얼음이 갈라지는 소리였다.

네플류도프는 계단을 내려갔다. 그러고는 물 웅덩이를 피하듯이 얼어붙은 눈을 밟으면서 하녀방 창문 쪽으로 다가갔다. 가슴이 두근거리는 소리가 귀에도 들릴 정도였다. 호흡이

끊어졌다가는 무거운 한숨이 되어서 다시 목구멍으로 터져나오곤 했다.

하녀방에는 조그마한 램프가 켜져 있었는데, 카튜샤는 홀로 테이블 앞에 앉아 앞을 바라보면서 생각에 잠겨 있었다. 네플류도프는 오랫동안 꼼짝도 하지 않고 그녀를 지켜보고 있었다. 그녀가 아무도 보지 않을 때는 어떻게 행동하는지를 알고 싶었던 것이다. 그녀는 2분 가량 그대로 가만히 앉아 있더니 문득 눈을 들어 생긋 웃고는 자신을 꾸짖는 듯 머리를 흔들었다. 그리고 자세를 바꾸어 갑자기 두 손을 테이블 위에 털썩 얹어놓고 또 앞쪽을 주시했다.

그는 선 채로 그녀를 지켜보고 있었다. 그리고 가슴의 고동 소리와 강에서 들려오는 이상한 소리를 무의식적으로 듣고 있었다.

강가 저편의 안개 속에서는 무언가 쉴새없이 느릿한 작업이 계속되고 있었다. 그것은 콧김 같은 소리를 내기도 하고 튀기기도 하고 부서지기도 하며 얼음이 유리처럼 날카로운 소리를 내기도 했다.

그는 고민하고 있는 카튜샤의 얼굴을 지그시 지켜보고 있었다. 그러자 그는 그녀가 불쌍해졌다. 그런데 이상하게도 이 연민의 정은 그녀에 대한 그의 욕망을 더욱 강하게 할 뿐이었다.

욕정이 그의 전신을 사로잡고 말았다.

그는 창문을 똑똑 두드렸다. 그녀는 마치 전류에 닿은 것처럼 꿈틀하고 온몸을 떨었다. 다음 순간 공포의 표정이 그녀의 얼굴을 일그러뜨렸다. 이윽고 그녀는 일어나서 창가로 다가와 유리에다 얼굴을 댔다. 그리고 말의 눈가리개처럼 두 손으로 눈을 가리고 그의 모습을 알아차렸을 때에도 공포의 표정은 그녀의 얼굴에서 떠나지 않았다. 그 얼굴은 너무나도 심각했다. 그는 이런 얼굴을 한 그녀를 본 적이 없었다. 그가 웃어 보이자 그녀도 가까스로 웃었다. 그러나 그저 그를 따라 웃었을 뿐이며 그녀의 마음속에 있는 것은 웃음이 아니라 공포였다.

그는 뜰로 나오라고 그녀에게 손짓을 했다. 그러나 그녀는 머리를 흔들며 그대로 창가에 서 있었다. 그는 다시 한 번 유리창에 얼굴을 대고 그녀를 부르려 했다. 그런데 그때 그녀는 문 쪽을 돌아보았다. 아마 누군가가 부른 모양이다.

네플류도프는 창문에서 물러났다. 안개가 짙게 끼어 있었기 때문에 집에서 다섯 발자국 정도를 물러서니, 벌써 창문은 보이지 않고 거무스름하고 커다란 것이 막아 서 있을 뿐이었다. 그 속에 램프 빛만이 불그레하고 커다랗게 번져 보였다. 강 쪽에서는 여전히 이상한 콧김 같은 소리와 헝겊을 찢는 듯한 소리, 즉 얼음 깨지는 소리가 나고 있었다. 가까운 곳에서 안개를 통해 뜰 안의 수탉이 우는 소리가 들려왔다. 그러자 그 옆에서 다른 수탉이 이에 호응했다. 잇달아 멀리 있는 마을 쪽에서 서로 울어대는 소리가 하나로 융합되어 들려왔다. 강가 이외의 주위는 죽은 듯이 고요한 정적에 휩싸여 있었다. 벌써 두 번째 닭의 울음소리가 들려왔다.

벌써 두어 번쯤 집 모퉁이를 왔다갔다하며 몇 번이나 물이

괸 곳에 빠지다가 네플류도프는 다시 하녀방 창가로 다가갔
다. 램프는 여전히 켜져 있었다. 그리고 카튜샤는 아직도 망
설이는 듯 혼자 테이블 앞에 앉아 있었다. 그가 창가로 다가
가자 그녀는 순간 창문을 보았다. 그리고 그녀는 누가 두들겼
는지 확인하려고도 하지 않고 갑자기 하녀방에서 달려 나왔
다. 그는 입구의 문이 딸깍 소리를 내며 열리고 가늘게 삐걱
거리는 소리를 들었다. 그는 앞질러 문 앞에서 기다리고 있다
가 아무 말 없이 덥석 그녀를 끌어안았다. 그녀는 그에게 몸
을 내맡기고 얼굴을 들어 입술로 그의 키스를 받았다. 두 사
람은 문간 모퉁이에 있는 마른 땅 위에 서 있었다. 그의 온몸
은 채워지지 않는 욕정의 괴로움으로 떨고 있었다. 별안간 다
시 문이 열리는 소리가 나더니 입구의 문이 삐걱하고 울렸다.
그리고 마트료나 파블로브나의 화난 듯한 목소리가 들려왔
다.

"카튜샤."

그녀는 포옹에서 빠져나와 집 안으로 들어갔다. 열쇠를 잠
그는 소리가 그의 귀에 들렸다. 곧 이어 주위가 조용해지자
창문의 빨간 불이 꺼지고, 그곳에는 안개와 강가의 소음만이
남았다.

네플류도프는 창문으로 다가가 안을 들여다보았으나 아무
것도 보이지 않았다. 그는 유리창을 두드렸다. 그러나 아무도
대답하지 않았다. 네플류도프는 바깥 현관으로 해서 자기 방
으로 돌아갔으나 잠을 이룰 수가 없었다.

그는 장화를 벗고 맨발로 복도를 따라 마트료나 파블로브

나의 방 옆에 있는 그녀의 방문으로 갔다. 그는 먼저 마트료나 파블로브나의 잠든 숨소리를 확인한 다음 그녀의 방에 몰래 들어가려 했다. 순간 갑자기 그녀가 기침을 하고 침대를 삐걱거리면서 돌아누웠다. 그는 섬뜩해져서 그대로 5분쯤 서 있었다. 다시 주위가 고요해지고 고른 숨소리가 들리기를 기다려 그는 되도록 삐걱거리지 않는 쪽의 마룻바닥을 밟으면서 그녀의 방문 앞까지 갔다. 아무 소리도 들리지 않았다. 그녀는 분명히 자지 않고 있었다. 그것은 숨소리가 들리지 않는 것으로 알 수 있었다. 그가,

"카튜샤!"

하고 속삭이기가 무섭게 그녀는 벌떡 일어나 문으로 다가와서 성난 목소리로 돌아가 달라고 애원했다.

"무슨 짓이에요? 안 돼요, 이러시면 고모님들이 들으세요."

하고 입은 말했지만 그녀의 온몸은 '나는 완전히 당신의 것이에요.' 라고 말하고 있었다. 그것을 네플류도프도 느낄 수 있었다.

"자, 잠깐만 열어 줘. 부탁이야."

하고 그는 무의미한 말을 했다. 그녀는 잠자코 있었다. 이윽고 열쇠를 더듬어 손을 움직이는 소리가 들렸다. 열쇠가 철커덕 소리를 내며 열렸다. 그는 열려진 문 사이로 미끄러지듯 들어갔다. 그리고 그녀를 붙잡았다. 소매 없는 뻣뻣한 속옷만을 입은 그녀를 안아 올리고 무조건 밖으로 나오려 했다.

"아! 왜 이러세요?"

그녀가 속삭였다.

그러나 그는 그녀의 말을 무시하고 그녀를 자기 방으로 안고 갔다.

"아이, 안 돼요. 놓아 주세요."

그녀는 이렇게 말했으나 몸은 바싹 그에게 매달리고 있었다.

그가 하는 말에는 아무런 대답도 하지 않고 그녀가 입술을 깨문 채 와들와들 떨면서 그의 방을 나간 후, 그는 바깥 현관으로 나가 지금 일어난 모든 일의 의미를 생각하려고 애썼다.

밖은 벌써 훤해져 가고 있었다. 아래쪽 강가에서는 얼음 깨지는 소리와 콧김 같은 소리가 아까보다 한층 더 요란해졌고, 거기에 다시 흐르는 물소리까지 더해지고 있었다. 안개가 땅쪽으로 가라앉자 그 위에 반달이 떠올라 무언가 검고 무시무시한 것을 음울하게 비추고 있었다.

'이게 무엇일까? 내 몸에 일어난 변하는 커다란 행복일까, 아니면 커다란 불행일까?'

그는 스스로에게 물었다.

'언제든지 이런 거야. 누구든지 마찬가지야.'

그는 스스로에게 말하며 침실로 돌아갔다.

18

　이튿날 산뜻한 차림의 쾌활한 셴보크가 네플류도프를 찾아 고모네 집으로 왔다. 그는 우아한 태도와 상냥함, 그리고 쾌활함과 대범함, 드미트리에 대한 우정 등으로 집안 사람들을 완전히 사로잡고 말았다. 그의 너그러움은 고모들 마음에 들었지만, 그 도가 너무나 지나쳤기 때문에 고개를 갸웃거릴 정도였다.

　동냥을 하러 온 장님에게 그는 1루블이나 적선해 주었고, 하인들에게 팁으로 15루블이나 주었을 뿐만 아니라, 소피아 이바노브나의 애견인 슈제트카가 다리를 다쳐 피를 흘리자 곧 붕대를 매주겠노라면서 조금도 주저하지 않고 가장자리에 장식이 달린 고급 마직 손수건을 찢었으며 ── 이런 손수건은 한 다스에 15루블도 넘는다는 것을 소피아 이바노브나는 알고 있었다 ── 그리고 그것으로 강아지를 위해 붕대를 만들어 주었다. 고모들은 지금껏 이런 사람을 본 일도 없었고, 하물며 이 셴보크에게는 20만 루블이나 되는 빚이 있다는 것은 꿈에 도 생각하지 못했다. 그는 자신이 이 빚을 절대로 갚을 수가 없다는 것을 알고 있었기 때문에 그에게는 25루블쯤이 늘건 줄건 문제가 되지 않았다.

셴보크는 단 하루 있었을 뿐, 이튿날 밤 네플류도프와 함께 떠났다. 돌아갈 마지막 기일이 다 되어서, 두 사람은 더 이상 머물러 있을 수가 없었던 것이다.

전날 밤의 기억이 생생하게 남아 있는 네플류도프는 마음 속에서 싸우고 있는 두 개의 감정에 의해서 시달림을 받으면 서 고모네 집에서의 마지막 하루를 보냈다. 그 하나는 비록 그것이 예상했던 것보다 훨씬 덜 만족스러웠다고는 하지만 동물적 정욕의 쑤시는 듯한 관능적 추억과 목적을 이루었다 는 어떤 종류의 자기 만족이었으며, 또 하나는 무언가 몹시 나쁜 짓을 해 버렸다, 이것은 보상하지 않으면 안 된다, 그것 도 그녀를 위해서가 아니라 자기를 위해 보상해야만 한다는 의식이었다.

그가 빠져 있던 에고이즘의 미친 상태 속에서 네플류도프 는 단지 자기 일만을 생각하고 있었다. 그가 그녀에게 범한 죄를 사람들이 안다면 그들이 그를 비난할 것인가, 만약 비난 한다면 어느 정도 비난할 것인가 하는 것은 생각했지만 그녀 가 어떤 생각을 하고 있으며 앞으로 어떻게 될 것인가는 조금 도 마음에 두지 않았다.

그는 셴보크가 자기와 카튜샤의 관계를 눈치채고 있다고

생각했다. 그리고 이것이 그를 우쭐하게 만들었다.

"옳지, 이제 알았어. 자네가 별안간 고모집을 좋아하고 1주일 동안이나 머물러 있었던 이유를."

센보크는 카튜샤를 보자 그에게 말했다.

"내가 자네였더라도 나 역시 떠나지 않았을 거야. 정말 탐스러운 처녀야!"

네플류도프는 또 이렇게도 생각했다. 그녀와 충분히 재미를 보지 못한 채 지금 이렇게 떠나 버린다는 것은 섭섭하지만, 어차피 오래 계속되지도 않을 것 같은 이 관계를 빨리 끊어 버린다는 점에서는 유리하며, 그는 다시 카튜샤에게 돈을 줄 필요가 있다고 생각했다. 그것은 그녀를 위해서가 아니었다. 그 돈이 언젠가는 소용될 때가 오리라는 것 때문이 아니라, 그저 사람들이 그렇게 하고 있으니, 만약 그녀를 쾌락을 위해 사용한 후 그 대가를 치르지 않는다면 불성실한 인간이라고 여겨지리라는 이유에서였다. 그래서 그는 자기와 그녀의 입장을 생각하고 타당하다고 생각되는 돈을 그녀에게 주기로 했던 것이다.

떠나는 날, 점심 식사 후 그는 현관에서 그녀를 기다리고 있었다. 그녀는 그를 보자 얼굴을 확 붉히고, 눈은 열려 있는 하녀방의 문을 바라보면서 그의 곁을 지나가려 했다. 그러자 그가 그녀를 붙잡았다.

"작별 인사를 할까 해서."

그는 1백 루블 지폐를 넣은 봉투를 그녀에게 주면서 말했다.

"이건 나의……."

그녀는 그 의미를 깨닫자 그의 손을 뿌리쳤다.

"받아 둬."

그는 중얼거리듯 말하면서 그녀의 품 속에다 봉투를 밀어 넣어 주었다. 그러고는 마치 무엇에 데이기라도 한 것처럼 얼굴을 찡그리고 자기 방 쪽으로 뛰어갔다.

그런 뒤 오랫동안 그는 방 안을 거닐면서 조금 전의 그 장면을 생각하고 육체적 고통이라도 느끼는 듯이 몸을 뒤틀었다. 신음 소리를 내며 저도 모르게 발을 구르기도 했다.

'그렇다고 해서 대관절 어떻게 한단 말인가! 언제든지 이런 식으로 끝나는 법이다. 센보크의 말에 의하면, 그와 여자 가정교사 사이에서도 이런 일이 있었다고 했고, 그리샤 삼촌도 그랬었고, 아버지 역시 시골에서 살 때 시골 처녀에게 미첸카라는 사생아를 낳게 했는데, 그 아이는 지금 잘살고 있지 않은가. 모두들 그렇게 하고 있는 거야. 그러니 이것은 당연한 일이야.'

그는 이런 식으로 스스로 위안해 보기는 했으나 아무래도 마음이 편치 않았다. 이 추억이 그의 양심을 괴롭히는 것이었다.

마음속 가장 깊숙한 곳에서 그는 자기가 참으로 꺼림칙하고 비열하고 잔혹한 행위를 했다는 것, 그리고 이 행위의 의식이 있었기 때문에 남을 비난하기는커녕 사람들의 눈을 똑바로 볼 수도 없다는 것을 알고 있었다. 이전처럼 자기를 훌륭하고 고상하고 너그러운 청년이라고 자부한다는 것은 꿈에도 생각하지 못할 일이었다.

그러나 명랑하고 즐거운 생활을 계속하려면 자기를 이러한 청년이라고 생각하지 않으면 안 되었다. 그리고 그것을 위한 수단은 단 한 가지, 그것을 생각하지 않는 일이었다. 그래서 그는 그렇게 실행했다.

그가 들어간 세계, 즉 새로운 환경, 친구들, 전쟁이 그것을 도와 주었다. 그는 그 세계에서 생활을 계속해 나감에 따라 차츰 그 일을 잊어서 나중에는 정말 깨끗이 잊어버리고 말았다.

단 한 번, 전쟁이 끝난 뒤 그가 카튜샤를 만나고 싶어 고모네 집에 들른 일이 있었다. 그런데 카튜샤는 그곳에 없었다. 그가 떠난 지 얼마 안 되어 집을 나가 아이를 낳았는데, 들리는 소문에 의하면 완전히 타락해 버린 모양이라는 말에 그는 마음이 아팠다. 달수를 따져 볼 때 그녀가 낳은 아이가 그의 아이일지도 몰랐지만 그렇다고 덮어놓고 그렇다고 할 수도 없었다.

고모들은 그녀가 타락한 것은 원래 어머니를 닮아 엉덩이가 가벼운 여자였기 때문이라고 말했다. 고모들의 이 비난은 그를 변명해 주는 것 같아서 그에게는 기분 좋게 들렸다. 그래도 처음 얼마 동안 그는 그녀와 아기를 찾아내려고도 했지만, 마음속에서 그것을 생각하는 것이 너무나도 고통스럽고 부끄럽다는 이유 때문에 찾아 내기에 필요한 노력을 하지 않고 끝내 자기의 죄를 잊어버린 채 단념하고 말았던 것이다.

그런데 지금 이 놀라운 우연이 그에게 모든 것을 회상하게

했다. 지난 10년 동안 마음에 이 같은 죄를 품고서도 안온하
게 살아 올 수 있었던 자기의 무정함, 냉혹함, 비열함을 보상
할 것을 요구한 것이다. 그러나 그의 마음은 아직 이를 인정
하기 어려웠고 지금은 단지 여기에서 모든 것이 밝혀지지 않
기만을 바랐다. 즉, 그녀나 변호사가 그것까지 언급하여 뭇사
람들 앞에서 자기의 치욕을 드러내 주지 말았으면 좋겠다는
것만을 생각하고 있었다.

19

이러한 심정으로 네플류도프는 법정에서 나와 배심원 대기실로 들어갔다. 그는 창가에 앉아 주위에서 주고받는 말소리에 귀를 기울이며 연거푸 담배만 피웠다. 배심원 중 쾌활한 상인은 분명히 상인 스멜리코프의 시간을 보내는 방법에 공감이 가는 모양이었다.

"한 번 놀아 보려면 그쯤 놀아야지. 그야말로 시베리아 식이야. 하여튼 그 친구, 눈이 꽤 높았어. 그만한 계집을 찾아낸 걸 보면."

배심원 대표는 모든 문제는 감정 여하에 달려 있다는 식으로 말했다. 표트르 게라시모비치는 유대인 점원과 무슨 농담을 하면서 큰 소리로 웃어대고 있었다. 네플류도프는 묻는 말에만 간단히 대꾸했을 뿐 제발 조용히 내버려두기만을 바랄 뿐이었다.

한쪽으로 기울어지게 걸음을 걷는 정리가 배심원들이 다시 법정으로 들어가도록 부르러 왔을 때, 네플류도프는 자기가 재판을 하러 가는 게 아니고 재판을 받으러 끌려나가는 것과 같은 공포를 느꼈다. 그는 마음속으로 자기는 얼굴을 들고 다닐 수 없는 악한이라는 것을 느끼고 있었음에도 불구하고, 여태까지의 습관처럼 자신 있는 태도로 단상에 올라가 배심원 대표의 자리에서 두 번째 자리에 다리를 포개고 앉아 코안경을 만지작거렸다.

피고들도 어디론지 끌려갔다가 다시 끌려왔다.

법정에는 새로운 증인들이 출정해 있었다. 네플류도프는 마슬로바가 비단과 벨벳으로 몸을 감은 어느 뚱뚱한 부인에게로 여러 번 시선을 돌리는 것을 보았다. 그 부인은 커다란 리본을 단 모자를 깊이 쓰고 있었으며 팔꿈치까지 드러낸 팔에 우아한 손가방을 들고 난간 첫째 줄에 앉아 있었다. 나중에야 안 일이지만, 그녀는 마슬로바가 있던 바로 그 유곽의 주인이며, 증인 중의 한 사람인 키타예바였다.

증인들의 심문이 시작되었다. 그들의 이름, 종교 같은 것을 묻고 증인들에게 선서를 시켜야 할지 어떨지에 대해 협의한 후에 아까 그 늙은 사제가 다리를 질질 끌다시피 하며 들어왔다. 그리고 아까와 같이 비단 제의의 가슴에 걸친 십자가를 매만지면서 자기는 유익하고도 중대한 일을 집행하고 있다는 확신을 가지고 증인들과 감정인들에게 선서를 시켰다. 선서가 끝나자 모든 증인들은 퇴장하고 유곽 여주인 키타예바만이 남았다. 그녀는 이 사건에 관해 아는 것을 심문받았다. 키타예바는 계면쩍은 웃음을 띠고 말끝마다 모자 쓴 머리를 끄덕이면서 독일식 악센트가 섞인 말로 상세하고 조리 있게 진술했다.

처음에는 안면 있는 호텔 하인 시몬 카르친킨이 돈 많은 시베리아 상인을 위해서 여자를 부르러 그녀의 유곽으로 왔다. 그래서 그녀는 류바샤(류보비의 애칭)를 보내 주었다. 얼마 후에 류바샤는 그 상인과 함께 돌아왔다.

"상인은 기분이 무척 들떠 있었어요."

키타예바는 가볍게 미소를 지으면서 계속했다.

"그리고 우리 집에서 술을 마셨고 아이들에게도 한턱냈습니다. 그러나 그분은 돈이 모자라서 자기가 홀딱 반해 버린 류바샤를 호텔의 자기 방으로 보냈던 거예요."
하고 피고 쪽을 돌아보며 말했다.

네플류도프는 이때 마슬로바가 생긋 웃어 보이는 것을 보았으나, 그런 미소는 어쩐지 그에게 좋은 인상을 주지 못했다. 야릇한 증오감과 동정이 뒤섞인 감정이 그의 가슴속에서 솟아올랐다.

"마슬로바에 대해서 증인은 어떤 의견을 가지고 계십니까?"

마슬로바의 변호인으로 지명된 판사보가 얼굴을 붉히고 머뭇거리면서 물었다.

"더할 나위 없이 착한 아이죠."
하고 키타예바는 답변했다.

"교양도 있고요. 좋은 가정에서 자랐기 때문에 프랑스어도 읽을 줄 안답니다. 이따금 지나치게 술을 마시는 일은 있어도 정신을 잃는다거나 하는 일은 없었습니다. 정말 좋은 아이예요."

카튜샤는 주인 마담을 보고 있다가 문득 배심원 쪽으로 눈을 돌려 네플류도프의 얼굴에 시선을 멈추었다. 그녀의 얼굴은 심각하게 변했다기보다 차라리 험악해진 것 같았다. 험악해진 한쪽 눈은 역시 사시였다. 그녀의 두 눈은 꽤 오랫동안 네플류도프를 바라보고 있었다. 그는 덜컥 겁이 났으나 흰자위가 반짝반짝 빛나는 그 사시눈에서 눈을 뗄 수가 없었다. 얼음이 깨지는 소리, 안개, 특히 새벽녘에 무언가 시커멓고 이상한 것을 비추던 반달과 더불어 그는 옛날의 무서운 그날 밤을 상기했다. 그를 보고 있는 것 같기도 하고 그의 옆을 보고 있는 것 같기도 한 까만 두 눈은 그때의 시커멓고 이상한 것을 다시 눈앞에 떠오르게 했다.

'눈치챈 모양이로구나……'

그는 생각했다. 네플류도프는 무엇인가에 호되게 얻어맞기라도 한 것처럼 몸을 움츠렸다. 그러나 그녀는 재판장을 바라보기 시작했다. 네플류도프는 한숨을 내쉬었다.

'아아, 빨리 끝났으면.'

하고 그는 생각했다. 그는 이때 사냥터에서의 기분을 맛보았다. 상처 입은 새를 죽여 버려야 할 때 경험하는 몸서리쳐지는 그 불쌍하고 괴로운 감정과 비슷했다.

아직 죽지 않은 새가 주머니 속에서 꿈틀거리고 있으면 오히려 불쌍해서 빨리 죽여 잊어버리고 싶어지는 법이다. 네플

류도프는 지금 증인들의 진술을 들으면서 이런 복잡한 감정
을 느끼고 있었다.

20

그러나 공교롭게도 사건 심리는 오래 계속되었다. 증인들의 개별적인 심문이 끝나고 감정인의 심문도 끝났다. 그리고 언제나 그렇듯이 검사보와 변호인이 거드름을 피우면서 쓸데없는 질문을 한 후, 재판장은 배심원들에게 증거물을 검사하도록 제의했다. 증거물이란 굵은 집게손가락에 끼고 있던 것인 듯한, 다이아몬드를 박은 큼직한 반지와 독물(毒物)을 분석한 시험관이었다. 그 물건들은 봉인되어 조그마한 딱지가 붙어 있었다.

배심원들이 그 물건들을 검사하려 했을 때, 검사보는 증거물을 검사하기 전에 의사의 검시 보고서를 낭독하도록 요구했다.

될 수 있는 한 신속하게 사건을 처리해 버리고 스위스 여자에게로 달려가고 싶은 재판장에게 그러한 서류의 낭독은 지루하기만 할 뿐 식사 시간을 지연시키는 효과밖에 없었다. 또한 이것이 검사보가 그 낭독을 요구할 수 있는 권리를 보유하고 있음을 인식시키는 데 불과하다는 것도 잘 알고 있었다. 그러나 거절할 수도 없는 일이어서 동의를 표시했다.

서기는 서류를 꺼내서 엘과 알 발음이 분명하지 않은 흐리멍텅한 목소리로 읽기 시작했다.

"외부 검시 결과는 다음과 같음. 첫째, 페라폰트 스멜리코프의 신장은 1미터 95센티미터."

"꽤 큰 사람이었군."

하고 옆에 앉은 상인이 네플류도프에게 속삭였다.

"둘째, 외모로 볼 때 연령은 40세 가량으로 추정됨. 셋째, 시체는 부어 있었음. 넷째, 피부는 푸르고 군데군데 검은 반점이 있었음. 다섯째, 피부 표면에는 크고 작은 여러 개의 물집이 생겼고, 여러 곳이 벗겨져서 커다란 헝겊 조각이 달려 있는 것처럼 보였음. 여섯째, 머리카락은 밤색이고 숱이 많으며 손으로 만지면 쉽사리 빠졌음. 일곱째, 눈은 안구에서 빠져 있고 각막은 흐려 있었음. 여덟째, 콧구멍·귀·입 안에서 거품을 품은 혈장성 점액이 스며나오고 입은 열려 있었음. 아홉째, 얼굴과 가슴이 부어서 목을 거의 분간할 수가 없었음."

이렇게 하여 네 페이지에 걸쳐 스물일곱 항목으로 나누어진, 방탕한 생활 끝에 죽어간 한 상인의 부패하기 시작한 시체의 외부 검시 보고가 아주 상세하게 낭독되었다. 네플류도프가 느낀 막연한 혐오감은 이 검시 보고 낭독에 의해 더욱 커졌다. 카튜샤의 생활, 콧구멍에서 흘러나온 혈장성 액체,

안구에서 튀어나온 눈알, 그녀에 대한 상인의 행동, 이런 것들은 모두 같은 종류의 것이어서 그는 자신이 사면 팔방에서 그런 것들로 둘러싸여 삼켜지고 있는 것처럼 생각되었다. 외부 검시의 낭독이 겨우 끝났을 때 재판장은 무거운 한숨을 쉬며 이제야 끝났구나 하고 머리를 들었다. 그러나 서기는 곧이어 해부 검사에 대한 보고서를 읽기 시작했다.

재판장은 다시 머리를 숙이고 한쪽 팔꿈치를 세워 턱을 괴고 두 눈을 감았다. 네플류도프 옆에 앉아 있던 상인은 간신히 졸음을 참으면서도 가끔은 몸을 끄덕끄덕하고 있었다. 피고와 그들 뒤에 서 있는 헌병들은 꼼짝도 않고 듣고 있었다.

"해부 검사에 의해 밝혀진 사실은 다음과 같음. 첫째, 두개골의 피부 표면은 쉽게 두개골로부터 벗겨졌으며, 피하 출혈의 흔적은 어느 곳에서도 찾아볼 수 없었음. 둘째, 두개골의 두께는 보통이며, 조금도 다친 곳은 없었음. 셋째, 견고한 뇌막의 두 곳에 변색된 작은 반점이 있었으며, 크기는 약 4인치, 뇌막 자체는 푸르게 퇴색한 빛을 하고 있었음."

그것은 열세 항목이나 계속되었다.

그 다음에 증인의 이름과 서명이 계속되었고 끝에 가서 의사의 결론이 있었는데 그것에 의하면, 해부시에 발견되어 조서에 기입된 위, 장, 신장 내의 변화는, 술과 함께 위 속으로 들어간 독물의 작용이 스멜리코프의 사인이 되었음을 확신하고 결론을 내리는 근거가 된다는 것이었다. 또한 위 속에서 인정되는 변화만으로는 어떻게 독물이 위 속으로 들어갔는지 단정짓기 곤란하나 이 독물이 술과 함께 위 속으로 들어갔다는 것은 스멜리코프의 위 속에서 다량의 술이 발견되었다는 것으로 추측할 수가 있다는 것이었다.

"상당히 술을 많이 마시는 사람이었나 봐요."

잠이 깬 상인이 이렇게 소곤거렸다.

이 보고서는 약 1시간이나 낭독이 계속되었으나 그래도 검사보는 만족하지 않았다. 보고서 낭독이 여기까지 이르렀을 때 재판장은 그를 돌아보면서 말했다.

"내장 해부 보고서는 들을 필요가 없다고 생각하는데요?"

"아니, 그 보고서를 낭독해 주시기 바랍니다."

검사보는 비스듬히 몸을 일으키면서 재판장 쪽은 보지도 않고 말했다. 그 어조에는 이 낭독을 요구하는 것은 자기의 권리이며 그 권리를 포기할 수는 없다, 만약에 거절한다면 상소라도 하겠다는 기세가 엿보였다.

탐스럽게 턱수염을 기르고 선량한 듯이 눈꼬리가 처진 배석 판사는 위 염증 때문에 몹시 피로를 느끼며 재판장 쪽을 돌아다보았다.

"무엇 때문에 그런 걸 읽어야 한단 말입니까? 공연히 시간만 오래 끌 뿐입니다. 이런 것은 새 빗자루와 마찬가지여서 말끔히 쓸리지도 않으면서 청소하는 데 시간만 오래 걸린단 말입니다."

금테 안경을 쓴 배석 판사는 아무 말도 하지 않고 어둡고 단호한 눈초리로 앞을 바라보고 있었다. 그는 자기 아내한테서도, 인생 전체에서도 즐거운 것이라고는 전혀 기대할 수 없는 형편이었기 때문이었다.

보고서 낭독이 계속되었다.

"188×년 12월 15일, 아래에 서명한 본관은 법의부 위촉 제 638호에 의하여……."
하고 서기는 법정 안의 모든 사람을 괴롭히는 수마(睡魔)를 쫓아 버리려는 듯이 한층 소리를 높여 단호한 어조로 낭독하기 시작했다.

"검시관보의 입회하에 실시된 내장 검사의 결과는 다음과 같다. 첫째, 우측 폐와 심장(6파운드들이 유리병에 들어 있음). 둘째, 위장의 내용물(6파운드들이 유리병에 들어 있음). 셋째, 위장(6파운드들이 유리병에 들어 있음). 넷째, 간장·비장·신장(3파운드들이 유리병에 각각 들어 있음). 다섯째, 장(6파운드들이 유리병에 들어 있음)."

이 보고서의 낭독이 시작되었을 때 재판장은 배석 판사 중의 한 사람에게 몸을 굽히고 무언가 귀엣말로 속삭이고 난 다음, 이번에는 다른 한 사람의 배석 판사에게 역시 귀엣말을 하고 동의를 얻자 여기서 낭독을 중지시켰다.

"법정은 보고서의 낭독이 필요없다고 인정합니다."
하고 그는 말했다. 서기는 입을 다물고 서류를 챙기기 시작했다. 검사보는 화가 난 듯이 무언가 기입하고 있었다.

"배심원 여러분, 증거물을 보셔도 좋습니다."
하고 재판장은 말했다.

배심원 대표와 배심원 두세 사람이 일어서서 자기의 손을 어떻게 움직이면 좋을지, 어느 위치에 놓는 것이 좋을지 난처해하면서 테이블로 다가가서 반지와 병, 시험관 등을 차례로 구경했다. 상인은 반지를 자기 손가락에 끼어보기까지 했다.

"거 손가락도 꽤 큰데."

그는 제자리로 돌아오면서 말했다.

"웬만한 오이만큼 굵군그래."

하고 덧붙였다. 그는 독살당한 상인을 옛날 얘기에 나오는 무슨 호걸처럼 상상하고 혼자 재미있어하는 모양이었다.

21

증거물에 대한 열람이 끝나자 재판장은 심리가 끝났다는 것을 선언하고 빨리 끝내고 싶은 마음에서 곧 검사 논고로 들어갈 것을 재촉했다. 재판장은, 검사보 역시 인간이니만큼 담배도 피우고 싶고 식사도 하고 싶을 테니 여러 사람의 심정을 생각해 주리라고 기대했던 것이다. 그러나 검사보는 자기 자신도 남도 생각해 주지 않았다.

검사보는 선천적으로 몹시 완고하고 우둔한 사람이었는데, 불행히도 중학교를 우수한 성적으로 졸업하고 대학에서는 로마법의 용익권(用益權)에 대한 논문으로 상을 타자 아주 우쭐해져서 자기를 대단한 인물로 생각했고 —— 부인들에게 인기가 있는 것이 그것을 한층 더 부채질했다 —— 그 결과 두말할 것 없이 어리석은 사람이 되었다. 그는 논고에 대한 요청을 받자 금실로 장식을 단 제복을 입은 자신의 우아한 몸을 자랑이라도 하듯 천천히 일어나 두 손으로 테이블 위를 짚고 약간 머리를 기울이며 피고들의 시선을 피하면서 법정 안을 한 번 둘러본 다음 천천히 입을 열었다.

"배심원 여러분, 여기서 여러분의 재량에 맡겨지고 있는 이 사건은……."

그는 기소장과 보고서를 낭독하는 사이에 대강대강 손질해 놓은 논고를 읽기 시작했다.

"만약 이러한 표현이 용인된다면 매우 특색있는 범죄인 것입니다."

검사보의 논고는, 그의 의견에 의하면, 이미 명성을 떨친 변호사들의 유명한 변론과 마찬가지로 커다란 사회적 의의를 갖는 것이었다. 하긴 방청석에는 재봉사 처녀와 요리사와 시몬의 누이동생과 마부 한 사람이 있을 뿐이었지만, 그런 것은 아무래도 좋았다. 선인(先人)들의 명성도 이런 데서 시작된 것이다. 검사보의 주의는 항상 자기 입장의 높이를 과시할 것, 즉 범죄의 심리적 의미의 밑바닥을 파내어 사회의 병폐를 적발하는 데 있었다.

"배심원 여러분, 여러분이 지금 눈앞에 두고 계신 사건은, 만약에 이러한 표현이 용납된다면, 세기말의 특징적 범죄라고도 할 만한 것입니다. 즉, 슬픈 병폐 현상의, 말하자면 특색이라고도 할 만한 여러 가지 특성을 띠고 있습니다. 그것은 현재 부패 과정이 명명백백하게 드러나고 있는 사회 각층의 치부를 보이고 있는 것입니다……."

검사보는, 한편으로는 미리 생각해 두었던 재치 있는 문구를 빠짐없이 생각해 내느라고 애를 쓰고, 또 한편으로는, 잠시도 쉬지 않고 청산유수 같은 열변을 토하면서 장황하게 실로 1시간 15분에 걸쳐서 논고를 계속했다. 그는 단 한 번 말이 막혀 잠시 침만 삼키고 있었지만, 곧 정상대로 돌아가 한층 더 능란한 웅변으로 그 막혔던 것을 회복시켰다. 그는 때로는 배심원석을 보고 발을 바꿔 놓으면서 부드러운 목소리로 말하는가 하면, 때로는 자기 노트에 눈을 떨구면서 조용하고 사무적인 말투가 되었다가, 다시 일변하여 질타하는 듯한 고발적인 투가 되어 방청석과 배심원석 쪽을 보았다. 다만 뚫어질 듯이 바라보고 있는 세 사람의 피고에게만은 한 번도 눈길을 보내지 않았다. 그의 논고 속에는 당시의 법조계에서 유행되었고, 지금도 역시 학문의 최신 지식이라고 간주되고 있는 용어가 모두 담겨 있었다. 거기에는 유전도, 선천적 범죄성도 있고, 롬브로소도, 타르드도, 진화론도, 생존 경쟁도, 최면술도, 암시도, 샤르코도, 데카당까지 튀어나오는 형편이었다.

검사보의 단정에 의하면, 상인 스멜리코프는 너그러운 성질을 가진 늠름하고 순정적인 러시아 인으로, 의심할 줄 모르는 너그러움 때문에 타락한 사람들에게 희생이 되었다는 것이다.

시몬 카르친킨은 농노 제도의 인습적인 산물로 교육을 받은 적도 없고 생활 방식이나 종교마저 없는 비뚤어진 인간이고, 그의 정부인 예브피미아는 유전의 희생자로서 그녀에게는 변질자의 온갖 특징을 엿볼 수 있으나, 이 범죄의 주요 원동력은 데카당의 가장 저급한 현장을 대표하고 있는 마슬로바라는 것이었다.

"이 여자는……."

하고 검사보는 그녀 쪽은 보려고도 하지 않고 말을 이었다.

"교육도 받았다는 것입니다……. 우리는 그것을 이 법정에서 여주인의 증언으로 알았습니다. 그녀는 읽기와 쓰기를 할 줄 알 뿐만 아니라, 프랑스어까지 알고 있습니다. 그녀는 고아인 까닭에 이미 범죄의 싹을 내포하고 있었던 것이라고 생각됩니다만, 지식 계급의 귀족 가정에서 자라났으므로 올바른 노동에 의해 생활할 수가 있었을 것입니다. 그런데도 은인을 버리고 스스로 욕정에 몸을 던져 그것을 채우기 위해 유곽에 들어갔으며, 그 교양을 무기로 하여 동료 여자들을 누르고 인기를 얻었습니다. 그리고 특히 배심원 여러분, 여주인의 증언으로 밝혀졌듯이 최근 과학적으로 연구되었고, 특히 샤르코 학파에 의해 연구되어 있는 암시라는 이름으로 알려진 신비적인 힘으로 손님을 유혹하는 기술을 터득하여 인기를 끌었던 것입니다. 이 기술에 의해 그녀는 러시아 민화의 호걸, 즉 선량하고 사람을 잘 믿는 사드코(전설의 주인공)와 같은 손님을 농락하고는 그 신뢰를 이용하여 먼저 돈을 훔치고 끝내는 냉혹하게 그의 생명마저 빼앗았던 것입니다."

"아니, 저 친구 너무 우쭐해진 것 같은데."

재판장은 쓴웃음을 지으면서, 엄숙한 표정의 판사 쪽으로 얼굴을 돌리고 말했다.

"어이없는 바보로군요."

엄격한 판사가 말했다.

"배심원 여러분!"

검사보는 그런 줄도 모르고 날씬한 허리를 우아하게 꼬면서 말을 이었다.

"이 피고들의 운명은 여러분의 결정에 달려 있습니다. 하지만 동시에 어떤 의미에서 볼 때, 사회의 운명도 역시 여러분의 손에 있는 것입니다. 그것은 여러분의 판결에 따라 사회가 영향을 받기 때문입니다. 제발 이 범죄의 의미와, 마슬로바와 같은, 말하자면 병원체에 의하여 사회에 주어지는 위험을 충분히 고려하여 사회를 그 감염에서 지켜주고, 이 사회의 죄 없고 건전한 사람들을 감염으로부터 파생되는 파멸로부터 지켜 주시기 바랍니다."

그리고 눈앞에 다가온 판결의 중대함에 제 자신이 숙연해지고 스스로 논고에 감격한 듯 자리에 앉았다.

그의 논고의 요지는 복잡하게 수식한 과장된 문구를 제거한다면, 마슬로바가 상인에게 최면술에 걸어 완전히 신용을 얻은 다음 열쇠를 가지고 방에 돈을 가지러 갔다. 그녀는 돈을 전부 독차지하려 했으나, 시몬과 예브피미아에게 들켰으므로 셋이 나누지 않으면 안 되게 되었고, 그후 범죄의 흔적을 감추고자 다시 상인과 함께 호텔로 와서 그를 독살했다는 것이다.

검사보의 논고가 끝나자 변호인의 자리에서 프록코트를 입고 풀이 빳빳한 와이셔츠에 가슴을 반원형으로 널찍하게 드러낸 마흔 살 전후의 남자가 일어나더니 위세 좋게 카르친킨과 보치코바를 변호했다. 그는 이 두 사람이 3백 루블을 주고 고용한 변호사였다. 그는 두 사람을 변호하고 모든 죄를 마슬로바에게 씌우려고 했다.

그는 마슬로바가 돈을 꺼냈을 때 보치코바와 카르친킨이 같은 방에 있었다는 마슬로바의 진술에 반론을 제기하고, 독살범이라는 죄상이 분명히 드러난 사람의 증언 따위는 믿을 것이 못 된다고 주장했다. 다시 변호사는 2천 5백 루블의 돈은 하루에 3루블에서 5루블의 팁을 손님에게 받았을 정도로 근면하고 성실한 두 사람이니 저축할 수 있는 금액이라고 말했다. 그리고 상인의 돈은 마슬로바가 훔쳐서 누구에게 주었든지 아니면 정상적인 상태가 아니었으므로 분실되었을 수도 있다고 생각된다고 말했다. 그러므로 독살은 마슬로바의 단독 범행이라고 주장했다.

이러한 이유로 변호사는 돈을 훔친 범행에 있어서 카르친킨과 보치코바의 무죄를 인정해 달라고 배심원들에게 호소했다. 만일 두 사람이 돈을 훔친 것에 대해 죄를 인정한다손치더라도 독살에는 관여하지 않았고 사전 모의를 한 사실도 없다는 것이었다.

변호사는 마지막으로 검사보에게 화살을 돌려 유전에 관한 검사보의 탁월한 견해는 유전의 여러 문제를 명백히 하고 있으나, 이 사건은 해당되지 않는다. 왜냐하면 보치코바는 부모가 분명하지 않은 고아라고 공박했다. 검사보는 변호사를 물어뜯을 듯한 화난 태도로 노트에다 무언가를 써 넣고는 마치 어이없고 경멸하는 듯한 표정으로 어깨를 움츠렸다.

이어서 마슬로바의 변호인이 일어나 조심조심 더듬거리면

서 의견을 진술했다. 그는 마슬로바가 돈을 훔친 범행에 가담한 것에 대해서는 부정하지 않았으며, 상인을 잠들게 하려는 생각에서 가루약을 먹였다는 것만을 주장했다. 그는 웅변의 재주를 자랑하기 위해, 마슬로바는 남자 때문에 타락의 길로 빠져들게 되었는데, 그 남자는 아무런 벌도 받지 않았는 데 비해 그녀만 타락이라는 무거운 짐을 짊어지지 않으면 안 되었다는 사실을 개략적으로 설명하려고 했다. 그러나 심리학적 분야에 대한 그의 이 큰 계획은 꽁지 끊어진 잠자리 격으로 끝나 버려 듣고 있던 사람 모두가 얼굴을 붉히고 말았다. 그가 남자의 비정함과 여자의 무력함에 대해 어물어물 논하기 시작했을 때, 재판장은 차마 듣고 있을 수가 없어서 사건의 본질에 너무 벗어나지 않도록 하라고 주의를 주었다.

이어서 검사보가 일어나 먼저 변호했던 변호사에 대항하여 유전에 관한 자기의 입장을 옹호했으며, 비록 보치코바가 부모가 분명하지 않은 고아였다고 할지라도 유전학설의 진리는 그것에 의해 조금도 손상되는 것이 아니라고 했다. 왜냐하면 유전의 법칙은 과학에 의해 완전히 기초가 확립되어 있는 것이며, 우리들은 유전에서 범죄의 인자를 구할 수가 있을 뿐만 아니라, 범죄에서 유전의 인자를 끌어 낼 수도 있기 때문이라고 공박했다.

마슬로바가 가상의 유혹자 —— 그는 특히 독살스럽게 가상이라는 말을 발음했다 —— 에 의해 타락되었다는 가정에 관해서는, 모든 자료가 오히려 그녀야말로 많은 사람들을 타락으로 이끈 유혹자였다는 것을 큰 소리로 강조하고는 거만하게 앉았다.

이어서 피고들에게 변명이 허락되었다.

보치코바는 자신은 아무것도 모르며 아무 일에도 관계하지 않았다는 것만을 되풀이했다. 그녀는 모든 것이 마슬로바 혼자서 한 일이라고 주장했다. 시몬은 단지 몇 번 이렇게 되풀이했을 뿐이었다.

"뭐라 해도 안 한 일은 안 했습니다. 저는 아무 죄도 없습니다."

마슬로바는 아무 말도 하지 않았다.

무언가 변명할 것이 있으면 하라는 재판장의 말에 다만 천천히 눈을 들어 쫓기는 짐승처럼 모든 사람을 돌아보다가 곧 눈을 떨구고 큰 소리로 울음을 터뜨렸다.

"왜 그러십니까?"

네플류도프의 옆 자리에 앉아 있던 상인이 네플류도프가 갑자기 이상한 소리를 내는 것을 보고 이렇게 물었다. 그것은 통곡을 참는 것 같은 소리였다.

네플류도프는 아직도 자신이 놓여 있는 입장의 의미를 잘 이해하지 못하고 있었다. 그래서 간신히 참은 통곡과 눈에 눈물이 솟구친 까닭을 자기 자신의 신경이 약한 탓이라고 생각했다. 그는 눈물을 감추기 위해 코안경을 쓰고 손수건을 꺼내어 코를 풀기 시작했다.

이 법정의 모든 사람들이 네플류도프의 이러한 행위를 안다면 창피를 당할 것이라는 공포가 그의 마음속에 생긴 갈등을 억누르고 말았다. 처음 한순간은 이 공포가 무엇보다도 강하게 엄습해 왔다.

22

피고들의 최후 변명이 끝나고, 검사 측과 변호인 측이 장시간에 걸쳐 협의한 결과 질문 사항이 결정되자, 마지막으로 재판장이 사건의 요약을 설명하기 시작했다.

사건을 설명하기에 앞서 그는 유쾌하고 허물없는 어조로 배심원들에게 강도는 강도이며, 절도는 절도이며, 잠겨 있는 장소에서 발생한 약탈은 잠겨 있는 장소에서 일어난 약탈이며, 개방된 장소에서 일어난 약탈은 개방된 장소에서 일어난 약탈이라고 장황하게 설명했다. 이런 설명을 하면서 그는 자주 네플류도프의 얼굴을 바라보았다. 그것은 이 사람이야말로 자기가 말하는 중대한 진리를 이해하고 동료들이 그것을 이해하도록 설득해 주리라는 희망을 걸고 있기 때문인 것 같았다.

그리고 배심원 일동이 충분히 이 진리를 깨달았다고 생각

했는지 이번에는 또 다른 진리를 부연해서 설명하기 시작했
다. 그것은 다름이 아니고 살인이란 사람을 죽이는 행위이므
로, 독살도 살인 행위라는 것이었다. 이윽고 이 진리도 배심
원들이 모두 이해했다고 생각했는지, 그는 또 다음과 같이 설
명했다. 만약 절도와 살인이 동시에 저질러졌다면 이런 형식
의 범죄는 절도 살인죄를 형성한다는 것이었다.

재판장 자신도 빨리 끝내고 싶었다. 그러나 스위스 여자가
기다리고 있을 것이라고 생각했음에도 불구하고, 그는 자기
의 일에 너무나 익숙해져 있었기 때문에 이제 와서 지껄이는
것을 중단할 수가 없었다. 그래서 그는 배심원들을 향해 만약
여러분이 피고가 유죄라고 생각한다면 여러분은 유죄로 인정
할 권리를 가지고 있으며, 만약 무죄라고 생각한다면 무죄로
인정할 권리가 있다고 말해 주었다. 만약 어떤 점에 있어서는
유죄라고 인정하더라도 다른 점에 있어서 무죄라고 생각한다
면, 한 가지 점에 있어서는 유죄라고 인정하고 다른 한 가지
점에서는 무죄로 볼 수도 있다는 것을 상세하게 설명했다. 그
리고 또 덧붙여서, 여러분이 이와 같은 권리를 부여받고 있기
는 하지만 이것을 이성적으로 행사하지 않으면 안 된다고 말
했다.

그는 또, 만약 배심원들이 제출된 질문에 대해서 긍정적인
대답을 한다면 그들은 그 질문에 포함된 모든 것을 인정하는
것이 되지만, 만약에 그들이 질문에 제출되어 있는 모든 것을
인정하지 않는다면 그것을 인정하지 않는 이유를 밝힐 필요
가 있다는 점을 설명하고 싶었다. 그러나 시계를 보니 벌써

3시 5분이었으므로 곧 사건 요약을 설명하기 시작했다.

"이번 사건의 개요은 다음과 같습니다."

하고 말한 다음 그는 변호사와 검사보, 그리고 증인들에 의하여 이미 몇 번이나 발언되었던 것을 요약하여 되풀이했다.

재판장이 말하고 있을 때, 그 양쪽에 앉아 있는 배석 판사들은 자못 의미 심장한 표정으로 귀를 기울이면서, 재판장의 요약론은 참 훌륭하지만 너무 길어 문제라고 생각하면서 가끔 시계를 들여다보곤 했다. 검사보도, 그 밖의 재판소 관리들도, 법정에 모여 있는 모든 사람들 역시 이에 동감이었다. 마침내 재판장은 요약을 끝마쳤다.

이것으로 할 말은 다 한 것처럼 느껴졌다. 그러나 재판장은 좀처럼 자기의 발언권과 헤어지려 하지 않았다. 자기 목소리에 귀를 기울이고 있는 것이 매우 기분이 좋았기 때문이었다. 그는 배심원에게 부여된 권리가 얼마나 중대한 것인가에 대해서, 또 그 권리를 행사함에 있어서는 주의 깊고 신중해야 하며 절대로 그것을 남용해서는 안 된다는 것을, 그리고 그들은 선서를 했다는 사실, 그들은 사회의 양심이라는 것, 회의실의 비밀은 신성해야 한다는 것 등에 대해서 몇 마디 더 주의를 환기시킬 필요를 느꼈다.

재판장이 요약 설명을 시작했을 때부터 마슬로바는 한 마디도 놓치지 않으려는 듯이 눈을 떼지 않고 뚫어지게 그 얼굴을 주시하고 있었다. 때문에 네플류도프는 그녀와 눈이 마주칠 염려 없이 찬찬히 그녀를 바라볼 수 있었다. 그러는 동안 그의 관념 속에는 이러한 경우에 항상 있는 현상이 생겨났다.

오랫동안 만나지 못했던 사랑하는 사람의 얼굴을 대하면 처음에는 그 동안에 생긴 내부적인 변화에 놀라움을 느끼지만 한참 보고 있는 동안 차츰 몇 년 전의 얼굴과 같은 모습이 되살아나, 눈앞에는 그 사람만이 갖는 독자적인 정신적 개성의 표정만이 떠오르는 것이다.

이러한 현상이 네플류도프에게도 생겨났다.

그렇다, 죄수복을 입고 몸에 살이 쪄서 가슴이 풍만하게 솟아오르긴 했지만, 그리고 볼에서 턱 언저리가 토실토실하고 이마와 눈꼬리에 잔주름이 지고 눈이 약간 부어 있긴 하지만, 그녀는 틀림없이 그 성스러운 그리스도의 부활제 아침에 사랑의 기쁨과 생명의 충만감에 빛나던 사랑의 눈동자였으며, 그토록 순진하게 자기를 쳐다보던 바로 그 카튜샤였다.

'하지만 이 얼마나 놀라운 우연인가! 이 사건의 심리가 바로 내가 배심하는 날에 있을 줄이야. 그리고 10년 동안 한 번도 만나지 못한 그녀를 이 법정 피고석에서 만나야만 하다니! 그리고 이번 일은 어떤 결과를 가져올까? 빨리, 빨리 끝나 주었으면 좋으련만!'

그는 그래도 아직 내부에서 속삭이기 시작한 회한의 정에 굴복하지는 않았다. 그는 이것은 아주 우연한 일로 곧 지나가 버릴 것이기 때문에 그의 생활을 파괴하는 일은 없으리라고 생각되었다. 그는 마치 자기가 방 안에서 똥을 싼 강아지 같은 입장에 놓여 있음을 느꼈다. 주인이 강아지의 목덜미를 잡고 강아지가 더럽힌 곳에 코를 들이대면 강아지는 낑낑거리며 뒤로 물러나 자기가 저지른 실수에서 되도록 먼 곳으로 피해 그것을 잊어버리려고 버둥거리지만, 엄격한 주인은 도무지 놓아 주지 않는다.

이와 같이 네플류도프도 이미 자기가 저지른 일의 추악함을 절실히 느끼고 주인의 억센 힘도 느끼고 있었지만, 그래도 아직 자기가 저지른 일에 대한 의미를 이해하지 못하고 주인 그 자체마저 인정하려 하지 않았다. 지금 눈앞에 있는 것이 자기가 뿌린 씨앗의 열매임을 그는 믿고 싶지 않았다. 하지만 그는 눈에 보이지 않는 손에 눌려 달아날 수도 없다는 것을 예감하고 있었다.

그래도 그는 약한 마음을 보이지 않고 몸에 밴 버릇대로 다리를 포개고 따분하다는 듯이 안경을 만지작거리면서 자신 있는 자세로 앞 줄 두 번째의 자리에 앉아 있었다. 그러나 마음속으로 그는 이미 자기의 행위뿐 아니라 그것에서 이어지는 자기의 게으르고 나태한, 퇴폐적인, 비정한, 그리고 자기의 만족만을 요구해 온 생활의 냉혹함과 비겁함과 저열함을 역력히 느끼고 있었다.

그의 죄와 그후에 해 온 모든 생활을 일종의 기적이라고 할 수 있는 우연에 의해서 지난 12년 동안 줄곧 그의 눈으로부터 감추어 온 그 무서운 장막이 이미 흔들리고 있었다. 그리고 그 뒤에 숨은 것이 이따금 살짝 엿보이곤 했다.

23

사건의 개설을 모두 끝내자 재판장은 점잖은 손짓으로 질문서를 집어 들고 그것을 배심원 대표에게 주었다. 배심원들은 이제야 퇴장할 수 있게 되었다고 기뻐하면서도 마치 무언가 계면쩍은 일이라도 있는 듯이 협의실 쪽으로 향했다. 그들의 뒤로 문이 닫히자 경관 한 사람이 나와 칼을 빼서 어깨에 메고 그 문 앞에 보초를 섰다. 재판관들도 일어나 나갔다. 피고들도 끌려 나갔다.

배심원들은 협의실로 들어가자마자 담배를 꺼내 피웠다. 그들은 배심원석에 앉아 있는 동안 저마다 다소나마 경험했던 자기들 입장의 부자연스러움과 위선성에 대한 어색함이 걷히게 되어 가벼운 기분으로 이내 활발하게 이야기하기 시작했다.

"그 처녀는 죄가 없습니다. 끌려 들어간 거죠."

사람 좋은 상인이 말했다.

"정상 참작을 해주어야 하겠는데요."

"그것을 의논하자는 것이지요."

배심원 대표가 말했다.

"개인적인 인상에 좌우되어서는 안 됩니다."

"재판장의 요약 설명은 훌륭했습니다."

대령이 말했다.

"그렇지, 훌륭하더군. 하마터면 졸 뻔했지만 말이오."

"중요한 점은, 마슬로바가 공모하지 않았다면 그 두 사람이 돈의 소재를 알 수가 없었다는 것이지요."

유대인 점원이 말했다.

"그럼 당신은 그녀가 도둑질을 했다는 말입니까?"

배심원 한 사람이 물었다.

"그건 절대 아닙니다."

마음 좋은 상인이 외쳤다.

"이건 모두 그 눈이 새빨간 악당 계집이 조작한 일이에요."

"모두 다 그렇고 그런 족속들이야."

대령이 말했다.

"하지만 그 여자는 방에 들어가지 않았다고 하지 않았습니까?"

"그럼 당신은 그 여자를 믿고 계시군요. 나는 그런 여자를 믿을 수 없는데요."

"하지만 당신이 믿지 않는다는 것만으로는 이유가 되지 않습니다."

하고 점원이 대꾸했다.

"열쇠는 그녀가 갖고 있었으니까요."

"가지고 있었으니 어떻다는 건가요?"

상인이 대꾸했다.

"그럼 반지는?"

"그것은 그녀가 말하지 않았소."

하고 또 상인이 거칠게 말했다.

"장사꾼은 성질이 거친 데다 취해 있었으니 그녀를 때린 거죠. 그런데 그런 뒤에 그녀가 불쌍해져서, 이걸 줄 테니 울지 말라고 달랬겠지요. 아무튼 키가 2미터에 가깝고 체중이 1백 30킬로그램이나 되니 말이오!"

"문제는 그런 것이 아닙니다."

표트르 게라시모비치가 가로막았다.

"요는 이 사건 전체를 계획하고 교사한 것이 그녀냐, 아니면 그 하녀가 한 짓이냐지요."

"그 하녀 혼자서는 할 수 없었겠지요. 열쇠를 그녀가 가지고 있었으니까."

밑도 끝도 없는 이야기가 꽤 오랫동안 계속되었다.

"자, 여러분!"

배심원 대표가 말했다.

"자리에 앉아 심의를 하기로 합시다."

그는 의장석에 앉으면서 말했다.

"그런 여자들은 모두 다 지독하게 닳고 닳은 여자들이거든요."

라고 점원은 말하며, 주범이 마슬로바라고 하는 의견을 뒷받침하기 위하여 한 창부가 가로수 길에서 그의 친구의 시계를 훔친 이야기를 했다.

그러자 그 말을 받아서 퇴역 대령이 은으로 만든 사모바르(러시아 전통의 특유한 물주전자) 도난 사건에 관한 더욱 놀라운 실례를 이야기했다.

"여러분, 질문 사항에 따라 진행하겠습니다."

연필로 책상을 두드리면서 배심원 대표가 말하자 모두 조용해졌다. 질문 사항은 다음과 같이 제시되어 있었다.

1. 크리피벵스키 군(郡) 보르키 마을의 농민 시몬 카르친킨(33세)은 188×년 1월 17일 N시에서 금품 강탈을 목적으로 상인 스멜리코프의 살해를 도모, 다른 동료와 공모하여 코냑에 독약을 타서 스멜리코프를 치사케 하고 약 2천 5백 루블의 돈과 다이아몬드 반지 한 개를 훔친 건에 있어 유죄인가?

2. 평민 예브피미아 이바노브나 보치코바(43세)는 제1항에 기재된 건에 있어 유죄인가?

3. 평민 예카체리나 마슬로바(27세)는 제1항에 기재된 건에 있어 유죄인가?

4. 만약 피고 예브피미아 보치코바가 제1항의 건에 있어 무죄라고 한다면, 동 피고가 188×년 1월 17일 N시에 있는 마브리타니야 호텔에서 근무 중, 동 호텔에 숙박 중인 상인 스멜리코프의 방에 있었던, 열쇠가 잠겨 있는 트렁크 속에서 2천 5백 루블의 돈을 훔치기 위해 동 피고가 지참한 열쇠로 트렁

크를 열고 목적을 달성한 것은 무죄인가?

배심원 대표는 첫 번째 질문을 읽었다.
"어떻습니까, 여러분?"
이 문제에는 곧 해답이 결정되었다. 모두들 독살에도, 강탈에도 그가 가담했음을 인정하고 '그렇죠, 유죄이지요.'라고 동의했다. 카르친킨을 유죄라고 인정하는 데에 동의하지 않은 사람은 협동 조합원인 노인 한 사람뿐이었다. 특히 그는 전 항목에 걸쳐 피고들을 변명하는 답변을 했던 것이다.
배심원 대표는 노인이 사태를 이해하지 못하는 줄 알고 카르친킨과 보치코바가 유죄라는 것은 모든 점에서 볼 때 의심할 여지가 없다는 것을 노인에게 설명해 주었다. 그러자 노인은,
"그것은 알고 있지만 우리들 자신 역시 신이 아니란 말입니다."
하고 대답했다.
보치코바에 관한 또 다른 질문에 대해서는 긴 토의와 설명 끝에 '무죄'라는 답이 나왔다. 그녀가 독살에 가담했다는 명확한 증거가 없었기 때문이며, 그것을 특히 완강하게 주장한 사람은 그녀의 변호인이었다.
상인은 마슬로바의 무죄를 증명하기 위해 보치코바가 모든 일의 주모자라고 주장했다. 대개의 배심원들이 그에 동의했으나 배심원 대표는 공정하기를 바란다고 하며, 보치코바가 독살에 참가했다는 것을 인정할 근거가 없다고 우겼다. 오랜

토론 끝에 배심원 대표의 의견이 승리했다.

보치코바에 관한 제 사의 질문은 '그렇다, 유죄이다.'라는 답으로 되었다. 그리고 협동 조합 노인의 주장에 의해 '그러나 정상 참작을 해야 한다.'라고 덧붙였다.

마슬로바에 관한 제 3의 질문은 심한 논쟁을 불러일으켰다. 배심원 대표는 독살에도 강탈에도 그녀의 유죄를 주장했다. 상인은 그 말에 반대했고, 대령, 점원, 협동 조합의 노인이 상인을 지지했다. 다른 사람들은 우물쭈물하고 있었으나 배심원 대표의 의견이 차츰 우세해지기 시작했다. 그것은 배심원들이 모두 피로해져서 빨리 결정될 듯한, 따라서 자신을 빨리 해방시켜 줄 것 같은 의견에 기꺼이 가담했기 때문이다.

법정의 심리에서 볼 수 있었던 모든 점으로 추측하거나, 네플류도프가 알고 있는 마슬로바의 성격을 보더라도 네플류도프는 강탈에도 독살에도 그녀가 무죄임을 확신하고 있었다. 그래서 처음에는 모두가 그것을 인정해 줄 것으로 생각하고 있었다. 그런데 상인의 졸렬한 변호와 ── 그것은 마슬로바의 육체가 마음에 들어서였는데, 본인도 별로 그것을 숨기려 하지 않았다 ── 다름 아닌 그러한 속셈을 간파한 배심원 대표의 반론 때문에, 그리고 무엇보다도 모두가 피로해지기 시작해서 결정이 유죄 쪽으로 기울기 시작한 것을 보면서 그는 그것에 반론을 제기하려고 생각했다.

그러나 그는 마슬로바의 변호를 한다는 것이 무서웠다. 곧 그녀와 그와의 관계가 모든 사람들에게 알려져 버릴 것만 같다는 생각이 들었기 때문이다. 그러나 그는 동시에 그녀를 이

대로 버려 둘 수는 없다고, 아무래도 반론하지 않으면 안 된다고 느끼고 있었다. 그가 막 입을 열려는 순간 그때까지 잠자코 있던 표트르 게라시모비치가 배심원 대표의 억압적인 말투가 신경에 거슬렸던지 갑자기 그를 반대하며 네플류도프가 말하려던 것과 똑같은 발언을 했다.

"실례입니다만."

하고 그는 말했다.

"당신은 그녀가 열쇠를 가지고 있었기 때문에 그녀가 훔쳤다고 말씀하십니다만, 가령 호텔 하인들이 그녀가 돌아간 뒤에 다른 열쇠로 트렁크를 열 수는 없었을까요?"

"그렇지, 바로 그 점이지요."

상인은 맞장구를 쳤다.

"그녀는 돈을 훔칠 수 없다고 봐야 되겠지요. 왜냐하면 그런 입장에서는 돈을 감추려고 해도 감출 길이 없으니까요."

"내가 말하는 것도 그 점입니다."

하고 상인이 동조했다.

"오히려 그녀가 왔던 것이 하인들에게 힌트를 주어서 그들은 그 기회를 이용했고, 그런 나머지 모든 것을 그녀에게 뒤집어씌웠다고 봐야 되겠지요."

표트르 게라시모비치는 흥분한 목소리로 말했다. 그리고 이 흥분이 배심원 대표에게 전염되어 그도 고집을 부리며 자기의 반대 의견을 고집했다. 그러나 표트르 게라시모비치의 말에는 강한 설득력이 있었으므로 대다수의 사람들은 그의 의견에 동의했다. 마슬로바는 돈과 반지를 훔친 건에는 관계

하고 있지 않으며, 반지는 그에게서 받은 것이라는 점을 인정
했다. 그녀가 독살과 관련되어 있었느냐는 점에 논의가 옮겨
지자, 그녀의 열렬한 옹호자인 상인은 그녀가 그를 독살해야
할 이유는 아무것도 없으므로 그녀를 무죄로 인정해야 한다
고 주장했다. 그러나 배심원 대표는 그녀 자신이 가루약을 준
것을 진술하고 있으므로 무죄를 인정할 수는 없다고 우겼다.
 "주었지만 그것이 아편인 줄 알았기 때문이죠."
하고 상인은 말했다.
 "아편으로도 생명을 빼앗을 수가 있습니다."
 문제에서 벗어나기를 좋아하는 대령이 참견을 했고, 그는
그 말에 덧붙여 처남의 아내가 아편 중독으로 목숨을 잃을 뻔
했는데 마침 의사가 가까이 있어서 응급 치료를 했기에 가까
스로 목숨을 건졌다는 이야기를 늘어놓았다.
 그 말투가 자못 감명 깊고 자신만만하며 위엄에 차 있었으
므로 아무도 그 말을 중단시킬 용기가 없었다. 다만 점원 혼
자만이 탈선된 이야기에 휩쓸려 자기도 이야기를 하나 해보
려고 대령의 말을 막았다.
 "그중에는 차츰 습관이 되어 버려……."
하고 그는 말을 시작했다.
 "마흔 방울쯤 먹어도 효과가 없는 사람이 있지요. 현재 내
친척 중에……."
 그러나 대령은 이런 일로 입을 다무는 사람이 아니었으므
로 자기 처남의 아내에게 나타난 아편 작용의 여러 가지 결과
에 대해 이야기를 계속했다.

“아, 벌써 4시가 지났군요, 여러분.”

배심원 중의 한 명이 말했다.

“이렇게 하면 어떨까요, 여러분?”

배심원 대표가 모두를 둘러보았다.

“유죄로 인정은 하나 강탈할 의도가 없었으므로 금품은 훔치지 않았다. 이렇게 하면 어떨까요?”

표트르 게라시모비치는 자기 승리에 만족하여 동의했다.

“단 정상 참작을 해야 합니다.”

상인이 덧붙였다. 모두 동의했다. 다만 협동 조합 노인만이 무죄로 해야 한다고 주장했다.

“하지만 이것은 마찬가지가 되는 것입니다.”

배심원 대표가 설명했다.

“강탈할 의도가 없어 금품을 훔치지 않았다면 즉 무죄가 되는 거지요.”

“게다가 정상 참작을 하게 된다면 나머지는 이제 알아서 처리하게 되는 거죠.”

상인은 명랑하게 말했다.

모두들 완전히 지쳐 있었고, 토론으로 머리가 혼란해져 있었으므로 답신서에 ‘유죄이다. 단 살해할 의도는 없었음’이라고 덧붙이는 것에 신경 쓸 사람은 아무도 없었다.

네플류도프 역시 완전히 흥분해 있었으므로 역시 그것을 깨닫지 못했다. 결국 답신서는 이런 형식으로 기입되어 법정에 제출되었다.

라블레가 쓴 글에 이런 것이 있다. 즉 어떤 법률가가 소송의 재판을 해야 했을 때 온갖 법조문의 예를 들어 무미건조한 라틴어 법률서를 20페이지나 읽은 끝에 배심원들에게 주사위를 던지라고 제안했다. 짝수가 나오면 원고가 이기고 홀수가 나오면 피고가 이긴다는 것이었다.

이 경우도 이것과 다를 것이 없었다. 다른 결정이 아닌 이 결정이 채택된 것은 배심원 전체의 의견이 일치되었기 때문이 아니라, 첫째로 재판장이 그토록 길게 사건 요지의 설명을 늘어놓았으면서도 이번 경우에는 웬일인지 언제나 말하던 것, 즉 배심원이 답변을 할 때 '유죄이다, 단 살해할 의도는 없었음'이라고 대답할 수가 있다고 주의를 환기시키는 것을 빼먹었기 때문이다.

둘째로는 대령이 자기 처남의 아내에 대한 이야기를 너무 오랫동안 지루하게 했기 때문이며, 셋째로 네플류도프가 너무 흥분해 있었기 때문에 '강탈할 의사 없었음'이라는 조항이 곧 유죄를 부정하는 것인 줄만 알았기 때문이며, 넷째로 배심원 대표가 질문 사항과 답신서를 낭독하면서 확인을 요구했을 때 공교롭게도 표트르 게라시모비치가 밖에 나가 있었기 때문이다.

그리고 마지막으로 가장 큰 이유는 모두들 피로했기 때문에 어서 해방되고 싶은 심정이 앞서 빨리 끝낼 수 있는 결의에 동의하려는 기분이었기 때문이다.

배심원들은 벨을 울렸다. 칼을 빼들고 문 앞에 서 있던 경관이 칼을 칼집에 다시 집어넣고 옆으로 비켜섰다. 재판관들이 자리에 앉자 배심원들이 차례로 나왔다.

170

배심원 대표가 엄숙한 태도로 답신서를 받쳐들고 재판장 앞으로 가서 그것을 주었다. 재판장은 쭉 읽고 나서 놀란 듯이 두 손을 벌리고 판사들을 돌아보며 무엇인가를 의논했다. 재판장이 놀란 것은 배심원들이 '강탈할 의사 없었음'이라고 첫째 조항을 붙여 놓고 '살해할 의도 없었음'이라는 둘째 조항을 붙이지 않았다는 것이었다. 즉 배심원들의 결정에 의하면 마슬로바는 훔치지도 강탈하지도 않았지만 아무런 목적도 없이 사람을 독살한 것이 된다.

"좀 봐요, 이거 참 어리석은 결론을 내렸군."
하고 재판장은 왼쪽 판사에게 말했다.

"이렇게 된다면 유형감인데…… 하지만 저 여자는 죄가 없어."

"아니, 어째서 죄가 없다는 겁니까?"
하고 엄격한 얼굴을 한 판사가 말했다.

"요컨대 죄가 없기 때문이지. 그렇지만 이것은 818조에 적용되는데요(818조에는, 재판관은 유죄 판결이 부당하다고 인정했을 경우, 배심원의 결정을 파기할 수 있다고 규정되어 있었다)."

"당신 의견은?"
하고 재판장이 호인인 판사를 돌아보았다.

호인 판사는 얼른 대답을 하지 않고 자기 앞에 놓여 있는 서류 번호를 보고 그 숫자를 더해 보았다. 셋으로 나누어지지 않았다. 그는 셋으로 나뉘면 동의하려고 점을 쳤던 것이다. 나뉘지는 않았지만 그는 호인인 까닭에 동의했다.

"글쎄, 그게 타당하겠지요."

하고 그는 대답했다.

"당신은?"

재판장은 화를 잘 내는 판사 쪽으로 얼굴을 돌렸다.

"절대 반대입니다."

그는 딱 잘라 대답했다.

"그렇지 않아도 신문은 배심원들이 범죄자를 옹호한다고 쓰고 있으니까요. 만일 재판관이 이것을 무죄로 한다면 또 무슨 소리를 떠들어댈지 모르지요. 나는 절대 반대입니다."

재판장은 시계를 보았다.

"불쌍하지만 하는 수 없군."

그렇게 말하고 재판장은 답신서를 배심원 대표에게 주어 낭독하라고 재촉했다.

모두들 일어섰다. 배심원 대표는 발을 고쳐 디디고 기침을 하고는 질문서와 답신서를 낭독했다. 서기와 변호사와 검사보까지 관계자 전원은 놀라는 기색을 띠었다. 피고들은 답신서의 뜻을 모르는 모양인지 무관심한 얼굴로 앉아 있었다.

다시 모두들 자리에 앉았다. 재판장은 어떠한 형벌을 피고들에게 주겠느냐고 검사보에게 물었다.

검사보는 마슬로바에 관한 뜻밖의 성공을 기뻐하며 그것을 자기의 멋진 논고 탓이라고 해석하고 법률 서적 책장을 뒤져 대충 읽고 나자 엉거주춤 일어나서 말했다.

"시몬 카르친킨은 형법 제1452조 및 제1453조 제4항에 의해, 예브피미아 보치코바는 형법 제1659조에 의해, 예카체리

나 마슬로바는 형법 제1454조에 의하여 응당 처형될 것으로
믿습니다."

이러한 형은 모두 생각할 수 있는 한도 내에서는 가장 엄한
것이었다.

"재판관은 판결문 작성을 위해 일단 퇴정하겠습니다."
하고 재판장은 일어서면서 말했다.

잇달아 모두들 일어났다. 안도감을 느끼고, 임무를 훌륭히
완수했다는 흐뭇함을 느끼면서 밖으로 나가는 사람도 있고
법정 안을 이리저리 거니는 사람도 있었다.

"정말 우리는 엉뚱한 실수를 해 버렸군요."

표트르 게라시모비치가 네플류도프 쪽으로 다가오면서 말
했다. 마침 네플류도프에게 배심원 대표가 무언가 얘기하고
있을 때였다.

"우리는 그녀를 징역으로 몰아넣고 말았어요."

"뭐라고요?"

네플류도프는 자신도 모르게 소리쳤다. 이때는 그도 이 교
사의 불쾌한 친숙함이 조금도 눈에 거슬리지 않았다.

"그렇지 않습니까?"
하고 그는 말했다. 우리는 답신서에 '유죄이나 살해할 의도는
없었음'이라는 보충 기록을 하지 않았으니까요. 지금 서기한
테서 들었는데 검사보는 그녀에게 15년의 유형을 구형했다는
군요."

"하지만 모두가 그렇게 결정했으니까."
하고 배심원 대표가 말했다.

표트르 게라시모비치는 그녀가 돈을 훔치지 않았으니까 생명을 빼앗을 의도를 가졌을 리가 없다는 것은 뻔한 것이라고 대들기 시작했다.

"저는 법정을 나오기 전에 답신서를 읽었습니다."

하고 배심원 대표가 변명했다.

"그런데 아무도 반대하지 않았습니다."

"저는 그때 방에 없었습니다."

하고 표트르 게라시모비치는 말했다.

"당신은 뭘 했습니까, 하품이라도 하고 있었나요?"

"나는 전혀 깨닫지 못했어."

하고 네플류도프는 말했다.

"깨닫지 못한 것으로 끝날 일이 아닙니다."

"그러나 이런 것은 정정할 수 있겠지요."

하고 네플류도프는 말했다.

"이제는 안 되겠지요, 끝이 났으니까요."

네플류도프는 피고들을 보았다. 그들은 이미 운명이 결정된 줄도 모르고 입석 경관에게 감시된 채 격자 칸막이 너머에 가만히 앉아 있었다. 마슬로바는 어쩐지 킥킥 웃고 있었다. 그 순간 네플류도프의 마음속에 왠지 좋지 못한 감정이 꿈틀거렸다. 조금 전까지만 해도 그녀가 무죄가 되어 이 거리에 머물 것이라고 예측하고 그녀에게 어떤 태도를 취하면 좋을까 하고 망설이고 있었다.

확실히 그것은 거추장스럽고 무거운 짐이었다. 그러나 유형과 시베리아가 그녀와 연결될 가능성을 깨끗이 분쇄해 주

었다. 이제 숨결이 채 끊어지지 않은 새가 주머니 속에서 푸
드덕거리며 살아 있다는 것을 느끼지 않게 되었다.

24

표트르 게라시모비치의 예상은 옳았다. 회의실에서 돌아오자 재판장은 판결문을 들고 낭독했다.

188×년 4월 28일, 황제 폐하의 명령에 의해 N지방재판소 형사부는 배심원 여러분의 결의에 따라 형법 제771조 제3항, 제776조 제3항, 및 제777조에 의해 다음과 같이 선고한다.

농민 시몬 카르친킨(33세) 및 평민 예카체리나 마슬로바(27세)는 모든 공민권을 박탈하고 카르친킨을 징역 8년, 마슬로바를 징역 4년의 유형에 처한다. 다시 두 사람은 형법 제25조에 의거하는 항목을 뒤에 붙이기로 한다. 평민 예브피미아 보치코바(43세)는 개인적 및 신분상 부여될 수 있는 모든 특권 및 재산을 박탈하고 3년의 금고형에 처한다. 특히 형법 제49조에 의거하여 부속 조항을 붙이기로 한다. 본 사건의 재판에 사용한 비용은 각 피고의 균등 부담으로 한다. 단 지불 능력이 없을 경우는 국고가 이를 부담한다. 본 사건의 증거물은 공매에 붙이고 반지는 반환하고 병은 파기한다.

카르친킨은 여전히 몸을 곧게 펴고 손가락을 펴서 바지 솔기에다 찰싹 갖다대고는 볼을 실룩거리며 서 있었다. 보치코바는 태연스러워 보였다. 마슬로바는 판결을 듣자 얼굴이 새빨개졌다.

"나는 죄가 없어요. 죄가 없어요."

갑자기 그녀는 온 법정 안이 울리도록 큰소리로 외쳤다.

"너무합니다. 내게는 죄가 없어요. 그런 일은 원하지도 생각하지도 않았어요. 거짓말이 아니에요. 정말이에요!"

그렇게 말하며 의자에 주저앉아 울음을 터뜨렸다.

카르친킨과 보치코바가 퇴정하고 나서도 그녀는 의자에 주저앉은 채 울고만 있었다. 그래서 경관이 하는 수 없이 그녀의 죄수복 소매를 잡아당기며 재촉했다.

'아니, 이대로 내버려둘 수는 없다!'

조금 전의 좋지 못한 감정을 모두 잊고 네플류도프는 이렇게 중얼거리며 무엇 때문인지 자기 자신도 모른 채 다시 한 번 그녀를 보기 위해 급히 복도로 나갔다. 문 앞에는 판결에 만족한 배심원들과 변호사들이 밖으로 나가기 위해 꽉 차 있었으므로 때문에 그는 한참 동안 사람 울타리에 가로막혀 있었다.

가까스로 복도에 나왔을 때 그녀는 이미 멀리 가 있었다.

그는 사람들의 주의를 끄는 것도 생각하지 않고 조급한 걸음으로 쫓아가, 그녀를 앞지른 다음 멈추어 섰다. 그녀는 울음을 그쳤지만 가끔 흐느끼면서 벌겋게 얼룩진 얼굴을 목도리 끝으로 닦고 있었다. 그리고 네플류도프 쪽은 돌아보지도 않고 그의 옆을 지나갔다. 그녀를 보내고 나서 그는 재판장을 만나기 위해 급히 되돌아갔으나 재판장은 이미 가 버린 뒤였다.

네플류도프는 수위실 앞에서 가까스로 그를 붙잡았다.

"재판장님!"

하고 그는 재판장에게 다가가면서 말했다. 재판장은 밝은 색깔의 외투를 입고 수위가 내미는 은손잡이가 달린 단장을 손에 막 드는 참이었다.

"지금 판결된 사건에 대해 좀 말씀드리고 싶은데요. 저는 배심원입니다만."

"네, 알고 있습니다. 네플류도프 공작이시지요? 정말 영광스럽습니다. 전에도 한 번 뵌 적이 있었지요."

그는 악수를 하면서 말했다. 그는 언젠가 야외에서 네플류도프가 젊은이들 가운데서 멋지고 즐겁게 춤을 추고 있던 것을 생각해 내고는 만족을 느끼고 있었다.

"그래, 무슨 일이신지요?"

"마슬로바에 관한 답신서에 잘못이 있었습니다. 그녀의 독살 혐의는 무죄입니다. 그런데도 유형 판결이 내려지고 말았습니다."

네플류도프는 침울한 표정으로 말했다.

"법정은 당신들이 제출한 답신서에 의거하여 판결을 내렸을 뿐입니다."

재판장은 문 쪽으로 걸어가면서 말했다.

"하긴 그 답신서가 우리 재판관들에게도 약간 타당성이 없는 것같이 여겨지기는 했습니다만."

그는 만약 답신서에 살의에 대한 부정 없이 그냥 '유죄임' 하고 기록되었을 때는 고의적 살의가 인정되는 법이라고 배심원들에게 설명할 작정이었는데, 모두들 빨리 끝내려고 서두르는 통에 그만 그것을 말하지 못했다는 생각이 났다.

"그건 압니다. 하지만 잘못을 정정할 수는 없을까요?"

"상고할 이유는 항상 발견되는 것이랍니다. 변호사에게 말해 보시지요."

재판장은 비스듬히 모자를 쓰고 문 쪽으로 가면서 말했다.

"이건 너무 가혹하지 않습니까."

"요컨대 말입니다, 마슬로바 앞에는 두 가지 길밖에 없었습니다."

네플류도프에게 되도록이면 정중히 대하려고 애쓰면서 재판장은 외투깃 위로 단정히 구레나룻을 쓰다듬고는 가볍게 상대의 팔꿈치를 잡아 출구 쪽으로 이끌며 말을 이었다.

"당신도 가시겠지요?"

"네."

네플류도프는 급히 외투를 입으며 재판장과 함께 걷기 시작했다.

그들은 상쾌한 햇빛 속으로 나갔다. 그러자 포장도로를 달리는 마차의 수레바퀴 소리 때문에 소리를 크게 지르지 않으면 들리지 않았다.

"아시겠지만, 묘한 입장입니다."

재판장은 소리를 지르듯이 말했다.

"그 마슬로바라는 여자에게는 두 가지 길밖에 없었으니까요. 거의 무죄처럼 되어, 미결 기간을 포함한 금고 또는 구류로 끝나든지 아니면 유형이든지……. 그 중간 형은 없습니다. 만일 당신네들이 '살해할 의도 없었음.' 이라는 말을 덧붙였더라면 그녀는 무죄가 되었겠지요."

"그것을 빠뜨리다니 용납할 수 없는 실수를 저질렀습니다." 하고 네플류도프는 말했다.

"거기에 모든 초점이 있었던 겁니다."

재판장은 웃으면서 말하고 시계를 보았다. 클라라가 지정한 시간까지는 앞으로 45분밖에 남지 않았다. 그래서 그는 마차를 불렀다.

"만일 원하신다면 지금부터 변호사를 찾아가 보십시오. 상고할 이유를 발견해야 하는데 그런 것은 반드시 발견되는 법입니다."

도보랸스카야 거리까지라고 그는 마부에게 말했다.

"30코페이카를 내지. 그 이상은 절대 안 돼."

"좋습니다, 나리."

"그럼 안녕히 가십시오. 만약 내가 소용될 일이 있으시다면 도보랸스카야 거리의 도보르니코프 아파트입니다. 기억하기 쉽지요."

그는 이렇게 말하며 상냥하게 인사를 하고 떠나갔다.

25

　재판장과의 대화와 상쾌한 바깥 공기가 얼마간 네플류도프의 기분을 진정시켰다. 그리고 그는 조금 전까지 느꼈던 답답한 심정은 아침부터 계속 익숙하지 못한 상황 속에 몸을 담았기 때문에, 자기 스스로가 과장된 것이라는 생각이 들었다.

　'정말 놀랍도록 이상한 상봉이다! 그렇지만 그녀의 운명을 편하게 해주기 위해서 내가 할 수 있는 모든 일을 해야만 한다. 그렇지, 지금 곧 재판소로 되돌아가서 파나린이나 미키쉰의 주소를 알아 봐야겠다.'

　그는 유명한 변호사 두 사람을 생각해 냈다.

　네플류도프는 재판소로 되돌아가서 외투를 벗고 계단을 올라갔다. 첫 번째 복도에서 그는 파나린을 만났다. 그리고 그를 붙잡고 상의할 일이 있다고 말했다. 파나린은 네플류도프의 얼굴과 이름을 알고 있었으므로 기꺼이 협조하겠노라고 말했다.

 "실은 피로하기는 합니다만……. 오래 걸리지 않는 일이라면 말씀하시죠. 이리 오십시오."

 이렇게 말하며 파나린은 네플류도프를 옆 방으로 안내했다. 어느 판사의 사무실인 듯했다. 두 사람은 탁자를 사이에 두고 마주 앉았다.

 "그래, 용건은?"

 "용건을 말하기 전에 우선 부탁드리고 싶은데요."
하고 네플류도프는 말했다.

 "제가 이 문제에 관계되어 있다는 것을 아무에게도 말하지 말아 주십시오."

 "그야 물론이죠. 그래서……."

 "아까 배심원 노릇을 했습니다만, 한 죄 없는 여자를 유형에 처하게 하고 말았습니다. 그것이 괴로워서……."

 네플류도프는 자기도 모르게 얼굴을 붉히며 더듬거렸다.

 파나린은 힐끗 상대를 보았으나, 다시 눈을 내리깔고 듣는 자세를 취했다.

 "그래서……."
라고만 그는 말했다.

 "죄 없는 여자를 유죄로 만들어 버린 실수를 했기 때문에 판결을 파기하고 최후 법정에 상고할까 하고요."

 "원로원에 말씀입니까?"
하고 파나린은 고쳐 말했다.

 "그래서 이 문제를 당신께서 맡아 주셨으면 합니다만."

네플류도프는 아주 거북한 문제를 빨리 끝내 버리려는 듯이 사이를 두지 않고 말했다.

"보수와 비용은 제가 맡겠습니다. 얼마가 들든 상관 없습니다."

하고 그는 얼굴이 벌게지면서 말했다.

"글쎄, 그것은 별도로 이야기하기로 합시다."

변호사는 미숙한 상대에게 따뜻한 미소를 보내면서 말했다.

"그래, 그 사건이란?"

네플류도프는 대충 이야기를 했다.

"알겠습니다. 내일 재판 기록을 조사해 보지요. 그러니 모레, 즉 목요일 오후 6시에 우리 집으로 와 주십시오. 그때 대답해 드리지요. 그럼 되었지요? 지금부터 좀 조사할 게 있어서……."

네플류도프는 그와 헤어져서 복도로 나갔다.

변호사와 이야기했다는 것, 마슬로바를 지키기 위해 빨리 손을 썼다는 것이 그를 얼마간 진정시켰다.

그는 뜰로 나갔다. 맑게 갠 날씨였다. 그는 기쁜 마음으로 봄날의 공기를 들이마셨다. 마차의 마부들이 불렀지만, 그는 거절하고 걸었다.

그러자 곧 카튜샤에 대한 일과, 그녀에게 저지른 자기 행동에 대한 추억과 상념들이 떠올라 그의 머릿속에서 빙글빙글 돌기 시작했다. 그러자 마음이 우울해져서 모든 것이 침울하게 보였다.

'아니, 이건 나중에 잘 생각해 보기로 하자. 지금은 오히려 쓸쓸한 기억을 잊어버려야 한다.'
하고 그는 스스로에게 말했다.

그는 코르차긴 댁의 만찬에 초대되었던 것을 생각해 내고는 시계를 보았다. 아직 과히 늦지 않았다. 지금부터라도 서두르면 시간에 대어 갈 수 있을 것 같았다.

이때 옆에서 철도 마차의 방울 소리가 들렸다. 그는 달려가서 마차에 뛰어 올랐다. 그리고 광장에서 내려 훌륭한 마차로 바꾸어 타고 10분 후에 코르차긴 댁의 웅장한 저택 앞에 이르렀다.

26

"어서 오십시오, 공작님. 기다리고 계십니다."

코르차긴 댁의 문지기가 정면 현관의 참나무 문을 열면서 말했다.

"식사가 시작되었습니다만, 공작님은 모시라는 분부였습니다."

문지기는 층계 아래로 가서 위로 통하는 초인종을 눌렀다.

"누구누구가 와 있소?"

네플류도프는 외투를 벗으면서 물었다.

"콜로소프님과 미하일 세르게이비치님이 오셨고, 나머지는 모두 집안 분들뿐입니다."

하고 문지기는 대답했다.

층계 위에 프록코트를 입고 흰 장갑을 낀 미남 급사가 얼굴을 내밀며 말했다.

"어서 오십시오, 공작님. 들어오시랍니다."

네플류도프는 층계를 올라가서 호화로운 홀을 지나 식당 쪽으로 걸어갔다. 식당에는 식탁을 둘러싸고, 결코 자기 방에서 나온 적이 없는 여주인 소피아 바실리예브나 공작 부인을 제외한 온 가족이 모두 앉아 있었다. 상좌에는 늙은 코르차긴 공작, 그와 나란히 왼쪽에는 의사, 오른쪽에는 손님인 이반 이바노비치 콜로소프가 있었는데, 그는 본래 현의 귀족 회장으로서 지금은 은행 중역으로 있으며 자유주의자인 코르차긴의 동료였다.

그리고 왼쪽에 미시의 어린 여동생의 가정교사인 레데르 양, 네 살짜리 막내동생, 그와 마주 보는 오른쪽에 미시의 동생으로 코르차긴 가문의 외아들인 중학교 6학년생 페차였고 ── 이 아이의 시험 때문에 전가족이 이 도시에 머물러 있었던 것이다 ── 그 옆자리가 가정교사인 대학생, 다시 왼쪽에 카체리나 알렉세브나가 있었는데 그녀는 마흔 살의 독신 처녀로 슬라브주의자였다. 그 맞은편은 미하일 세르게이비치, 혹은 미샤 체레긴이라고 불리는 사람으로서 미시의 사촌 오빠뻘이 된다. 아랫자리에 미시, 그리고 그 옆에 아직 손을 대지 않은 한 사람분의 그릇이 놓여 있었다.

"마침 잘 오셨군요. 자, 어서 앉으십시오. 지금 막 생선이 나온 참입니다."

늙은 코르차긴 공작은 의치로 음식을 조심스럽게 씹으면서 충혈된 눈을 네플류도프 쪽으로 돌리고는 말했다.

"스체판."

하고 그는 입 가득히 음식을 문 채, 뚱뚱하고 위엄이 있는 급사를 향해 눈으로 빈 그릇을 가리켰다.

네플류도프는 이미 코르차긴 공작을 잘 알고 있었고, 식사 자리에서도 여러 번 보았지만, 오늘따라 조끼에 걸친 냅킨 위로 번들번들 움직이는 육감적인 입술을 한 붉은 얼굴과 기름진 굵은 목, 특히 살이 쪄 장군처럼 보이는 모습이 왠지 불쾌감을 주었다. 네플류도프는 이 위인의 잔인함에 대해 들었던 말이 생각났다. 그가 지방 장관을 지내던 무렵, 무엇 때문인지는 모르지만 —— 그것은 그가 부유한데다가 워낙 명문인지라 직업으로 출세 같은 건 할 필요가 없었기 때문이다 —— 사람들을 함부로 태형에 처하기도 하고 교수형에 처하기도 했다는 것이다.

"네, 가져옵니다, 공작님."

스체판은 은그릇이 놓여 있는 찬장에서 수프를 뜨는 큰 스푼을 들고 구레나룻을 기른 미남 급사에게 눈짓을 했다. 급사는 곧 미시의 옆자리에 있는 손대지 않은 그릇을 정돈했다. 그 그릇 위에는 문장(紋章)이 있는, 맵시 있게 접은 냅킨이 덮여 있었다.

네플류도프는 차례차례 악수를 교환하면서 식탁을 한 바퀴 돌았다. 늙은 공작과 부인들 외에는 모두 그가 다가서자 일어섰다. 이렇게 식탁을 돌아, 대부분 한 번도 말해 본 적이 없는 사람들이지만 이렇게 모두 악수를 교환한다는 것이 불쾌하고 우스꽝스러운 일로 여겨졌다. 그는 늦어진 것에 대해서 여러 사람에게 사과를 하고, 식탁 끝자리인 미시와 카체리나 알렉세브나 사이의 빈자리에 앉으려 하자, 코르차긴 노인이 보드카는 들지 않더라도 새우, 이크라(연어, 송어 등을 절여서 만든 것), 치즈, 청어 등을 좀 들라고 했다. 네플류도프는 시장한 줄을 몰랐으나, 빵에다 치즈를 곁들여 먹다 보니 그만둘 수가 없어 게걸스럽게 먹어댔다.

"어떻습니까, 근본을 뒤집어엎었나요?"

하고 콜로소프가 비꼬는 투로, 배심원 제도에 반대하는 보수 계통 신문에 나타난 표현을 쓰면서 말했다.

"죄 있는 자를 무죄로 하고, 죄 없는 자를 유죄로 만든 게 아닙니까? 네?"

"근본을 뒤집는다…… 근본을 뒤집는다라…….'"

자유주의자인 친구의 두뇌와 학식에 무한한 믿음을 보이고 있는 늙은 공작은 웃으면서 이렇게 되풀이했다.

네플류도프는 실례인 줄 알면서도 콜로소프에게 아무런 대답도 하지 않은 채 김이 무럭무럭 나는 수프를 먹기 시작했다. 그러자,

"이분에게도 좀 잡수실 시간을 드리세요."

미시는 '이분'이라는 대명사로 자기들의 친밀함을 풍기면서 웃는 얼굴로 말했다.

콜로소프는 이에 상관하지 않고, 그를 크게 분개시킨 배심원 제도를 반대하는 논문을 큰 소리로 지껄여댔다. 그러자 조카인 미하일 세르게이비치가 그 말에 찬성하여 덩달아 그 신문에 실린 또 하나의 논문에 대해서 말하기 시작했다.

미시는 언제나처럼 우아하고 아름답게 차리고 있었는데,

눈에 띄지 않는 고상한 차림이었다.

"아마 피곤하셔서 시장하셨나 봐."

네플류도프가 수프를 다 먹고 나자 그녀는 상냥하게 말했다.

"뭐, 그렇지도 않습니다. 당신은 전람회에 갔나요?"
하고 그는 물었다.

"아니에요, 연기했어요. 오늘은 사라마토프 씨 댁에서 테니스를 쳤어요. 크룩스 씨는 정말 잘하시던데요, 놀랄 정도예요."

네플류도프가 이리로 온 것은 기분 전환을 하기 위해서였다. 그는 언제나 이 집에 오면 즐거운 기분이 되었다. 그것은 이 집 전체에서 넘치는 기품 있고 사치스러운 분위기가 그의 감정에 기분 좋게 작용되는 탓도 있었지만, 간지러운 듯한 애무의 분위기가 왠지 모르게 그를 감싸기 때문이었다. 그런데 오늘은 이상하게도 이 집 안의 모든 것이 그에게 불쾌하기만 했다. 문지기로부터 시작해서 널찍한 계단, 꽃다발, 급사, 식탁의 장식, 그리고 미시에 이르기까지 모든 것이 그에게 혐오감을 주었다. 미시까지도 매력이 없어 보였다. 부자연스럽게 뽐내고 있은 듯이 보였다. 콜로소프의 자신만만한, 속된 자유주의자적인 말투도 불쾌했고, 늙은 공작의 황소같이 거만한 호색적인 모습도 불쾌했고, 슬라브주의자인 알렉세브나의 프랑스말도 불쾌했고, 가정교사들의 비굴한 얼굴도 불쾌했고, '이분'이라는 대명사로 미시에게 불린 것은 특히 불쾌해서 견딜 수가 없었다.

네플류도프는 미시에 대해서 언제나 두 가지 감정 사이를 헤매어 왔다. 눈을 가늘게 뜨고 보거나, 혹은 어스름한 달빛 속에서 보는 듯이 그녀의 모든 것이 그지없이 아름답게 보일 때가 있었다. 그런데 그것이 우연한 동기로 인해 밝은 햇빛 아래 드러내 놓은 것처럼 그녀의 부족한 점이 보였고, 보지 않으려 해도 자꾸 눈에 띄는 것이었다. 오늘은 그에게 있어 그러한 날이었다. 그의 눈에는 그녀 얼굴의 잔주름이 모두 보였고, 그녀의 헤어 스타일도 눈에 거슬렸으며, 엄지 손가락의 넓적한 손톱도 눈에 거슬렸다. 그것은 자기 아버지의 손톱을 연상시켰다.

"그것은 지루하기 짝이 없는 놀이지요."

하고 콜로소프는 테니스를 평했다.

"우리가 어릴 때 하던 크리켓(공치기놀이)이 훨씬 재미있지요."

"아니에요, 안 해 보셔서 모르시기 때문이에요. 얼마나 재미있는 놀이인데요."

하고 미시가 대꾸했다. 그러나 네플류도프에게는 미시가 말한 '얼마나' 라는 말이 유난히 부자연스럽게 발음된 것같이 느껴졌다.

이렇게 논쟁이 벌어지자 미하일 세르게이비치와 카체리나 알렉세브나도 끼어들었다. 가정교사들과 아이들만이 침묵을 지키고 있었는데, 그들은 따분해하고 있는 것이 분명했다.

"만나기만 하면 논쟁을 하는군."

하고 껄껄 웃으며 말한 늙은 공작은 조끼에서 냅킨을 떼면서 요란스레 의자를 덜거덕거리며 일어났다. 급사가 곧 달려와서 의자를 붙잡았다. 이어 다른 사람들도 자리에서 일어나 더운물이 담겨진 향긋한 양칫물 그릇이 놓여 있는 탁자 앞으로 걸어가서 양치질을 하고 아무에게도 흥미없는 이야기를 계속했다.

"그렇지 않아요?"

미시는 네플류도프를 돌아보고, 게임만큼 사람의 성격이 나타나는 것은 없다는 자기의 의견에 동의를 구했다. 그녀는 그의 얼굴에서 진지한 비난의 표정을 본 것 같은 기분이 들었다. 그리고 그것은 그녀가 항상 두려워하고 있던 것이었기 때문에 그 원인이 무엇인지 알고 싶었다.

"글쎄, 모르겠는데요. 나는 그런 것은 생각해 본 일도 없습니다."

하고 네플류도프는 대답했다.

"어머니한테 가시겠어요?"

하고 미시는 물었다.

"네, 그렇게 하지요."

그는 담배를 꺼내면서 말했으나, 그것은 분명히 별로 가고 싶지 않은 듯한 말투였다.

그녀는 잠자코 그를 보았다. 네플류도프는 마음이 불편했다.

'실례야. 남의 집에 와서 모두를 불쾌하게 만들다니……'

그는 애써 웃는 얼굴을 지으면서 만약 공작 부인께서 괜찮으시다면 기꺼이 가겠다고 말했다.

이 집 여주인인 소피아 바실리예브나 공작 부인은 늘 자리에 누워 있는 환자였다. 부인은 레이스와 리본으로 치장을 하고 비로드, 금박, 상아, 칠기, 화초 등에 싸여 손님이 와도 일어나지 않고 누워 있는 것이 이럭저럭 8년째나 되었다. 그녀는 아무 데도 가지 않고 소위 '친한 친구', 즉 어딘지 모르게 보통 사람들보다는 뛰어나다고 그녀가 믿는 사람들만 만나고 있었다. 네플류도프도 이러한 친구들 중에 속해 있었는데, 그것은 그가 총명한 젊은이로 인식되어 있었던 점과, 그의 어머니가 이 가정과 친한 사이였다는 것과, 미시가 그와 결혼하게 되면 좋겠다고 생각했기 때문이었다.

소피아 바실리예브나 공작 부인의 방은 큰 응접실과 작은 응접실을 지나서 그 안쪽에 있었다. 큰 응접실로 들어가자 네플류도프의 앞장을 섰던 미시가 걸음을 멈추고 금박 의자 등받이를 잡으면서 물끄러미 그를 보았다.

미시는 그와의 결혼을 매우 바라고 있었고, 또한 네플류도프라면 그녀와 알맞는 배필이기도 했다. 게다가 그녀는 그를 좋아하고 있었기 때문에 그가 자기의 것이 되리라고 생각해 왔던 것이다. 그녀가 그의 것이 되는 것이 아니라, 그가 그녀의 것이 되는 것이라는 이 생각에 익숙해져 있는 그녀는 정신 병자에게서 흔히 볼 수 있듯이 무의식적이기는 하지만 끈질기게 교활한 지혜를 써서 그 목적을 달성시키려 하고 있었다. 그녀는 그의 본심을 고백시키려는 생각에서 네플류도프에게 말을 걸었다.

"무슨 일이 있는 모양이군요."

하고 그녀는 계속해서 말했다.

“무슨 일이 있었나요?”

그는 법정에서의 일을 생각하고 눈살을 찌푸리며 얼굴을 붉혔다.

“네, 있었습니다.”

그는 정직해야겠다고 생각하면서 말했다.

“기묘하고도 이상한, 중대 사건입니다.”

“무슨 일인데요, 이야기해 주실 수 없으세요?”

“지금은 말할 수 없습니다. 용서하십시오. 그 일에 대한 의미가 아직 내 머릿속에서 풀리지 않고 있으니까요.”

하며 그는 점점 더 얼굴을 붉혔다.

“그럼, 저한테도 말씀해 주시지 않겠다는 뜻이군요.”

그녀는 얼굴 근육을 파르르 떨더니 손을 얹고 있던 의자를 움직였다.

“네, 지금은 아직.”

하고 그는 대답했다. 그러나 그는 이 대답이 자기에게 어떠한 중대한 일이 일어났다는 것을 스스로 고백한 것이나 다름이 없다는 것을 느끼고 있었다.

“그러세요? 그럼 가세요.”

그녀는 쓸데없는 생각을 떨쳐 버리듯이 머리를 흔들고, 여느 때보다 잰 걸음으로 앞서 걷기 시작했다.

그에게는 그녀가 눈물을 참기 위해 억지로 입술을 꼭 다문 것처럼 생각되었다. 그러자 그는 그녀를 슬프게 한 것이 괴로워졌다. 그러나 약한 마음을 갖는다면 그 자신이 그녀에게 속

박되어 버린다는 것을 너무도 잘 알고 있었다. 그것은 그가
무엇보다도 두려워하는 일이었기 때문에 그는 그대로 잠자코
그녀를 따라 부인의 방으로 갔다.

27

소피아 바실리예브나 공작 부인은 정성껏 마련된 식사를
막 끝낸 참이었다. 부인은 이 무미건조한 장면을 아무에게도
보이기 싫어 언제나 식사를 혼자 했다. 안락 의자의 머리맡
작은 탁자엔 커피가 놓여 있고, 부인은 가느다란 바히토스카
를 피우고 있었다. 그녀는 키가 크고 호리호리한 몸매에 검은
머리를 젊어 보이게 꾸미고 있었고, 긴 치아와 커다랗고 검은
눈을 가지고 있었다.

지금 항간에는 부인과 의사 사이에 좋지 못한 소문이 나돌
고 있었다. 네플류도프는 평소에는 그런 것을 잊고 있었는데,
오늘은 문득 그것이 생각났을 뿐 아니라, 반드르르하게 기름
을 발라 턱수염을 양쪽으로 갈라붙이고 부인 곁에 있는 의사
를 보니 견딜 수 없는 혐오감마저 생겼다.

미시는 네플류도프와 함께 어머니한테 왔으나, 방에 오래

머물지는 않았다.

"어머니께서 피로하셔서서 싫어하는 기색을 보이시거든 저한테 오세요."

미시는 그들 사이에 아무 일도 없었다는 듯이 콜로소프와 네플류도프에게 밝은 미소를 지으며 말하면서 두꺼운 양탄자를 소리 없이 밟으며 방에서 나갔다.

"어서 오세요. 자, 앉아서 이야기를 해 주세요."

부인은 본래의 이와 똑같이 만들어진 아름다운 긴 의치를 보이면서, 의식적으로 자연스러운 미소를 띠며 말했다.

"말씀 들었습니다만, 당신이 몹시 우울한 기분으로 재판소에서 돌아오셨다더군요. 그럴 거예요. 그런 일은 인정이 있는 분에게는 퍽 괴로운 일일 테니까요."

부인은 프랑스어로 말했다.

"사실 그렇습니다."

하고 네플류도프는 대답했다.

"줄곧 자신의 부덕(不德)이…… 아니, 내게는 재판을 할 자격 따위는 없다는 것이 느껴져서요……."

"정말 그럴 거예요."

부인은 언제나처럼 교묘하게 상대의 마음을 간파하면서 그의 말의 진실성에 감동한 듯이 대답했다.

"그런데 그 후 그림은 어떻게 되었나요? 나는 그것에 무척 흥미를 가지고 있어요."

하고 부인은 덧붙였다.

"내가 몸만 이렇지 않았다면 벌써 보러 갔을 텐데."

“그림은 그만둬 버렸습니다.”

네플류도프는 무뚝뚝하게 대답했다. 지금 그에게는 부인의 진실성 없는 말이, 감추고 있는 나이와 마찬가지로 너무나 빤히 드러나 보였다. 그는 상냥하게 대하려고 했으나 도저히 그럴 수가 없었다.

“저런 아까워라! 이분에게 좋은 소질이 있다고 그레핀 씨가 저한테 말해 주었을 정도예요.”

부인은 콜로소프 쪽으로 얼굴을 돌리며 말했다.

‘어쩌면 저렇게도 태연히 거짓말을 할 수 있을까?’

네플류도프는 얼굴을 찡그리며 생각했다.

네플류도프의 기분이 좋지 않아 유쾌하고 지적인 대화로 그를 끌어들일 수 없다는 것을 눈치챈 부인은 콜로소프 쪽을 향해서 새로운 희곡에 대한 그의 의견을 물었다. 콜로소프는 그 희곡을 비난하고 거기에 덧붙여 예술에 관한 자기 견해를 과시했다. 부인은 그의 비평이 정확한 데 탄복하고, 그 희곡 작가에 대한 변호를 늘어놓다가 곧 손을 들기도 하고 절충설을 내놓으며 어물거리기도 했다. 네플류도프는 그 두 사람을 보며 이야기를 듣고 있었으나, 눈과 귀에 보이고 들려 오는 것은 눈앞에 펼쳐진 것과는 전혀 다른 것이었다.

부인과 콜로소프의 이야기를 번갈아 들으면서 네플류도프가 느낀 것은 다음과 같은 것이었다. 첫째, 부인이건 콜로소프건 희곡 따위는 정말 아무래도 좋았고 이야기 상대가 누구든 상관없었다. 그리고 지금 이야기하고 있는 것은 단지 식사 후에 혀와 목의 근육을 움직이는 생리적 욕구를 채우기 위한 운동이라는 것이다. 둘째, 콜로소프는 보드카와 포도주와 리큐어를 마셔서 약간 취해 있었다. 그것도 어쩌다 마시게 된 사람의 취한 정도가 아니라 항상 술을 마시는 주당들의 얼근한 취기여서 다리도 비틀거리지 않고 주정도 하지 않았으나, 정상은 아니었고 들뜨고 대담한 기분이 되어 있었다. 셋째, 부인이 이야기하는 도중에 불안스레 창문을 바라보는 것을 깨달았다. 창문으로 비쳐드는 석양빛이 서서히 부인에게까지 닿기 시작하여, 늙은 주름을 무참하게 드러낼 염려가 있기 때문이었다.

"정말 그래요."

부인은 콜로소프의 어떤 의견에 대해 건성으로 감탄해 놓고 안락의자 옆 벽에 달려 있는 초인종 단추를 눌렀다.

그러자 의사가 일어나 마치 이 집 가족처럼 아무 말도 하지 않고 방을 나갔다. 부인은 말을 그치려고도 하지 않고 눈으로 그를 전송했다.

"아, 필립. 저 커튼을 좀 내려 줘요."

벨소리에 미남 급사가 들어오자 부인은 눈으로 창문 커튼을 가리키며 말했다.

"아니에요. 아무리 말씀하셔도 그것에는 신비로운 것이 있어요. 신비로운 것이 없다면 시(詩)는 없을 테니까요."

커튼을 내리는 급사의 동작을 까만 눈으로 답답한 듯이 쫓으면서 부인은 말했다.

"시가 없는 신비주의란 미신이고, 신비주의가 없는 시는 산문이에요."

부인은 커튼의 구김살을 매만지고 있는 급사에게서 눈을 떼지 않고 서글프게 웃으면서 말했다.

"필립, 그 커튼이 아니야. 큰 창문의 것이야."

이런 것까지 마음 써야 하는 자신이 불쌍하다고 생각하듯이 부인은 쓸쓸하게 말했다. 그리고 곧 마음의 고통을 풀기 위해 반지로 장식한 손으로, 향기로운 연기를 뿜어내는 담배를 입으로 가져갔다.

건장한 체격의 미남형인 필립은 사죄하는 듯이 가볍게 머리를 숙이고, 팽팽하고 힘센 다리로 부드럽게 양탄자를 밟으면서 순순히 다른 창 앞으로 걸어가 열심히 부인의 얼굴을 보면서, 한 줄의 광선도 그 얼굴에 비치지 않게끔 커튼을 치기 시작했다. 그러나 이번에도 성공하지 못했으므로 부인은 짜증을 내며 신비주의에 대한 이야기를 중단하고, 자기를 무자비하게 괴롭히는 눈치없는 필립에게 다시 제대로 일을 시키지 않으면 안 되었다. 순간 필립의 눈에 불꽃이 번쩍 했다.

'어떻게 하란 말이야, 똑똑히 말해. 이 빌어먹을 할망구야. 아마 속으로 이렇게 소리쳤을 거야.'

아까부터 그를 관찰하고 있던 네플류도프는 이렇게 생각했다. 그러나 필립은 화가 치미는 것을 꾹 참고, 부인이 시키는 대로 실행하기 시작했다.

"물론 다윈의 학설에는 상당한 진리가 있습니다."

콜로소프는 낮은 의자에서 몸을 일으켜 게슴츠레하게 풀린 눈으로 소피아 바실리예브나 공작 부인을 보면서 말했다.

"그러나 그는 한도를 넘었습니다."

“어때요, 당신은 유전설을 믿습니까?”

잠자코 있는 네플류도프에게 답답증을 느끼며 부인이 물었다.

“유전을 말입니까?”

하고 네플류도프는 되물었다.

“아니요, 믿지 않습니다.”

그때 그는 왠지 모르게 상상 속에 그려진 야릇한 형상에 완전히 마음을 빼앗기면서 말했다. 그는 그림의 모델로 삼고 싶을 정도로 늠름한 체격의 미남형 필립과 나란히, 수박처럼 배가 불룩하고 대머리이며 채찍 같은 힘줄투성이 손을 한 콜로소프의 나체를 상상했던 것이다. 또 지금은 비단과 벨벳으로 감추어진 부인의 어깨도 실지로 이럴 것이라는 노골적인 모습이 그의 머리에 떠올랐다.

그러나 그 모습이 너무나 징그러워서 그는 털어 버리려고 애를 썼다.

부인은 의아한 듯이 그를 바라보았다.

“자, 미시가 당신을 기다리고 있을 거예요. 그리그의 새로운 곡을 들려 드리겠다더군요. 아주 좋은 곡이랍니다.”

‘피아노를 치고 싶다고는 하지 않았어. 이 여자는 무슨 생각으로 거짓말만 할까?’

네플류도프는 일어나서 여러 개의 반지를 긴 뼈가 앙상하고 투명한 부인의 손을 잡으면서 생각했다.

응접실에서 카체리나 알렉세브나가 그를 보고 말을 건네 왔다.

"아무튼 배심원의 임무가 당신에게는 퍽 고달팠던 모양이지요."

그녀는 여느 때처럼 프랑스 어로 말했다.

"네, 용서하십시오. 오늘은 왠지 기분이 우울해서 견딜 수가 없습니다. 남까지 불쾌하게 해 드릴 권리는 없습니다만."

하고 네플류도프는 말했다.

"왜 그러시지요?"

"제발 그건 묻지 말아 주십시오."

그는 모자를 찾으면서 말했다.

"하지만 기억하시나요? 언제나 진실을 말하지 않으면 안 된다고 당신이 말씀하신 것을. 그때 당신은 저희들에게 그야말로 가혹한 태도로 말씀하셨어요. 그런데 어째서 오늘은 당신이 말씀하지 않으시려는 거예요? 알고 있지, 미시?"

카체리나 알렉세브나는 두 사람 쪽으로 다가온 미시에게 물었다.

"그것은 농담이니까요. 농담이라면 할 수 있지요. 하지만 현실에서의 우리들은, 아니 나는 너무 추악해서, 진실을 이야기할 수가 없습니다."

네플류도프는 진지하게 대답했다.

"변명하지 마시고, 그보다도 우리들의 어디가 그처럼 추악한지 그걸 가르쳐 주세요."

그녀는 네플류도프의 심각한 말투를 깨닫지 못했는지 농담조로 말했다.

"자신의 불쾌함을 인정하는 것만큼 나쁜 일은 없어요. 저는 결코 스스로에게 말하지 않아요. 그래서 언제든지 기분 좋게 있을 수 있답니다. 자, 제 방으로 가세요. 저희들이 불쾌함을 쫓아 드릴 테니까.”

하고 미시가 말했다.

네플류도프는 재갈이 물리어지고 마차에 매어지기 전, 목덜미가 토닥거려질 때 말이 느낄 것 같은 심정이 되었다. 그러나 오늘의 그는 여느 때보다도 유난히 그런 마차를 끌 기분이 나지 않았다. 그는 집에 볼일이 있다면서 실례를 사과하고 인사를 했다. 미시는 어느 때보다도 더 오래 그의 손을 놓지 않았다.

“당신에게 소중한 것은 당신의 친한 친구에게도 소중하다는 것을 잊지 마세요.”

하고 그녀는 말했다.

“내일 오시겠어요?”

“글쎄요.”

하고 네플류도프는 말했다. 그리고 자기인지 그녀에 대해서인지 자신도 모를 수치심을 느끼고, 얼굴을 붉히며 급히 밖으로 나갔다.

“웬일일까! 걱정이 되네요.”

네플류도프가 떠나자 카체리나 알렉세브나가 말했다.

‘꼭 알아내고 말 테야. 틀림없이 어떤 자존심 상한 일이 있었을 거야. 그분은 흥분을 잘하는 분이니까.’

하고 미시는 허탈하게 앞쪽을 바라보면서 말을 하려 했으나 차마 하지 못했다. 그녀는 카체리나 알렉세브나에게조차도 그저 이렇게만 말했다.

"누구에게나 맑은 날과 흐린 날이 있는 법이에요."

'그분도 나를 속이실까?'

하고 그녀는 문득 생각했다.

'이렇게까지 된 뒤에도 그렇게 한다면 그분을 용납할 수 없어.'

'이렇게까지 된 뒤에도'라는 말이 어떤 의미를 갖고 있는지 설명해야 한다면 미시는 한 마디도 명확한 말을 하지 못했을 것이다. 그러나 그녀는, 그가 그녀의 가슴에 희망을 불러일으켰을 뿐만 아니라, 이제는 그녀에게 약속한 것이나 다름없다는 것을 조금도 의심하지 않았다. 그녀는 그를 자기 것으로 생각하고 있었으며, 그를 잃는다는 것은 더없이 괴로운 일이었다.

28

‘부끄럽고 추한 일이다. 추하고 부끄러운 일이다.’

한편 네플류도프는 집을 향해 걸어가면서 속으로 이렇게 되뇌이고 있었다. 미시와의 대화에서 느낀 답답함이 그의 가슴에서 떠나지 않았다. 그는 자기가 속박당할 말은 그녀에게 한 마디도 하지 않았고, 그녀에게 결혼 신청을 하지도 않았다. 그러나 실질적으로는 자기를 그녀에게 연결시켰고, 그녀에게 그렇게 약속을 한 것이나 마찬가지였다. 그런데 오늘, 그는 그녀와 결혼할 처지가 못 된다는 것을 뼈저리게 느꼈다.

‘부끄럽고 추한 일이다. 추하고 부끄러운 일이다.’

그는 미시와의 관계만이 아니라 자기의 모든 일에 대해 이렇게 되뇌었다.

‘모든 것이 추하고 부끄럽다.’

그는 자기 집 현관에 들어가면서 또 되뇌었다.

“저녁은 안 먹겠다.”

하고 그는 자신을 따라 식당으로 들어온 코르네이에게 말했다. 식탁에는 그릇이 놓여 있고 차 준비가 되어 있었다.

“물러가도 좋아.”

“네.”

하고 코르네이는 대답했으나, 물러가지 않고 식탁을 치우기 시작했다. 네플류도프는 코르네이를 보고 있는 동안 화가 벌컥 났다. 상관 말고 내버려 두면 좋으련만, 모든 사람이 일부러 심술궂게 자기만을 따라다니는 듯이 여겨졌다.

코르네이가 그릇을 들고 나가자 네플류도프는 차를 따르려고 사모바르 있는 곳으로 갔다. 그러나 아그라페나 페트로브나의 발소리를 듣고 그녀를 만나지 않기 위해 급히 응접실로 들어가 문을 잠갔다. 응접실은 석 달 전에 그의 어머니가 숨을 거둔 방이었다. 하나는 아버지의 초상 앞에, 또 하나는 어머니의 초상 앞에 있는 두 개의 램프가 비추는 이 방에 들어서자, 그는 임종 시에 어머니를 대했던 자기의 태도가 생각났다. 그는 어머니의 병세가 절망적이 되었을 때 진심으로 어머니의 죽음을 원했던 것을 떠올렸다. 그는 그것을 고통에서 어머니를 벗어나게 하기 위해서라고 자신에게 말하고 있었지만, 사실은 자기가 어머니의 고통을 보는 것을 피하고 싶었기 때문이다.

그는 어머니에 대한 추억을 불러일으키기 위해 유명한 화가에게 5천 루블을 주고 그린 초상을 물끄러미 바라보았다. 그것은 가슴 부분이 많이 트인 검정 벨벳 의상을 입은 어머니의 그림이었다. 화가는 가슴과 두 유방 사이의 움푹한 곳과, 눈부실 만큼 흰 어깨와 목을 특별히 공들여 그린 모양이었다. 이것은 이미 부끄러움과 추한 것 외에는 아무것도 아니었다. 이 반나체의 미녀로 그려진 어머니의 모습에는 신성한 것을 모독하는, 무언가 꺼림칙한 것이 있었다. 더구나 이 방에서 석 달 전, 어머니가 미라처럼 말라 비틀어져 누워, 이 방뿐만 아니라 온 집안에 지울 수 없는 답답한 죽음의 악취를 감돌게 했다는 것을 생각하니, 이 그림이 더욱 혐오감을 불러일으켰다. 그러자 죽기 전날 어머니가 뼈와 가죽만 남은 거무스름한 손으로 그의 희고 억센 손을 잡고 물끄러미 바라보며 하던 말이 생각났다.

'미체카야, 내가 한 일에 잘못이 있었더라도 나를 책망하지 말아 다오.'
하며 병고에 시든 눈에 눈물을 글썽였던 것이다.

'이 무슨 추악한 꼴이람!'

풍만한 대리석 같은 어깨와 팔을 내놓고 자랑스러운 미소를 띤 반나체의 여인에게 눈길을 던지며 그는 또 한 번 생각했다. 초상에 드러난 가슴은 며칠 전에 보았던 가슴이 노출된 어느 젊은 여자를 연상하게 했다. 그 여자는 무도회에 입고 갈 야회복을 보여 주고 싶다는 구실로 밤에 그를 자기 집에 초대한 미시였다. 그는 그녀의 아름다운 어깨와 팔을 생각하자 혐오감이 느껴졌다.

'아, 싫다!'
하고 그는 생각했다.

'피해야 한다. 코르차긴 집안과 마리아 바실리예브나와 유산, 그리고 그 밖의 모든 것과의 관계에서 해방되어야만 한다. 그리고 자유롭고 편안히 숨을 쉬어야만 한다. 외국으로 가자, 로마로. 그리고 그림에 전념하자…….'

그러자 그는 자기 재능에 대한 회의가 느껴졌다.

'그래, 아무래도 좋아, 자유로이 숨만 쉴 수 있다면. 먼저 콘스탄티노플로 가자. 그러고 나서 로마로 가야지. 무엇보다도 빨리 배심원의 의무에서 벗어나야 한다. 그러려면 변호사와 이 문제를 처리해야겠다.'

그러자 갑자기 그의 상상속에 까만 사팔뜨기 눈을 한 여죄수의 모습이 선명하게 떠올랐다. 아, 피고로서의 마지막 발언이 허락되었을 때 그녀는 얼마나 비통하게 울며 쓰러졌던가! 그는 그 모습을 지우려고 다 태운 담배를 급히 재떨이에다 비비고는 곧 새 담배에 불을 붙여 물고 방 안을 거닐기 시작했다.

그러자 그녀와 함께 지낸 광경이 차례차례 그의 뇌리에 되살아났다. 마지막 밀회 때에 그를 사로잡았던 동물적 욕정, 그리고 그것이 채워졌을 때 그를 엄습했던 그 환멸이 생각났다. 흰 의상과 파란 리본이, 그리고 부활제 때의 일이 생각났다.

'나는 그녀를 사랑하고 있었어. 그날 밤은 그녀를 사랑했던 거야. 훨씬 전부터, 그렇지, 고모네 집에 찾아가서 논문을 쓰고 있을 그 무렵부터 벌써 그녀를 사랑했던 거야!'

그는 그 무렵의 자기가 생각났다. 그러자 그는 말할 수 없이 괴로웠다.

그 무렵의 그와 지금의 그와의 차이는 무서울 정도였다. 그 차이는 교회에서 기도하고 있던 그 때의 카튜샤와 오늘 재판을 받은, 상인과 술을 마셨다는 매춘부와의 차이보다 크지 않더라도 비슷했다. 그 무렵의 그는 혈기 왕성하고 자유로운 인간이었고, 그의 앞에는 무한한 가능성이 열려 있었다. 그런데 지금의 그는 어리석고 공허하며, 목적 없이 무(無)나 마찬가지인 생활의 굴레 속에 사로잡혀 있었다. 그는 거기에서 빠져나갈 출구도 몰랐고 빠져나가 보려는 생각도 거의 없었다.

그는 지난날에는 곧은 마음을 자랑으로 항상 진실만을 말하는 것을 신조로 삼아 왔으며, 실제로도 성실했다고 생각했다. 그러던 것이 지금은 완전히 허위로 바뀌어져 있는 것이다. 그것은 가장 무서운 허위, 즉 주위의 모든 사람들에게 진실이라 간주되어 있는 허위이다. 그리고 이 허위에서 빠져나갈 출구는 없었다. 적어도 그에게는 이 허위에서 빠져나갈 어떠한 출구도 보이지 않았다. 그리고 그는 이 허위에 빠지고, 이 허위에 익숙해지고, 이 허위 속에서 안일하게 지내고 있었던 것이다.

마리아 바실리예브나와 또한 그 남편과의 관계를, 그들과 아이들의 얼굴을 똑바로 보더라도 부끄럽지 않게끔 해소시키려면 어떻게 하면 좋을까? 거짓없이 미시와의 사이를 해결지으려면 어떻게 하면 좋을까? 토지 사유가 불법이라는 인식과 어머니의 유산 소유라는 사실 사이의 모순에서 어떻게 빠져나가면 좋을까? 카튜샤에 대한 죄를 어떻게 갚으면 좋을까?

이것을 이대로 버려 둘 수는 없다.

'사랑하던 여인을 버릴 수는 없다. 변호사에게 돈을 주어 애매한 죄로 구형된 유형으로부터 그녀를 구해 주는 것만으로 만족할 수는 없다. 그때 그녀에게 돈을 주어 할 일을 다했다고 생각했듯이 다시 돈으로 속죄할 수는 없는 것이다!'

그러자 그는, 복도에서 그녀를 붙잡고 억지로 돈을 쥐어 주고 달아났을 때의 일이 떠올랐다. '아, 그 돈!' 하고 그는 그 당시와 같은 공포와 혐오를 느끼면서 그때의 일을 생각했다.

"아아! 이 무슨 추악한 짓이냐!"

그때와 마찬가지로 그는 소리내어 말했다.

"비열한 사람뿐이다. 철면피야! 그런 짓을 할 수 있는 것은!"

하고 그는 외쳤다.

'그러고 보니 나는 정말……나는 정말 철면피일까? 그렇지 않다면 뭐란 말이냐?'

하고 그는 스스로에게 대답했다.

'마리아 바실리예브나와 그 남편에 대한 네 태도는 추악하지 않단 말인가? 저열하지 않단 말인가? 또 재산에 대한 네 태도는? 돈은 어머니의 유산이라는 구실로, 불법으로 간주되어 있는 부(富)를 향유하고 있다. 그리고 무위도식하는 더러운 너의 모든 생활, 그 중에서도 가장 더러운 짓은 카튜샤에 대한 너의 소행이다. 철면피, 비열한! 사람들은 제멋대로 나에 대한 평을 하고 있다. 그들은 속일 수가 있다. 그러나 내 자신을 속일 수는 없다.'

그러자 그는 갑자기 요즘 사람들에게, 특히 오늘 공작에게, 소피아 바실리예브나에게, 미시에게, 코르네이에게 느낀 혐오가 바로 자기 자신에게 느낀 혐오였다는 것을 깨달았다. 그러자 이상하게도 자기의 비열함을 인정한 이 심정 속에 무언지 고통스러우면서도 후련하게 마음을 가라앉히는 것이 있었다.

네플류도프의 생활에는 지금까지 벌써 몇 번이나 그가 '영혼의 정화' 라 부르고 있던 현상이 나타났다. 그가 영혼의 정화라 부르고 있었던 것은, 갑자기 때로는 긴 기간을 두고 일어나는 내면 생활의 지체, 때로는 정지를 의식하고 마음속에 가라앉아 이 정지의 원인이 된 찌꺼기를 쓸어 없애기 시작하는 때의 심경이었다.

이러한 각성을 한 후에 그는 반드시 자신의 생활 신조를 만들어 평생 동안 그것을 지킬 결심을 하는 것이었다. 일기를 쓰고 새 생활을 시작하여 이제는 절대로 배반하지 않으리라고 마음먹었다. 그가 스스로에게 말한 표현을 빌면 '새로운 페이지' 를 넘기는 것이었다. 그런데 그 때마다 세상의 온갖 유혹에 끌려 자기도 모르는 동안에 발을 헛디뎠고 전보다 더 낮은 곳으로 굴러떨어져 버리는 일이 보통이었던 것이다.

이렇게 그는 전에도 정화하고 분기한 적이 몇 번인가 있었다. 여름 방학 동안 고모 집에 가 있을 때가 최초였다. 그것은 생기에 넘치고 기쁨에 가득 찬 각성이었고 그것은 상당히 오래 계속되었다. 그 다음 새롭게 각오를 다진 것은 그가 군무에서 벗어나 외국에 가서 그림을 공부하기 시작했을 때였다.

그때부터 오늘날까지 정화 없는 오랜 기간이 지났음에도 그는 아직 이처럼 진흙투성이가 된 적이 없었다. 양심이 추구하는 것과 현실의 차이가 이처럼 커진 일은 없었다. 그는 그 거리를 보고 전율을 느꼈던 것이다. 그 거리가 너무나 크고 오염이 심했으므로, 순간 그는 도저히 정화시킬 수 없을 것 같아 절망했다.

'내 자신을 향상시키기 위해, 보다 더 나은 인간이 되기 위해 벌써 몇 번이나 시도했지만 결국 아무것도 안 되지 않았나.'

그의 마음속에서 유혹하는 목소리가 들렸다.

'그러니 한 번 더 시도해도 별 수 없어. 너뿐이 아니야. 모두가 다 그래. 생활이란 원래 그런 거야.'

다시 그 목소리가 말했다. 그러나 그것만이 진실이고, 굳세고, 영원한 그 자유로운 정신적 존재가 이미 네플류도프의 내부에서 눈뜨고 있었다. 그는 그것을 믿었다. 그의 현실과 그가 되고 싶다고 생각하는 모습과의 거리가 아무리 멀더라도, 그가 눈뜬 정신적 존재에 따라 모든 것이 가능한 것같이 여겨졌다.

"어떤 희생을 치르더라도 나를 얽매고 있는 이 허위를 끊자. 그리고 모든 것을 있는 그대로 인정하고, 모든 사람들에게 진실을 말하고 진실을 실행해야만 한다."
하고 그는 단호히 소리내어 말했다.

'나는 타락한 자이고 미시와 결혼할 자격도 없는데, 마음을 어지럽혀서 미안하다고 진실을 말하자. 귀족회장 부인인 마리아 바실리예브나에게도 말하자. 그렇지만 그녀에게는 아무 것도 할 말이 없다. 그보다도, 나는 비열한 사나이라 당신을 속이고 있었다고 그녀의 남편에게 말해야 한다. 진실되게 유산도 처분하자. 카튜샤에게도 나는 비열한 사나이라 당신한 테 미안한 짓을 했다. 그러므로 지금부터 당신의 운명을 덜어 주기 위해 최선을 다하겠다고 딱 잘라 말하자. 그렇다, 그녀 를 만나자. 그리고 용서를 빌자. 그렇지, 아이들이 사과하듯 이 용서를 빌자.'

그는 멈추어 섰다.

'만약 필요하다면 그녀와 결혼하자!'

그는 걸음을 멈추고 어렸을 때처럼 두 손을 가슴에 포개고 위를 쳐다보면서 누군가를 향해 말했다.

"주여, 저를 구하소서. 저를 보살펴 주소서. 제 가슴속에 깃 드시어 저의 더러움을 씻어 주소서!"

그는 기도했다. 신에게 구원을 청했다. 자기 몸에 깃들어 더러움을 씻어 달라고 빌었다. 그러나 그때 이미 그가 바란 것은 성취되어 있었다. 그의 내부에 잠들어 있던 신이 그의 의식 속에서 눈을 떴던 것이다. 그는 자기 속에서 신이 눈뜬 것을 느꼈다. 그러므로 자유와 생기와 생활의 기쁨을 느꼈을 뿐 아니라 선(善)의 굳셈을 역력히 느꼈다. 그는 지금 인간이 할 수 있는 가장 선한 일을, 어떤 일이든지 모두 행할 수 있는 자신감을 느끼고 있었다.

그가 스스로에게 그것을 말했을 때, 그의 눈에서는 눈물이 솟아나왔다. 그것은 기쁨의 눈물이기도 하고 슬픔의 눈물이

기도 했다. 기쁨의 눈물이란 몇 해 동안 그의 내부에 잠들어 있던 정신적 존재가 눈뜬 데 대한 기쁨의 눈물이며, 슬픔의 눈물이란 자기 자신에 대한, 자기의 미덕에 감동한 눈물이었다.

그는 가슴이 뜨거워졌다. 창가로 다가가서 창문을 열었다. 창은 뜰을 향하고 있었다. 달이 밝은 고요한 밤이었다. 마차가 한길을 큰 소리를 내며 지나간 후 주위는 쥐죽은 듯이 조용해졌다. 창문 바로 밑에 키 큰 벌거숭이 포플러나무 그림자가 보였다. 갈라진 가지의 그림자 하나하나가 깨끗이 비질된 뜰의 모래 위에 뚜렷이 비치고 있었다. 왼쪽에는 헛간 지붕이 밝은 달빛에 젖어서 하얗게 보였고, 앞쪽에는 나뭇가지들이 얽혀 있어 그 그물 같은 틈을 통해 울타리가 검실검실하게 비쳐 보였다. 네플류도프는 달에 비춰진 뜰과 지붕과 포플러나무 그림자를 바라보았다. 그리고 마음을 씻어 주는 듯한 상쾌한 공기를 들이켰다.

'근사하다! 참으로 근사하다. 오, 어쩌면 이렇게도 기분이 좋을까!'

그는 자기 마음속에 일어난 변화를 이렇게 표현했다.

29

카튜샤는 저녁 6시가 되어서야 겨우 자기 감방으로 돌아왔다. 15킬로미터나 되는 돌길을 걸었으므로 지칠 대로 지쳐 발이 아플 뿐만 아니라, 뜻밖에도 가혹한 판결을 받아 맥이 풀린데다가 꾸르륵 소리가 날 만큼 배가 고팠다.

휴식 시간에 정리(廷吏)들이 그녀 옆에서 빵과 삶은 달걀을 먹기 시작했을 때, 그녀는 입 안에 침이 가득 고이는 것을 느끼고 배가 고프다는 걸 깨달았다. 그러나 그들에게 구걸한다는 것은 치사한 짓이라고 생각되었다. 그런데 3시간 가량 지나자 그녀는 먹고 싶은 생각도 없어지고, 다만 피로감을 느꼈을 뿐이었다. 그러한 상태에서 그녀는 뜻밖의 선고를 받았던 것이다.

처음 한순간 그녀는 자기가 잘못 들은 것이라고 생각했다. 자기 귀로 들은 것조차 믿을 수가 없었고, 유형수라는 관념을 자기와 결부시킬 수도 없었다. 그러나 지극히 당연한 것으로 이 선고를 받아들이는 재판관들과 배심원들의 침착하고 사무적인 표정을 보자 그녀는 그만 분통이 터져 법정 안이 떠나갈 듯이 자기는 죄가 없다고 고함을 쳤다. 그리고 자기의 고함 소리 역시 그들에게는 당연히 그럴 수 있는 것으로 미리 짐작되었으며, 사태를 변경시킬 하등의 힘도 없다는 것을 알자, 자기에 대해 행해진 이러한 부정(不正), 기막히게 잔인한 오판에 굴복할 수밖에 없음을 깨닫고 그녀는 울음을 터뜨리고 말았다.

특히 그녀를 놀라게 한 것은 자기에게 이런 잔인한 판결을 내린 것이 남성, 그것도 늙은이가 아니고 젊은 사나이들, 더구나 자기를 상냥하게 바라보고 있던 그 남성들이라는 점이었다. 단 한 사람, 검사보만이 아주 다른 생각을 하고 있었음을 그녀도 알아차릴 수 있었다. 그녀가 개정(開廷)을 기다리며 죄수실에서 대기하고 있었을 때에도 휴식 시간에도 이들은 무슨 볼일이라도 있는 것처럼 문 앞을 지나가기도 하고 방 안에 들어오기도 했으나, 사실은 그저 그녀를 보려고 그랬던 것이다. 이런 남성들이 무슨 이유인지 갑자기 그녀에게 징역형을 선고했다. 게다가 그녀는 그 범행에 대해 아무런 죄도 없지 않은가. 그녀는 울었으나 얼마 후에 눈물을 거두고 아주 넋을 잃은 사람처럼 죄수실에서 호송을 기다리며 앉아 있었다.

그녀가 지금 바라고 있는 것은 오직 한 가지 담배를 피우는 일뿐이었다. 그녀가 그런 상태에 있을 때, 보치코바와 카르친킨이 들어왔다. 두 사람은 선고를 받은 다음 같은 방으로 끌려 왔던 것이다. 보치코바는 느닷없이 카튜샤에게 욕을 퍼부으면서 유형수라고 불러댔다.

"좋구나, 기분이 어떠냐? 어차피 빠져나갈 수 없단 말이야, 이 더러운 년아! 제 잘못으로 그렇게 되었으니 할 수 없는 노릇이지. 이제 유형을 가게 되면 몸치장은 다했지."

하지만 카튜샤는 두 손을 죄수복 소매에 쑤셔넣고 앉은 채, 고개를 푹 숙이고 두어 발자국 앞의 마룻바닥을 쳐다보면서 다만 이렇게 말했을 뿐이었다.

"당신들 일에 참견하지 않을 테니 당신들도 내 일에는 참견하지 말아 줘요. 나는 아무런 참견도 하지 않잖아요."

그녀는 두세 번 되풀이해서 말하고는, 입을 다물어 버렸다. 보치코바와 카르친킨이 끌려나가고, 간수가 들어와서 3루블의 돈을 그녀에게 주었을 때 그녀는 비로소 약간 기운을 차렸다.

"네가 마슬로바냐? 자, 이것 받아. 어떤 부인이 보내 준 거야."

간수는 돈을 주면서 말했다.

"어떤 부인이신데요?"

"잔말 말고 받아 두면 되는 거야. 네까짓 것들과 얘기하고 있을 순 없어."

이 돈은 유곽 주인인 마담 키타예바가 보내 준 것이었다. 재판소에서 돌아오는 길에 그녀는 정리를 붙잡고 마슬로바에게 돈을 전해 줄 수 없겠느냐고 물어 보았다. 정리는 문제없다고 대답했다. 이렇게 허락을 얻은 마담은 단추가 세 개 달린 양가죽 장갑을 벗고, 비단 스커트 호주머니에서 최신 유행의 지갑을 꺼내서는 벌어 둔 공채(公債) 중에서 2루블 50코페이카짜리 한 장을 골라내어 20코페이카짜리 두 장과 10코페이카짜리 은화 한 닢을 더 보태어 정리에게 주었다. 정리는 간수를 불러 마담이 보는 앞에서 그 돈을 간수에게 주었다.

"꼭 좀 전해 주세요."

하고 키타예바는 간수에게 말했다.

그녀가 자기를 믿지 않는 데 화가 난 간수는 그 화풀이로 카튜샤에게 퉁명스런 태도를 취했던 것이다. 카튜샤는 돈을 보자 매우 기뻤다. 왜냐하면 이것 없이는 지금 그녀가 바라고 있는 단 한 가지도 구할 수 없기 때문이었다.

'어떻게 해서든지 담배를 구해서 한 대 피웠으면.'

하고 그녀는 생각했다. 그녀의 모든 생각은 그저 담배 한 대 피웠으면 하는 생각에 집중되었던 것이다. 견딜 수 없게 담배가 피우고 싶었으므로, 그녀는 다른 방에서 복도로 흘러나오는 담배 냄새를 맡고 그 공기를 마구 들이마셨다. 그러나 그녀는 또 오랫동안 기다려야 했다. 그것은 그녀를 돌려 보내야 할 서기가 피고의 일은 잊어버리고 변호사 한 사람과 함께 판매 금지를 당한 논문에 관해 이야기를 하느라 정신없이 논쟁을 벌이고 있었기 때문이다.

마침내 네 시가 넘어서야 그녀에게 퇴출 허가가 내려져, 니주니노브고로트 출신과 추바시 출신의 두 호위병이 재판소 뒷문으로 그녀를 끌고 나왔다. 재판소 정문을 나서기 전에 그

녀는 20코페이카를 주면서 빵 두 개와 담배를 사달라고 부탁했다. 추바시 인은 웃으면서 돈을 받더니,

"그래, 사다 주지."

하고 말했다. 그리고 정직하게 담배와 빵을 사왔으며 거스름돈까지 주었다. 걸어가면서 피울 수는 없었으므로, 카튜샤는 여전히 담배를 못 피우는 불만을 품은 채 감옥으로 왔다. 그녀가 정문 앞까지 왔을 때 기차에 실려 온 백 명쯤 되는 죄수가 도착했다. 문에 들어설 때 그녀는 이 대열에 합세했다.

죄수들 —— 턱수염을 기른 자, 수염을 깨끗하게 깎은 자, 늙은이, 젊은이, 러시아 사람, 이러한 가지각색의 사람들 —— 이 족쇄를 철거덕거리면서 먼지와 시끄러운 발소리, 말소리와 코를 찌르는 냄새 같은 것으로 도로를 꽉 메우고 있었다. 카튜샤 옆을 지날 때 죄수들은 모두 그녀를 힐끔힐끔 돌아다보았다. 그중에는 옆으로 다가와 만져 보는 자도 있었다.

"야, 미인인데! 멋쟁이야."

죄수 하나가 그녀에게 말했다.

"아가씨, 안녕하슈."

또 하나가 한쪽 눈을 찡긋 하면서 말했다. 뒷머리를 박박 깎아 버리고 면도질을 한 가무잡잡한 얼굴에 콧수염만 남겨 둔 사나이가 발고랑을 철거덕거리면서 달려들어 그녀의 몸을 껴안았다.

"아니, 옛 애인을 몰라본단 말이야! 시치미떼지 말라고!"

카튜샤가 떼밀자 그는 고함을 쳤다.

"이 자식, 무슨 짓이야!"

뒤에서 다가온 부소장이 소리쳤다.

죄수는 몸을 움츠리고 급히 물러섰다. 부소장은 카튜샤에게 따지듯이 물었다.

"너는 왜 여기 서 있는 거지?"

카튜샤는 재판소에서 지금 막 돌아오는 길이라고 말하고 싶었으나, 녹초가 되어 말도 하기 귀찮아졌다.

"재판소에서 돌아오는 길입니다."

호송 반장이 지나가는 사람들 틈에서 뛰어나와 경례를 하면서 말했다.

"그럼 빨리 간수장에게 넘겨. 이런 데서 추태를 부릴 건 없잖아 !"

"예, 알았습니다."

"스콜로프! 수감해."

하고 부소장은 소리쳤다.

간수장은 옆으로 다가와서 화가 난 듯이 카튜샤의 어깨를 툭 치고는 고개를 끄덕이더니 여자 감방 복도로 끌고 갔다. 복도에서 그녀의 온몸을 만지작거리면서 구석구석까지 검사했으나, 아무것도 찾아낼 수 없었으므로 — 담뱃갑은 빵 속에 쑤셔 넣었던 것이다 — 오늘 아침에 나왔던 그 감방으로 다시 그녀를 밀어 넣었다.

30

카튜샤가 수용되어 있는 감방은 길이가 6미터 30센티미터, 너비가 5미터 가량의 길쭉한 방인데, 튀어나오고 결이 갈라진 나무 침대가 줄지어 놓여서 방의 삼 분의 이쯤을 차지하고 있었다. 문에 들어서면 정면에 까맣게 그을은 성상(聖像)이 놓여 있고, 그 앞에 촛불이 하나 켜졌으며 먼지투성이 국화 꽃 다발이 걸려 있었다. 문 뒤의 왼쪽 바닥엔 까맣게 더러워진 곳이 있었는데, 거기에 악취를 풍기는 변기통이 놓여 있었다. 지금 막 점호가 끝났으니 여죄수들은 이제 또 아침까지 갇히는 것이다.

이 감방의 죄수는 열다섯 명인데, 여자가 열두 명이고 아이가 세 명이었다.

아직 밝아서 두 명의 여죄수가 나무 침대 위에 누워 있을 뿐이었다. 한 명은 머리에서부터 죄수복을 뒤집어쓰고 있었는데, 여행증을 지니지 않아서 붙잡힌 백치 여자로 언제나 누워만 있었다. 또 한 명은 절도범으로 형기가 머지않아 끝나는 폐병쟁이 여자였다. 그녀는 자는 것이 아니라 그저 누워 있었다. 죄수복을 베고, 커다란 눈을 뜨고 목에 걸려 그르렁거리는 가래를 억제하며 가까스로 기침을 참고 있었다. 다른 여자들은 모두 맨머리에 뻣뻣한 삼베 속옷만 입고 있었는데, 어떤 여자는 창가에 서서 뜰을 지나가는 남자 죄수들을 보고 있었다.

바느질을 하고 있던 세 여자 중 한 사람은 카튜샤를 전송한 노파 콜라브료바였다. 언제나 쭈글쭈글한 얼굴을 침울하게 찡그리고 턱밑 피부가 주머니처럼 늘어진, 키가 크고 고집 센 여자로, 관자놀이 언저리에는 흰 아마빛 머리털이 나 있고 한쪽 볼에는 털이 난 사마귀가 있었다. 이 노파는 도끼로 남편을 때려 죽인 죄로 유형 선고를 받고 있었다. 그녀가 남편을 죽인 것은 남편이 그녀가 데리고 간 딸에게 지분거렸기 때문이었다. 노파는 이 감방의 반장이었으며 술을 밀매했다. 그녀는 안경을 쓰고 농부 여자들이 하듯 세 손가락으로 바늘을 쥐고 바늘 끝을 자기 앞쪽으로 향해 홈질을 하고 있었다.

그 옆에서 조그맣고 까만 눈을 가진, 사람 좋고 수다스러운 납작코에 살결이 거무튀튀한 여자가 역시 범포(帆布)로 자루를 깁고 있었다. 이 여자는 철로지기였는데, 기차가 왔을 때 신호등을 들고 나가지 않았다가 운 나쁘게 사고가 발생했기 때문에 석 달의 금고형을 받았다. 바느질을 하고 있던 또 다른 여자는 페도시야라 하며 — 사람들은 페니시카라 부르고 있었다 ─ 살결이 희고 볼이 빨간, 어린애처럼 맑고 푸른 눈이 마치 소녀같이 귀여운 여자로서 길다랗게 땋은 두 가닥의 아마빛 머리칼을 조그만 머리에 감고 있었다. 그녀도 남편을 독살하려던 죄로 복역하고 있었다. 그녀는 열다섯 살에 시집을 갔는데, 시집가자마자 남편을 독살하려 했던 것이다. 그러나 그녀는 보석으로 출감하여 재판을 기다리던 여덟 달 동안에 남편과 화해를 했을 뿐만 아니라, 사이가 아주 좋아져 재판을 받을 무렵에는 남편을 진심으로 사랑하게 되었다. 남편과 시아버지 그리고 특히 그녀를 사랑하던 시어머니가 재판에서 힘을 썼고, 그녀의 변호에 갖은 애를 다 썼으나, 결국 그녀는 유형수로서 시베리아로 보내지는 판결을 받고 말았다. 상냥하고 쾌활하여 곧잘 웃는 이 페도시야는 나무 침대가 카튜샤와 이웃해 있었으므로, 그녀를 사랑했을 뿐만 아니라 여러 가지로 카튜샤를 보살펴 주는 것을 자기 임무처럼 알고 있었다.

그 밖에 두 여자가 하릴없이 멀거니 나무 침대 위에 앉아 있었다. 한 명은 얼굴이 수척하고 창백한 40대 여자인데, 지금은 창백하게 여위어 있지만 전에는 상당한 미인인 듯싶었다. 그녀는 젖먹이를 안고, 길게 늘어진 흰 젖가슴을 드러내어 젖을 먹이고 있었다. 그녀의 죄는 대강 이러했다. 그녀의 마을에서 신병(新兵)이 한 사람 징집되었을 때, 농부들은 그것을 불법 징집이라 하며 여러 명이 경관을 막고 그 신병을 가로챘다. 그때 불법 징집된 젊은이의 고모였던 그녀가 신병이 탄 말고삐에 맨 먼저 손을 댔다는 것이었다.

또 한 사람은 마음씨 좋고 주름살투성이에 백발이며 등이
굽은 작은 노파였다. 이 노파는 페치카 옆에 있는 걸상에 앉
아서, 네 살 가량 된 배만 불룩한 까까중 머리의 사내아이가
깔깔거리면서 눈앞을 달려가는 것을 붙잡는 시늉을 하고 있
었다. 셔츠 하나만 입은 사내아이는 노파 앞을 달려가면서
‘용용 죽겠지!’ 하고 같은 말로 놀리고 있었다. 아들과 함께
방화죄로 몰린 이 노파는 놀랄 만큼 온순하게 형을 복역했으
며, 오로지 같이 수감된 아들과 밖에 남기고 온 영감을 걱정
하면서, 며느리가 달아나 빨래해 줄 사람이 없으므로 이가 끓
고 있지나 않을까 하는 걱정을 하고 있었다.

이들 일곱 명의 여자 외에 나머지 네 명은 열려 있는 하나
의 창가로 몰려서서 쇠창살을 붙잡고, 뜰을 지나가는 남자 죄
수들과 눈짓을 하기도 하고 소리치며 말을 주고받기도 했다.
그중 한 명은 형기가 곧 끝나는 절도범인데 몸집이 크고 뚱뚱
한 빨강머리 여자로서, 주근깨투성이의 얼굴이나 손, 주착없
이 드러난 옷깃에서 내다보이는 굵고 짧은 목도 누르스름한
빛깔로 흐려 있었다. 그녀는 목쉰 소리를 지르며 상스러운 말
을 내뱉고 있었다.

그와 나란히 아홉 살 난 소녀의 키정도밖에 되지 않는, 허
리가 길고 다리가 짧아 아주 꼴불견이고 살결이 검은 여자가
서 있었다. 얼굴에는 붉은 기미가 많이 있는데다가 새까만 두
눈은 멀찍이 떨어져 있고 입술이 두껍고 인중이 짧아 허연 뻐
드렁니가 삐죽이 나와 있었다. 그녀는 마당에서 일어나는 일
을 보고 요란스럽게 웃어 댔다. 멋을 부리기 때문에 ‘멋쟁이’

라는 별명이 붙은 이 여죄수는 절도와 방화죄로 투옥되어 있었다.

그 뒤에 서 있는 사람은 더러운 회색 속옷을 입은, 차마 눈 뜨고 볼 수 없을 만큼 말라 비틀어져 힘줄투성이인 불룩한 배를 안은 임신부로서 이 미결수는 장물 은닉죄로 재판을 받고 있었다. 이 여자는 잠자코 있었지만, 마당에서 일어나고 있는 일에 아까부터 흥미를 느끼고 재미있다는 듯이 히죽히죽 웃었다. 또 한 사람은 술을 밀매하다 붙잡혀 온 농부로서 머잖아 출감하게 될, 땅딸막하고 눈이 매우 튀어나온 호인다운 얼굴을 한 여자였다. 이 여자는 노파하고 장난치고 있던 사내아이와 감방 안에 있는 일곱 살 난 계집아이의 어머니인데, 아이들을 맡길 데가 없어 같이 데리고 와 있는 것이었다. 그녀는 다른 세 여자와 마찬가지로 창밖을 바라보고 있었지만, 양말 뜨는 손을 쉬지 않고 움직이며, 밖에서 남자 죄수들이 던지는 말에 성난 듯이 눈살을 찌푸리면서 이따금 눈을 감았다. 그녀의 딸인 일곱 살 난 계집아이는 머리를 푸석하게 풀어헤친 채 속옷만 입고 빨강머리 여자 곁에 서서, 여자들이 남자 죄수들과 주고받는 음탕한 욕지거리에 주의 깊게 귀를 기울였다. 그러고는 마치 암기라도 하듯이 작은 소리로 그 말을 되풀이하고 있었다.

열두 번째의 여죄수는 교회 머슴의 딸인데, 애비 없는 자식을 낳아서 우물에 빠뜨려 죽인 죄였다. 그녀는 날씬하고 맵시 좋은 몸매에다 짧은 아마빛 머리를 땋았는데, 머리칼은 헝클어져 있었고 튀어나온 눈이 앞을 주시하고 있었다. 그녀는 주위에서 벌어지고 있는 일에는 조금도 관심을 갖지 않고, 더러운 속옷바람에 맨발로 벽까지 가서는 갑자기 휙 돌아서서 되돌아오곤 하면서 감방 안의 빈자리를 돌아다녔다.

31

철거덕거리는 자물쇠 소리가 들리고 카튜샤가 감방 안으로 들어오자 모두들 그쪽을 돌아보았다. 교회 머슴의 딸까지도 한순간 발을 멈추고 눈썹을 치켜뜨며 카튜샤를 보았다. 그리고 그녀는 이내 아무 말도 하지 않고 다시 성큼성큼 큰 걸음걸이로 걷기 시작했다. 콜라브료바는 조심조심 뻣뻣한 아마천에다 바늘을 꽂고 안경 너머로 묻는 듯한 눈을 카튜샤에게 보냈다.

"원, 저런! 도로 돌아왔군. 나는 틀림없이 석방될 줄 알았는데."

그녀는 굵직한 남자 같은 소리로 말했다.

"아마 유형을 선고받은 모양이지."

그녀는 안경을 벗고 바느질감을 옆으로 놓았다.

"우리는 지금까지도 할머니랑 이야기하고 있었지. 거기서 그대로 석방될지도 모른다고 말이야. 그런 일도 있다고 했고, 재수가 좋으면 돈까지 받는다고 말이야.”

하고 곧 노래를 부를 듯한 소리로 철로지기가 말하기 시작했다.

“그러게 말이야, 우리 예상이 어긋난 모양이야. 하느님께는 하느님의 뜻이 따로 있겠지, 가엾게스리.”

그녀는 상냥하고 듣기 좋은 말로 지껄여댔다.

“그래, 형은 언도받았나요?”

페도시야가 어린애같이 파랗고 맑은 눈에 정다운 동정을 담아 카튜샤를 보면서 말했다. 그리고 그 쾌활한 젊은 얼굴이 금방이라도 울음을 터뜨릴 것같이 이지러졌다.

카튜샤는 아무 말도 하지 않고 끝에서 두 번째인 콜라브료바 옆에 있는 자기 침대로 가서 앉았다.

“아직 식사도 하지 못했겠군?”

페도시야가 카튜샤 쪽으로 가면서 말했다.

카튜샤는 아무 대답도 하지 않고, 오다가 산 흰 빵을 머리맡에다 놓고 옷을 벗기 시작했다. 그러고는 먼지 묻은 죄수복과 곱슬곱슬한 검은 머리를 쌌던 목도리를 벗고 앉았다.

맞은편 구석에서 사내아이와 장난치고 있던 등이 구부러진 노파도 가까이 와서 카튜샤 앞에 섰다.

“쯧쯧쯧!”

가엾은 듯이 머리를 흔들며 노파는 혀를 찼다.

사내아이도 노파 뒤로 따라와서 눈을 크게 뜨고 입을 뾰족히 내밀며 카튜샤가 갖고 온 흰 빵을 물끄러미 바라보았다.

오늘 있었던 온갖 사건 뒤에 이렇게 모두 동정해 주는 얼굴을 보니, 카튜샤는 소리내어 울고 싶어져서 입술이 부들부들 떨리기 시작했다. 그래도 그녀는 울지 않으려고 노파와 사내아이가 곁에 올 때까지는 그럭저럭 참고 있었다. 그런데 노파의 상냥하고도 동정어린 혀 차는 소리를 듣고, 특히 흰 빵에서 그녀에게로 옮겨진 사내아이의 진지한 눈길과 마주치자 그녀는 그만 참을 수가 없었다. 온 얼굴의 근육이 떨리며 그녀는 엎어져 소리내어 울기 시작했다.

"그러기에 말하지 않았어. 똑똑한 변호사에게 부탁하라고."

하고 콜라브료바가 말했다.

"어떻게 되었어, 유형이야?"

하고 그녀가 물었다.

카튜샤는 대답을 하려고 했지만 말이 나오지 않았다. 그리고 흐느껴 울면서 흰 빵 속에서 담뱃갑을 ── 그 갑에는 머리를 빗어 올리고 삼각형으로 널찍하게 가슴을 드러낸, 볼이 빨간 귀부인이 그려져 있었다 ── 꺼내어 콜라브료바에게 주었다. 콜라브료바는 그림을 보더니 이런 것에 돈을 낭비한 카튜샤를 탓하는 듯이 머리를 내젓고, 한 개비 뽑아들어 등잔불에 당겨서 한 모금 빤 다음 카튜샤의 손에 쥐어 주었다. 카튜샤는 흐느껴 울면서 굶주린 듯이 담배를 빨고는 연기를 내뿜기 시작했다.

"유형이래요."

그녀는 흐느끼면서 말했다.

"하느님이 무섭지도 않은가 봐. 그 기생충들, 저주스러운 마귀놈들 같으니라고."

하고 콜라브료바가 말했다.

"죄 없는 여자에게 벌을 주다니."

그때 창가에 있던 여자들 사이에서 깔깔대는 웃음소리가 났다. 소녀도 따라 웃었다. 그 가냘프고 앳된 웃음소리가 다른 세 여자들의 깨진 듯한 쉰 웃음소리와 섞였다. 밖에 있던 남자 죄수가 창문으로 내다보는 여자들을 웃기려고 무슨 음탕하고 난잡한 짓을 한 모양이었다.

"중대가리 수캐 같은 자식! 무슨 짓이야!"

하고 빨강머리 여자가 말하더니, 뚱뚱하게 살찐 온몸을 떨면서 쇠창살에 얼굴을 대고 차마 들을 수 없이 상스러운 말을 퍼부어댔다.

"정말 북가죽 같은 년이야! 무얼 떠들어 대고 있어!"

콜라브료바는 빨강머리 쪽을 보고 머리를 흔들며 꾸짖었다. 그러나 곧 다시 카튜샤 쪽으로 얼굴을 돌렸다.

"몇 년이지?"

"4년."

하고 카튜샤는 말했다. 그러자 눈물이 왈칵 쏟아져서 그중 한 방울이 담배에 떨어졌다.

카튜샤는 화가 나서 그것을 비벼 버리고 새 담배를 꺼냈다.

철로지기 여자는 담배를 피우지도 않으면서, 얼른 그것을 집어들고 연방 지껄여대며 구겨진 부분을 펴기 시작했다.

"역시 정말이군, 그렇지?"

하고 그녀는 말했다.

"진실 같은 것은 돼지한테 먹혀 버렸어. 제멋대로들 하고 있거든. 콜라브료바 할머니는 석방된다고 했지만 난 말했지. 아냐, 내 짐작으로는 가엾게스리, 그들이 못살게 굴 거라고. 과연 그대로 되었거든."

그녀는 자기 목소리에 도취되어 말했다.

그 무렵이 되자 마당을 지나가던 남자 죄수들이 다 가 버려서, 그들과 말을 주고받던 여죄수들이 창가를 떠나 카튜샤 주위로 모여들었다. 처음에 다가온 사람은 그 눈이 튀어나온, 술을 밀매하던 여자였다.

"뭐 중형을 받았다고?"

그 여자는 카튜샤 곁에 앉아 양말 뜨는 손을 쉬지 않고 놀리면서 말했다.

"돈이 없기 때문이지. 돈이 있어서 말 잘하는 변호사를 댔더라면 틀림없이 무죄가 되었을 거야."

콜라브료바가 말했다.

"거…… 뭐라고 하더라. 털북숭이에다 코가 큰 녀석 말이야. 그 녀석은 물 속에서도 젖지 않고 나오는 사내라는데, 그 녀석한테 부탁할 걸 그랬어."

"에이, 어떻게 부탁을 해요."

곁에 앉은 멋쟁이가 이빨을 드러내고 말했다.

"그녀석은 천 루블 이하면 코방귀도 안 뀐단 말이에요."

"글쎄, 이렇게 되는 것이 당신 팔자인지도 모르지."

방화범 노파가 참견을 했다.

"누군들 괴롭지 않겠어. 내 아들 역시 며느리한테서 떨어져 감옥에서 이를 끓이고 있으니 말이야. 나 같은 이런 늙은이까지."

노파는 벌써 백 번도 더 했을 신세 타령을 늘어놓기 시작했다.

"나는 감옥이나 거지 신세에서 벗어날 수 없나 봐. 거지 노릇이 아니면 감옥이거든."

"그놈들이 하는 말은 정해져 있어요."

술을 밀매하던 여자는 이렇게 말하며 계집아이의 머리를 보더니, 양말 뜨던 것을 옆에다 놓고 계집아이를 끌어다가 손끝을 부지런히 놀려 이를 잡기 시작했다.

"왜 술을 파느냐고 묻거든. 안 그러면 어떻게 자식을 먹여 살려?"

손에 익은 작업을 계속하면서 그녀는 말했다.

이 말은 카튜샤에게 술 생각이 나게 했다.

"술이나 마셨으면……."

그녀는 이따금 흐느끼면서 속옷 소매로 눈물을 닦으며 콜라브료바에게 말했다.

"보드카 말이지? 아무렴, 주고말고."
하고 콜라브료바는 말했다.

32

카튜샤는 빵 속에 감추어 둔 돈을 꺼내어 콜라브료바에게
주었다. 콜라브료바는 그 돈을 받아 들고 이리저리 뒤적여 보
았다. 글씨는 읽을 줄 몰랐지만 2루블 50코페이카에 해당된다
는 멋쟁이의 말을 믿고 화기 구멍에 감추어 둔 술병을 가지러
갔다. 그것을 보고 그녀의 옆자리가 아닌 사람들은 모두 제자
리로 돌아갔다. 카튜샤는 그 동안 목도리와 죄수복의 먼지를
털고 침상 위에 앉아 흰 빵을 먹기 시작했다.

"당신 몫으로 차를 얻어 두었는데, 아마 식었을 거야."

각반으로 싼 함석 주전자와 컵을 선반에서 내리면서 페도
시야가 말했다.

차는 식어서 함석 냄새가 났지만, 그래도 카튜샤는 그것을
컵에 따라 마셨다.

"피나시카야, 자."

그녀는 빵을 떼어 그녀의 입매를 물끄러미 보고 있는 사내
아이에게 주었다.

그 동안에 콜라브료바는 술병과 컵을 꺼내 가지고 왔다. 카
튜샤는 콜라브료바와 멋쟁이에게 술을 권했다.

이 세 사람은 돈을 서로 융통하고 있었으므로, 감방 안에서
일종의 특권 계급을 형성하고 있었다.

얼마 지나지 않아 카튜샤는 기운이 나서, 난폭한 말투로 재
판 광경을 이야기하기 시작했다. 그녀는 검사보 흉내를 내기
도 하고, 법정에서 자기를 놀라게 한 일들을 이야기하기도 했
다. 법정에서는 모두들 호기심 어린 눈으로 자신을 쳐다보았
고, 자신을 보기 위해 보이지도 않는 죄수 대기실을 기웃거리
더라고 말했다.

"호송 경관도 말했지만, 그것은 모두 나를 보러 온 것이라
나요. 점잖은 얼굴을 하고 들어와서 이러이러한 서류는 어디
있더라 하지만, 서류 같은 건 아무래도 좋다는 듯이 나를 흘
끔흘끔 보지 않겠어요."

그녀는 싱글싱글 웃으면서 말하고는 의아한 듯이 고개를
내저었다.

"어째서 그렇게도 연극이 서툴까?"

"정말이지, 모두 다 그래요."
하고 철로지기가 가로막더니 금방 노래하는 듯한 목소리를
냈다.

"설탕에 끼는 파리 같은 것들이지. 다른 것은 젖혀 두고서
라도 이것만은 귀찮을 정도로 달라붙거든. 정말이지 세 끼 밥

은 안 먹어도……."

"여기도 마찬가지야."

하고 카튜샤가 그녀를 가로막았다.

"여기서도 나는 봉변을 당했지. 아까 이리 올 때 역에서 온 한 무리를 만났는데, 날 다짜고짜 둘러싸고…… 다행히 부소장이 쫓아 주긴 했지만, 한 놈이 무턱대고 끌어안는 바람에 가까스로 뿌리쳤어."

"어떤 놈이었지?"

하고 멋쟁이가 물었다.

"거무튀튀하고 콧수염을 기른 녀석이야."

"틀림없이 그놈이야."

"그놈이라니?"

"쉬체글로프야. 방금 여기를 지나간."

"쉬체글로프라니, 대체 누구지?"

"아니, 쉬체글로프를 몰라? 두 번이나 유형지에서 탈옥한 사나이야. 이번에도 잡혔는데 아마 또 달아날 거야. 간수들도 겁을 먹고 있어."

남자 죄수들의 편지 중개를 하고 있기 때문에 감옥 안의 일은 뭐든지 알고 있는 멋쟁이가 말했다.

"두고 봐, 반드시 도망칠 테니."

"달아나더라도 우리들을 데리고 가지는 못할 테지."

콜라브료바가 말했다.

"그보다도 어떻게 되었어?"

그녀는 카튜샤에게 물었다.

“변호사는 상소하라고 했겠지? 상소하지 않을 거야?”

카튜샤는 자신은 아무것도 모른다고 대답했다.

그때 빨강머리 여자가 주근깨투성이의 두 손을 숱 많고 푸석푸석한 머릿속에 찔러 넣고, 손톱으로 머리를 벅벅 긁으면서 술을 마시고 있는 세 사람 쪽으로 다가왔다.

“카체리나, 내가 다 가르쳐 줄게.”

하고 그녀는 말했다.

“우선은 판결에 불복이라는 것을 써내야 해. 그리고 검사에게 말해야 하는 거야.”

“아니, 너는 왜 왔지?”

하고 화난 듯한 굵직한 소리로 콜라브료바가 말했다.

“술 냄새를 맡고 왔지? 속이려고 해도 소용 없어. 너 아니라도 그런 것쯤은 다 알고 있어. 저리 가!”

“너한테 얘기하고 있는 게 아니야. 쓸데없는 참견 마!”

“술이 먹고 싶어진 게지? 살금살금 온 걸 보니.”

“내버려둬요. 한 잔 주지.”

가지고 있는 것을 언제나 나누어주는 카튜샤가 말했다.

“이런 년에게 줄 술이 어디 있어!”

“뭐, 뭐라고!”

하고 빨강머리가 콜라브료바에게 대들며 말했다.

“너 같은 건 무섭지 않아.”

“이 죄수 계집년이!”

“너는 어떻고.”

“이 썩어질 강도년이!”

“내가 강도라고? 유형수, 살인범!”
하고 빨강머리가 외쳐댔다.
　“저리 가란 말이야.”
하고 콜라브료바가 험상궂은 소리로 말했다.

　그러나 빨강머리는 점점 더 대들었다. 콜라브료바는 상대
의 가슴을 떠밀었다. 빨강머리는 그것을 기다렸다는 듯이 갑
자기 한 손으로 잽싸게 콜라브료바의 머리채를 휘어잡고, 다
른 한 손으로 상대의 얼굴을 갈기려 했다. 그렇지만 콜라브료
바가 그 손을 붙잡았다. 카튜샤와 멋쟁이가 빨강머리의 손을
잡고 떼어 놓으려 했으나, 빨강머리는 손을 놓지 않았다. 잠
깐 빨강머리는 머리채를 놓았는데, 그것은 머리채를 손에 감
아 쥐기 위해서였다. 콜라브료바는 머리를 잡힌 채 한 손으로
빨강머리의 몸을 할퀴고 손을 물었다. 여죄수들은 맞붙어 있
는 두 사람 주위에 모여서 그들을 갈라 놓으려고 소리를 질렀
다. 폐병쟁이 여자까지 곁에 와 쿨룩거리면서 싸우고 있는 두
사람을 지켜보았다. 아이들은 서로 얼싸안고 울었다. 이 소동
을 눈치챈 여간수가 남자 간수를 데리고 달려왔다. 콜라브료
바는 희끗희끗한 머리를 풀고 쥐어뜯긴 머리 뭉치를 골라내
면서, 빨강머리는 너덜너덜하게 찢긴 속옷 앞가슴을 누르면
서 서로 설명을 하며 큰 소리로 고함을 질러댔다.

　“나는 다 알고 있어. 이건 술 때문이야. 내일 소장님에게 말
해서 조사해 달래야지. 이것 봐, 술 냄새가 물씬물씬 나잖아.”
하고 여간수가 말했다.

　“알겠나, 깨끗이 치워 둬. 그렇지 않았다가는 성가신 일이

생길 테니까. 너희들 말 따위를 들어 줄 짬이 없어. 자, 각자 자리에 돌아가서 조용히 해."

그러나 조용해지기까지는 꽤 오랜 시간이 걸렸다. 여자들은 여전히 오랫동안 욕을 해대며, 어떻게 싸움이 시작되었고 누가 나쁜가에 대해 다투었다. 이윽고 간수들이 가고, 여자들은 지껄이다 지쳐서 잠자리에 들 채비를 했다. 노파가 성상 앞에 서서 기도를 하기 시작했다.

"유형수가 두 년이나 모여 있으니."

갑자기 건너편 구석의 침대에서 빨강머리가 말끝마다 욕지거리를 붙여 가며 말했다.

"조심해, 혼나지 않으려면!"

콜라브료바도 지지 않고 대꾸했다.

"말리지만 않았더라면 네 년의 눈알을 후벼냈을 텐데." 하고 또 빨강머리가 말했다. 그러자 곧 그와 비슷한 콜라브료바의 대꾸가 돌아왔다.

다시 침묵의 시간이 이어지더니 또 욕지거리가 시작되었다. 그러나 그 간격이 차츰 길어지고 마침내는 조용해졌다.

모두들 누웠다. 여기저기서 코고는 소리가 들리기 시작했다. 언제나 긴 기도를 드리는 노파는 아직도 성상 앞에서 머리를 숙이고 있었다. 그리고 또 한 사람, 교회 머슴의 딸이 간수가 나가자 곧 일어나서 다시 감방 안을 왔다갔다하기 시작했다.

카튜샤는 잠이 오지 않아, 자기가 유형수라는 것을 곰곰이 생각하고 있었다 —— 벌써 두 번이나 이렇게 불렸다. 한 번은

보치코바에게, 또 한 번은 빨강머리에게 — 그러나 그녀는
이 생각에 얼른 익숙해질 수가 없었다. 그녀에게 등을 돌리고
있던 콜라브료바가 돌아누웠다.

"이럴 줄은 꿈에도 생각하지 못했어."

카튜샤는 작은 소리로 말했다.

"아무리 나쁜 짓을 해도 아무렇지도 않은 사람이 있는데,
아무 짓도 하지 않고 고생을 해야 하다니!"

"걱정할 필요 없어. 시베리아에도 사람은 살고 있으니까.
그리로 간다 해서 죽는 건 아니잖아."
하고 콜라브료바가 위로했다.

"그건 알고 있지만, 역시 분해요. 내가 바라는 것은 이런 운
명이 아니에요. 나는 편한 생활이 몸에 배어 버렸거든요."

"하느님을 거역할 수는 없어."

콜라브료바는 한숨을 쉬며 말했다.

"하느님에게는 거역할 수가 없는 거야."

"알아요. 하지만 괴로워……."

두 사람은 잠시 잠자코 있었다.

"들려? 저건 그 돼먹지 못한 년이 울고 있는 소리야."

콜라브료바는 맞은편 구석에서 들려오는 야릇한 소리로 카
튜샤의 주의를 돌렸다. 그 소리는 빨강머리 여자가 소리를 죽
여 우는 흐느낌 소리였다. 빨강머리 여자는 지금 욕을 먹고,
얻어 맞고, 그토록 먹고 싶었던 술도 얻어 먹지 못한 것이 분
하고 지금까지 살아오면서 조금도 좋은 일이 없었던 사실이
슬퍼서 울었다.

　　그녀는 직공인 페지카 몰로존코프와의 첫사랑을 회상하며 스스로를 달래려 했다. 그런데 이 사랑을 회상하니, 슬픈 종말이 생각났다. 그것은 아주 지독한 짓이었다. 사랑하는 페지카가 술에 취하여 장난을 치며, 그녀의 몸에서 가장 민감한 곳에 명반수(明礬水)를 발라 놓고, 너무 아파 그녀가 몸부림치며 괴로워하는 꼴을 보고 친구들과 웃어댔던 것이다. 그 생각을 하니 그녀는 자기 자신이 더욱 가엾어졌다. 아무도 듣고 있는 사람이 없는 줄 알고 울기 시작한 그녀는 어린애처럼 신음하기도 하고, 훌쩍거리며 찝찔한 눈물을 삼키면서 흐느껴 울었다.

　　"가엾게도……."
하고 카튜샤가 말했다.

이튿날 아침, 네플류도프가 눈을 뜨자마자 제일 먼저 느낀 것은 자기 몸에 어떤 변화가 생겼다는 것이다. 그리고 무슨 일이 일어났는지 생각하기도 전에 무언가 중대하고 좋은 일이 일어났다는 것을 그는 이미 알고 있었다. '카튜샤, 재판!' 그렇다. 거짓말은 그만두고 진실을 말해야만 한다. 그러나 이 무슨 우연의 일치일까. 그날 아침 오래도록 기다리던 귀족회장 부인 마리아 바실리예브나에게서 편지가 왔던 것이다. 그야말로 지금 그에게는 절실한 편지였다. 그녀는 그에게 완전한 자유를 인정해 주었으며, 곧 찾아오게 될 결혼의 행복을 빌고 있었다.

"결혼이라!"

그는 자조하듯이 중얼거렸다.

"지금의 내게는 까마득히 먼 이야기이지!"

그는 모든 사실을 그녀의 남편에게 고백하며 지난날의 잘못을 사과하고, 어떤 속죄라도 하겠다고 말하려던 어제의 자기 결심이 생각났다. 그러나 아침이 되고 보니 그 일이 어제 생각했던 것만큼 쉬운 일이 아닐 것이라는 생각이 들었다.

'더구나 모르고 있던 것을 일부러 알려서 불행하게 할 필요가 있을까? 만약 그가 묻는다면 그때는 분명히 말하자. 그러나 일부러 이쪽에서 말하러 갈 필요가 있을까? 아니, 그럴 필요는 없다.'

그와 마찬가지로 미시에게 모든 사실을 고백한다는 것도 다시 생각해 보니 어려운 일로 여겨졌다.

'이것도 말해서는 안 된다. 모욕이 될지도 모른다. 인간 관계라는 것은 자칫 잘못하면 어떠한 오해가 남게 되는 것을 피할 수 없을 것 같다. 오늘 아침부터는 그 사람들 집에 가지 않으리라. 그리고 만일 묻는다면 그때 진실을 말하자.'
하고 그는 결심했다.

그러나 그 대신 카튜샤에 대한 것은 애매한 말이라도 남아 있어서는 안 되었다.

'감옥으로 가서 그녀를 만나 용서를 빌자. 그리고 필요하다면…… 필요하다면 그녀와 결혼하자.'

그가 이처럼 만족스러운 아침을 맞은 적은 오랫동안 없었다. 방에 들어온 아그라페나 페트로브나에게 그는 순간 자기도 예상하지 못했던 결연한 태도로 이 집과 그녀의 시중이 이제 더이상 필요하지 않다고 말했다. 그가 이 호화로운 저택을 유지하고 있는 것은, 미시와 결혼하기 위해서라는 것이 암암

리에 정해져 있었다. 그러므로 이 집을 내놓는다는 것은 특별
한 의미를 갖고 있었던 것이다. 아그라페나 페트로브나는 깜
짝 놀라 그를 보았다.

"아그라페나 페트로브나, 당신한테는 여러 가지로 신세를
져서 정말 고맙게 생각하오. 하지만 나는 이제 이런 큰 집도,
많은 사용인도 필요 없게 되었소. 그러니 만일 나를 도와줄
생각이 있다면 어머니가 살아 계셨을 때 했듯이 당분간 물건
들을 정리하여 치워 주구려. 나타샤 — 나타샤는 네플류도프
의 누이였다 — 가 오면 처리해 줄 테니까."

아그라페나 페트로브나는 머리를 흔들며 말했다.

"왜 정리를 하시지요? 곧 필요하게 될 텐데요."

"아니 필요 없소. 아마 쓸 일이 없을 거요."
하고 네플류도프는 그녀가 머리를 흔들며 한 말에 대답했다.

"그리고 코르네이에게도 두 달치 월급을 선불할 테니 가도
좋다고 전해 주시오."

"그런 쓸데없는 행동을 하시면 안 돼요, 드미트리 이바노비
치."
하고 그녀는 타이르듯 말했다.

"외국에 가신다 하더라도 어차피 집은 필요하거든요."

"당신은 잘못 생각하고 있소, 아그라페나 페트로브나. 나는
외국에는 안 가오. 간다 하더라도 전혀 딴 곳으로 갈 거요!"

그는 갑자기 얼굴이 새빨개졌다.

'그렇다, 이 여자에게 말해 줘야 한다. 잠자코 있을 필요는
없다. 사람들에게 죄다 말해야 한다.'

하고 그는 생각했다.

"실은 어제 나에게 뜻하지 않은 중대한 일이 일어났소. 혹시 마리아 이바노브나 고모집에 있던 카튜샤를 알고 있소?"

"알고말고요, 제가 바느질을 가르쳐 준걸요."

"음, 실은 어제 재판에서 그 카튜샤가 재판을 받았는데, 내가 그 배심원이었지."

"저런, 가엾어라!"

하고 아그라페나 페트로브나는 말했다.

"도대체 무슨 죄를 지었대요?"

"살인죄인데, 그것도 다 근원을 말하면 내가 나빴던 거야."

"아니, 도대체 도련님이 무슨 짓을 하셨다는 건가요? 못 알아들을 말씀만 하시는군요."

하고 그녀는 말했다. 그 늙은 눈에 장난꾸러기 같은 빛이 반짝였다.

그녀는 그가 카튜샤에게 저지른 짓을 알고 있었다.

"그래요, 내가 모든 원인이었소. 그리고 이것이 나의 모든 계획을 바꾸고 말았소."

"그런 일 때문에 무엇을 어떻게 바꾸어야만 하나요?"

그녀는 애써 웃음을 참으면서 말했다.

"그야, 그녀가 이런 길을 가게 된 원인이 내게 있으니 그녀를 구하기 위해 최선을 다해야지."

"그건 도련님의 죄가 아니에요. 누구에게나 있을 수 있는 일이지요. 분별력만 있다면 그런 일은 차츰 희미하게 잊혀져서 평온하게 살아갈 수 있어요."

그녀는 정색을 하고 말했다.

"그러니 도련님께서도 그런 것을 자기 탓으로 삼을 필요는 없어요. 그 여자가 잘못되었다는 소문은 저도 들었어요. 하지만 그건 누구의 잘못도 아니지요."

"내가 나빴소. 그러니 되돌려 줘야 하오."

"하지만 되돌린다는 것이 이제는 어려울걸요."

"그것은 내 문제야. 그러므로 만약 당신이 자신을 생각한다면, 어머니가 바라셨듯이……."

"저는 제 몸 같은 것은 생각하지 않습니다. 돌아가신 마님한테 태산같은 은혜를 입었으니, 이 이상은 아무것도 바라지 않습니다. 리자치카 —— 시집간 그녀의 조카딸 —— 가 오라고 하니 가게 되면 그리로 가지요. 다만, 제가 말씀드리고 싶은 건 도련님이 하시는 그런 걱정은 쓸데없는 일이라는 거예요. 누구에게나 있을 수 있는 일이니까요."

"그러나 나는 그렇게 생각하지 않아. 좌우간 미안하지만 이 집을 내놓고, 가구들을 정리하는 것을 도와 주오. 제발 기분 나쁘게는 생각하지 말아요. 내게 항상 잘해 주어서 정말 고맙게 생각하고 있소."

이상하게도 네플류도프는 자기가 몹쓸 인간이라는 것을 깨닫자, 갑자기 다른 사람들이 조금도 싫지 않았다. 뿐만 아니라, 그는 아그라페나 페트로브나와 코르네이에게 정다운 존경심마저 느꼈다. 그는 코르네이에게도 참회하고 싶은 마음이 들었으나, 그의 태도가 너무나 엄격하고 공손했으므로 그 말만은 꺼내지 못하고 말았다.

언제나 타는 마차를 타고, 늘 가던 길을 지나서 재판소로 가는 도중 네플류도프는 스스로 놀랐다. 그는 자신이 마치 딴 사람이 된 것 같은 느낌이 들었다.

바로 어제까지만 해도 그토록 실감나게 여겨지던 미시와의 결혼이 오늘 그에게는 완전히 불가능한 것으로 보였다. 그는 어제까지만 해도 그녀가 자기와 결혼하면 틀림없이 행복하게 될 것이라고 생각하고 있었다. 그런데 지금 그는 결혼은커녕 그녀와 가까이 지낼 자격조차 없다고 생각했다.

'만약 내가 어떤 사람인지 알게 된다면 그녀는 내게 자신의 집 문턱도 넘지 못하게 할 것이다. 그런데도 나는 그녀가 딴 남자에게 마음을 허락한 일이 있었을 거라고 생각하고 있 던 거야. 아니, 틀렸어. 그녀가 나와 결혼해 준다 하더라도, 내가 카튜샤가 감옥에 있다는 것을, 그리고 내일 모레라도 호 송되는 죄수 행렬에 끼여 시베리아로 보내진다는 것을 알고 있는 한 행복할 수도, 마음 편할 수도 없다. 또, 나로 인해 파 멸한 여자가 유형지로 가고 있는데, 나는 여기서 축복을 받고 아내와 함께 인사를 하러 다닌단 말인가. 게다가 나와 그의 부인이 함께 속였던 귀족회장과 같이 총회에서 지방 장학 제 도와 그 밖의 안건에 대한 표를 세고, 그 뒤에 그 부인과 밀회 를 한다. 이 무슨 더러운 일이란 말인가! 아니면, 결코 완성할 수 없다는 것을 알면서 그림을 계속한다? 그렇지만 나는 이 런 하찮은 작품 따위를 만들고 있을 수 없다. 어차피 지금 이 런 것을 그린들 별 수 없는 것이다.'

하고 그는 스스로에게 말했다. 그리고 지금 느끼고 있는 내면의 변화에 대해 끊임없이 기쁨을 느끼는 것이었다.

'우선 지금부터 변호사를 만나 결론을 들은 다음…… 감옥으로 가서 그녀를, 어제의 그 여죄수를 만나 이야기하자.'

그리고 그녀를 만나 자기 죄를 사죄한 다음, 자기 죄를 속죄하기 위해서라면 결혼해도 좋다고 표명했을 때의 모습을 상상하자 순식간에 말할 수 없는 감동이 밀려와 눈물이 솟았다.

34

 재판소에 도착한 네플류도프는 복도에서 어제 그 정리를 만났다. 그는 어제 공판에서 선고를 받은 피고들이 어디에 갇혀 있는지, 면회를 하려면 누구의 허가를 받아야 하는지 물어보았다. 정리는 피고가 수용되어 있는 장소는 여러 곳이며, 면회를 하려면 판결이 최종적인 형식으로 공표될 때까지는 검사의 허가를 얻어야 가능하다고 대답했다.

 "재판이 끝난 다음에 가르쳐 드리겠습니다. 제가 안내해 드리지요. 검사는 아직 나오지 않았습니다. 그럼 재판이 끝난 다음에 뵙겠습니다. 지금은 우선 법정으로 가십시오. 곧 시작됩니다."

 네플류도프는 오늘따라 유난히 초라해 보이는 정리의 친절에 대하여 감사하고 배심원 대기실로 갔다.

 그가 대기실 가까이 갔을 때, 배심원들은 법정으로 들어가려고 방에서 나오는 길이었다. 상인은 어제와 마찬가지로 얼근하게 취해서 마치 옛 친구라도 만난 듯이 반갑게 네플류도프를 맞아 주었다. 표트르 게라시모비치의 그 버릇 없는 태도와 너털웃음도 오늘 네플류도프에게는 조금도 불쾌하게 생각되지 않았다.

네플류도프는 배심원들에게도 어제의 여죄수와 자기와의 관계를 이야기하고 싶었다. 사실 어제 공판 때 일어서서 자기 죄를 여러 사람들 앞에서 고백했어야 했다. 그러나 그가 다른 배심원들과 함께 법정에 들어갔을 때는 어제와 같은 형식과 절차가 시작되었다. 즉 '재판관 입장!' 이라고 외치는 소리와 함께 금줄로 깃을 두른 세 명의 판사가 단상에 나타났다. 장내는 물을 끼얹은 듯이 조용해졌다. 배심원들이 등받이가 높은 의자에 앉자, 임석 경관이 입정하고, 사제가 나타났다. 그래서 그는 비록 그것이 필요한 일이기는 하지만, 이 엄숙한 분위기를 깨뜨릴 수는 없다고 느꼈다.

공판 준비는 어제와 똑같았다. 다만 배심원 선서와 그들에 대한 재판장의 훈시만이 없을 뿐이었다.

오늘 사건은 가택 침입 절도범에 관한 것이었다. 칼을 빼든 경관에게 호송되어 들어온, 회색 죄수복을 입은 피고는 스무 살쯤 되어 보이는 말라 빠진 청년이었다. 그는 혼자 피고석에 앉아서, 들어오는 사람들을 힐끗힐끗 쳐다보았다. 이 젊은이는 친구들과 함께 자물쇠를 부수고 광 속으로 들어가 3루블 60코페이카짜리 헌 돗자리를 훔쳐 낸 혐의로 기소되었다. 기소장에 의하면, 이 젊은이가 헌 돗자리를 멘 친구와 함께 걸어가고 있을 때 순경에게 불심 검문을 당했는데, 젊은이와 그 친구는 곧 죄를 자백하고 두 사람 다 수감되었던 것이다. 그러나 공범인 자물쇠 직공이 옥사했으므로 지금은 젊은이 혼자만 재판을 받고 있었고, 헌 돗자리는 증거물로 탁자 위에 놓여져 있었다.

공판은 어제와 마찬가지로 증거 서류, 증거물, 증인 선서, 심문, 감정인 대질 심문 등으로 질서정연하게 진행되었다. 증인인 순경은 재판장·검사·변호인의 물음에 무뚝뚝하게 '그렇습니다', '모릅니다' 또는 '그렇습니다'라고 대답했다.

그러나 군대식의 둔한 신경과 기계적인 태도에도 불구하고, 순경은 어쩐지 젊은이를 동정하고 있는 듯 체포 경위에 대해 마지못해 이야기하는 것 같았다.

또 한 사람의 증인이며 피해자인 노인은 집주인이자 헌 돗자리의 소유자였다. 그는 얼핏 보기에도 신경질적인 사람이어서,

"이 헌 돗자리가 네 것이냐?"

하는 질문을 받았을 때 아주 말하기 싫은 듯한 태도로,

"제 것입니다."

라고 대답했다. 또다시 검사가,

"이 헌 돗자리는 무엇에 쓸 작정이었느냐? 꼭 필요한 것이었느냐?"

하고 물었을 때, 그는 몹시 화를 내며 대답했다.

"그 따위 헌 돗자리가 어떻게 되든 내가 알게 뭐요. 그런 건 조금도 필요없습니다. 그런 쓸데없는 것 때문에 이렇게 말썽

이 일어날 줄 알았더라면 찾지 않았을 뿐만 아니라 오히려 붉은 지폐 한 장, 아니 두 장이라도 붙여서 내주고 심문에 나오지 않도록 부탁했을 텐데……. 마차 값만 5루블이 들었소. 게다가 나는 몸이 건강하지 않단 말이오. 나는 치질과 류머티즘을 앓고 있단 말이오."

증인들의 진술은 이런 식이었다. 그런데도 피고는 모든 죄상을 인정하고, 마치 사냥꾼에게 붙잡힌 가냘픈 짐승처럼 무의미하게 사방을 둘러보면서 떠듬떠듬 사실대로 죄다 말했다.

사건이 명백했음에도 불구하고, 검사보는 어제와 마찬가지로 두 어깨를 추켜들면서 교활한 범인의 정체를 기어이 폭로하고야 말겠다는 듯 빈틈없이 질문을 퍼부었다.

그는 논고를 통해 이 절도 행위는 사람이 살고 있는 건물 안에서, 그것도 잠가 놓은 문을 부수고 행해진 것이기 때문에, 그 죄상에 비추어 젊은이는 가장 무거운 형을 받아야 한다고 주장했다.

그러자 관선 변호사는, 범죄 사실을 부정할 수는 없지만 절도가 이루어진 것은 사람이 살고 있는 건물 안이 아니었으므로, 검사보가 단언한 것 같이 사회적으로 경종을 울려야 할 사건은 아니라고 변호했다.

재판장 역시 어제와 마찬가지로 자기가 마치 공평과 정의 그 자체인 것처럼, 이미 배심원들이 모두 알고 있는 일을 꼭 알아 두어야 할 일이라고 하면서 지루한 설명을 늘어놓았다. 어제와 같이 휴정이 선언되고, 정리가 '재판관 입장!' 이라고 외쳤다. 경관들은 졸지 않으려고 애쓰면서 칼을 빼들고 피고들을 위협하며 서 있었다.

조서에 의하면, 이 젊은이는 어렸을 때 담배 공장에 들어가 5년 동안 일해 왔는데, 금년 초에 공장주와 노동자 사이에 쟁의가 생겨 이에 관련되어 그만 해고당하고 말았다. 그는 직장에서 쫓겨난 뒤 몇 푼 안 되는 돈을 털어 술을 마시면서 하릴없이 거리를 떠돌아다니다가, 어떤 선술집에서 실직자로서는 선배격인 자물쇠 공장 직공과 사귀어 친하게 되었다. 이 사람도 역시 술을 몹시 즐기는 사람이었는데, 두 사람은 술에 취한 끝에 의견이 맞아 그날 밤 광의 자물쇠를 부수고 들어가 닥치는 대로 훔쳐 냈던 것이다. 그러나 그들은 곧 체포되어 모든 것을 자백했다. 그래서 감옥에 갇히는 몸이 되었는데, 그 자물쇠 공장 직공은 공판이 시작되기 전에 죽어 버리고 말았다. 이와 같은 사연으로 지금 이 젊은이는 사회에서 격리시킬 필요가 있는 위험 인물로서 재판을 받고 있는 것이었다.

'이자도 어제의 그 여죄수와 똑같은 정도의 위험 인물이군.'

네플류도프는 지금 자기 눈앞에서 진행되고 있는 일에 귀를 기울이면서 생각했다.

'그들은 저자가 위험하다고 한다. 그렇다면 우리 자신은 위험하지 않단 말인가? 나는 음탕한 사나이고 또 거짓말쟁이이다. 우리 모두가 마찬가지이다. 그런데도 여러 사람들은 내가 어떤 사람인지 알고 있으면서도, 나를 경멸하지 않을 뿐만 아니라 오히려 존경하고 있지 않은가?'

252

사실 이 젊은이는 무슨 특별한 악당이 아니라, 세상에 흔히 있는 사람 중 하나이다. 이 점은 그를 보기만 해도 알 수 있었다. 그가 지금과 같은 처지에 놓이게 된 것도 다만 그가 처했던 환경이 나빴기 때문이라고 볼 수 있다.

그렇다면 이런 젊은이가 없도록 하기 위해서는 우선 이런 불행한 인간을 만들어 내는 환경을 없애지 않으면 안 된다. 이것은 명백한 사실이다. 지난날 이 청년이 생계 문제로 시골에서 도시로 나왔을 때 —— 네플류도프는 젊은이의 병적이고 겁에 질린 듯한 얼굴을 바라보면서 이렇게 생각했다 —— 누군가 그를 불쌍히 여기고 생활고를 덜어 줄 사람이 나타나기만 했더라면, 아니 그가 도회지 생활을 시작하여 하루 12시간 이상을 공장에서 일하고 난 뒤 나이 많은 동료들에게 이끌려서 술집에 출입하게 된 다음에라도 누구든 친절한 사람이 나타나 '바냐야, 술집에 다니는 것은 좋지 못한 일이다' 라고 충고해 주었더라면, 이 젊은이는 술집에도 가지 않았을 것이고 나쁜 짓을 저지르지도 않았을 것이다.

그러나 그가 견습 직공으로 일하면서 마치 작은 짐승처럼 몇 년을 도시에서 생활하는 동안, 그리고 이가 끓지 않도록 머리를 짧게 깎고 선배 직공들의 심부름을 하고 지내던 몇 년 동안 그를 동정해 주는 사람은 나타나지 않았던 것이다. 그뿐 아니라, 그가 도시 생활을 시작한 이후로 동료들이나 선배들로부터 배운 일이란, 사람을 속이고 술을 마시며 욕지거리를 하고 사람을 때리며 방탕한 짓을 하는 사람이 잘난 사람이라는 것이었다.

이렇게 그는 건강에 좋지 못한 노동과 음주와 방탕한 생활 때문에 몸이 쇠약해질 대로 쇠약해져서 거의 환자 같은 상태가 되었다. 그래서 마치 꿈을 꾸는 듯한 몽롱한 기분으로 거리를 배회하고 다니다가 어느 집 광으로 자기도 모르게 빨려 들어가서 별로 쓸모도 없는 헌 돗자리를 꺼낸 것이었다. 이러한데도 사람들은 이 젊은이를 현재와 같은 환경으로 몰아 넣은 원인은 제거하려고도 하지 않고, 오히려 이 어린아이같이 순진한 젊은이를 처벌함으로써 사태를 바로잡으려고 하는 것이다.

'이건 정말 무서운 일이다.'

네플류도프는 눈앞에서 일어나고 있는 일에는 귀 기울이지 않고 오로지 그 생각에만 몰두했다. 그리고 자기 마음속에 떠오른 이 각성에 대하여 어지간히 놀라고 있었다. 어째서 여태까지 이것을 모르고 지내 왔을까, 다른 사람들도 이런 사실을 모르고 지내 온 것일까. 그는 놀라는 한편 한심하다는 생각마저 들었다.

35

첫 번째 휴정이 선포되자 네플류도프는 자리에서 일어나 다시는 법정으로 돌아오지 않겠다고 생각하며 복도로 나왔다.

'마음대로들 하라지.'

그렇지만 도저히 자신이 이 희극에 참가할 수는 없었다. 네플류도프는 검사의 방이 어디 있는지를 물어서 그곳으로 갔다. 사환은 지금 검사님이 바쁘시다면서 그를 못 들어오도록 했으나, 네플류도프는 들은 척도 하지 않고 그냥 방 안으로 들어갔다. 그리고 마중 나온 서기를 보고 자기는 배심원이라고 밝힌 다음, 매우 중대한 일로 만나 뵙고 싶으니 검사에게 전해 달라고 말했다. 공작이라는 칭호와 훌륭한 옷차림이 그에게 더욱 도움이 되었다. 서기는 검사에게 가서 말을 전했고 네플류도프는 방 안으로 안내되었다. 검사는 네플류도프가

거의 강압적으로 면회를 강요한 사실이 못내 불쾌하다는 듯
노골적으로 불만스런 표정을 드러내면서 그를 맞았다.

"무슨 용건이신지요?"

검사는 엄격한 말투로 물었다.

"저는 배심원으로 네플류도프라고 합니다. 그리고 용건은
마슬로바를 꼭 만나보고 싶다는 것입니다."

네플류도프는 지금 자신의 행동이 앞으로 인생에 결정적인
영향을 미칠 것이라고 다짐하면서, 얼굴을 붉힌 채 서슴지 않
고 빠른 어조로 검사에게 말하기 시작했다.

검사는 희끗희끗한 짧은 머리에 앞으로 튀어나온 아래턱에
는 숱이 많은 짧은 수염을 기르고 있었다. 유난히 번쩍거리는
눈동자를 재빨리 움직이는 이 사내는 키가 작고 살빛이 거무
스름했다.

"마슬로바라고요?"

검사는 또박또박 말했다.

"그런데 무엇 때문에 그 여자를 면회하려고 하시는지요?"

그는 약간 부드러운 어조로 이렇게 덧붙였다.

"그 이유를 말씀해 주시지 않으면 허가해 드릴 수가 없는데
요."

"제게 대단히 중요한 용건이 있기 때문에 면회를 신청하고
있는 겁니다."

하고 네플류도프는 벌컥 화를 내면서 말했다.

"그렇습니까?"

검사는 빈정대듯 말하고 나서 눈을 치켜뜨고 주의 깊게 네

플류도프를 훑어보았다.

"그러면, 그 여자의 사건은 이미 공판에 회부되었습니까? 아니면 아직 되지 않았습니까?"

"어제 공판이 있었습니다. 4년의 징역이 선고되었습니다만, 그것은 분명히 부당한 판결이었습니다. 그 여자는 무죄입니다."

"그렇습니까? 만약 어제 선고받았다면……."

검사는 마슬로바가 무죄라는 네플류도프의 말에는 조금도 개의치 않고 말을 계속했다.

"최종 결정 선고가 있을 때까지는 미결감에 남아 있게 될 것입니다. 거기에는 일정한 날에만 면회가 허가되고 있습니다. 그곳에 가서 의논해 보시는 것이 좋을 것 같은데요."

"그렇지만 저는 한시바삐 그 여자를 면회하고 싶습니다."

모든 것을 결정할 순간이 다가왔음을 느끼자 네플류도프는 아래턱을 후들후들 떨면서 대답했다.

"그것은 무엇 때문이지요?"

검사는 약간 불안하다는 듯이 눈썹을 치켜올리면서 반문했다.

"그건 그 여자가 아무 죄가 없음에도 불구하고 징역 선고를 받았기 때문입니다. 그리고 그 모든 원인은 제게 있습니다."

네플류도프는 떨리는 목소리로 대답했다. 그러면서도 그는 지금 자신이 필요 없는 말을 지껄이고 있다는 생각이 들었다.

"허, 그건 또 무슨 까닭에서지요?"

하고 검사가 물었다.

“그건 그 여자를 농락해서 지금과 같은 처지에 빠지게 한 원인이 결국 제게 있기 때문입니다. 만약 그 여자가 저에게 버림을 받지 않았었더라면 이런 처지에 빠졌을 리도 없고 또 이번 경우처럼 범죄 혐의도 받지 않았을 것입니다.”

“설사 그렇다 하더라도 그 사실이 면회와 어떤 관계가 있는지 저는 납득이 되지 않는군요.”

“어떤 관계가 있느냐고요? 말하자면 저는 그 여자를 따라가서…… 결혼할 작정입니다.”

하고 네플류도프는 대답했다. 그리고 이 말이 끝남과 동시에 여느 때와 마찬가지로 그의 눈에서는 눈물이 핑 돌았다.

“아, 그랬군요!”

하고 검사는 말했다.

“그건 정말 뜻밖의 일입니다. 그런데 당신은 크라스노페르스크 지방의 자치 의회 의원이시지요?”

검사는 전에도 네플류도프에 대한 말을 들은 적이 있다는 듯이 엉뚱한 말을 하고 그를 살펴보며 물었다.

“실례이지만 지금의 그 질문과 제 부탁과는 아무런 관계가 없다고 생각하는데요.”

네플류도프는 화를 내며 야무진 음성으로 못을 박았다.

“그야 물론 관계가 없습니다.”

검사는 조금도 당황해하지 않고 보일 듯 말 듯한 미소를 지으면서 말했다.

“그렇지만 당신의 말씀이 너무나 의외이며, 다른 경우와는 지나치게 동떨어진 것이라……”

"어떻게…… 허가해 주시겠습니까?"

"허가라고요? 네, 곧 통행증을 드리도록 하겠습니다. 잠깐
만 기다려 주십시오."

그는 테이블 앞으로 가서 앉더니 무엇인가를 쓰기 시작했
다.

"좀 앉으실 걸 그랬습니다."

네플류도프는 그대로 서 있었다.

통행증을 다 쓰고 나서 검사는 그것을 네플류도프에게 건
네주면서 호기심에 가득 찬 눈으로 다시 그를 살펴보기 시작
했다.

"그리고 또 한 가지 말씀드릴 게 있습니다."
하고 네플류도프는 말했다.

"저는 앞으로 배심원으로 공판에 참석할 수가 없습니다."

"그렇다면…… 알고 계시겠지만, 그에 상당한 이유서를 첨
부하여 재판소에 제출하셔야 됩니다."

"이유란 것은 다른 게 아닙니다. 모든 재판이 그 자체가 무
익한 것일 뿐만 아니라, 부도덕하다는 것을 깨달았기 때문입
니다."

"그래요?"
하고 검사는 또 보일 듯 말 듯한 미소를 띠면서 대답했다. 이
미소에는 이런 종류의 견해란 사실 그다지 기발한 것도 아니
며, 오히려 어떤 흥미 대상에 속한다는 뜻을 은연중에 나타내
고 있었다.

"그렇게 생각하실 수도 있겠지요. 그렇지만 당신도 아시고

계시리라 믿습니다만, 저는 법원의 검사로서 당신의 의견에 동의할 수 없습니다. 그러므로 그런 이유라면 법정에서 말씀하시는 편이 좋을 겁니다. 법정에서는 당신의 의견이 정당한 것인지 아닌지를 판결해 줄 테니까요. 만약 당신의 생각이 부당하다고 인정될 때에는 벌금형을 받아야 합니다. 어쨌든 법정에 이유서를 제출하십시오.”

“저는 지금 이 자리에서 사퇴를 선언했으므로, 이 일로 다른 곳을 찾아갈 필요는 없으리라 봅니다.”

하고 네플류도프는 퉁명스럽게 대꾸했다.

“안녕히 가십시오.”

검사는 이 괴상한 손님으로부터 빨리 벗어나고 싶다는 듯이 머리를 숙이면서 말했다.

“지금 여기 왔던 사람은 도대체 누구요?”

네플류도프가 밖으로 나가자, 그와 엇갈려 방으로 들어온 배석 판사가 물었다.

“네플류도프라는 사람입니다. 왜 크라스노페르스크 군의 군 의회에서 여러 가지 기묘한 의견을 내놓아 소문이 난 사내 말입니다. 그자가 여기서 배심원 노릇을 하고 있었거든요. 그런데 이번에 유형선고를 받은 무슨 아가씨인지 계집인지가 하나 있는데, 이 친구의 말에 의하면 그 아가씨가 유형 선고를 받은 것은 전에 자기가 그녀를 농락했기 때문이라고 하면서 이번에 그 여자와 결혼하기로 결심했다는 겁니다.”

“그래도…… 그럴 수가 있나?”

“본인이 자기 입으로 한 이야기니 믿을 수밖에 없지요. 게

다가 이 친구는 좀 묘한 흥분 상태인 것 같더군요."

"요즘 젊은이들에게는 어딘가 좀 비정상적인 구석이 있거든."

"그렇지만 이 사람은 그다지 젊은 축에 끼지도 않습니다."

"그건 그렇고, 그 이바센코프 검사란 자는 정말 지긋지긋한 친구더군. 한번 말을 꺼내면 도대체 끝이 없으니 말이야."

"그런 자는 사정없이 말을 중지시켜 버려야 해요. 그건 일종의 의사 방해로 볼 수 있으니까요."

36

검사와 헤어지자마자 네플류도프는 곧장 미결 감옥으로 마차를 달렸다. 그런데 거기에는 마슬로바라는 여죄수가 없었다. 소장이 오래된 유형수 수용소에 가 보라고 하여 네플류도프는 다시 그곳으로 갔다.

과연 예카체리나 마슬로바는 그곳에 수용되어 있었다. 6개월 전에 극도로 부풀었던 정치적 불만이 경찰의 고의적인 도발로 폭발했었기 때문에 미결 감옥이 학생과 의사, 노동자 들로 만원이 되어 있었던 것을 검사는 잊고 지냈던 것이다.

미결 감옥에서 유형수 감옥까지의 거리는 멀었으므로, 네플류도프가 도착했을 때는 이미 저녁 나절이 다 되어 있었다. 그가 거대하고 음침한 건물의 문 쪽으로 가려 하자, 수위가 들여보내지 않고 곧 벨을 눌렀다. 벨 소리에 간수가 나왔다. 네플류도프가 허가증을 보이자 간수는 소장의 허가 없이는 들여보낼 수가 없다고 말했다. 그래서 네플류도프는 다시 소장 관사로 갔다. 그가 계단 중간쯤을 올라가고 있을 무렵, 무언지 복잡하고 떠들썩한 곡을 치고 있는 피아노 소리가 들려왔다. 한쪽 눈에다 안대를 한 하녀가 투덜투덜하면서 문을 여는 순간, 그 피아노 소리가 왈칵 문가로 쏟아져 나와 네플류도프의 귀를 때렸다. 그것은 싫증이 나도록 들은 리스트의 랩소디로서 상당히 능숙한 연주였으나, 웬일인지 한 부분만 되풀이되고 있었다. 그 부분의 끝까지 가면 또다시 처음부터 되풀이되었다. 네플류도프는 안대를 한 하녀에게 소장이 집에 있느냐고 물었다.

하녀는 없다고 대답했다.

"곧 돌아오십니까?"

랩소디는 또 멎더니 다시 화려하고 소란스레 그 마법에라도 걸린 듯한 대목까지 되풀이되었다.

"잠깐 물어보고 오겠어요."

하녀는 이렇게 말하며 들어갔다.

랩소디는 다시 요란하게 시작되었으나, 저주의 대목까지 가기 전에 갑자기 딱 멎더니 이런 소리가 들렸다.

"안 계시는데. 오늘밤에는 돌아오시지 않는다고 말해요. 초대를 받고 가셨으니까."

여자의 목소리가 문 뒤에서 들렸다. 그리고 다시 랩소디가 울리다가 멎더니 의자를 움직이는 소리가 났다. 아마 성이 난 피아니스트가 직접 불청객을 격퇴할 작정인 모양이었다.

"아버지는 안 계세요."

하고, 나오자마자 화난 듯이 말을 한 사람은 흐트러진 머리에
다 핏발 선 눈 밑에 파리한 자국이 드러난, 과히 보기 좋지 못
한 창백한 처녀였다. 그러나 그녀는 훌륭한 외투를 입은 젊은
신사를 보자 갑자기 상냥해졌다.

"어서 들어오세요. 무슨 일이시죠?"

"어떤 여죄수를 면회할까 해서요."

"그러세요. 정치범이겠죠!"

"정치범은 아닙니다. 검사의 허가증이 있습니다만……."

"하지만 저는 모르겠어요. 아버지가 안 계셔서……. 아무튼
잠깐 들어오세요."

그녀는 다시 좁은 현관에서 그를 불러들이려 했다.

"바쁘시면 부소장에게 물어보시는 게 어떠세요? 그분이 지
금 사무실에 있으니 그분에게 말씀해 보세요. 성함이 어떻게
되시죠?"

"고맙습니다."

그녀의 물음에는 대꾸도 하지 않은 채 네플류도프는 현관
을 나왔다. 현관문이 채 닫히기도 전에 벌써 아까와 같은 활
발하고 떠들썩한 피아노 소리가 들리기 시작했다. 그것은 치
고 있는 장소나, 끈기있게 연습하고 있는 초라한 처녀의 얼굴
과는 전혀 어울리지 않는 소리였다. 마당에서 네플류도프는
염색한 입수염을 뾰족하게 틀어 올린 젊은 장교를 만나 부소
장에 대해 물었다. 그런데 그가 바로 부소장이었다. 그는 허
가증을 들여다보더니, 미결감 통행증을 가지고 이곳 통행을
허가한다는 일은 혼자서 정하기 어렵고, 게다가 이미 시간이

늦었다고 말했다.

"내일 와 주십시오. 내일 10시에 면회가 허가됩니다. 소장님도 계실 겁니다. 내일은 일반 면회자와 함께 면회를 할 수 있고, 소장님의 허가가 있으면 특별히 사무실에서도 면회할 수 있습니다."

이리하여 그는 끝내 면회를 하지 못하고 집으로 돌아왔다. 그러나 얼마 후면 그녀를 만난다는 생각에 가슴을 두근거리면서 네플류도프는 길을 걸었다. 지금은 재판에 대한 것이 아니라 검사와 부소장과 이야기한 것들이 생각났다. 그녀와의 면회 허가를 얻으려고 뛰어다닌 일이며, 자기의 의도를 검사에게 이야기했던 일이며, 그녀를 만나려고 두 군데의 감옥을 찾아갔던 일 등으로 흥분되어 그는 오랫동안 마음을 진정시킬 수가 없었다. 그는 집으로 돌아오자마자 오래 전부터 손대지 않았던 일기장을 꺼내어 여기저기 읽어 본 다음 다음과 같이 기록했다.

2년 동안이나 나는 일기를 쓰지 않았다. 그리고 이와 같은 어린애 장난으로 돌아가는 일은 이제 없으리라고 생각하고 있었다. 그러나 이것은 어린애 장난이 아니었다. 자기와의, 저마다 사람 속에 들어있는 진실하고 거룩한 자기와의 대화였다. 이러한 자아가 오래 잠들어 있었기 때문에 나에게는 대화를 나눌 상대가 없었던 것이다. 내가 배심원으로 나갔던 4월 23일, 이상한 우연이 법정에서 그것을 일깨워 주었다. 나는 배심원들 속에서 죄수복을 입은 그녀, 나에게 배반당한 카튜샤를 보았다. 기막힌 오해와 나의 소홀로 인해 그녀는 유형 판결을 받았다. 나는 오늘 검사를 찾아갔으며 감옥에도 다녀왔다. 면회는 허용되지 않았으나 그녀를 만나 지난날의 잘못을 뉘우치고, 결혼을 해서라도 나의 죄를 속죄하기 위해 있는 힘을 다할 결심을 했다. 나는 지금 무어라 말할 수 없이 상쾌한 기분이다. 마음이 기쁨으로 넘쳐 있다.

37

그날 밤 마슬로바는 오랫동안 잠을 이루지 못했다. 그녀는 눈을 뜨고 누운 채 교회 머슴의 딸이 왔다갔다할 때마다 가로막혀 있는 문으로 지그시 눈길을 보내기도 하고 빨강머리의 숨소리를 듣기도 하면서 이것저것 생각하고 있었다.

'비록 사할린 같은 곳으로 유형을 당하더라도 결코 죄수 따위와는 결혼하지 말자. 어떻게 해서든지 감옥의 관리나 서기, 간수, 조수라도 상관 없으니 그런 상대를 찾아야겠다.'
하고 그녀는 생각했다. 그들은 모두 색(色)에 약하다.

'다만 여위지 않도록 조심해야지. 여자다움을 잃으면 끝장이야.'

그녀는 변호사가 열띤 눈으로 자기를 바라보던 일이며 재판장의 시선, 지나가다 만난 사람들과 재판정에서 일부러 옆을 지나가던 사람들의 시선이 생각났다. 또 키타예바의 유곽에 있을 무렵 그녀가 반했던 학생이 찾아와서, 그녀에 관해 여러 가지를 묻고는 몹시 섭섭해하더라는 것을 면회왔던 베르타가 말해 준 일이 생각났다. 그리고 그녀는 빨강머리와 싸운 것이 생각나서 빨강머리가 불쌍해졌다. 빵을 싸게 깎아 주던 빵집 주인의 얼굴도 생각났다.

그녀는 여러 가지 생각이 났지만, 네플류도프와의 일만은 기억하지 않았다. 어릴 때의 일이며 처녀 시절의 일, 특히 네플류도프와의 사랑에 대한 일은 한 번도 생각한 적이 없었다. 그것은 너무나도 고통스러웠다. 그와의 추억은 마음속 깊숙한 곳에 가만히 가라앉아 있었다. 그녀는 꿈에서조차 한 번도 네플류도프를 보지 못했다. 오늘 법정에서 그를 알아보지 못한 것은, 마지막으로 만났을 때 그는 군복 차림에 조그만 입수염을 길렀을 뿐 턱수염은 없었으며 길지는 않았지만 숱이 많은 고수머리였는데, 지금은 점잖은 얼굴을 하고 턱수염을 기른 탓에 게다가 그녀가 한 번도 그를 생각한 일조차 없었기 때문이었다. 그녀는 그와의 모든 추억을, 그가 전장에서 돌아오는 길에 고모네 집에 들르지 않고 통과해 간 날의 그 무서운 암야(暗夜) 속에 매장해 버렸던 것이다.

그날 밤까지, 그녀는 아직 그가 틀림없이 들러 줄 것이라 믿고 뱃속에 있는 태아를 괴롭게 생각하지 않았을 뿐 아니라, 뱃속에서 아이가 부드럽게, 때로는 갑자기 세게 꿈틀거리거나 할 때면 곧잘 놀라움과 감동을 느꼈다. 하지만 그날 밤을 끝으로 모든 것이 변해 버렸다. 그리고 태어날 아기는 단순한 방해물밖에 되지 않았다.

고모들은 네플류도프를 기다리다 못해 들르라고 편지를 보냈지만, 그는 기일까지 페테르부르크에 도착해야 하므로 들를 수가 없다는 전보를 보냈다. 카튜샤는 그것을 알고, 하다못해 그의 얼굴이라도 한 번 보려고 역에 나갈 결심을 했다. 기차는 새벽 2시에 지나가기로 되어 있었다. 카튜샤는 여주인들이 잠든 후에 찬모의 딸인 미쉬카라는 소녀와 같이 가기로 한 후, 헌 구두를 신고 수건으로 머리를 싸고 옷자락을 걸어 올리고 역으로 달려갔다.

비바람이 불어닥치는 어두운 가을 밤이었다. 따뜻하고 굵은 빗방울이 후두둑거리다가 멈추곤 했다. 들판은 발밑의 길도 보이지 않았으며, 숲 속은 페치카 속처럼 캄캄했다. 카튜샤는 길을 알고 있었는데도 숲 속에서 길을 잃어버렸다. 그래서 기차가 3분밖에 정차하지 않는 작은 역에 도착한 것은, 일찌감치 미리 가 있겠다던 그녀의 희망과는 달리 두 번째 벨이 울린 뒤였다. 플랫폼으로 달려 올라간 카튜샤는 곧 1등차의 창문에서 그의 모습을 보았다. 그 차칸은 한층 더 밝았다. 우단으로 된 좌석에서 윗도리를 벗은 두 장교가 마주 앉아 트럼프를 치고 있었다. 창가의 작은 탁자 위에는 촛농이 흐르는 굵은 촛불이 몇 개나 켜져 있었다. 그는 몸에 딱 붙는 승마 바지에 흰 셔츠 차림으로 좌석 손잡이에 걸터앉아 의자 등받이에 기대어 웃고 있었다.

그녀는 그를 보자마자 곱은 손으로 급히 창문을 두드렸다. 그러나 그때 세 번째 벨이 울리고 기차가 천천히 움직이기 시작했다. 처음에 덜컹하고 뒤로 흔들렸다가, 한 대 한 대 끌려서 앞으로 나가기 시작했다. 트럼프를 치고 있던 한 사람이 카드를 손에 든 채 일어나서 창문 쪽을 보았다. 그녀는 창문을 한 번 더 두드리고 얼굴을 밀어댔다. 그때 그 차량도 끌려서 움직이기 시작했다. 장교는 창문의 커튼을 내리려 했으나 걸려서 잘 내려지지 않았다. 네플류도프가 일어나서 그 장교를 밀어 내고 커튼을 내리기 시작했다. 기차가 속도를 가했다. 그녀는 창에서 눈을 떼지 않고, 처지지 않도록 종종걸음으로 달렸다. 그러나 기차는 차츰 속도를 빨리했고 창문의 커튼이 내려짐과 동시에 차장이 그녀를 떠밀고 트랩에 올랐다.

카튜샤는 혼자 남았다. 그러나 그녀는 여전히 플랫폼의 젖은 널판 위를 계속 달렸다. 마침내 플랫폼이 끝났다. 카튜샤는 넘어지지 않으려고 기를 쓰며 계단을 뛰어내렸다. 그녀는 또 달렸다. 그러나 1등 차량은 이미 아득히 멀어졌다. 그녀 곁을 2등 차량이 달려 지나갔다. 이어 다시 속력을 더하여 3등 차량이 달려 지나갔다. 그녀는 그래도 여전히 달렸다. 신호등을 단 마지막 차량이 달려 지나갔을 때, 그녀는 벌써 울타리를 벗어나 급수 탱크까지 가 있었다. 바람이 심하게 불어 머리 수건이 벗겨지고 스커트가 다리에 휘감겼다. 그래도 그녀는 달렸다.

"아줌마, 카튜샤 아줌마!"

가까스로 그녀 뒤를 따르면서 소녀가 소리쳤다.

"수건이 떨어졌어요!"

카튜샤는 걸음을 멈추었다. 그리고 머리를 돌려 소녀를 꼭 껴안고 울음을 터뜨렸다.

"아, 가 버리고 말았어."
하고 그녀는 소리쳤다.

'그이는 환한 차 속에서 우단으로 된 부드러운 자리에 앉아 농담을 하며 술을 마시고 있었는데, 나는 이렇게 깜깜한 진탕에 서서 비바람을 맞고 울고 있다니.'

카튜샤는 걸음을 멈추고 머리를 젖혀 소녀에게 매달려 소리치며 울기 시작했다.

"가 버렸어!"

소녀는 겁이 나서 젖은 옷 위로 그녀를 껴안았다.

"아줌마, 집으로 가요!"

'이번에 기차가 오거든…… 뛰어들자. 그러면 끝장이다.'

소녀에게 대답하지 않고 카튜샤는 이러한 생각을 했다.

그녀는 그렇게 하기로 결심을 했다. 그러나 그때, 흥분이 지나고 마음이 진정되면서 흔히 있는 일이지만 그의 태아가, 뱃속에 있는 그의 아이가 별안간 꿈틀하더니 꽉 뭉쳤다가는 쭉 몸을 펴고 다시 무언지 가늘고 보드라운 뾰족한 것으로 찌르기 시작했다. 그러자 갑자기 지금까지 도저히 살 수 없다고 생각되었을 만큼 그녀를 괴롭히던 것, 그가 미워서 죽어서라도 복수해 주려던 저주가 갑자기 스르르 사라져 버렸다. 그녀는 마음이 진정되어 옷매무새를 고치고 수건을 쓰고 급히 집으로 돌아왔다.

피로에 지친 그녀는 비에 젖어 흙투성이가 되었다. 그리고 그날부터 그녀의 내부에 정신적인 변화가 일어났는데, 그것이 그녀를 오늘날과 같은 여자로 만든 것이다. 그 무서운 밤

이후 그녀는 선(善)을 믿지 않게 되었다. 그녀는 그때까지 스스로도 선을 믿고 있었고, 남들도 선을 믿고 있는 줄만 알았다. 그런데 그날 밤 이후로 아무도 선 따위는 믿지 않으며, 신이나 선에 대해 말하고 있는 것은 단지 사람들을 속이기 위한 것이라고 생각하게 되었다.

그녀가 사랑했고 또 그녀를 사랑한 그 ─ 그녀는 그렇게 믿고 있었다 ─ 그러한 그가 그녀의 육체를 향락하고, 그녀의 순정을 희롱하고는 그녀를 버린 것이다. 그러나 그는 그녀가 알았던 모든 사람 가운데서 가장 훌륭한 사람이었다. 다른 사람들은 모두 나빴다. 그것은 그 후 그녀가 걸음을 옮길 때마다 부딪친 모든 일들로써 입증됐다. 그의 고모들은 신앙심 깊은 노부인이었으나, 그녀가 이제 여태까지처럼 일을 하지 못하게 되자 쫓아내고 말았다. 그녀가 만난 모든 사람들이 ─ 여자들은 그녀를 이용하여 돈을 벌려고 애를 썼고, 남자들은 ─ 늙은 경찰 지서장을 비롯하여 감옥의 간수에 이르기까지 ─ 그녀를 쾌락의 대상으로 바라보았다. 이 세상 모든 남자에게는 쾌락 이외에 아무것도 없는 것이다. 이것을 다시 증명한 사람은 그녀가 자유로운 생활로 들어가서 2년 만에 만난 어느 작가였다. 그는 여기야말로 ─ 그는 이것을 시(詩)이자 미(美)라고 불렀다 ─ 모든 행복이 있다고 솔직히 그녀에게 말해 주었던 것이다.

모든 사람들이 자기를 위해, 자기의 쾌락만을 위해서 살고 있었다. 그리고 신이나 선에 대한 말은 기만이었다. 왜 이 세상은 서로 나쁜 짓을 하고 모두가 고민하는 어리석은 조직으로 되어 있을까 하는 의심이 일어도, 그런 일은 생각하지 않기로 했다. 쓸쓸해지면 그녀는 담배를 피우거나 술을 마셨다. 아니 가장 좋은 방법은 남자와 노는 일이었다. 그러면 그런 것쯤은 날아가 버렸다.

38

이튿날은 일요일이었다. 그렇지만 여느 때와 마찬가지로 새벽 5시가 되자 어김없이 기상을 알리는 호각 소리가 여죄수 감방의 복도에서 요란스럽게 울렸다. 이미 잠에서 깨어 눈을 뜨고 있던 콜라브료바가 마슬로바를 흔들어 깨웠다.

'이제 나는 유형수지!'

마슬로바는 이런 생각이 들자 갑자기 무서워졌다. 그녀는 눈을 비비면서 일어나 아침 무렵이면 지독할 만큼 악취가 배어 있는 감방 공기를 들이마셨다. 마음 같아서는 다시 잠이 들어 무의식의 세계로 도피하고 싶었으나, 이미 습관이 되어 버린 공포감 때문에 그녀는 몸을 일으켜 침대 위에 쪼그리고 앉아서 사방을 두리번거렸다.

여죄수들은 벌써 일어났으나 아이들은 아직 자고 있었다. 눈이 툭 튀어나온, 술을 밀매하는 여자는 아이들을 깨우지 않으려고 조심하면서 아이들 밑에 깔린 겉옷을 빼내고 있었다. 공무 집행 방해죄로 투옥된 여자는 페치카 옆에서 기저귀 대용품인 누더기를 널고 있었고, 그녀의 아이는 푸른 눈을 가진 페도시야의 품에 안긴 채 악을 쓰면서 울어댔다. 페도시야는 부드러운 목소리로 어린애를 달래면서 몸을 좌우로 흔들었다. 폐병쟁이 여자는 가슴을 부둥켜 안고 얼굴이 새빨갛게 되어서 연방 기침을 하다가 간간히 고통스러운 듯 고함을 지르곤 했다. 빨강머리 여자는 잠이 깨자 그대로 누운 채로 신이 나서 큰소리로 꿈 이야기를 했다. 방화범인 노파는 여느 때와 마찬가지로 성상 앞에 서서 똑같은 말을 되풀이하면서 성호를 긋고 머리 숙여 절을 했다. 교회 머슴의 딸은 침상에 걸터앉아 꼼짝도 하지 않고 잠이 덜 깬 게슴츠레한 눈으로 앞을 보고 있었다. 멋쟁이 여자는 기름을 바른 빳빳한 검은 머리털을 손가락에 감고 있었다.

복도에서 무거운 장화를 끄는 소리와 자물쇠 여는 소리가 들리고, 이어서 짧은 재킷에 발목 훨씬 위까지 오는 회색 바지를 입은 두 명의 변기 청소부 죄수가 들어왔다. 그들은 얼굴을 찌푸리고 성이 난 듯 악취가 풍기는 변기를 막대기에 걸쳐 메고 감방 밖으로 나갔다. 여죄수들은 세수를 하기 위해 수도꼭지가 있는 복도로 몰려나갔다. 빨강머리 여자는 여기서 또 옆 방에서 나온 여죄수와 한바탕 싸움을 벌였다. 그녀는 욕을 퍼붓고 고함을 지르고 울부짖었다.

"독방에 처박아야 알겠어?"

간수가 온 복도에 울릴 만큼 빨강머리의 등을 힘껏 후려갈졌다.

"조용히 해!"

"아이, 영감님, 왜 또 그러셔."

빨강머리 여자는 간수가 자기를 좋아해서 그러는 줄 알고 이렇게 말했다.

"자, 어서! 어서들 교회에 갈 채비를 해요!"

마슬로바가 아직 머리를 다 빗기도 전에 소장이 부하들을 데리고 왔다.

"점호!"

하고 간수가 외쳤다.

다른 감방에서도 여죄수들이 나왔다. 그들은 복도에 이열 종대로 나란히 서서, 뒤에 선 여자들이 앞 여자의 어깨에 '앞으로 나란히'를 한 채 점호를 취했다.

점호가 끝나자 여자 간수가 와서 여죄수들을 교회까지 인솔했다. 마슬로바와 페도시야도 감방에서 쏟아져 나온 백 명이 넘는 행렬 가운데로 끼여들었다. 모두 흰 목도리에 흰 재킷과 흰 스커트를 입고 있었다 그러나 그중에는 제멋대로 복장을 한 사람들도 간혹 섞여 있었는데, 그들은 남자 죄수를 따라온 아내와 아이들이었다. 감옥의 모든 계단은 이들로 메워져 있었다. 뒷굽이 없는 반장화의 가벼운 발걸음 소리에 섞여서 간간히 웃음소리가 들려왔다. 마슬로바는 길모퉁이에서 보치코바를 발견하고 그것을 페도시야에게 알려 주었다.

계단 아래까지 오자, 떠들던 죄수들은 입을 다물고 저마다 성호를 그으며 절을 한 다음 활짝 열려 있는 금빛 찬란한 교

회의 문 안으로 걸어 들어갔다. 여죄수들의 좌석은 오른쪽이
었으므로 그들은 서로 밀리면서 자리잡았다. 여죄수들의 뒤
를 이어서 이번에는 회색 죄수복을 입은 남자 죄수들 — 이
송 도중인 자, 복역중인 자, 징역 선고를 받은 자 — 이 요란
스럽게 기침을 하면서 교회 안의 중앙과 왼쪽 자리에 무리지
어 자리를 잡았다. 합창단 위쪽에는 먼저 도착한 무리가 서
있었다. 그 한쪽에는 마치 자기네들의 존재를 알리기라도 하
듯이 쇠고랑을 쩔렁거리고 있는 복역수들이 있었고, 맞은편
에는 아직 머리도 깎지 않고 쇠고랑도 차지 않은 미결수들이
있었다.

이 옥중 교회는 어느 부자 상인이 수만 루블을 들여 신축
공사를 하고 실내장식을 했으므로, 밝은 색채와 찬란한 금빛
으로 빛나고 있었다.

잠시 동안 교회 안에는 침묵이 감돌았다. 단지 코를 훌쩍거
리는 소리와 기침소리 그리고 아이들이 보채는 소리와 간혹
쇠고랑을 쩔렁거리는 소리만이 들려왔다. 그때 갑자기 중앙
에 자리잡은 죄수들이 서로 떠밀면서 가운데에 길을 만들었
다. 그러자 그 통로를 통해 소장이 천천히 걸어 들어와 사람
들의 맨 앞 자리인 교회 중앙에 자리를 잡았다.

39

예배가 시작되었다. 예배는 다음과 같은 순서로 진행되었
다. 몹시 이상하고 불편해 보이는 금빛 제의를 입은 사제가
여러 성인들의 이름과 기도문을 번갈아 외면서 접시 위에 놓
여 있는 빵을 잘게 썰어 늘어놓고, 다시 이 빵 조각들을 포도
주가 들어 있는 잔 속에다 넣었다. 그 동안 부제(副祭)는 이
해하지 못하는 슬라브 말로 된 기도문을 끊임없이 외면서, 죄
수들로 조직된 합창단이 부르는 노래 사이사이에 낭송을 계
속했다. 그 기도문의 내용은 황제 폐하와 그 일족의 행복을
비는 것이었으나, 그의 낭송이 너무나 빨랐기 때문에 아무도
그 가사는 알아들을 수가 없었다. 이 기도문은 여러 번 되풀
이되었으며, 그때마다 사람들은 무릎을 꿇었다.
　부제는 이 밖에도 〈사도행전〉 중의 몇 구절을 읽었으나, 목
소리가 지나치게 긴장되어 있어 역시 알아듣기 힘들었다. 그

러나 사제는 아주 똑똑한 음성으로 〈마태오 복음〉 중의 한 구절을 낭독했다. 그것은 요컨대, 이 예배의 핵심은 사제가 잘게 썰어서 포도주 속에 넣은 빵 조각이 일정한 의식과 기도를 통해 하느님의 살과 피로 변한다는 것이었다. 일정한 의식이라고 하는 것은 곧 사제의 행동이었다. 사제는 자기가 입고 있는 거추장스러운 금빛 제의의 소맷자락을 한참 동안 높이 들고 있다가 그냥 그 자세로 테이블 위에 놓여 있는 물건들에 입을 맞추었다. 그중에서도 가장 중요한 동작은 사제가, 접혀 있는 하얀 냅킨을 두 손으로 펴서 접시와 금잔 위에다 흔드는 것이었다. 바로 이때 포도주가 하나님의 살과 피로 변한다고 생각되기 때문에, 예배 의식 가운데서도 특히 이 대목이 중요하게 꾸며져 있는 것이다.

"가장 거룩하시고 정결하시며 다복하신 성모를 위하여!"
하고 사제는 휘장 뒤로 가서 우렁찬 목소리로 낭송한다. 그러면 합창대가 그 뒤를 받아 장엄하게, 처녀성을 잃지 않고 그리스도를 낳은 동정녀 마리아를 찬송하는데, 그 노래는 마리아가 헤루빔보다 더한 존경과 세라핌보다 더한 영예를 받을 만하다는 뜻을 지니고 있다. 이 노래가 끝나면 일단 성찬의 기적이 이루어진 것으로 생각하고, 사제는 접시에서 하얀 냅킨을 걷은 다음 가운데 빵 조각을 넷으로 썰어 먼저 포도주 속에 넣고, 다음에는 자기 입 속에 넣는다. 이로써 그는 하느님의 살 한 점을 먹고 피 한 모금을 마신 것이 되는 것이다. 이 의식을 끝낸 사제는 휘장을 걷고, 가운데 문을 연 다음 한 손에 금잔을 들고 회중 앞으로 나와서 잔 속의 하느님의 살과 피를 먹고 싶은 사람은 앞으로 나오라고 말했다.

이 부름에 따라 아이들 몇 명이 희망자로 나섰다. 사제는 먼저 아이들의 이름을 일일이 물어보고 나서 침착한 태도로 잔 속에서 포도주에 적신 빵 조각을 숟가락으로 떠내어 하나씩 아이들의 입 안에 넣어 주었다. 그러면 옆에서 부제가 아이들의 입을 닦아 주면서 아이들이 하느님의 살을 먹고 그 피를 마셨다는 뜻의 노래를 불렀다. 그것이 끝나자 사제는 다시 잔을 휘장 뒤로 가지고 가서 아직 잔에 남아 있는 살과 피를 깨끗이 먹어 치운 다음 콧수염을 핥고, 입과 잔을 말끔히 닦은 뒤, 만족스러운 듯이 휘장 뒤에서 성큼성큼 걸어나왔다.

이것으로 주요 예배 절차는 모두 끝났다. 그러나 사제는 불행한 죄수들을 위로하기 위해서 일반적인 예배 행사 이외에도 특별한 의식을 준비해 놓고 있었다. 이 특별한 의식에 따라서 사제는 하느님의 모습을 본떠 만든 금박제 성상과 열 자루의 촛불 앞에 서서 노래도 아니고 설교도 아닌, 묘한 어조로 이야기하기 시작했다.

"자비로우신 예수님, 사도의 영광이시고 순교자의 찬송이신 전지 전능하신 예수님이시여, 우리를 구원해 주시옵소서. 우리들의 구원이시며 가장 아름다우신 주 예수여, 당신을 그리며 모여드는 모든 자들을 구원하소서. 우리 구주이신 주 예수여, 당신을 낳으신 자와 당신의 거룩하신 뭇 예언자들의 기도에 의하여 우리를 불쌍히 여기시옵소서. 우리 구주 예수여, 천국의 기쁨을 우리에게 베풀어 주시옵소서. 모든 인간을 사랑하시는 주 예수여!"

여기서 사제는 잠시 말을 중단하고 성호를 그으며 허리를 깊이 굽혀 절을 했다. 회중은 그의 행동을 따랐다. 소장도 간수들도 죄수들도 모두 머리를 숙였다.

위쪽에 자리잡은 죄수들 사이에서 쇠고랑이 쩔그렁거리는 소리가 쉬지 않고 들려왔다.

"모든 천사의 조물주이시고 절대의 권위를 지니신 주여."

하고 사제는 말을 계속했다.

"기적의 창조자이시며 모든 천사 중에서도 가장 어른이신 주 예수여, 자비로우시고 온 족장의 찬송이신 예수여, 모든 왕들 위에 군림하시는 왕 중 왕이신 예수여, 모든 예언자들의 실증이신 예수여, 기적을 이룬 모든 순교자의 기둥이신 예수여, 인자하시고 모든 사제의 동경이신 예수여, 너그러우시고 수도자의 계율이신 마음 착하신 예수여, 모든 성인 성자의 기쁨이시고 동경이신 예수여, 동정(童貞)인 사람들의 수호자이신 정결하신 예수여, 영원하시고 모든 죄인들의 구원자이신 예수여…… 우리를 불쌍히 여기소서."

사제는 예수라는 말을 되풀이할 때마다 말꼬리의 음성을 높이면서 겨우겨우 말끝을 맺었다. 그는 한쪽 손으로 비단 안감을 댄 옷자락을 붙들고 한쪽 무릎만을 굽혀서 절을 했다. 합창대는 사제의 마지막 말을 노래로 부르기 시작했다.

"하느님 아버지의 독생자이신 예수여, 우리를 불쌍히 여기소서……."

죄수들은 반쯤 깎은 머리를 흔들면서, 발에 찬 사슬을 쩔그렁거리면서 연방 엎드렸다 일어났다를 반복했다.

예배는 이런 식으로 꽤 오랫동안 계속되었다. 합창대는 처음에는 '우리를 불쌍히 여기소서…….' 하는 노래를 부르더니, 그 다음에는 '할렐루야' 라는 말로 끝나는 새로운 찬송가를 불렀다. 죄수들은 성호를 그으면서 처음에는 찬송가 하나가 끝날 때마다 머리를 숙였으나, 나중에는 한 번씩 걸러서 머리를 숙이고 결국에는 두 번씩 걸러서 머리를 숙였다.

마침내 노래가 다 끝났을 때는 모두가 좋아했다. 사제도 긴 숨을 토하고 나서 기도서를 덮고 휘장 뒤로 들어갔다. 이젠 마지막 한 가지가 남아 있을 뿐이었다. 사제는 큰 테이블에서 끝에 칠보 메달이 달린 금십자가를 들고 교회 한가운데로 걸어나왔다.

먼저 소장이 사제 앞으로 나아가 십자가에 입을 맞추고 그 다음에는 부소장, 이어서 간수들이 입맞춤을 하고 그 뒤를 따라 죄수들이 서로 밀치면서 사제 앞으로 나아가 입맞춤을 했다. 사제는 소장과 이야기하느라 정신이 팔려 십자가를 죄수들의 입에다 내밀기도 하고, 십자가와 자기 손을 함께 죄수의 코에 불쑥 내밀기도 했다. 죄수들은 십자가와 사제의 손에 입을 맞추려고 열심이었다. 이렇게 해서 길 잃은 어린 양들을 위로하고 교화하기 위해서 베풀어진 예배 의식은 마침내 끝이 났다.

40

　이 예배에 참석한 사람들 — 사제나 소장을 비롯하여 마슬
로바에 이르기까지 — 중에는 아무도 감히 그런 생각을 한
사람이 없었지만, 예수 자신은 이 자리에서 진행된 모든 것을
사실상 금했던 것이다.

　예수는 사제나 교직자들이 빵과 포도주를 앞에 놓고 의미
도 없는 말을 횡설수설하면서 푸닥거리를 하는 것을 금했을
뿐만 아니라, 어떤 특정한 자를 스승이라고 부르는 것도 금했
다. 또한 예배당 안에서는 요란한 기도를 금하고 신자 한 사
람 한 사람이 제각기 기도를 올리도록 말씀하셨던 것이다. 또
한 예수는 자기는 제단과 우상을 헐어 버리기 위하여 온 것이
라고 하시며, 기도는 교회당 안이 아니라 마음과 진리 속에서
행해야 한다고 말씀하셨던 것이다. 특히 이곳에서 행해지고
있는 것과 같이 남을 재판하는 것과 타인에 대한 모든 폭력을

금했으며, 자신은 죄수들을 자유롭게 해방시켜 주기 위하여 이 땅에 왔노라고 말씀하셨다.

이 예배에 참석한 사람들 가운데 그 누구도 그리스도의 이름을 빌어 행해진 이 행사가 사실은 그리스도에 대한 모독이며 조소라는 것을 생각하는 사람은 없었다. 조금 전에 사제가 회중에게 입맞춤을 하도록 시킨, 끝에 칠보 메달이 달린 금십자가만 하더라도 예수가 지금과 같은 일을 금한 대가로서 사형받을 때 지고 간 형구를 본뜬 것에 지나지 않는다는 것을 생각하는 사람도 없었다. 그리고 사제란 사람들이 사실은 그리스도가 아닌 신자들의 살과 피를 먹고 있다는 것 또한 아무도 생각하지 않았다. 그것은 그리스도가 이 세상에 편 복음을 신자들로부터 가리움으로써 그들이 누릴 수 있는 최대의 행복을 빼앗고, 그들로 하여금 가장 잔인한 고통 속에 빠지게 하는 결과가 되기 때문이다.

사제는 자기가 행한 모든 일에 대하여 조금도 양심의 가책을 느끼지 않았다. 그것은 이것이 바로 그가 어릴 때부터 행해 온 유일무이한 진실한 신앙이며, 지금도 종단 총본부를 비롯하여 모든 교회에서 이런 식으로 하고 있다는 교육을 받아 왔기 때문이다. 그는 빵이 정말 살로 변했다는 것이나 또는 지금 먹은 것이 정말로 하느님의 살이라는 것 따위를 믿고 있지는 않았다.

'그것은 믿을 수 없는 일이다.'

그는 다만 의식을 통한 신앙만이 가장 참된 것이라고 믿었다. 그에게 특히 이 신앙을 굳게 믿도록 만들어 준 것은 그가 이러한 신앙의 보수를 가지고 아들을 중학교에, 그리고 딸을 신학교에 보내고 있다는 사실이었다.

이런 점에서 본다면 차라리 부제가 사제보다도 믿음이 더 깊다고 할 수 있었다. 왜냐하면 그는 신앙의 본질과 교리 따위는 문제삼지 않고 그저 장례식이거나 법회거나 매시간마다 올리는 예배식이거나 보통 기도식이거나를 막론하고, 그의 봉사에 대한 일정한 가격이 붙어 있어서, 진짜 기독교 교도라면 기꺼이 그 돈을 지불한다는 사실밖에 모르고 있었기 때문이다. 그렇기 때문에 그는 마치 장사꾼이 장작이나 밀가루나 감자를 팔 때와 마찬가지로 태연자약한 심정으로 자기가 해야 할 일의 필요성을 확신하고 있었다. 그래서 그는 '주여, 불쌍히 여기소서' 하고 소리치기도 하고, 어떤 일정한 귀절을 노래하고 낭송하기도 하는 것이었다. 그러다 보니 소장이나 간수들에 이르러서는, 이러한 의식의 의미가 과연 어디에 있는 것인지, 교회에서 행해지는 모든 일이 무엇을 뜻하는 것인지 일체 모르고 있었으며 또 알려고도 하지 않았다. 그들은, 상관은 물론 황제께서도 이 종교를 믿고 있으므로 자기도 꼭 믿어야만 하는 것이라고 생각하고 있는 것이었다. 또한 그들은 막연하게나마 이 신앙이 자신들의 직무를 변호해 준다는 느낌을 갖고 있었다. 그러나 그들 중에는 왜 그렇게 생각할 수 있는지 분명하게 설명할 수 있는 사람은 아무도 없었다. 만일 이러한 신앙마저 없었더라면 그들은 남을 괴롭히는 일을 그토록 태평한 마음으로 해치울 수는 없었을 것이다.

이 감옥의 소장만 해도 실은 매우 선량한 인간이었으므로 만약 이 신앙에서 마음의 의지를 얻지 못했더라면 이런 직무를 감당해 낼 수 없었을 것이다. 그렇기 때문에 그는 아까도 꼿꼿이 선 채로 열심히 머리를 숙이기도 하고 성호를 긋기도 했던 것이다. 뿐만 아니라 '헤루빔과 함께'라는 노래를 부를 때에는 짐짓 감동해 보려고 노력했고, 사제가 성찬을 나눠 줄 때에는 앞으로 걸어나가 성찬을 받는 아이들을 안아 올리기도 했다.

이러한 신앙이 사람들의 마음속에 끼치고 있는 기만성을 명확히 간파하고 혼자 냉소하고 있는 몇몇 사람을 제외한 모든 일반 죄수들은, 금빛 찬란한 성상과 양초, 술잔, 제의, 십자가와 '전능하신 예수'라든가 '불쌍히 여기소서'라고 수없이 되풀이되는 말 속에 무언가 신비한 힘이 깃들어 있어서 이승에서나 저승에서나 많은 행복을 얻을 수 있다고 믿고 있었다. 물론 그들 대부분은 기도나 양초 헌납이나 예배 등의 방법을 통해 이 세상에서 행복을 찾으려고 지금까지 노력해 왔으나 대개는 그 효과를 보지 못했다. 그러나 그들은 비록 자기의 기도가 성취되지 못했다 할지라도 그것은 있을 수 있는 일이라 생각했다. 더욱이 학자나 사제들이 권장하고 있는 교회란 것은 저승에 가서라도 꼭 필요한, 매우 중요한 제도라고 굳게 믿고 있었던 것이다.

마슬로바 역시 그렇게 믿었다. 그녀는 예배가 진행되는 동안 다른 사람들과 마찬가지로 줄곧 경건함과 지루함이 뒤섞인 감정을 느끼고 있었다. 처음에 그녀는 벽 뒤에 몰려 있는 군중들 사이에 서 있었으므로 자기의 동료들밖에 볼 수가 없었다. 그러나 성찬을 받을 차례가 되어 페도시야와 함께 앞으로 나갔을 때, 그녀의 눈에는 소장과 저쪽에 서 있는 간수들 틈에서 흰 수염에 아마빛 머리를 한 농부가 눈에 띄었다. 그는 페도시야의 남편으로서, 뚫어지게 자기 아내를 쳐다보고 있었다. 마슬로바는 성모 찬송을 부르고 있는 동안 열심히 그를 살펴보면서, 페도시야와 함께 소곤거리기도 하고 다른 사람들이 성호를 긋거나 절을 할 때마다 따라하기도 했다.

41

　네플류도프는 아침 일찍 집을 나섰다. 골목길에는 아직도 이 근교에 살고 있는 농부들이 짐마차를 타고 지나가면서 요란하게 외쳐대고 있었다.

　"우유요, 우유! 우유!"

　어제는 금년 봄 들어 처음으로 따뜻한 봄비가 내렸고, 도로의 포장되지 않은 곳에서 파릇파릇한 풀들이 싹을 내밀기 시작했다. 자작나무에는 파란 솜털이 돋아났으며, 벚나무와 포플러에서는 싱그럽고 향기나는 잎이 돋아나왔다. 그리고 집집마다 상점마다 모두 창문을 빼서 닦고 있었다. 네플류도프가 지나가는 고물 시장에는 한 줄로 늘어선 점포 주위에 수많은 사람들이 들끓고 있었고, 장화를 옆에 긴 사람들이나 길쭉하게 줄이 선 바지와 조끼를 어깨에 걸친, 누더기 옷차림을 한 사람들이 시장 바닥을 걸어다니고 있었다.

선술집 근처는 벌써부터 공장에서 빠져 나온 직공들로 붐비고 있었다. 남자는 말쑥한 외투를 입고 번쩍번쩍 빛나는 장화를 신었으며, 여자는 화려한 비단 스카프를 머리에 쓰고 유리 구슬 장식이 달린 외투를 입고 있었다. 순경들은, 노란 권총 끈을 흔들며 무슨 심심풀이 사건이라도 벌어지지 않을까 하고 기대하는 듯이 사방을 두리번거리고 있었다. 가로수 길이나 이제 막 물이 오르기 시작한 잔디밭에는 아이들과 개들이 한데 어울려 뛰놀고 있었으며, 유모들은 벤치에 나란히 앉아서 재미있게 이야기를 하고 있었다.

그늘진 왼쪽은 아직도 냉기가 돌고 축축했으나 길 한복판의 말라 있는 차도 위는 무거운 짐마차가 끊임없이 요란한 굉음을 내며 달려가고 있었다. 승용 마차의 삐걱거리는 소리와 철도 마차의 방울 소리가 거리 전체를 뒤덮고 있었다. 대기는 끊임없이 이어지는 사방의 소음과 지금 감옥에서 행해지고 있는 것과 같이 예배에 사람들을 불러들이기 위한 교회의 종소리로 울리고 있었다.

네플류도프를 태운 마차는 감옥 정문 앞까지 가지 않고 감옥으로 가는 길모퉁이에서 멈추었다. 보따리를 옆에 긴 몇 명의 남녀가 감옥에서 백 걸음쯤 떨어진 이 길모퉁이에 서 있었다. 길 오른쪽에는 그리 크지 않은 목조 건물들이 늘어서 있었고, 왼쪽에는 무슨 간판인가를 단 이층집이 한 채 서 있었다. 석조 건물인 감옥은 그 앞쪽에 있었는데, 면회자들이 감옥 바로 앞까지 접근하는 것은 금지되어 있었다. 총을 멘 보초가 왔다갔다하면서 그 앞을 가로질러 가려는 행인들을 엄하게 꾸짖고 있었으며, 이 보초의 맞은편에 있는 오른쪽 목조 건물 옆에서는 소매에 금줄이 달린 제복을 입은 수위가 벤치 위에 앉아 수첩을 펴 들고 있었다. 면회자가 그 앞에 가서 만나고 싶은 사람의 이름을 대면 수위가 그 이름을 수첩에 기입했다. 네플류도프도 그 수위 앞으로 가서 예카체리나 마슬로바의 이름을 댔다. 금줄을 단 제복을 입은 수위가 그것을 수첩에 적었다.

"왜 아직 들여 보내지 않습니까?"

네플류도프가 물었다.

"지금은 예배를 보고 있습니다. 의식이 끝나는 대로 들어갈 수가 있지요."

네플류도프는 기다리고 있는 면회자들 쪽으로 걸어갔다. 바로 그때 군중 가운데서 남루한 옷을 입고 맨발에 슬리퍼를 꿰어 신은, 얼굴에 붉은 줄이 있는 사내 하나가 불쑥 튀어 나와 감옥 쪽으로 가려고 했다.

"이봐, 어디 가는 거야?"

총을 멘 보초가 그를 보고 소리쳤다.

"네 놈은 또 뭐가 잘났다고 떠들어, 떠들기는!"

그자는 보초의 고함 소리에 조금도 기죽지 않고 대꾸하면서 되돌아왔다.

"들여보내 주기 싫으면 그만둬. 기다리면 되지! 쳇, 뭐 대단한 것처럼 호령을 하고 야단이람. 자기가 무슨 장군이나 된 것처럼 말이야."

군중 속에서 '와' 하고 웃음소리가 일어났다. 대체로 면회자들은 초라한 옷차림을 하고 있었으나, 일부는 점잖은 복장을 하고 있었다. 네플류도프의 바로 옆에 서 있는 혈색 좋고 뚱뚱한 사내만 해도 훌륭한 옷차림에 말끔히 면도까지 하고 있었다. 손에 들고 있는 보따리는 아무래도 속옷 같았다.

네플류도프는 그 남자에게 여기 처음으로 면회를 왔느냐고 물어 보았다. 그는 매주 일요일마다 온다고 대답했다. 그래서 두 사람은 여러 가지 이야기를 나누기 시작했다. 그는 어느 은행의 수위인데, 사기죄로 수감되어 있는 자기 형을 만나러 왔다고 했다. 호인풍인 이 사내는 자기 이야기를 네플류도프에게 모조리 한 다음 그에게도 꼬치꼬치 캐묻기 시작했다. 그런데 그때 마침 마차가 다가왔으므로 그들의 주의는 자연스럽게 그쪽으로 쏠렸다. 마차에는 커다란 보따리를 안은 대학생과 얼굴에 베일을 쓴 아가씨 한 명이 타고 있었다. 그는 마차에서 내려 네플류도프에게 와서 자기는 자선 사업을 할 목적으로 빵을 가지고 왔는데, 이것을 죄수들에게 나누어줄 수 있는지, 그리고 그러기 위해서는 어떤 절차를 밟아야 하는지를 물었다.

"이 일은 제 약혼녀의 희망에 의해서 하는 것입니다. 이 사람이 제 약혼녀이지요. 이 사람의 부모님께서 죄수들에게 빵을 차입해 주라고 권하셨기 때문입니다."

"실은 저도 오늘 처음 왔기 때문에 잘 모르겠습니다만, 저기 저 사람에게 물어보면 알 수 있을 겁니다."

네플류도프는 수첩을 들고 오른쪽 벤치에 앉아 있는 수위를 가리켰다.

네플류도프가 그 대학생과 이야기하고 있을 때 한가운데 작은 창문이 달린 커다란 철문이 열리더니, 그 속에서 군복을 입은 간수장이 간수 한 사람을 데리고 나타났다. 그리고 명부를 손에 든 간수가 면회인들의 입소가 시작되었다는 것을 알렸다. 수위는 옆으로 물러났다. 그와 동시에 면회인들의 무리가 늦을세라 급히 문으로 밀려들었다. 문 옆에 간수 한 사람이 서서, 면회자가 그 앞을 지나갈 때마다 "열여섯, 열일곱" 하고 커다란 소리로 수를 세었다. 건물 입구에 또 다른 간수가 서서 옆문으로 나가는 자의 등에 하나하나 손을 대며 세고 있었다. 이것은 면회인이 들어갈 때 수를 세었다가, 나중에 한 사람이라도 감옥 안에 남거나 단 한 사람의 죄수라도 섞여 도망치지 못하게 하기 위해서였다. 그 간수는 지나가는 사람의 얼굴은 거들떠보지도 않았으므로 네플류도프의 등을 툭 쳤다. 간수 따위가 자신의 몸에 손을 대는 것이 불쾌했으나, 곧 자신이 그곳에 온 이유를 생각하고 모욕감을 느꼈던 자신이 부끄러워졌다.

문으로 들어서니 그곳은 작은 창문에 쇠창살을 끼운, 천장이 둥근 방이었다. 이곳은 집회소라 불리는 방이었는데, 거기에서 네플류도프는 뜻밖에도 우묵하게 들어간 벽 속에 있는 커다란 그리스도의 상을 보았다.

'이것은 누구를 위해서 이곳에 있는가?'

하고 그는 문득 생각했다. 그는 무의식적으로 그리스도 상을 죄수들이 아니라 자유로운 사람들과 결부시켜 생각했기 때문이다.

네플류도프는 앞다투며 걸어가는 면회인들의 뒤에 처져서, 이곳에 갇혀 있는 흉악한 죄수에 대한 공포와 카튜샤같이 억울한 사람들에 대한 동정이 섞인 야릇한 감정에 사로잡히면서 천천히 걸어갔다. 그는 눈앞에 닥친 면회를 기대하는 마음과 착잡한 심정으로 뒤섞여 있었다. 이 방을 지나갈 때 출구 쪽에 서 있던 간수가 그에게 뭐라고 말했으나, 네플류도프는 자기 생각에 사로잡혀 있었으므로, 그것을 무심히 흘려 듣고 면회인들이 많이 가는 쪽으로 따라갔다. 그쪽은 그가 가야 할 여죄수 감방이 아니라 남죄수 감방이었다.

서두르는 사람들을 먼저 보낸 그는 맨 나중에 면회실로 들어갔다. 문을 열고 들어갔을 때 우선 그를 놀라게 한 것은, 고막을 찢어 버릴 것같이 요란한 아우성 소리였다. 설탕에 낀 파리떼처럼 철망에 달라붙은 사람들의 무리 곁에 다가가서야 네플류도프는 비로소 깨달았다.

뒤쪽 벽에 몇 개의 창이 달려 있는 이 방은 바닥에서 천장까지 이어지는 두 겹의 철망으로 인해 양쪽으로 구분되어 있었다. 그 두 겹의 철망 사이의 통로를 간수들이 오가고 있었으며, 철망 너머에 죄수들이 있고 이쪽에는 면회자들이 있었다. 그 사이에 두 개의 철망이 있고, 3미터 가량의 거리가 있었으므로 물건을 건네 줄 수 없을 뿐만 아니라 근시인 사람은 얼굴을 자세히 볼 수조차도 없었다. 말을 하기도 어려웠으므로 상대방에게 들리도록 하려면 힘껏 고함을 지르지 않으면 안 되었다.

서로 자세히 보고 필요한 말을 하려고 기를 쓰는 아내와 남

편, 아버지와 어머니, 그리고 아이들의 얼굴이 양편 철망에
주렁주렁 매달려 있었다. 그런데 누구든지 상대에게 들리게
이야기하려고 기를 썼고, 옆 사람도 같은 생각이었으므로 서
로의 소리가 방해가 되어 서로 다른 사람보다 더 크게 소리를
지르려고 안간힘을 쓰고 있었다. 이 방에 들어선 순간 네플류
도프를 놀라게 한 굉장한 아우성은 이것 때문이었다.

그들이 지껄이는 말의 내용을 알아듣는다는 것은 도저히
불가능했다. 단지 얼굴을 보고 어떤 말을 하고 있는지를 그들
이 어떤 사이인가에 따라 상상할 뿐이었다. 네플류도프의 바
로 앞에 있는 수건을 쓴 노파는 철망에 얼굴을 들이대고 턱을
떨면서 머리를 절반 깎은 창백한 얼굴의 젊은이에게 무언가
외치고 있었다. 젊은 죄수는 눈썹을 치켜 올려 이마에 주름을
잡고 열심히 그 말을 듣고 있었다. 노파 옆에는 짧은 외투를
입은 젊은 남자가 있었는데 그는 두 손을 귀에다 대고 머리를
흔들면서, 고민이 새겨진 얼굴에 희끗희끗한 턱수염을 기른,
그를 똑같이 닮은 죄수가 외치는 말을 듣고 있었다. 그 너머
에는 누더기를 입은 남자가 서서 손을 흔들면서 뭔가를 외치
며 웃고 있었다. 그리고 그 옆에는 고급 모직 숄을 걸친 여자
가 어린애를 안은 채 바닥에 털썩 앉아서, 철망 너머에 있는
백발의 죄수를 처음 면회하러 왔는지 흐느껴 울고 있었다. 그
옆에는 아까 밖에서 기다리고 있을 때 네플류도프와 이야기
를 한 은행 수위가, 눈이 번들거리는 대머리 죄수에게 큰 소
리로 무언가를 외치고 있었다.

네플류도프는 자기도 이런 조건 아래에서 이야기를 해야

한다는 것을 깨닫자, 이런 제도를 만들어 내고 지키게 한 사
람들에 대한 심한 분노가 치밀어 올랐다. 이런 무서운 상태와
이와 같은 모욕에 아무도 분노하지 않는 것이 이상했다. 수위
도, 소장도, 면회인들도, 죄수들도 이것이 당연한 것이라고
인정하고 있는지 예사로이 이런 일이 진행되고 있었다.

　네플류도프는 안타까움과 무력감, 온 세상에서 배척당한
듯한 심정이 뒤섞인 기묘한 감정을 느끼면서 5분 가량 그 방
에 있었다. 배멀미 같은 현기증이 그를 사로잡고 있었던 것이
다.

42

그는 관리를 찾기 시작했다. 그리고 장교 견장을 단, 수염을 기른 키가 작고 여윈 남자를 발견하고 그에게 말을 걸었다.

"잠깐 말씀 좀 묻겠는데요."

그는 되도록 공손하게 말했다.

"여죄수는 어디 있습니까? 그리고 어디에서 면회가 허락되어 있는지요?"

"여죄수 감방에 볼일이 있습니까?"

"네, 어떤 여죄수를 면회할까 하고요."

네플류도프는 역시 공손히 대답했다.

"그러시다면 아까 집회소에서 그렇게 말씀하셨어야지요. 누구를 면회하시려고요?"

"예카체리나 마슬로바를 만나고 싶습니다."

“정치범입니까?”

하고 부소장이 물었다.

“아니요, 보통의…….”

“그럼 벌써 형을 받았습니까?”

“네, 그저께 선고를 받았습니다.”

네플류도프는 자신에게 호의를 가진 듯한 부소장의 기분을 상하게 할까 봐 조심하면서 묻는 대로 순순히 대답했다.

“그러시다면 이쪽으로 오십시오.”

부소장은 네플류도프의 모습을 보고 그를 정중히 다룰 필요가 있다고 판단했는지 예의를 갖추어 말했다.

“시도로프.”

하고 그는 가슴에 주렁주렁 훈장을 단 수염 난 하사관을 불렀다.

“이분을 여죄수 감방으로 안내해 드려.”

“네.”

그때 철망 근처에서 가슴을 도려내는 듯한 통곡 소리가 들렸다.

네플류도프에게는 모든 것이 이상하게 느껴졌다. 그러나 무엇보다도 이상하게 생각된 것은 부소장과 간수장에게, 또 이 건물 안에서 자행되고 있는 모든 잔혹한 행위의 당사자들에게 은혜를 느끼고 감사해야 하는 입장에 자신이 처해 있다는 점이었다.

간수장은 네플류도프를 안내했다. 그는 남죄수 면회실에서 복도로 나가서 곧 반대쪽 문을 열고 여죄수 면회실로 네플류도프를 인도했다.

이 방도 남죄수 면회실과 마찬가지로 두 장의 철망에 의해 세 칸으로 나뉘어 있었다. 방이 훨씬 더 작고, 면회인과 죄수가 적었지만 아우성은 남죄수 면회실과 마찬가지였다. 역시 철망 사이를 간수가 왔다갔다하고 있었다. 이곳의 여자 간수는 소매 끝에 금줄이 있고 전체적으로는 푸른 테 장식이 달린 제복을 입고, 남자 간수와 같은 허리띠를 매고 있었다. 여기도 남죄수 면회실과 마찬가지로 양쪽 철망에 많은 얼굴들이 달라붙어 있었다. 이쪽에는 가지 각색의 차림을 한 시민들이, 저쪽에는 여죄수들이라서 그런지 흰 죄수복 차림도 있고 사복을 입은 사람도 있었다. 철망은 완전히 사람들로 메워져 있었다. 발돋움을 하고 서서 남의 머리 너머로 외치고 있는 사람도 있고 바닥에 앉아서 이야기를 주고받는 사람도 있었다.

깜짝 놀랄 만큼 큰 외침소리와 괴상한 몰골로 제일 눈에 띄는 여죄수는 목도리가 흘러내리고 곱슬머리를 산발하고 철망 가운데 기둥에 매달려 있는 집시 여자였다. 그녀는 분주한 몸짓과 손짓을 섞어 가며 푸른 프록코트를 입고서 허리 아래쪽에 허리띠를 단단히 맨 집시 남자에게 뭐라고 소리치고 있었다. 집시 남자 옆에는 한 병사가 앉아서 여죄수와 말을 하고 있었다. 그 옆에는 숱이 적은 턱수염을 기르고, 짚신을 신은 젊은 농부가 간신히 눈물을 참고 있는 듯 얼굴을 벌겋게 하여 철망에 매달려 있었다. 그와 이야기하고 있는 사람은 아름다운 금발의 여죄수로, 맑고 푸른 눈을 지그시 남자에게 주시하고 있었다. 이 사람은 페도시야와 그 남편이었다. 그 옆에서는 누더기를 입은 남자가 푸석하게 머리를 산발하고 얼굴이 큰 여자와 이야기하고 있었다. 그 다음에는 여자가 둘, 남자, 그리고 여자로, 저마다의 무리가 여죄수와 마주 보고 있었으나, 그 속에서 카튜샤의 모습은 보이지 않았다.

그러나 여죄수들 뒤에 다른 한 여자가 서 있었다. 네플류도프는 순간 그녀가 카튜샤임을 알았다. 그러자 갑자기 가슴의 고동이 심해져서 숨이 막히는 것을 느꼈다. 결정적인 순간이 다가오고 있었다. 그는 철망 옆으로 다가가서 여자의 얼굴을 확인했다. 과연 그녀였다. 그녀는 푸른 눈을 가진 페도시야 뒤에 서서, 미소를 지으며 그녀가 이야기하는 것을 듣고 있었다. 카튜샤는 그저께처럼 죄수복 차림이 아니라 흰 스웨터를 입고 허리를 잘록하게 조였으므로 가슴이 불룩하게 보였다. 목도리 밑으로는 법정에서처럼 물결치는 검은 머리가 보였다.

'이제는 모든 것이 결정되는구나.'
하고 그는 생각했다.

'어떻게 할까…… 내가 부를까? 아니면, 그녀가 이리로 오려나?'

그러나 그녀 쪽에서는 오지 않았다. 그녀는 친구인 클라라가 면회 온 줄 알고 기다리고 있었던 것이다. 설마 남자가 자신을 만나러 올 줄은 꿈에도 생각하지 않고 있었다.

"누구를 면회하시려고 하죠?"

여간수가 네플류도프 앞으로 다가오면서 물었다.

"예카체리나 마슬로바입니다."

네플류도프는 간신히 말할 수가 있었다.

"마슬로바, 면회야!"

하고 여간수가 외쳤다.

카튜샤는 이쪽을 보았다. 그리고 얼굴을 들고 가슴을 펴고서 네플류도프에게는 이미 낯익은, 언제나 스스럼없는 그 표정을 지으면서 철망 옆으로 와서 두 여죄수 사이에 끼여들었다. 그녀는 그가 네플류도프인 줄은 꿈에도 모르고 의아한 눈으로 그를 보았다. 그러나 옷차림으로 보아서 그가 부자라는 것을 눈치채고 그녀는 방긋 웃었다.

"저를 면회하러 오신 분이 당신이세요?"

하고 미소를 지으면서 사팔기 있는 눈을 철망에 갖다대었다.

"내가 온 것은……."

네플류도프는 그녀를 '당신'이라 불러야 할지, '너'라고 불러야 할지 몰라 망설이다가 결국은 '당신'이라고 부르기로 했다. 그는 여느 때보다도 큰 목소리로 말하기 시작했다.

"당신을 만나서…… 나는……."

"말도 안 되는 소리 하지 말아!"

그의 곁에서 누더기 옷을 입은 남자가 외쳤다.

"훔쳤어, 안 훔쳤어?"

"죽게 되었어. 무슨 말을 더 하란 말이야?"

하고 여죄수 곁에서 누군가가 외쳤다.

카튜샤는 네플류도프의 말을 알아들을 수 없었다. 그러나 말하고 있을 때의 얼굴 표정이 그녀에게 갑자기 누군가를 생각나게 했다. 그녀는 자기 눈을 믿을 수가 없었다. 그녀의 얼

굴에서 미소가 사라지고 이마에 괴로운 듯한 주름이 잡히기
시작했다.

"안 들려요, 무슨 말씀이신지?"

그녀는 눈을 가늘게 뜨고 점점 더 이마의 주름을 잡으면서
외쳤다.

"내가 온 것은……."

'그렇다, 나는 해야 할 일을 지금 하고 있는 거다. 나는 참
회를 하고 있는 거다.'

하고 네플류도프는 생각했다. 이렇게 생각한 순간 눈물이 솟
구쳐 오르고 목이 메어서, 그는 철망을 꼭 붙잡은 채 입을 꽉
다물고 울지 않으려고 필사적으로 노력했다.

"뭣 때문에 만났어? 나쁜 줄 알면서……."

이쪽에서 남자가 외쳤다.

"하느님을 믿으세요. 나는 정말 아무것도 몰라요."

맞은편에서 여죄수가 외쳤다.

그가 흥분하는 것을 보고 카튜샤는 그것이 네플류도프라는
것을 알았다.

"아는 얼굴 같지만…… 모르겠네요."

그녀는 그를 보지 않으려고 노력하며 이렇게 외쳤으나 붉
혔던 얼굴이 침울해져갔다.

"나는 당신한테 용서를 빌러 왔소."

그는 암송하듯이 억양 없는 큰 소리로 외쳤다.

그는 이렇게 외치고 나서 부끄러워져 주위를 돌아보았다.
그러나 곧,

‘부끄럽다면 오히려 그편이 낫다. 왜냐하면 수치심을 참아야 하기 때문이다.’

라는 생각이 머리에 떠올랐다. 그는 큰 소리로 계속 말했다.

“나를 용서해 주시오. 내가 정말 나쁜 짓을……”

하고 그는 계속 외쳤다.

그녀는 사팔기 있는 눈을 그의 얼굴에서 떼지 않고 가만히 서 있었다.

그는 더 이상 아무 말도 할 수가 없어, 가슴에서 솟구쳐 오르려는 통곡을 누르기 위해 철망 곁을 떠났다.

조금 전 네플류도프를 이곳으로 안내하도록 한 부소장이 그가 마음에 걸렸던지 방으로 들어와서, 철망에서 많이 떨어져 있는 네플류도프를 보더니 왜 면회할 상대와 이야기하지 않느냐고 물었다. 네플류도프는 코를 풀고 머리를 흔들고 나서, 되도록 침착한 태도로 대답했다.

“철망 너머로는 말을 할 수가 없습니다. 아무 말도 들리지 않는군요.”

부소장은 잠시 생각에 잠겼다.

“그것 참 난처하군요. 그렇다면 잠시 이리로 데려와도 좋습니다.”

“마리아 카를로브나!”

그는 여간수를 큰 소리로 불렀다.

“마슬로바를 이리로 불러다 드려요.”

43

잠시 후 옆문으로 카튜샤가 나왔다. 그녀는 가벼운 걸음걸이로 네플류도프의 바로 앞에까지 와서 발을 멈추고는 재빨리 그를 보았다. 그저께처럼 까만 곱슬머리 한 가닥이 목도리 밑으로 빠져 나왔고, 흰 얼굴은 부어서 건강이 좋아 보이지 않았으나 여전히 아름다웠으며 침착해 보였다. 다만 윤기나는 검은 사팔 눈만이 약간 부은 듯한 눈까풀 밑에서 이상하게 반짝반짝 빛나고 있었다.

"여기서 이야기해도 좋습니다."

부소장은 이렇게 말하고 물러갔다.

네플류도프는 벽 쪽의 벤치로 갔다. 카튜샤는 의아스러운 듯이 부소장을 보았으나, 곧 알겠다는 듯이 어깨를 움츠리고 네플류도프를 따라 벤치 있는 데로 와서 그의 옆에 앉았다.

"당신에게 용서를 구하는 것이 무리한 일이라는 것은 나도 알고 있소."

하고 네플류도프는 말을 꺼냈으나, 또 눈물이 솟구칠 것만 같아 입을 다물었다.

"하지만 옛날로 돌이킬 수는 없다 할지라도, 나는 앞으로 내가 할 수 있는 모든 일을 하고 싶소. 제발……."

"제가 여기 있다는 것을 어떻게 아셨어요?"

그녀는 그의 물음에는 대답하지 않고 사팔기 있는 눈으로 그를 바라보다가 곧 얼굴을 돌리고 물었다.

'오, 하느님! 저를 도와 주소서! 어떻게 하면 좋을지를 가르쳐 주소서!'

네플류도프는 완전히 변해 버린 그녀의 얼굴을 보면서 마음속으로 빌었다.

"나는 그저께 배심원으로 법정에 나갔소."

하고 그는 말했다.

"당신은 재판 때 나를 알아보지 못했소?"

"아니, 몰랐어요. 볼 겨를도 없었고……. 그때는 아무것도 눈에 보이지 않았으니까요."

하고 그녀는 말했다.

"아이를 낳았을 텐데?"

하고 그는 물었다. 그러고는 얼굴이 붉어지는 것을 느꼈다.

"다행히도 낳자마자 죽었어요."

그녀는 시선을 돌리면서 원망하듯이 짤막하게 대답했다.

"아니, 어떻게 해서?"

"저도 병이 들어서 하마터면 죽을 뻔했는걸요."

그녀는 그를 쳐다보지도 않고 말했다.

"왜 고모들은 당신을 쫓아냈소?"

"혹 달린 하녀를 누가 두겠어요? 임신한 사실이 밝혀지자마자 곧 쫓겨났어요. 이런 말을 한다고 해서 무슨 소용이 있겠어요? 저는 아무것도 기억하고 있지 않아요. 그건 이미 끝난 일인걸요."

"아니, 아직 끝나지 않았소. 당신을 이대로 버려 둘 수는 없소. 나는 지금부터라도 당신에게 속죄할까 하오."

"속죄할 것까지는 없어요. 옛날 일은 이미 옛날 일…… 다 지나가 버린 일이에요."

라고 그녀는 말했다. 그리고 그는 전혀 예기치 못했던 것을 보게 되었다. 그녀가 갑자기 그에게 재빨리 곁눈질을 하면서, 유혹하는 듯 또는 동정하는 듯한 기분 나쁜 웃음을 지었던 것이다.

카튜샤는 지금 이런 곳에서 그를 만날 줄은 정말 꿈에도 생각하지 못했다. 그래서 그를 처음 보았을 때는 깜짝 놀랐으며, 어째서 지금까지 한 번도 그를 생각하지 않았을까 하는 생각이 제일 먼저 떠올랐고, 지금까지 까맣게 잊고 있던 일들을 생각하게 된 것이다. 그녀는 먼저 자기와 사랑을 주고받던 멋쟁이 청년에 의해 처음으로 마음속에 열렸던, 새로운 감정의 세계에 대한 추억이 희미하게 떠올랐다. 그리고 그 추억은 그 기적 같은 행복이 있은 뒤에 벌어졌던 이해할 수 없는 그의 냉혹한 소행과 그것이 원인이 되어 생겨났던 갖가지의 굴욕과 고통으로 옮아갔다.

그녀는 가슴이 아팠다. 그러나 그것을 끝까지 생각하지 못한 채 언제나 하던 대로 행동한 것이다. 즉 아름다운 추억을 털어 버리고, 타락한 생활의 특수한 안개로 그것을 감싸 버리려고 노력하는 일이었다. 그녀는 지금도 그러한 행동을 했다. 처음에 그녀는 눈앞에 앉아 있는 남자를 자기가 전에 사랑하던 그 청년과 하나로 결부시켰다. 그러나 잠시 후 그것이 너무나 고통스러운 일이라는 것을 알고 나서는, 그 두 사람을 결부시키는 것을 그만두었다. 그리고 이제 이렇게 훌륭한 차림을 하고 턱수염에 향수를 뿌린 고상한 신사는, 그녀에게 있어서는 예전에 사랑한 그 네플류도프가 아니었다. 다만 그는 욕정이 일어나면 그녀와 같은 여자들을 이용하는 존재였고, 또 카튜샤와 같은 사람으로서는 자신을 위하여 되도록 유리하게 이용해야 할 사람 중의 하나에 지나지 않았다. 그래서 그녀는 유혹의 눈웃음을 보인 것이다. 그녀는 그를 어떻게 이용하면 좋은가를 생각하면서 잠시 잠자코 있었다.

"그 일은 이미 끝난 거예요."

하고 그녀는 말했다.

"이미 유형 판결을 받은걸요."

이 무서운 말을 입에 담았을 때, 그녀의 입술은 파르르 떨렸다.

"나도 알고 있소. 그리고 당신이 죄가 없다는 것도 믿고 있소."

하고 네플류도프는 말했다.

"저는 물론 죄가 없어요. 제가 어떻게 도둑질을 하고 사람

을 죽이겠어요. 모두들 말하더군요. 다 변호사에게 달렸다
고……"

하고 그녀는 말을 이었다.

"상소해야 한다고요. 하지만 돈이 몹시 많이 드나 봐요."

"그렇고 말고. 꼭 상소해야만 하오."

하고 네플류도프는 말했다.

"내가 이미 변호사에게 부탁해 두었소."

"돈을 아끼지 말고 훌륭한 변호사에게 부탁해야 된대요."

"내가 할 수 있는 한 최선을 다하겠소."

잠시 침묵이 흘렀다.

그녀는 또 같은 의미의 미소를 지었다.

"저 부탁이 좀 있는데요…… 될 수 있다면 돈을 좀 주시겠
어요? 10루블만 있으면 충분해요."

하고 갑자기 그녀는 말했다.

"아, 그러지요."

어리둥절해하며 네플류도프는 지갑을 꺼내려고 했다.

그녀는 실내를 왔다갔다하고 있는 부소장에게 재빨리 눈길
을 보냈다.

"지금은 안 돼요. 부소장이 가고 나거든 주세요. 그렇지 않
으면 빼앗겨요."

네플류도프는 부소장이 저쪽으로 돌아서기를 기다렸다가
급히 지갑을 꺼냈으나, 10루블 짜리 지폐를 그녀에게 주기도
전에 부소장이 다시 이쪽으로 돌아섰다. 그는 지폐를 손에 움
켜쥐었다.

'안 되겠어, 이 여자는 이미 썩어 버렸어.'

전에는 아름답고 가련했으나 이제는 더러워질 대로 더러워진 부은 얼굴과, 부소장과 그의 손 안에 있는 지폐에 쏠리고 있는 음란한 빛이 깃든 까만 사팔눈을 보면서 네플류도프는 이렇게 생각했다. 그러자 망설여졌다. 어젯밤에 속삭이던 유혹자가 다시 그의 마음속에서 말하기 시작했다. 무엇을 해야 하느냐는 문제에서 그를 떼어 놓고, 그런 짓을 한들 무슨 소용이 있겠느냐, 무슨 덕이 되겠느냐 하는 문제 쪽으로 되돌리려고 애쓰면서 그를 설득하기 시작한 것이다.

'너는 이 여자를 구원할 수 없어.'
하고 그 목소리는 말했다.

'그저 내 목에 무거운 돌을 달 뿐이다. 가진 돈을 몽땅 그녀에게 주어 그것으로 깨끗이 손을 끊고, 모든 것을 깨끗이 매듭지어 버리는 것이 좋지 않을까?'

이런 생각이 그의 머리에 떠올랐다.

그러나 동시에, 그는 지금 마음속에서 매우 중대한 일이 이루어지고 있음을 느꼈다. 그래서 그의 내면 생활이 지금 아주 작은 힘으로도 어느 편으로라도 기우는 불안정한 저울 위에 얹혀 있는 것이나 다름없다는 것을 느꼈다. 그는 어제 자기 마음속에서 느꼈던 그 신을 부르면서, 그쪽으로 이 힘을 가했다. 그러자 그의 내부의 신이 곧 호응했다. 그는 곧 모든 것을 그녀에게 말해야겠다고 결심했다.

"카튜샤! 나는 너에게 용서를 빌러 왔어. 그러나 너는 이미 용서해 주었는지, 아니면 언젠가는 용서해 줄 것인지…… 대답해 주지 않는구나."

그는 갑자기 그녀를 '너'라고 바꾸어 부르면서 말했다.

그녀는 듣고 있지 않았다. 다만 그의 손과 부소장에게 눈길을 보내고 있을 뿐이었다. 부소장이 돌아서자마자 그녀는 얼른 손을 뻗어 지폐를 움켜쥐고, 급히 허리띠 사이에 쑤셔 넣었다.

"이상한 말씀만 하시네요."

방긋이 웃으면서 — 그녀의 웃음이 그에게는 모욕적인 것으로 느껴졌다 — 그녀는 건성으로 말했다.

네플류도프는 그녀의 내부에 그를 정면으로 적대시하고, 그녀를 현상대로 유지시키며, 그가 그녀의 마음에 침투하는 것을 방해하는 것이 있다는 것을 느꼈다.

그런데 이상하게도 그것이 그를 뿌리치지 않았을 뿐 아니라, 어떤 새로운 힘으로 점점 더 그녀 쪽으로 끌어들였던 것이다. 그는 그녀를 정신적으로 눈뜨게 해주어야 한다는 것을, 그리고 그것이 굉장히 어려운 일이라는 것을 느끼고 있었다. 그러나 그런 어려움이 그를 끄는 것이었다. 그는 그녀에게서 지금까지 한 번도 — 카튜샤에게서는 물론이고 다른 누구에게서도 — 느껴본 적이 없었던 것 같은 기분을 느꼈다. 이 감정에 사사로운 것은 조금도 없었다. 그는 그녀에게서 아무것도 바라지 않았다. 다만 그녀가 현재와는 다른, 옛날 같은 그녀로 돌아가 주기만을 바라고 있었다.

"카튜샤, 왜 그런 말을 하는 거야? 나는 최선을 다해서 너를 위한 일을 하고 있어. 혹시 기억하고 있어? 내가 그 무렵

파노보에서……."

"지나간 일을 말씀하신들 무슨 소용이 있겠어요."

하고 그녀는 무뚝뚝하게 말했다.

"카튜샤, 내가 이런 말을 하는 것은 내 죄를 속죄하고 싶기 때문이야."

하고 그는 그녀와 결혼할 작정이라는 말을 하려고 했다. 그러나 그녀의 눈에 자기를 뿌리치려는, 몸서리칠 만큼 거친 번쩍거림이 있다는 것을 눈치챘다. 그는 차마 말을 꺼낼 수가 없었다.

그때 면회자들이 나가기 시작했다. 부소장이 네플류도프에게 와서 면회 시간이 끝났다는 것을 알렸다. 카튜샤는 일어나서 상대가 돌아가기를 조용히 기다렸다.

"잘 있어. 하고 싶은 말은 많았지만 시간이 없어서 다 할 수가 없군."

네플류도프는 손을 내밀었다.

"또 오겠소."

"하고 싶은 말은 이미 다 하신 것 같은데……."

그녀는 손을 내밀었지만 꼭 쥐지는 않았다.

"아니야, 나는 너를 다시 만나야겠어. 조용하고 천천히 이야기할 수 있는 장소에서 네게 매우 중대한 말을 할 작정이야."

네플류도프는 말했다.

"그러세요? 그럼 또 오세요."

하고 마음에 들고 싶은 남자에게 보이는 듯한 미소를 지으면서 그녀는 말했다.

"너는 내게는 누이보다도 가까운 존재야."

하고 네플류도프는 말했다.

"그러세요?"

하고 그녀는 다시 한 번 말했다. 그리고 고개를 저으면서 철망 쪽으로 사라져 갔다.

44

네플류도프는 카튜샤를 위해 온 힘을 다하려는 자기의 의
도와 지난날을 후회하는 마음을 알고 나면, 카튜샤가 감격하
여 다시 본래의 그녀로 돌아가리라고 기대하고 있었다. 그러
나 끔찍하게도 이미 예전의 카튜샤는 사라지고, 남아 있는 것
은 마슬로바라는 여자뿐이었다. 이것은 그에게 공포감마저
가져다 주었다.

그 중에서도 특히 그를 놀라게 한 것은 마슬로바가 자기의
입장을 — 그녀 자신도 부끄러워하고 있는 여죄수의 입장이
아니라 매춘부의 입장을 — 부끄러워하지 않았을 뿐만 아니
라, 그것에 만족하며 그것을 자랑으로 삼고 있다고 느낀 것이
었다. 하지만 그것은 어쩔 수 없는 일이기도 했다. 인간은 누
구나 무엇을 하기 위해서는 스스로 그것을 중요하고 훌륭한
일이라고 생각할 필요가 있기 때문이다. 그러므로 인간은 그

입장이 어떤 것이든 대체로 자신의 행위가 중요하고 훌륭한 것으로 여겨지도록, 인간 생활이라는 것에 대한 견해를 편리하게 만든다.

일반적으로 사람들은 도둑이나 살인자, 스파이나 매춘부들은 자신의 직업을 부끄러워하고 있을 것이라고 생각하지만 사실은 그렇지 않다. 사람들은 운명이나 자기 과실에 의해 어떤 입장에 놓여지게 되면, 그것이 아무리 그릇된 것이라 할지라도 인생에 대한 견해를, 그 입장이 자기에게 훌륭하고 존경할 만한 것으로 여겨지도록 편리하게 생각한다. 그와 같은 견해를 유지하기 위해서도 자기 위치에 대해 자기가 만든 관념을 인정해 주는 동료에게 본능적으로 동조하게 된다.

도둑이 그 솜씨를 자랑하거나, 매춘부가 그 음탕성을 뽐내거나, 살인자가 그 잔인성을 으스대는 것을 들으면 우리들은 놀란다. 그러나 우리들이 그것에 놀라는 것은 단순히 그들 동료의 분위기가 너무 좁고 특수하기 때문이다. 즉 우리들이 그 밖에 있기 때문이다.

그러나 부(富), 즉 약탈 행위를 자랑하는 부자들이나, 자기의 위력인 양 폭력을 으스대는 권력자들 사이에서도 이와 같은 현상이 일어나고 있는 것은 아닐까? 우리들이 이러한 사람들 속에서 자기 입장을 정당화하려는 위한 인생관이나 선악 관념이 왜곡되었다는 것을 발견하지 못하는 것은, 단순히 이와 같은 왜곡된 관념을 갖는 사람들의 수가 훨씬 많고, 또 우리들 자신조차도 그 패거리 속에 속해 있기 때문이다.

마슬로바에게도 이와 같은 견해가 존재하고 있었다. 그녀는 유형 판결이 내려진 매춘부였지만, 그럼에도 불구하고 자기를 시인하고 사람들에게 자기 입장을 자랑할 수 있는 나름대로의 인생관을 만들어 두었던 것이다.

그 인생관이란 다음과 같은 것이었다. 즉 모든 남자란 늙은이, 젊은이, 중학생, 장군, 학식이 있는 자거나 없는 자거나 간에 모든 남자의 최대 행복은 매력 있는 여자와 성행위를 하는 것이다. 그러므로 모든 남자들은 다른 일에 몰두해 있는 체하고 있지만 본심은 오로지 이 일만을 바라고 있는 것이다. 그녀는 매력 있는 여자이므로 — 남자들의 이 소망을 채워 줄 수도 있고 채워 주지 않아도 상관없다 — 소중한, 더구나 필요한 인간이라는 것이다. 그녀의 지금까지의 생활이 이 관념이 옳다는 것을 증명하고 있었다.

그녀는 10년 동안 여기저기에서 네플류도프나 늙은 경찰서장을 비롯하여 감옥의 간수들에 이르기까지 온갖 남자들이 그녀를 요구하는 것을 보아 왔다. 그녀는 자신의 육체를 요구하지 않는 남자는 보지도 못했고 알지도 못했다. 그러므로 그녀에게는 전 세계가 그녀를 소유하려고 기를 쓰고 있는 성욕에 사로잡힌 남자들의 집합체로 비쳐졌던 것이다.

마슬로바는 인생을 이런 식으로 해석하고 있었다. 그러므로 자기는 극히 중요한 인간이라고 생각하고 있었다. 그녀는 이와 같은 인생 해석을 세상에서 가장 존귀한 것으로 알고 있었고, 또 그렇게 생각하지 않을 수가 없었다. 이 인생 해석을 바꾼다면 그녀는 사회에서 이 해석에 따라 부여된 자기의 존재 의미를 잃어버리기 때문이다. 그래서 사회에 있어서의 자기의 존재의 의미를 잃지 않기 위해 그녀는 자기와 마찬가지로 인생을 보고 있는 사람들의 패거리에게 본능적으로 매달렸다. 그녀는 네플류도프가 자신을 다른 세계로 끌어 내리려는 것을 눈치챘다. 그렇기 때문에 그가 유인하는 세계에서는 그녀에게 자신과 자존심을 주어 온 인생에 있어서의 자기 위치를 틀림없이 잃어버릴 거라고 짐작하고, 그를 거부한 것이었다.

그녀는 이렇게 네플류도프와 사랑하던 무렵의 추억을 머릿속에서 털어내 버렸다. 이 추억은 현재 그녀의 인생관과는 너무나도 달랐다. 그래서 그녀의 기억에서 완전히 지워지고 없었던 것이다. 아니, 지워졌다기보다는 오히려 손대지 않은 상태로 그녀의 기억 속 어딘가에 밀폐되어 있었다. 그것은 거의 완벽하게 밀폐되어 버렸기 때문에, 마치 꿀벌이 자기들의 작업을 망치게 되지나 않을까 싶어 겁을 먹고 절대 나오지 못하도록 애벌레 집을 밀봉해 버리는 방법과도 같았다. 그러므로 그녀에게 있어서 지금의 네플류도프는 일찍이 자기가 청순한 사랑을 바쳤던 그 사람이 아니라, 단순히 이용할 수 있고 이용하지 않으면 손해를 보는 모든 남자들과 같은 그러한 돈 많은 신사에 지나지 않았다.

'안 되겠어. 정말 중요한 말은 하지 못했어.'
하고 네플류도프는 면회인 무리에 섞여 출구 쪽으로 가면서 생각했다.

'결혼할 작정이라는 것을 그녀에게 말하지 않았어. 비록 말하지 않았지만 실행해 보이겠어.'

하고 그는 스스로에게 다짐했다.

　간수들이 문 앞에 서서 쓸데없는 자가 밖으로 나가거나 감옥 안에 남는 일이 없도록 면회인들을 내보내면서 두 손으로 그들의 수를 세고 있었다. 그러나 간수의 손이 등에 닿아도 그는 화가 나지 않았을 뿐만 아니라 그것을 깨닫지도 못했다.

45

네플류도프는 외적인 생활을 바꾸어 보려고 노력했다. 즉, 이 커다란 저택을 임대한 후 하인들을 내보내고 자신은 하숙 생활을 하려는 계획이었다. 그러나 아그라페나 페트로브나는 겨울까지는 생활 양식을 변경할 아무런 이유도 없거니와 여름에는 집에 세들 사람도 없을 것이라고 말했다. 또한 어디에서 생활하든지 가구는 꼭 있어야 하는 것이라고 차근차근 이유를 들어 그의 의견에 반대했다. 그 결과 결국 외적인 생활을 바꿔 보려던 네플류도프의 노력은 흐지부지되고 말았다.

그는 그저 단순한 생활을 하려고 했으나 그의 모든 시도는 헛되이 끝나 버리고 말았다. 모든 것이 종전대로 남았을 뿐 아니라, 집에서는 한술 더 떠서 모직류나 모피류를 일광 소독시키는 등 한층 더 소란을 피웠다.

문지기, 그의 조수, 그리고 코르네이까지 이 작업에 동원되었다. 처음에는 입어 보지도 않은 예복들과 이상한 모피들을 내다가 줄에 걸었다. 그리고 그 다음에는 양탄자와 가구 따위를 내다 놓더니, 문지기와 그의 조수가 소매를 걷어올리고 박자를 맞추어 가면서 막대기로 열심히 먼지를 털었다. 그러자 모든 방에는 나프탈렌 냄새로 가득 찼다.

정원을 돌아보기도 하고 창문으로 내다보기도 하며 구경을 하고 있던 네플류도프는 물건이 엄청나게 많은 데 놀랐고, 또 그것들이 한결같이 모두 필요하지 않은 것들이라는 것에 다시 한 번 놀랐다.

'이 물건들의 유일한 용도는 오직 아그라페나 페트로브나와 문지기와 그 조수, 그리고 코르네이와 가정부에게 이따금 운동할 기회를 주는 일일 게다.'
하고 네플류도프는 생각했다.

'하기야 마슬로바의 문제가 해결될 때까지는 굳이 생활 양식을 바꿀 필요가 없지. 그것은 사실 어려운 일이니까. 그렇지만 카튜샤가 석방되든지, 아니면 유형을 떠나게 되어 내가 그녀를 따라가게 되면 내 생활 양식은 자연히 바뀌게 될 것이다.'

파나린 변호사가 지정해 준 날, 네플류도프는 그의 집으로 찾아갔다. 파나린의 집 정원에는 큰 나무들이 서 있었고 창문마다 화려한 커튼들이 드리워져 있었다. 또한 대체로 벼락부자가 된 사람들의 집이 모두 그러하듯이 불로소득으로 얻은 돈이 있다고 증명이라도 하듯 값진 새 가구로 꾸며져 있었다. 네플류도프는 이 호화로운 저택 안으로 들어갔다.

그가 응접실에 들어서니 서너 명의 소송 의뢰인들이 마치 병원 대기실에서 차례를 기다리는 모습처럼 화보 잡지가 놓여 있는 둥근 테이블 주변에서 차례를 기다리며 따분하게 앉아 있었다. 높은 테이블 위에 앉아 있던 변호사의 비서는 네플류도프를 보고 옆으로 다가와 상냥하게 인사를 한 다음 선생님께 말씀드리겠다고 말했다.

그러나 그 비서가 방문까지 가기도 전에 안쪽에서 문이 열리더니, 붉은 얼굴에 콧수염을 기르고 새 옷을 입은 중년 사내와 집주인인 파나린이 큰 소리로 이야기하면서 응접실로 나왔다. 두 사람의 얼굴에는, 자기한테는 분명 이익이지만 좋지 않은 일을 해치운 사람이 짓는 야릇한 표정이 나타나 있었다.

"그건 자네가 나쁜데……."

하고 파나린이 빙글빙글 웃으면서 말했다.

"천당에는 가고 싶지만…… 용서받지 못할 죄를 진 몸이시란 말씀이지."

"그야 그렇지. 그건 나도 알고 있네."

이렇게 말하고 두 사람은 부자연스럽게 웃었다.

"아, 공작님, 어서 오십시오."

파나린은 네플류도프를 발견하고 이렇게 말했다. 그리고 돌아가는 그 상인에게 한 번 더 인사를 하고 나서, 네플류도프를 으리으리한 사무실 안으로 안내했다.

"담배 피우시지요."

라고 말하고 변호사는 네플류도프의 맞은편에 앉았다. 그는 조금 전 사건에서 거둔 성공의 여운인 듯한 미소를 지으면서 말했다.

"감사합니다. 저는 마슬로바 사건에 대하여 자세히 알아보려고 왔습니다."

"아, 그렇습니까? 그 사건이라면 알고 있지요. 그런데 지금 나간 그 뚱보는 정말 악당이랍니다."

하고 그는 말했다.

"보셨지요? 지금 나간 그 사람 말입니다. 그자는 1천 2백만 루블이나 되는 재산을 가지고 있으면서도 표준말 하나 제대로 하지 못하는 친구랍니다. 그리고 또 여간 노랑이가 아니어서 만일 누구한테서 25루블 짜리 지폐 한 장이라도 훔쳐 먹을 수 있다면, 입으로 물고 늘어져서라도 빼앗고 마는 작자이지요."

'그를 표준말 한 마디도 제대로 하지 못하는 친구라고 흉을 보지만, 당신 자신도 25루블을 훔쳐 먹는다는 등 엉터리 같은 말을 지껄이고 있지 않느냐?'

하고 생각하면서 네플류도프는, 대등한 계급에 속해 있는 신분이기는 하지만 직무상 온갖 계급의 소송 의뢰인들을 상대해야 한다는 것을 나타내려는 이 버릇없는 인간에게 혐오감을 느꼈다.

"그자에게는 아주 두 손을 들고야 말았습니다. 말할 수 없는 악당이지요. 뭐라고 한 마디 해줄까 하고도 생각했습니다만……."

하고 변호사는 변명하는 듯이 우물쭈물 말했다.

320

"그건 그렇고, 공작님의 사건은…… 그 사건에 관해서는 모든 서류를 자세히 읽어 보았습니다만, 투르게네프의 말대로 '타당한 이유를 발견할 수 없다' 는 경우였습니다. 즉, 변호사가 시원치 않아서 상소의 이유를 모조리 놓쳐 버리고 말았더군요."

"그래서 어떻게 하실 생각이십니까?"

"잠깐만 실례합니다. 그 사람에게 이렇게 전해 주게."

변호사는 마침 방 안으로 들어온 조수를 보고 말했다.

"내가 제시한 조건에 따르든지, 아니면 딴사람에게 부탁하든지 마음대로 하라고 말이야."

"싫답니다."

"그렇다면 그만두라고 해."

하고 변호사가 말했다. 지금까지 쾌활하고 선량해 보이던 그의 표정이 갑자기 침울하고 화난 듯한 표정으로 변했다.

"변호사란 모두들 돈을 그냥 빼앗아 버리기나 하는 부류처럼 말하고들 있습니다."

하고 그는 다시 아까와 같이 유쾌한 표정을 지어보려고 애쓰면서 말했다.

"어떤 사람이 부당하게 파산 선고를 받은 것을 번복시켜 주었더니, 이제는 이따위 패들이 자꾸만 모여드는군요. 하지만 이런 사건은 아주 골치가 아파서…… 사실 어느 작가가 말했듯이 우리들은 잉크병 속에다 자기 살점을 저며 넣고 살아가는 신세니까요. 그런데 댁의 사건, 아니 댁에서 흥미를 느끼고 계시는 그 사건은……"

하고 그는 말을 이었다.

"도대체 전부가 뒤죽박죽이어서 상소할 만한 적당한 이유를 찾기 힘들었습니다. 그렇지만 어쨌든 제 나름대로 이렇게 서류를 꾸며 보았지요."

변호사는 새까맣게 글씨를 써 넣은 서류를 집어 들고, 재미없고 형식적인 말은 우물우물 넘기고 요긴한 대목만 억양을 붙여 가며 읽어 내려가기 시작했다.

"원로원 형사부에 대해…… 이러한 안건에 대한 상소의 건. 모년 모월 모일 모 지방법원에서 선고된 판결에 의하여 마슬로바라는 여죄수는 유죄로 인정되어 형법 제145조에 의거, 이러한 유형 판결을 받았는 바……."

그는 일단 읽기를 중지하고 자기가 작성한 작품에 대해 만족스러운 듯이 잠시 그 서류를 음미했다.

"이 판결은 지극히 중대한 절차상의 위반과 착오를 범한 결과이므로……."
하고 그는 그럴 듯한 목소리로 낭독을 계속했다.

"마땅히 취소되어야 함. 그 이유는 첫째 스멜리코프의 시체 해부에 관한 보고서 낭독이 시작되자마자 재판장에 의하여 중지되었음. 이것이 그 하나임."

"그러나 그 낭독은 검사가 요구한 것이었는데요."
네플류도프는 놀라면서 물었다.

"상관없습니다. 변호사도 같은 요구를 할 수 있는 것이니까요."

"그러나 그 낭독은 실제로 아무 필요도 없는 것이었습니다.”

“그렇지만 상소의 이유는 될 수 있습니다. 그 다음…… 둘째로……”

하고 그는 계속했다.

“마슬로바의 관선 변호사가 변론을 할 때 피고의 인격을 설명하기 위하여 그녀가 타락하게 된 내적 원인을 언급하자, 재판장이 이 사건과 직접 관계가 없는 일이라고 해서 변호사의 발언을 제지시킨 적이 있음. 그러나 원로원 측이 누누이 지적한 바와 같이 형사 사건에 있어서는 피고의 성격과 도덕적인 인격에 관한 설명은 중대한 의미를 가지는 것이므로, 이것은 책임의 소재를 밝히는 데 있어서도 중대한 의미가 있음. 이것이 두 번째 이유입니다.”

하고 네플류도프를 힐끗 쳐다보면서 말했다.

“하지만 그 변호사가 워낙 말을 못해서 무슨 얘기를 하고 있는지 알아들을 수도 없었습니다.”

네플류도프는 다시 어이가 없다는 듯이 말했다.

“그야 아직 풋내기니까 오죽했겠습니까?”

파나린은 웃으면서 대답했다.

“그러나 상소의 이유로서는 성립이 가능합니다. 그러면 그 다음 셋째로 재판장은 판결 결론에 있어 형사 소송법 제801조 제1항의 명백한 지시 사항을 위반하고 유죄의 개념, 즉 법률상의 모든 요소를 배심원들에게 설명하지 않았으며, 또 마슬로바가 스멜리코프에게 독약을 준 사실을 인정함에 있어서도, 그녀에게 살해의 의도가 없었을 때 그 행위만으로 그녀를 처벌하는 것은 부당할 뿐만 아니라, 또한 배심원 일동에게 과실 치사가 성립될 수 있다는 사실에 대해 주의를 환기하지 않았음. 이것이 가장 중요한 이유입니다."

"그것은 배심원들에게도 책임이 있습니다. 우리도 그 정도의 일은 알고 있어야 했으니까요."

"마지막으로 네 번째 이유는……."
하고 변호사는 말을 계속했다.

"마슬로바의 유죄 여부에 관한 법정 자문에 대한 배심원들의 답신서는 그 자체로도 명백한 모순을 내포하고 있음. 즉 마슬로바는 오직 물욕 때문에 고의로 스멜리코프를 독살한 혐의로 고발되었으므로, 유일한 살해 동기가 금전욕에 있다고 인정되어 있음에도 불구하고, 배심원 일동은 그 답신서에 있어 마슬로바가 절도의 의사가 없었다는 사실을 부정하는 모순을 드러냈음. 이로 미루어 볼 때 피고가 살해할 의사가 없었다는 것을 충분히 인정하면서도, 재판장의 불완전한 결론으로 생긴 오류를 답신서에 분명히 밝혀 놓지 않은 것이 명백함. 따라서 이와 같은 배심원의 답신은 형사 소송법 제816조 및 제808조의 적용이 요망됨. 즉 재판장은 배심원 일동에 대하여 그들이 범한 착오를 지적하고 답신서를 반환함으로써 피고의 유죄 여부에 대해 새로운 심의를 거쳐 새로운 답신서를 작성, 제출하게 해야 했을 것임."

파나린은 계속해서 읽었다.

"그런데 왜 재판장이 그런 조치를 취하지 않았을까요?"

"저 역시 왜 그랬는지 그 이유를 알고 싶습니다."

파나린이 웃으면서 대답했다.

"그럼, 원로원이 이 잘못을 수정해 주겠군요?"

"그것은 그때의 담당자에게 달려 있지요. 그래서 저는 이렇게 덧붙여 놓았습니다. 이와 같은 재판으로 지방 법정은……."

하고 그는 빠른 속도로 뒤를 이었다.

"마슬로바를 처벌할 권리가 부여되지 않는 것으로 사료됨. 부언하면 동 피고인에 대한 형법 제771조 제3항의 적용은 우리 형법 제정 정신에 대해 명백하고 중대한 위반을 한 것임. 상술한 이유로써 형사 소송법 제909조, 제910조, 제912조 제2항 및 제918조 등에 비추어 먼저의 판결을 폐기하고, 또한 본 건을 재심하기 위해 동 재판소에서 타 법정으로 이관할 것을 청원하는 바임. 이것으로 제가 할 수 있는 일은 모두 한 셈입니다.

그렇지만 솔직히 말씀드려서 상소가 받아들여질 가능성은 매우 적습니다. 요컨대 모든 일은 원로원의 담당자에게 달려 있으니까요. 혹시 줄을 댈 만한 곳이 있으면 미리 부탁해 두는 것이 좋을 겁니다."

"아는 사람이 좀 있긴 합니다."

"그렇다면 빨리 손을 쓰십시오. 우물쭈물하다가는 적어도 석 달은 기다려야 될 겁니다. 그래도 성공하지 못할 때는 마지막으로 황제 폐하께 청원하는 방법이 있습니다. 그러나 그건 그때 가서 다시 도와 드리기로 하지요. 이면 공작이 아니라 청원서 작성에 대해서 말입니다."

"감사합니다. 그런데 사례금은……."

"그건 비서가 상소장을 정서한 것을 드릴 때 말씀드릴 겁니다."

"그리고 또 한 가지 알고 싶은 것이 있습니다. 얼마 전 검사로부터 마슬로바에 대한 면회 허가증을 받고 감옥으로 찾아갔는데, 그곳 사람들의 얘기로는 면회일이 아닌 날에 면회소 이외의 장소에서 죄수를 만나 보려면 현 지사의 특별 허가가 필요하다던데, 그게 사실입니까?"

"아마 그럴 겁니다. 그런데 지금은 지사가 부재중이어서 부지사가 직무를 대리하고 있지요. 그렇지만 그 사람은 너무 돌대가리라서 그리 쓸모가 없을 겁니다."

"마슬레니코프 말씀이시군요."

"예."

"그 사람이라면 제가 잘 알고 있습니다."

네플류도프는 돌아가기 위해 자리에서 일어섰다. 이때 마르고 못생긴 여자가 종종걸음으로 사무실 안으로 들어왔다. 그녀는 변호사의 아내로, 자기가 못생겼다는 사실을 별로 비관하지 않는 모양인지 벨벳과 비단, 울긋불긋한 옷감으로 전신을 휘감아 괴상한 옷차림을 한데다가 숱이 적은 머리를 유별난 모양으로 꾸미고 있었다. 그녀의 뒤를 이어 키가 크고 얼굴이 검은, 비단 솔기가 달린 프록코트를 입고 흰 넥타이를 맨 사내가 미소를 지으면서 천천히 걸어 들어왔다. 이 사람은 네플류도프와도 안면이 있는 작가였다.

"아나톨리!"

하고 그녀는 문을 열자마자 외쳤다.

"제 방으로 가요. 세몬 이바노비치께서 자작시를 낭독하시겠대요! 당신은 가르쉰(러시아의 작가)론을 한바탕 해주셔야 해요."

네플류도프가 나가려고 하자, 변호사의 아내는 남편과 귀엣말을 주고받더니 곧 그에게로 와서 말을 걸었다.

"잘 오셨습니다, 공작님. 제가 당신을 잘 알고 있으니 소개는 필요없다고 생각해요. 저희들의 문학 모임에 참석해 주실 수 있으시겠어요? 정말 재미있는 모임이랍니다. 아나톨리가 낭독을 썩 잘하니까요."

"어떻습니까, 제 일도 꽤 광범위하지요?"

파나린은 두 팔을 벌리고 미소를 지으면서, 이렇게 매력있는 여인의 말은 감히 거역할 수 없다는 듯한 태도로 자기 아내를 가리키면서 말했다.

네플류도프는 지극히 공손한 태도로 변호사의 부인에게, 초대해 주셔서 감사하지만 그럴 만한 시간적 여유가 없다고 말하고 사무실을 나왔다.

응접실에서는 비서가 네플류도프에게 미리 준비했던, 정서한 상소장을 내주었다. 사례금에 대해서 물어보자 그는 아나톨리 페트로비치께서 1천 루블 정도로 정했다고 대답한 다음 아나톨리 페트로비치는 보통 이런 사건은 맡지 않지만 공작님을 생각해서 특별히 맡아 준 것이라고 덧붙였다.

"이 상소장에는 누가 서명합니까?"

하고 네플류도프는 물어 보았다.

"피고가 직접 하도록 되어 있습니다만, 경우에 따라서는 본인의 위임장을 받아 아나톨리 페트로비치가 하기도 하지요."

"아니요, 그럴 필요 없습니다. 내가 피고한테 가서 서명을 받아오겠습니다."

네플류도프는 지정된 면회일 이전에 카튜샤를 만나 볼 기회가 생긴 것을 기뻐하면서 대답했다.

46

　감옥에서는 언제나 같은 시간이 되면 간수들의 호각 소리
가 감방 복도에서 요란하게 울려 퍼졌다. 그러면 철그럭거리
는 소리와 함께 복도와 감방문이 열리고 맨발로 걷는 소리와
장화 뒤축을 질질 끄는 소리가 들렸다. 그리고 그 다음에는
청소 당번이 악취가 풍기는 변기통을 들고 복도를 지나갔다.
남죄수와 여죄수들은 세수를 하고 옷을 갈아 입은 후 점호를
받기 위해서 복도로 나왔다. 그리고 점호가 끝난 다음에는 차
를 타기 위해 뜨거운 물을 가지러 갔다.
　차를 마시는 동안 이날의 화제는 어느 감방을 막론하고 모
두 태형을 받게 된 두 죄수에 대한 이야기였다. 그중 한 사람
은 바실리예프라는 교육도 받은 젊은 점원으로 질투심 때문
에 자기의 애인을 죽인 죄로 체포되었다. 쾌활한 성미의 그는
인색하지도 않았고, 간수들에 대한 태도도 꼿꼿했으므로 감

방 안의 사람들은 누구나 그를 좋아하고 있었다. 그러나 그는 감옥의 규칙이라든가 원칙을 잘 알고 있어, 간수들에게 그 실행을 요구했기 때문에 간수들에게서는 미움을 받았다. 3주일 전에 한 간수가 변소 청소 담당인 죄수가 실수로 자기 옷에 더러운 물을 끼얹었다고 해서 그 죄수를 구타한 일이 있었다. 마침 그 자리에 있던 바실리예프는 감옥 규칙에 죄수를 때려도 좋다는 것은 없다고 하며 그 죄수를 두둔했다.

"그럼 진짜 규칙이 어떤 것인가를 보여 주마!"
하고 간수는 바실리예프를 윽박지르면서 때리려고 주먹을 쳐들었다. 그러나 오히려 바실리예프가 간수의 손목을 3분 간이나 붙잡고 있다가 문 밖으로 홱 밀어내 버리고 말았다. 간수는 이 사실을 소장에게 보고했고, 소장은 즉시 그를 특별 감방에 가두도록 명령했던 것이다.

특별 감방이란, 밖에서 빗장을 지르도록 되어 있는 헛간 같은 캄캄한 독방이 여러 개 연달아 있는 곳이었다. 어둡고 추운 이 특별 감방에는 침대도 의자도 탁자도 없어서 여기 갇히는 사람은 별수 없이 더러운 땅바닥에 앉거나 누울 수밖에 없었다. 그리고 감방 안에는 쥐들이 들끓어 사람의 몸을 타넘기도 하고 기어오르기도 했다. 더구나 그 쥐들이 어찌나 대담한지 어둠 속에서는 빵조차도 지킬 수 없었다. 쥐들은 죄수들의 팔 밑에 깔려 있는 빵을 먹어치우는 것은 물론이고 가만히 움직이지 않고 누워 있으면 사람까지도 물어뜯는 형편이었다.

죄를 짓지 않았으므로 특별 감방에 가지 않겠다고 바실리예프는 끝까지 버텼으나 강제로 끌려갔다. 그가 간수를 뿌리치려 하자 같은 감방 안에 있던 죄수 두 명이 합세하여 간수를 밀어냈다. 그러자 곧 다른 간수들이 달려왔고, 그중에는 엄청나게 힘이 센 페트로프가 있었으므로 죄수들은 녹초가 되도록 얻어 터진 다음 모두 특별 감방에 갇히는 신세가 되었다. 이 사건은 무슨 폭동이라도 난 것처럼 과장되게 지사에게 보고되었고, 그 결과 주동자 두 명을 — 바실리예프와 불량배인 네폼냐시치 — 각각 서른 대씩의 태형에 처하라는 지시가 내려진 것이다.

태형은 여죄수 면회실에서 하기로 되어 있었다. 이 사건은 그 전날부터 감옥 안에 있는 모든 사람들에게 알려졌으므로, 감방마다 이제 집행될 태형 이야기로 꽃을 피우고 있었다.

콜라브료바, 멋쟁이, 페도시야, 마슬로바는 감방 구석에 모여 앉아서, 술을 마시며 얼굴이 빨갛게 된 채로 유쾌하게 떠들고 있었다. 요즈음 마슬로바에게서 보드카가 떨어진 일은 없었기 때문에 그녀는 아낌없이 이 술을 동료들에게 나누어 주고 있었다.

"그가 무슨 난폭한 짓을 했다고 그러는 거야?"

하고 콜라브료바는 바실리예프를 두둔하며 말했다.

"그는 그저 자기 친구를 두둔했을 뿐인데……. 더구나 요즘에는 죄수를 때리지 못하게 되어 있다는데 말이야!"

"젊고 좋은 사람이라던데."

사모바르가 놓여 있는 침상 맞은편 각목 위에 앉아 있던, 머리를 길게 땋아 내린 페도시야가 참견을 했다.

"저……그분한테 말씀드려 보면 어떨까요? 미하일로브나."

철로지기 여자가 말하는 '그분'이란 네플류도프를 가리키는 말이다.

"말하지요. 그분은 내 일이라면 무엇이든지 다 들어 주시니까."

카튜샤는 생글생글 웃으며 대답했다.

"그렇지만 그분이 언제쯤 오실지 알아? 그 사람은 곧 끌려갈 모양이던데."

그녀는 한숨을 내쉬면서 덧붙였다.

"예전에 시골에서 어떤 농부가 태형 받는 걸 구경한 일이 있어. 내가 시아버지의 심부름으로 촌장 집에 갔는데 말이지……."

철로지기 여자가 긴 이야기를 시작했다. 그러나 그녀의 이야기는 이층 복도에서 들려오는 말소리와 발걸음 소리 때문에 중단되고 말았다. 여죄수들은 조용히 귀를 기울였다.

"끌어내고 있어. 망할 자식들!"

멋쟁이가 말했다.

"몹시 심하게 때릴 거야. 바실리예프는 고분고분하지 않아서 간수들이 몹시 미워하고 있었으니까."

이윽고 이층이 조용해지자 철로지기 여자는 아까 중단되었던 이야기를 계속했다. 자기는 촌장 집 헛간에서 그 농부가 얻어맞는 것을 보고 놀라서 간이 벌벌 떨리더라고 했다. 멋쟁이 여자도 자기가 본 태형 이야기로, 시체그로프라는 사람이 채찍으로 얻어맞으면서도 신음 소리 한 번 내지 않았다는 것을 말했다. 그럭저럭 이야기는 대충 끝나, 페도시야가 일어나

찻잔을 거두고 콜라브료바와 철로지기 여자는 바느질을 시작
했다. 마슬로바는 몹시 따분한 듯 두 팔로 무릎을 껴안고 침
대 위에 앉아 있었다. 그녀가 마침내 자리를 펴고 잘 채비를
하고 있는데, 여간수가 들어오더니 사무실에 면회자가 와 있
다고 알려 주었다.

"우리 사정 이야기를 꼭 해줘요."

메니쇼바 노파가 수은이 절반이나 벗겨진 낡은 거울 앞에
서서 숄을 매만지고 있는 마슬로바에게 말했다.

"불을 지른 건 우리가 아니라 바로 그 자식이었거든. 일꾼
이 보았지. 일꾼은 거짓말 따위를 해서 자기 영혼을 더럽히는
사람이 아니야. 그분에게 미트레이를 만나 물어보시라고 해
요. 그러면 미트레이가 모든 사실을 하나도 숨기지 않고 말할
거야. 정말 이건 너무한 짓이야. 그 자식은 지금 남의 유부녀
와 붙어서 술집에서 해롱거리고 있는데!"

"정말 있을 수 없는 일이야!"

콜라브료바가 맞장구를 쳤다.

"말하겠어요, 꼭 말하겠어요."

하고 마슬로바는 대답했다.

"용기를 내기 위해서 한 잔 마셔야지."

그녀는 한 눈을 찡긋하면서 이렇게 덧붙였다.

콜라브료바가 보드카를 따라 주었다. 마슬로바는 그것을
받아 쭉 들이켜고 나서,

'용기를 내기 위해서.'

라고 자기가 방금 한 말을 중얼거리며 아주 명랑한 기분으로

머리를 흔들고 생글생글 웃으면서 여간수의 뒤를 따라 복도
를 걸어갔다.

$$47$$

　네플류도프는 오랫동안 감옥 현관에 서서 기다리고 있었다.

　그는 감옥에 도착하자마자 입구의 벨을 눌러 당직 간수에게 검사의 입소 허가증을 보여 주었다.

　"누구를 면회하시려고 하십니까?"

　"여죄수 마슬로바입니다."

　"지금은 안 됩니다. 소장님께서 바쁘시니까요."

　"사무실에 계십니까?"

　"아니요, 여기 면회실에 계십니다."

라고 간수가 대답했으나 그 태도가 어쩐지 네플류도프에게는 당황해하고 있는 것처럼 보였다.

　"그럼 오늘도 면회가 허락되는 날입니까?"

　"아니요, 특별히 볼일이 계셔서."

라고 간수는 말했다.

"어떻게 하면 소장님을 뵐 수 있을까요?"

"곧 나오실 테니 그때 말씀하십시오. 조금만 더 기다리시면 됩니다."

그때 옆문으로 번들번들 윤이 나는 얼굴에 콧수염으로 담배 연기를 뿜으며 깃에 단 휘장을 번쩍거리면서 상사(上士)가 들어왔다. 그리고 다짜고짜 간수를 꾸짖었다.

"왜 이런 데로 모셨어? 당장 사무실로 안내해!"

"소장님이 여기 계시다는 말을 들었기에……."
하고 상사에게서도 안절부절못하는 불안스러운 태도가 느껴지자, 네플류도프는 놀라며 말했다.

그때 안쪽 문이 열리더니 땀에 젖고 얼굴이 상기된 간수 페트로프가 들어왔다.

"이제는 잘 알겠지요."
하고 그는 상사에게 말했다.

상사는 눈으로 네플류도프를 가리켰다. 그러자 페트로프는 입을 다물고 얼굴을 찡그리면서 뒷문으로 나갔다.

'누가 무엇을 알게 되었단 말인가? 사람들은 왜 이렇게 서먹한 얼굴들을 하고 있을까? 상사는 왜 그에게 야릇한 눈짓을 했을까?'

네플류도프는 궁금했다.

"여기서는 기다리실 수가 없으니 사무실로 가시지요."
하고 상사가 네플류도프에게 말했다. 네플류도프가 나가려 할 때 안쪽 문이 열리더니 부하들보다 한층 더 당황한 듯한 태도로 소장이 들어왔다. 그는 줄곧 한숨만 쉬고 있었는데, 네플류도프를 보자 간수에게 말했다.

"페트로프, 여죄수 제5호 감방의 마슬로바를 지금 사무실로 데리고 와요."

"이리 오십시오."

하고 그는 네플류도프를 재촉했다. 그는 좁다란 계단을 올라가 창이 하나밖에 없는 작은 방으로 들어갔다. 거기에는 책상 하나와 의자 몇 개가 놓여 있었다. 소장은 앉았다.

"정말 힘든 일입니다."

그는 굵은 담배를 꺼내면서 네플류도프 쪽을 보고 말했다.

"무척 피곤하신 모양이군요."

하고 네플류도프는 말했다.

"모두 근무에서 오는 피로입니다. 정말 어려운 직업이지요. 좀 편하게 하려고 하면 할수록 점점 더 일이 많아질 뿐입니다. 어떻게든 그만두어 버려야겠다는 생각만 하게 됩니다. 여기를 빠져나갈 궁리만 하고 있는 형편이랍니다. 정말 괴로운 직무이지요."

네플류도프는 소장이 왜 그렇게 괴로워하는지 알 수 없었으나, 소장이 오늘따라 여느 때와는 달리 쓸쓸하고 절망적인 기분이 되어 있다는 것을 눈치챘다.

"그러시겠지요. 확실히 힘드는 일이라고 짐작됩니다. 그런데 왜 그만두시지 않습니까?"

"재산이 없는데다가 가족이 있기 때문이지요."

"하지만 그토록 괴로우시다면……."

"이것은 좀 외람된 말씀 같지만, 여러분을 위해 힘껏 일을 하고 있습니다. 할 수 있는 데까지는 편의를 봐 드리려고 말이지요. 만약 다른 사람 같으면 이런 방식은 취하지 않을 겁니다. 정말 쉬운 일이 아니거든요. 2천 명 이상의, 더구나 저런 인간들을 상대해야 하니까요. 다루는 방법도 알아야 하고, 인간이니 동정도 해주어야 합니다. 그렇다고 해서 너무 늦추어도 안 되고요."

소장은 최근에 있었던, 죄수들끼리 싸워 살인을 한 사건을 이야기하기 시작했다. 그러나 그의 이야기는 마슬로바가 들어왔기 때문에 중단되었다.

네플류도프가 문간에서 그녀를 보았을 때, 그녀는 아직 소장을 보지 못했다. 그녀의 얼굴은 빨갛게 상기되어 간수 뒤에서 활발하게 걸으면서 줄곧 생글생글 웃고 있었다. 그러나 소장을 보자 그녀는 무서운 얼굴로 그를 응시하더니, 다시 마음을 돌이켜 쾌활하고 명랑하게 네플류도프에게 인사를 건넸다.

"안녕하셨어요?"

그녀는 노래 부르듯이 말하고는 생긋이 웃으며 전날과는 달리 힘있게 그의 손을 쥐었다.

"이 상소장에 당신 서명을 받으러 왔소."

네플류도프는 그녀의 달라진 태도에 놀라면서 말했다.

"변호사가 상소장을 작성해 주었으니, 당신 서명을 받아서 이것을 페테르부르크에 보내려고……."

"좋아요, 서명하지요. 뭐든지 하겠어요."

그녀는 한쪽 눈을 찡긋하고 웃으면서 말했다.

네플류도프는 상소장을 꺼내 들고 책상으로 갔다.

"여기서 서명해도 좋습니까?"

네플류도프는 소장에게 물었다.

"이리 와서 앉아요."

하고 소장이 말했다.

"자, 여기 펜이 있어. 쓸 줄 아나?"

"옛날에는 쓸 줄 알았어요."

그녀는 생글생글 웃으면서 스커트와 스웨터의 소매를 매만지고, 책상 앞에 앉아 작은 손으로 서툴게 펜을 쥐었다. 그리고 웃으며 또 네플류도프를 보았다.

그는 어디다 어떻게 서명하는지 그녀에게 가르쳐 주었다. 그녀는 조심스럽게 펜을 잉크에 적신 다음 자기 이름을 썼다.

"이것만 쓰면 돼요?"

그녀는 펜을 잉크 병에 세웠다, 종이 위에 얹었다 하면서 네플류도프와 소장에게 번갈아 가며 물었다.

"나, 당신한테 할 말이 좀 있는데."

그녀의 손에서 펜을 받아 들고 네플류도프는 말했다.

"그러세요? 말씀하세요."

무슨 생각에 잠겼는지 그녀는 갑자기 정색을 했다.

소장이 밖으로 나가자 네플류도프는 그녀와 단둘이 마주 보고 섰다.

48

마슬로바를 데리고 온 간수는 책상에서 떨어져 문가에 앉았다. 네플류도프에게 결정적인 순간이 온 것이다. 그는 처음의 면회 때 중요한 것을 — 그녀와 결혼할 작정이라는 것을 — 그녀에게 말하지 못한 데 대해, 줄곧 자신을 책망하고 있었다. 그리고 지금이야말로 그 말을 할 순간이라고 굳게 결심했다. 그녀와 네플류도프는 책상을 사이에 두고 마주 앉아 있었다. 방 안은 무척 밝았다. 네플류도프는 비로소 가까운 곳에서 찬찬히 그녀의 얼굴을 보게 되었다. 눈꼬리와 이마에 잔주름이 생겼고, 눈은 약간 부어 있었다. 그러자 그는 지금까지보다 한층 더 그녀가 불쌍하게 생각되었다.

문가에 앉아 있는, 수염이 희끗희끗한 간수에게 들리지 않도록 책상에 팔꿈치를 짚고, 그녀에게만 들리도록 그는 말했다.

"만약 이 상소가 잘 안 되면 황제에게 직접 탄원서를 내겠소. 나는 할 수 있는 한 최선을 다할 것이오."

"먼저도 변호사만 좋았더라면……."

하고 그녀는 그의 말을 가로막았다.

"그런데 그 변호사는 바보라 저한테 알랑거리기만 했어요."

하며 그녀는 키득키득 웃었다.

"그때 제가 당신하고 아는 사이라는 것을 그가 알았더라면 이렇게까지는 안 되었을 거예요. 그런데 글쎄 지금은 모두들 저를 도둑년으로 알고 있어요."

'오늘 그녀는 아무래도 이상하다.'

네플류도프는 속으로 놀라면서도 마음먹은 대로 중요한 이야기를 하기 위해서 입을 열려고 하자 그녀가 또 지껄이기 시작했다.

"실은 부탁이 좀 있어요. 우리 감방에 할머니 한 분이 있는데…… 정말 놀랄 정도로 훌륭한 할머니가 아무 죄도 없이 들어와 있어요. 아들도 같이요. 두 사람 다 무죄라는 것은 누구나 알고 있어요. 그런데 방화죄를 뒤집어쓰고 들어와 있어요. 실은 그 할머니가 제가 당신을 잘 안다는 말을 듣고……."

하고 카튜샤는 얼굴을 갸웃하고 네플류도프의 얼굴을 살피며 말했다.

"저한테 이렇게 말하지 않겠어요? '우리 아들을 만나 주시도록 그분에게 부탁 좀 해 주겠어? 그러면 아들이 죄다 이야기할 테니까' 라고요. 메니쇼프라고 해요. 어떠세요, 만나 주시겠어요? 정말 좋은 할머니예요. 단번에 그녀가 무죄라는 것을 알 수 있어요. 수고 좀 해주시겠어요?”

하고 그녀는 그의 얼굴을 찬찬히 보더니 눈을 내리깔고 방긋이 웃음을 머금었다.

“좋아, 만나 보도록 하지.”

그녀의 염치없는 태도에 점점 더 놀라움을 느끼면서 네플류도프는 말했다.

“그런데 나도 당신한테 할 말이 있소. 그때 내가 당신한테 한 말을 기억하고 있소?”

하고 그는 말했다.

“당신은 여러 가지 말씀을 하셨어요. 무슨 말씀이었는지요?”

그녀는 여전히 미소를 머금은 채 얼굴을 갸웃거리면서 말했다.

“나는 내 죄를 속죄하고 싶소.”

하고 네플류도프는 말했다.

“뭘 그러세요, 노상 용서를 하느니 않느니 하시는데, 그런 건 아무러면 어때요…… 그보다도 저…….”

“말로써가 아니라, 행위로써 속죄하고 싶소. 나는 당신과 결혼할 작정이오.”

그러자 그녀의 얼굴에 순간적으로 놀라움의 빛이 감돌았다. 사팔뜨기 눈이 딱 고정되어, 그를 보고 있는 것 같기도 하고 보지 않는 것 같기도 했다.

“이제 와서 새삼스럽게 그럴 필요가 있나요?”

그녀는 원망스러운 듯이 눈살을 찌푸리며 말했다.

“나는 하느님 앞에서 그렇게 해야 한다고 느끼고 있는 거
요.”

“어머나, 어떤 하느님을 발견하셨어요? 당신은 언제나 당
치도 않은 말씀만 하세요. 하느님이라고요? 어떤 하느님이지
요? 당신은 그때 하느님을 생각하셨어야 했어요.”
라고 그녀는 말했다. 그리고 입을 벌린 채 다음 말을 잊어버
렸다.

네플류도프는 그제야 그녀 입에서 몹시 술 냄새가 난다는
것을 눈치채고 그녀의 마음이 흥분해 있는 이유를 알았다.

“마음을 진정해요.”
하고 그는 말했다.

“진정할래야 진정할 건덕지도 없어요. 내가 취한 줄 아시는
군요? 그래요, 저는 취했어요. 하지만 지금 제가 무엇을 말하
고 있는지는 알고 있어요.”

그녀는 별안간 빠른 말로 지껄여대더니 금방 얼굴이 새빨
개졌다.

“나는 유형수예요. 나는 매춘…… 당신은 나리님이며 공작
님이세요. 나 같은 것과 함께 고생할 필요는 없지요. 당신은
공작 아가씨한테나 가 보세요. 나의 몸값은…… 붉은 지폐 한
장이란 말이에요.”

“네가 아무리 잔혹한 말을 하더라도……넌 내 마음을 알 수
없을 거야.”

네플류도프는 온몸을 떨면서 조용히 말했다.

“너에 대해서 내가 얼마나 죄의식을 느끼고 있는지, 아마

넌 상상도 못 할 거야!"

"죄의식을 느끼고 있다고요?"

그녀는 표독스레 비웃었다.

"그때는 죄의식을 느끼지 못하고 1백 루블을 쑤셔 넣어 줘 놓고서. 그것이 당신이 흥정한 내 몸값이었어요……."

"알고 있어, 알고 있어. 하지만 이제 와서 그렇게 말한들 무슨 소용이 있겠어?"

하고 네플류도프는 말했다.

"이제 나는 너를 떠나지 않겠다고 결심했어."

하고 그는 거듭 말했다.

"그리고 말한 것을 실행하겠어."

"하지만 난 실행해 주지 않기를 원해요!"

하고 그녀는 큰 소리로 웃었다.

"카튜샤!"

하고 부르며 그는 그녀의 손을 잡으려 했다.

"만지지 말아요. 나는 유형수, 당신은 공작. 이런 데 찾아올 필요도 없어요."

분노로 안색이 바뀐 그녀는 그의 손을 뿌리치면서 외쳤다.

"당신은 나에 의해 구원을 받고 싶은 건가요?"

그녀는 마음속에 솟구쳐 오른 것을 죄다 말해 버리려고 성급히 말했다.

"이 세상에서는 나를 노리갯감으로 만들어 놓고, 저 세상에서는 나에 의해 구원받으려는 셈이군요! 당신 따위는 꼴도 보기 싫어요! 그 안경, 기름지고 더러운 얼굴도. 돌아가요. 돌아

344

가래도요!"
난폭한 동작으로 일어서면서 그녀는 외쳤다.
그러자 간수가 뛰어나왔다.
"왜 이리 떠들어!"
"놔 두시오."
하고 네플류도프가 말했다.
간수는 다시 문가로 갔다.
카튜샤는 다시 앉았다. 그리고 눈을 내리깔며 팔짱을 끼고 손가락으로 팔꿈치를 움켜쥐었다.
네플류도프는 어떻게 해야 좋을지 몰라 그녀 앞에 서 있었다.
"당신은 나를 믿지 않는군."
하고 그는 말했다.
"당신이 결혼해 달라는 것…… 그런 것 따위는 딱 질색이에요. 차라리 목을 매는 편이 나아요! 이것이 제 대답이에요."
"아무튼 나는 너를 위해 최선을 다하겠어."
"글쎄, 그것은 당신 자유겠지요. 하지만 이것만은 분명히 해 두겠어요."
하고 그녀는 말했다.
"그때 왜 죽어 버리지 못했는지 몰라."
그녀는 이렇게 덧붙이고 원망스러운 듯이 울기 시작했다.
네플류도프는 아무 말도 할 수가 없었다. 그녀의 눈물이 그에게도 전염된 것 같았다. 그녀는 얼굴을 들고 깜짝 놀란 듯이 그를 보았다. 그리고 숄 자락으로 볼을 타고 흘러내리는 눈물을 닦기 시작했다.

간수가 다시 다가와서 시간이 되었다는 것을 알렸다. 카튜샤는 일어섰다.

"당신은 오늘 너무 흥분해 있어. 가능하면 내일 다시 올 테니 내가 한 말들을 잘 생각해 봐요."

하고 네플류도프는 말했다.

그녀는 아무 대답도 하지 않았다. 그러고는 그를 돌아보지도 않고 간수를 따라 나갔다.

"너도 이번에는 팔자를 고쳐야지."

그녀가 감방으로 돌아오자 콜라브료바가 말했다.

"아마 너한테 홀딱 반한 모양이야. 찾아오는 동안에 실수없이 해야 해. 반드시 널 구해줄 거야. 그는 부자라서 무슨 짓이라도 할 수 있는 힘이 있거든."

"정말 그래."

철로지기가 노래하는 듯한 소리로 지껄여댔다.

"가난뱅이는 색시를 얻어도 밤이 짧아서 제대로 잠잘 틈도 없지만, 부자는 마음만 먹으면 뭐든지 소원대로 할 수 있거든. 우리 마을에도 아주 대단한 사람이 있었는데, 그이가 말이야……."

"어때, 내가 부탁한 것 말해 봤어?"

하고 노파가 물었다.

그러나 카튜샤는 동료들에게는 대꾸도 않고 침상 위에 벌렁 드러누워, 사팔기 있는 눈으로 방구석 쪽을 주시한 채 그대로 밤까지 꼼짝 않고 있었다. 네플류도프의 말은, 그녀가

괴로워하고 알지도 못한 채 미워하며 피해만 왔던 그 세계로
그녀를 다시 끌어들였다. 그녀는 지금까지 자신이 그 속에서
살아 왔다는 것을 망각하고 있었다. 과거에 있었던 일을 뚜렷
이 기억하고 산다는 것은 너무나도 괴로운 일이었다. 그날
밤, 그녀는 또 술을 사서 마셨다.

49

'그렇다, 이렇게 되는 것이 당연하지. 당연하고말고.'

네플류도프는 감옥을 나오면서 이런 생각을 했다. 그리고 비로소 자기 죄의 전모를 본 듯한 느낌이 들었다. 만약 그가 자신의 행위를 속죄하려고 시도하지 않았더라면, 그는 자신의 행위가 얼마나 큰 죄였는지 영원히 몰랐을 것이다. 뿐만 아니라, 그녀 역시 자기에게 가해진 악이 얼마만큼 큰 것인지를 모르고 지냈을 것이다.

이제야 비로소 그 모든 것이 무서운 정체를 남김없이 드러낸 것이다. 그는 이제야 비로소 자신이 그녀의 영혼에 어떤 짓을 했는지를 생생하게 보았고, 그녀도 자신이 어떤 짓을 당했는지를 깨달은 것이다. 이제야 그는 무서워졌다. 그녀를 버린다는 일은 이제 할 수 없었다. 그는 그것을 알고 있었으나, 동시에 그녀와의 관계에서 어떤 결과가 생길 것인지도 상상

할 수 없었다.

　문 근처에 이르렀을 때 훈장과 메달을 잔뜩 단 간수가 네플류도프 곁으로 다가와 불쾌한 웃음을 지으면서 살그머니 편지 한 통을 건넸다.

　"이걸 공작님께 전해 달라고 어떤 여자한테 부탁을 받았습니다."

　"여자라니?"

　"읽어 보시면 압니다. 여기 수감되어 있는 정치범입니다. 제가 그 감방 간수를 하고 있어서 부탁받았습니다. 이런 일은 금지되어 있습니다만, 인정상……."

　간수는 부자연스러운 목소리로 말했다.

　정치범 담당 간수가 감옥 안에서, 게다가 모두 눈을 번들거리고 있다고 해도 과언이 아닌 곳에서 편지를 주다니……. 네플류도프는 놀라움을 금치 못했다. 그때까지 그는 그 남자가 스파이임을 눈치채지 못했다. 그는 편지를 받아들고 문을 나와서 그것을 읽었다. 편지에는 연필로 다음과 같이 써 있었다.

　당신이 어떤 형사범에게 관심을 가지고 가끔 찾아오신다는 것을 알고 만나 보고 싶어졌습니다. 제게 면회를 신청해 주세요. 당신이라면 허락될 것입니다. 당신이 돌보고 계시는 분에게도, 당신의 동료 여러분에게도 중대한 정보를 알려 드리고 싶습니다.

베라 보고두호프스카야 올림

베라 보고두호프스카야는 언젠가 네플류도프가 친구들과 곰 사냥을 간 적이 있는 노브고로드 현의 한 벽촌 여교사였다. 그때 이 여교사는 대학에 가고 싶으니 학비를 원조해 달라고 네플류도프에게 청했다. 네플류도프는 그녀에게 돈을 주고는 그 후로 그 일을 까맣게 잊고 있었다. 그런데 지금, 그 여인이 이곳에 정치범으로 투옥돼 있다가 아마 그의 이야기를 들었는지, 이렇게 은혜를 갚으려고 자청해 온 것이다. 그 무렵에는 모든 일이 편하고 간단했다. 그러나 지금은 얼마나 귀찮고 복잡한가. 네플류도프는 그 당시의 일과 보고두호프스카야와 알게 되던 무렵의 일들을 상기하고는 흐뭇한 기분이 되었다.

그것은 사육제를 앞두고 철로에서 60킬로미터나 떨어진, 풀이 무성한 어느 시골에서 일어난 일이었다. 사냥은 꽤 성과가 좋았다. 곰을 두 마리씩이나 잡아 식사를 끝내고 돌아오려는 참에 그들이 묵었던 농가의 주인이 들어왔다. 그는 네플류도프에게 사제보의 딸이 공작을 뵙고자 찾아왔다고 알렸다.

"예쁜가?"

누군가가 물었다.

"그만두게!"

네플류도프는 이렇게 말하며 진지한 얼굴로 식탁 앞에서 일어났다. 그리고 입술을 닦고 사제보의 딸이 대관절 무슨 일로 왔을까 의아해하면서 안채 쪽으로 갔다.

방에는 펠트 모자를 쓰고 털외투를 입은 한 처녀가 있었다. 전체적으로는 거친 느낌에 볼이 헬쑥하여 볼품없는 생김새였지만, 치켜진 눈썹 아래 있는 눈이 무척 아름다웠다.

"자, 베라 보고두호프스카야, 말씀을 드려 봐라."

주인 노파가 말했다.

"이분이 바로 그 공작님이시다. 그럼, 나는 나가 있겠다."

"무슨 일이신지?"

네플류도프가 물었다.

"저는…… 저는…… 저, 당신은 부자라서 사냥같이 쓸데없는 일에 돈을 낭비하는 것을 잘 알고 있어요."

그녀는 어쩔 줄 몰라하면서 말을 꺼냈다.

"저는 사람들에게 쓸모 있는 사람이 되고 싶어서, 단지 그것만을 원하고 있습니다. 그렇지만, 아무것도 몰라서 어떻게 할 수가 없어요."

맑은 눈에 진지함과 망설임의 표정이 감동을 주었다. 네플류도프는 자신도 모르게 상대의 입장이 되어 그 심정을 이해했으므로 그녀가 불쌍하게 여겨졌다.

"내가 할 수 있는 것이라면?"

"저는 여교사예요. 대학 강습소에 가고 싶지만 갈 수가 없어요. 집에서 가지 말라는 것은 아니에요. 가라고는 하지만 학비가 없습니다. 돈을 좀 빌려 주실 수는 없을까요? 졸업하면 갚아 드리겠어요. 돈 많은 사람들은 곰을 잡거나 농부들에게 술을 사 먹이거나 하지요. 하지만 그런 것은 좋지 못한 일이라고 생각해요. 왜 좋은 일을 하시지 않을까요? 제가 필요한 것은 불과 80루블이에요. 싫으시다면 그만두세요."

그녀는 성난 듯이 말했다.

"천만에요. 당신이 이런 기회를 주셔서 얼마나 반가운지 모르겠습니다. 잠깐 기다리십시오. 곧 가져오겠습니다."

하고 네플류도프는 말했다.

그는 밖으로 나가자마자 엿보고 있던 친구와 마주쳤다. 그는 친구의 야유에는 대꾸도 하지 않고 가방에서 돈을 꺼내어 그녀에게 주었다.

"자, 어서 받으시오. 고맙다는 말은 필요없습니다. 도리어 내가 감사해야 할 테니까요."

네플류도프는 지금 이러한 일들을 생각해 내는 것이 너무나도 즐거웠다. 이것을 가지고 잘못 짐작하고 놀리던 장교와 하마터면 다툴 뻔한 일이며, 다른 한 친구가 그의 편을 들어주어 그것이 원인이 되어 두 사람이 한층 친하게 되었던 일이며, 사냥 성적이 좋아 즐거운 기분으로 밤늦게서야 역으로 돌아올 때의 참으로 상쾌했던 일들이 생각났다.

두 필의 말이 끄는 썰매의 행렬이 소리도 없이 오솔길을 통해 때로는 높고 때로는 낮은 숲을 빠져나가서, 눈을 뒤집어쓴 전나무 사이를 누볐다. 어둠 속에 빨간 불빛을 보이며 누군가가 향기로운 담배를 피웠다.

몰이꾼인 오시프가 무릎까지 눈을 묻히면서 이 썰매에서 저 썰매로 달려 시중을 들며, 지금쯤 깊은 눈 속을 헤치고 고리버들 껍질을 먹고 있을 큰 사슴에 관한 얘기랑, 동면하는 굴 속에 누워서 숨구멍으로 따뜻한 숨결을 토해내고 있을 곰 이야기를 해주었다.

이러한 여러 가지 추억이 떠올랐다. 그러나 무엇보다도 그를 기쁘게 만드는 것은 건강과 젊음, 아무런 근심도 없었던 그 시절의 행복감이었다. 털외투가 부풀도록 가슴 가득 얼음 같은 공기를 빨아들였고, 나뭇가지에서 가루 같은 눈이 얼굴에 떨어졌다. 몸은 따뜻했고 얼굴은 상쾌했으며, 마음에는 걱정도 불안도 두려움도 욕망도 없었다. 얼마나 근사했던가! 거기에 비하면 지금은? 아, 모든 것이 어쩌면 이렇게도 괴롭고 귀찮은 것일까…….

아마 베라 보고두호프스카야는 혁명 사업 때문에 투옥된 것이 틀림없다. 꼭 만나야 한다. 더구나 카튜샤를 위한 좋은 정보를 주겠다고 하지 않았는가.

50

이튿날 아침, 네플류도프는 어제 있었던 일을 돌이켜 생각
해 보았다. 그러자 갑자기 무서워졌다. 그러나 그 무서움에도
불구하고 한층 더 굳게, 이미 시작한 일은 무슨 일이 있어도
계속해야 한다고 결심했다.

이런 의무감에 빠져 그는 집을 나와 부지사인 마슬레니코
프의 집으로 마차를 달렸다. 카튜샤뿐만 아니라 그녀에게서
부탁받은 노파 메니쇼프와 그 아들과의 면회도 허가받기 위
해서였다. 그리고 카튜샤를 구하는 데 도움이 될지도 모르는
보고두호프스카야와의 면회에 대해서도 부탁해 볼 작정이었
다.

네플류도프는 마슬레니코프와 오래 전 연대에 있을 무렵부
터 아는 사이였다. 마슬레니코프는 그 무렵 연대의 재정관으
로 있었는데, 그는 군대와 황실 이외에는 아무것도 몰랐고 알

려고도 하지 않는 보기 드문 순진한 장교였다. 지금은 연대에서 현의 관청으로 옮겨 행정관이 되어 있었다. 그는 돈 많은 부잣집 말괄량이와 결혼했는데, 아내가 그를 군무에서 관리직으로 옮기게 한 것이다.

그녀는 그를 우습게 보았으며, 길들인 애완용 동물처럼 그를 놀리기도 하고 귀여워하기도 했다. 네플류도프는 작년 겨울에 한 번 그를 방문한 일이 있었는데, 이 부부에 대해 전혀 흥미를 느끼지 못했으므로 그 후로는 만나지 않고 있었다.

마슬레니코프는 네플류도프를 보고 얼굴 전체에 웃음을 지었다. 기름진 붉은 얼굴도, 뚱뚱하게 살이 찐 체구도, 군대에 있을 무렵처럼 사치스런 차림새도 역시 그대로였다. 군대에 있을 무렵에도 늘 어깨와 가슴이 꼭 들어맞는 최신 유행의 제복이나 사복을 입고 있었는데, 지금도 역시 최신 유행의 문관복 차림이었다. 그는 약식 제복을 입고 있었다. 나이는 다르지만(마슬레니코프는 마흔 살에 가까웠다) 두 사람은 '너, 나' 하는 사이였다.

"여, 잘 왔네. 아내에게로 가세. 회의에 나갈 때까지 꼭 십분 남았군. 지사가 부재 중이라 내가 현의 일을 모두 맡고 있지."

그는 만족스러움을 숨기지 못하고 이렇게 말했다.

"자네한테 부탁이 있어서 왔네."

"무슨 일인데?"

갑자기 마슬레니코프는 경계라도 하듯이 깜짝 놀라며 어느 정도 위엄을 갖춘 목소리로 말했다.

"이곳 감옥에 내가 매우 관심을 갖고 있는 죄수가 하나 있는데(감옥이라는 말을 하자 마슬레니코프의 얼굴에 위엄이 서렸다), 나는 일반 면회실이 아니라 사무실에서, 그것도 정해진 면회일에만이 아니라 좀더 자주 그 죄수를 면회하고 싶다네. 그러려면 자네의 허가를 받아야 한다고 들었기 때문에……."

"물론이지, 자네를 위해서라면 뭐든지 해주겠네."

그는 자기의 위엄을 완화시키려고 두 손으로 네플류도프의 팔꿈치를 누르면서 말했다.

"그건 상관 없지. 아무튼 나는 임시 지사니까 말일세."

"그럼 그녀와 면회할 수 있는 허가증을 줄 수 있겠군."

"뭐? 그럼 여자인가?"

"그렇다네."

"무슨 죄를 지었나?"

"독살이야. 하지만 판결이 잘못됐어."

"정말 올바른 재판은 허울뿐이야. 배심원 녀석들이 하는 짓이란 언제나 그렇단 말이야."

그는 무엇 때문인지 프랑스어를 했다.

"자네가 내 의견에 동의하지 않는다는 것은 알지만 하는 수 없어. 이것이 내 신념이야."

그는 1년 동안 보수계 신문에 여러 가지 형태로 실린 의견을 늘어놓으면서 이렇게 덧붙였다.

"자네가 자유주의자라는 건 나도 알고 있네."

"내가 자유주의자란 말인가?"

네플류도프는 웃으면서 말했다. 사람을 판단할 경우에 먼저 그 사람의 말을 잘 들어 볼 필요가 있다든가, 법 앞에서는 만인이 평등하다든가, 대체적으로 사람을 괴롭히거나 때려서는 안 되지만 특히 아직 유죄라고 결정되지 않은 자에게 그런 태도를 취해서는 안 된다고 그가 말하는 것에 대해 사람들이 자신을 자유주의자라고 부르는 것을 그는 항상 이상하게 생각하고 있었다.

"내가 자유주의자인지 아닌지는 잘 모르겠지만, 현행 재판 제도가 아무리 나쁘더라도 구제도보다 낫다는 것은 나도 알고 있네."

"그래 변호는 누구에게 부탁했나?"

"파나린일세."

"허, 파나린이라고!"

마슬레니코프는 얼굴을 찌푸렸다. 그는 작년에 파나린으로 인해 증인으로 법정에 소환되어, 30분에 걸쳐 웃음거리가 되었던 일을 생각했다.

"나는 그놈을 자네한테 권하고 싶지 않네. 파나린은 평판이 좋지 못한 사내야."

"또 한 가지 부탁이 있네."

마슬레니코프의 말에는 대답하지 않고, 네플류도프는 말했다.

"벌써 오래 전 일이지만 내가 어떤 처녀와 알게 되었는데 말이야, 여교사인데 아주 불쌍한 여자지. 그녀도 감옥에 있다는데 나를 만나고 싶다는 거야. 그 면회 허가증도 줄 수 없겠나?"

"정치범인가?"

"응, 그렇다나 봐."

"사실 정치범과의 면회는 친척에게만 허용되어 있는 일이지만…… 좋아, 특별히 허가증을 내주지. 자네 같으면 악용할 일도 없을 테니까. 그래, 이름은? 미인인가?"

"아니, 못생겼어."

마슬레니코프는 알 수 없다는 듯이 머리를 흔들고 책상으로 가서 허가증이라고 인쇄되어 있는 정식 용지에다 다음과 같이 쓰고는 자신의 멋진 필치로 서명을 했다.

'본 증명서 지참자 공작 드미트리 이바노비치 네플류도프에게 수감 중인 평민 마슬로바 및 병원 잡역부 보고두호프스카야와 옥내 사무실 면회를 허가함.'

"이제 감옥의 질서가 어떤 것인지 자네도 볼 수 있을 걸세. 하지만 질서를 지킨다는 건 곤란한 일이야. 아무튼 이송 중인 죄수가 있기 때문에 초만원이거든. 그러나 나는 비교적 엄중히 감독하고 있고, 또 이 일이 마음에 드네. 자네도 보면 알겠지만, 생활하기 편해서 죄수들이 모두 만족해하고 있네. 다만 그들을 다룰 줄 알아야 해. 며칠 전에도 재미없는 사건이 있었지. 명령 거부일세. 다른 사람 같았으면 폭동으로 간주하고 많은 처벌자를 냈겠지만…… 다행히 대단한 일 없이 끝났네. 그만하면 잘 수습된 셈이지. 한쪽으로는 세심한 배려, 다른 쪽으로는 단호한 힘, 이것이 필요하다네."

그는 커프스 단추가 달린 희고 빳빳한 소매 끝에 나와 있는 두툼한 주먹을 불끈 쥐면서 말했다. 그의 손가락에는 터키 구슬 반지가 끼어져 있었다.

"세심한 배려와 단호한 힘!"

"글쎄, 그런 것은 잘 모르겠네."

하고 네플류도프는 말했다.

"나는 거기에 두 번이나 가 보았지만 뭐라고 말할 수 없는 무서운 기분이 들더군."

"그래! 자네 파세크 백작 부인과 사귀어 둘 필요가 있네."

흥이 나기 시작한 마슬레니코프가 말을 이었다.

"부인은 이 일에 온몸을 다 바치고 있네. 그 희생은 대단한 것일세. 쓸데없는 겸손은 빼고 말하네만, 내가 모든 면에 걸쳐 개선이 된 것도 그 부인 덕택이라 할 수 있을 걸세. 이전의 무서운 상태를 없애고, 죄수들이 기분좋게 살 수 있도록 개선했지. 보면 알 걸세. 그런데 파나린 말인데…… 개인적으로는 그를 알지도 못하고, 게다가 나의 사회적 지위로 보더라도 서로가 추구하는 길이 맞을 턱도 없겠지만, 아무튼 그자는 좋지 못한 인간일세. 더구나 법정에서 뻔뻔스럽게도 괘씸한 소리를 하거든. 참으로 괘씸한……."

"어쨌든 고맙네."

네플류도프는 허가증을 받으며, 이야기는 끝까지 듣지도 않고 옛 친구에게 작별 인사를 했다.

"아니, 집사람을 만나지 않고 가겠나?"

"미안하지만 지금은 그럴 틈이 없네."

"곤란한데…… 집사람이 나를 가만두지 않을걸!"

마슬레니코프는 층계까지 옛 친구를 배웅하면서 말했다. 그는 제일 소중한 손님이 아니라 2급 정도일 경우는 여기까지 배웅하기로 마음먹고 있었다. 네플류도프는 그에게 2급 정도의 순위였던 것이다.

"부탁하네. 잠깐만이라도 좋으니 만나 주게."

그러나 네플류도프는 마음을 돌리지 않았다. 하인과 문지기가 외투와 단장을 건네주고, 밖에 경관 한 사람이 보초를 서고 있는 현관문이 열렸을 때 그는, 지금은 아무래도 만날 수가 없다고 말했다.

"할 수 없군. 그럼 목요일에는 꼭 와 주게. 그날이 아내가 손님을 대접하는 날일세. 그렇게 전해 둘 테니!"

하고 마슬레니코프는 층계에서 큰 소리로 외쳤다.

51

그날 마슬레니코프의 집에서 곧장 감옥으로 간 네플류도프는 이미 방문한 적이 있는 소장 관사를 찾아갔다. 그때처럼 또 조율 상태가 좋지 못한 피아노 소리가 들렸는데, 오늘은 랩소디가 아니라 크레멘티의 연습곡이었다. 그것은 여전히 힘차고 명확하게 연주되고 있었다. 한쪽 눈에 안대를 한 하녀가 문을 열고 소장님이 집에 계시다고 하면서 네플류도프를 응접실로 안내했다. 그 방에는 소파가 하나 놓여 있고, 테이블 위에는 털실로 짠 깔개 위에 장밋빛 종이 갓의 한쪽 면이 눌은 커다란 램프가 놓여 있었다. 소장은 지치고 어두운 얼굴을 하고 나왔다.

"앉으시죠. 무슨 일이신지?"

그는 제복의 가슴 단추를 채우면서 말했다.

"지금 부지사한테 갔다 오는 길인데, 이것이 허가증입니다."

네플류도프는 허가증을 내밀면서 말했다.

"마슬로바를 면회할까 하고요."

"마르코바?"

피아노 소리 때문에 잘못 듣고 소장이 되물었다.

"마슬로바입니다."

"아, 참! 그랬었지!"

소장은 일어나서 빠른 연주음이 들려오는 문 쪽으로 갔다.

"마르타, 잠깐만 멈추어 다오."

라고 그는 말했다. 그 목소리에는 이 음악이 그의 인생에 짐 지워진 고난의 십자가인 양 탄식이 스며 있는 것 같았다.

"이야기를 하지 못하겠구나."

피아노 소리가 딱 멎고 불만스러운 발소리가 들리기 시작했다. 그리고 누군가가 응접실 문틈으로 그들을 엿보았다.

음악이 멎자 소장은 마음을 놓았다는 듯이 그다지 독하지 않은 굵직한 엽궐련에 불을 붙이고 나서 네플류도프에게도 권했다. 그러나 네플류도프는 사양했다.

"아까 말씀드렸듯이 마슬로바를 만나 보고 싶습니다만."

"마슬로바의 면회는 오늘 어려운데요."

"왜요?"

"실은 당신의 잘못입니다."

약간 쓴웃음을 지으며 소장이 말했다.

"공작님, 그 여자에게 직접 돈을 주지 마십시오. 주시려면 제게 맡기십시오. 그러면 그것이 모두 그녀의 것이 되니까요.

어제도 당신이 돈을 주신 것 같습니다만, 그녀는 그 돈으로
술을 사서 말이죠…… 이런 나쁜 짓은 아무래도 근절하지 못
하고 있습니다만…… 오늘도 잔뜩 취해서 말이 아닙니다."

"설마?"

"믿기 어려우시겠지만 사실입니다. 그게 강력한 처치를 하
지 않고는 진정이 되지 않을 정도라서…… 지금 다른 감방으
로 옮겨 놓았습니다. 평소에는 얌전한 여자지만…… 그러니
제발 돈은 주지 말아 주십시오. 아무튼 그런 인간들이니까
요……."

네플류도프는 어제 일이 생각났다. 그러자 또 무서워졌다.

"그럼 정치범인 보고두호프스카야는 면회할 수 있을까요?"

잠시 사이를 두고 네플류도프가 물었다.

"아, 그건 상관 없습니다."

하고 소장은 말했다.

"아니, 왜 들어왔지?"

그는 마침 방으로 들어온 대여섯 살된 계집아이 쪽을 보았
다. 계집아이는 네플류도프에게서 눈을 떼지 않고, 얼굴을 그
쪽으로 돌린 채 아버지에게로 걸어갔다.

"이런, 넘어지겠네."

계집아이가 발 밑을 보지 않고 양탄자에 걸려 넘어질 듯하
면서 자기 곁으로 달려오는 것을 보고 소장이 웃으면서 말했
다.

"상관 없다면 곧 가 보고 싶은데요."

"네, 가 보십시오."

소장은 여전히 네플류도프 쪽을 보고 있는 계집아이를 안아 올리면서 말했다. 그리고 살며시 계집아이를 옆에 내려놓고 현관 쪽으로 걸어가기 시작했다.

소장이 외투를 입고 현관도 나서기 전에 다시 크레멘티의 곡이 연주되기 시작했다.

"음악 학교에 가 있었습니다만, 원체 학교 규율이 엉망이라서요. 소질은 좀 있는 편이지요."

소장이 계단을 내려가면서 말했다.

"연주회를 갖겠다고 저러고 있답니다."

소장과 네플류도프는 감옥 문 쪽으로 걸어갔다. 소장이 다가가자 작은 문이 활짝 열렸다. 수위들이 거수 경례를 하며 소장을 눈으로 전송했다. 머리를 절반 깎인 죄수 네 명이 입구에서 통을 메고 오다가 소장을 보더니 움찔하며 걸음을 멈추었다. 특히 한 사람은 몸을 움츠리고 얼굴을 찡그리며 까만 눈을 반짝거렸다.

"물론 소질은 길러 주어야 합니다. 묻어 버려서는 안 되지요. 하지만 보시다시피 집이 좁아서 견딜 수 없을 때가 많습니다."

소장은 죄수들은 거들떠보지도 않고 이야기를 계속했다. 그리고 나른한 듯이 다리를 끌면서 집회실로 들어갔다.

"누구를 만나겠다고 하셨죠?"

"보고두호프스카야입니다."

"그 여자는 탑 쪽에 있을 텐데요. 잠깐 기다리셔야 합니다."

그는 네플류도프를 돌아보았다.

"그럼, 그 동안에 메니쇼프라는 죄수를 만날 수 없을까요? 모자가 방화죄로 들어와 있다던데요."

"아, 그건 21호 감방이군요. 좋습니다, 만나십시오."

"될 수 있으면 감방에서 만나고 싶은데요."

"면회실이 더 조용할 텐데요."

"아니, 그게 더 흥미가 있습니다."

"흥미시라니…… 놀랐습니다."

그때 옆문에서 멋쟁이 부소장이 나오자 소장이 말했다.

"마침 잘왔군. 공작님을 메니쇼프의 감방으로 안내해 드리시오. 21호 감방이오. 그러고 나서 사무실로 안내해 드리도록. 그 동안에 불러 두지요. 이름이 뭐라고 하셨죠?"

"베라 보고두호프스카야입니다."

라고 네플류도프는 말했다.

부소장은 입수염을 물들인 금발의 젊은 장교로서, 꽃 향수 냄새를 풍기고 있었다.

"이리 오십시오."

그는 상냥하게 미소를 지으면서 네플류도프에게 말했다.

"이러한 시설에 흥미를 가지십니까?"

"네, 그리고 그 남자에게도 흥미를 가지고 있어요. 아무 죄도 없이 여기 들어와 있다는 말을 들었기 때문이죠."

부소장은 어깨를 움츠렸다.

"네, 그런 일도 있지요."

악취가 물씬거리는 넓은 복도로 공손히 손님을 안내하면서 그는 태연히 말했다.

"하지만 놈들이 거짓말을 하는 경우도 있습니다. 자, 이리로."

감방 문이 열려 있고, 몇 명의 죄수들이 복도에 나와 있었다. 간수들에게 가볍게 눈인사하고 벽 쪽으로 웅크리며 자기 감방으로 돌아가는 죄수들과 문 옆에 버티고 서서 두 손을 바지솔기에 갖다 대고 군대식으로 자기를 눈으로 쫓는 죄수들을 의식하면서 부소장은 네플류도프를 안내하여 왼쪽으로 돌아 철문이 있는 다음 복도로 갔다.

그곳은 처음 복도보다 좁고 어두웠으며 한층 더 악취가 심했다. 복도를 따라 양쪽에는 자물쇠가 달린 문이 이어져 있었다. 그 문들에는 '눈(眼)'이라 일컫는 직경 3센티미터 가량 되는 구멍이 뚫려 있었다. 복도에는 쭈글쭈글하고 음침한 얼굴을 한 늙은 간수 이외에는 아무도 보이지 않았다.

"메니쇼프는 어느 방에 있는가?"

부소장이 간수에게 물었다.

"왼쪽으로 여덟 번째 방입니다."

"이 감방에는 모두 사람이 차 있습니까?"

하고 네플류도프는 물었다.

"네, 한 방만 빼고는 모두 차 있습니다."

52

"잠깐 들여다봐도 괜찮겠습니까?"

"네, 보십시오."

부소장은 기분 좋은 미소를 지어보이고는 간수에게 무언가를 묻기 시작했다. 네플류도프는 한 구멍을 들여다보았다. 작고 까만 턱수염을 기른 젊은 사나이가 부지런히 왔다갔다하고 있었다. 그는 문에서 사람 기척을 느끼고는 힐끗 쏘아보았으나, 얼굴을 잠시 찌푸렸을 뿐 그대로 계속 거닐었다.

네플류도프는 다음 구멍을 들여다보았다. 그의 눈은 안에서 내다보고 있던, 깜짝 놀란 듯한 커다란 눈과 마주쳤다. 그는 당황하여 그곳을 떠났다. 세 번째 구멍을 들여다보니, 몹시 자그마한 사나이가 위에서부터 죄수복을 뒤집어쓴 채 침상 위에서 웅크리며 누워 있었다. 네 번째 감방에는 얼굴이 넓적한 사나이가 침상에 앉아 무릎에 팔꿈치를 대고 깊숙이

고개를 숙이고 있었다. 이 사나이는 발소리를 듣자 얼굴을 들고 이쪽을 보았다. 온 얼굴에, 특히 커다란 눈에 절망적인 표정이 있었다. 누가 들여다보는지 알고 싶은 생각도 없는 것 같았다. 아무에게서도 반가운 소식을 기대할 수 없다고 체념하고 있는 태도였다. 네플류도프는 무서워졌다. 그는 들여다보는 것을 그만두고 메니쇼프가 있는 21호실 쪽으로 걸어갔다.

간수가 열쇠를 벗기고 문을 열었다. 선량해 보이는 둥근 눈에 턱수염을 기른, 목이 길고 다부진 몸매의 젊은 사나이가 침상 옆에 서서 급히 죄수복을 입으면서 깜짝 놀란 듯한 얼굴로 들어온 사람들을 바라보았다. 특히 네플류도프를 놀라게 한 것은 겁을 먹은 채 의아심으로 그와 간수와 부소장을 번갈아 쳐다보는 둥글고 맑은 그 눈이었다.

"이 어른이 네 일에 대해 여러 가지 물어보고 싶으시단다."

"감사합니다."

"당신 사건에 관해 들은 것이 있어서 왔소."

네플류도프는 방 안쪽의 쇠창살이 박힌 더러운 창가로 가면서 말했다.

"그래서 당신에게 직접 얘기를 듣고 싶어 온 것이오."

그러자 메니쇼프가 창가로 다가와서 이야기를 하기 시작했다. 처음에는 부소장 쪽을 흘끔흘끔 보면서 겁을 먹었으나 차츰 겁이 없어지더니, 마침내 부소장이 무언가를 지시하기 위해 복도로 나가 버리자 대담해졌다. 이야기하는 그의 말투와 태도는 지극히 소박하고도 선량한 시골의 젊은이다웠다. 네플류도프는 감방 안에서, 더구나 수치스러운 죄수복 차림의 죄수에게서 이런 말을 듣자 뭐라 말할 수 없는 묘한 기분을 느꼈다. 네플류도프는 젊은이의 이야기를 들으면서 짚이불을 깐 낮은 침상이며, 굵은 쇠창살이 박힌 창이며, 더럽고 끈적거리는 벽이며, 죄수화에 죄수복 차림이 된 불행한 청년의 비참한 얼굴과 그 모습을 보면서, 차츰 마음이 어둡고 우울해졌다. 그는 이 마음씨 착한 청년이 말하고 있는 것이 진실이라고 믿고 싶지 않았다. 사람들이 아무런 까닭도 없이, 어떤 사나이를 잡아다 죄수복을 입혀 이런 무서운 장소에다 가둘 수 있다고 생각한다는 것이 너무나 무서웠기 때문이었다. 그러나 이렇게 선량해 보이는 얼굴로 말하고 있는, 정말인 듯한 이야기를 거짓으로 지어낸 말이라고 생각한다는 것은 그보다도 더 무서웠다.

그의 이야기는 다음과 같았다. 그는 결혼 후 얼마 지나지 않아 술집 주인에게 아내를 빼앗겨 버렸다. 그래서 여기저기 호소하며 재판을 걸었으나, 그때마다 주인이 관리를 매수하여 결국은 그만 나쁜 인간이 되고 말았다. 한번은 강제로 아내를 데려왔으나, 아내가 이튿날 도망치고 말았다. 그래서 아내를 돌려 달라고 요구하러 갔으나 술집 주인은 네 여편네는 없으니까 돌아가라고 말했다. 하지만 그는 돌아가면서 아내를 보았던 것이다. 그는 그 자리에서 움직이지 않았다. 그러자 술집 주인은 일꾼과 둘이서 그를 피투성이가 되도록 두들겨 팼다. 그런데 그 이튿날 술집에서 불이 난 것이다. 그와 노모가 방화 혐의를 받았으나 그는 불을 지르기는커녕 그 무렵

대부(代父) 집에 가 있었다는 것이다.

"그럼, 당신은 정말 불을 지르지 않았단 말이지?"

"그렇습니다요, 나리. 그런 짓은 생각해 본 일도 없습니다. 그 악당이 틀림없이 자기가 불을 질렀을 겁니다. 소문에 의하면 보험에 든 지 얼마 안 된다고 하더군요. 그런데 저하고 어머니가 자기를 찾아가 고함을 치며 불을 지른다고 협박했다고 소문을 냈단 말입니다. 그건 사실입니다. 저는 그때 도저히 참을 수가 없어 그놈에게 마구 욕을 했죠. 하지만 불을 지르다니, 당치도 않습니다. 불이 났을 때 저는 거기에 있지도 않았습니다. 저하고 어머니가 욕을 해대던 날을 노려서 놈이 불을 지른 것입니다. 보험금을 타기 위해 스스로 불을 질러 놓고, 저하고 우리 어머니에게 뒤집어씌운 겁니다요."

"그럴 리가?"

"정말입니다. 하느님께 맹세합니다. 나리, 제발 도와 주십시오!"

그가 바닥에 엎드리려고 하자 네플류도프는 한사코 그것을 말렸다.

"제발 살려주십쇼. 아무 짓도 하지 않았는데 이렇게 일생을 망쳐야 하다니……."

그는 계속 호소했다. 그리고 갑자기 볼을 실룩거리더니 울음을 터뜨렸다. 그리고 죄수복 소매를 걷고 더러운 셔츠 소매로 눈물을 닦기 시작했다.

"끝났습니까?"

하고 부소장이 물었다.

"끝났습니다. 자, 이제는 너무 비관하지 마시오. 할 수 있는
한 최선을 다하겠소."
　이렇게 말하고, 네플류도프는 감방을 나왔다. 메니쇼프는
문가에 서 있었으므로 간수가 닫는 문에 부딪혔다. 간수가 문
에 열쇠를 거는 동안 메니쇼프는 문구멍으로 밖을 내다보고
있었다.

점심 시간이라 감방 문이 열려 있는 널찍한 복도를 돌아오면서, 뚫어지게 자신을 쳐다보는 연노랑 죄수복에 죄수화를 신은 사람들 사이를 지나가며, 네플류도프는 묘한 감정을 느꼈다. 그것은 여기 갇혀 있는 사람들에 대한 동정과 그들을 이곳에 가두어 두는 사람들에 대한 공포와 의혹, 그리고 왠지 이것을 태연히 바라보는 자기 자신에 대한 수치심이었다.

어느 곳에 이르자 죄수 한 명이 죄수화를 끌면서 감방 문 쪽으로 달려갔다. 그러자 거기서 죄수들이 우르르 나와 허리를 굽실대면서 네플류도프 앞을 막아 섰다.

"존함은 모르겠습니다만 장관님, 제발 저희들 문제를 빨리 결정짓도록 명령해 주십시오."

"나는 장관도 아니고, 아무것도 모릅니다."

"좌우간 누구든지 높은 사람에게 말씀해 주십시오."

그 중 한 사람이 애타는 목소리로 말했다.

"아무 죄도 없는데 두 달 가까이 이런 곳에 갇혀 있습니다."

"아니, 왜요?"

하고 네플류도프는 물었다.

"다짜고짜 갇혔으니까요. 저희들은 그 이유도 모릅니다."

"분명히 이건 예상하지 못한 사건이었습니다."

하고 부소장이 말했다.

"이 사람들은 여권이 없어서 붙잡혔습니다. 곧 자기네 현으로 송환되었어야 했습니다만, 공교롭게도 그곳 감옥에 불이 나서 현 당국에서 당분간 이곳에 구치해 달라는 통지가 있었습니다. 다른 현 사람들은 모두 송환이 끝났지만, 이 사람들만은 보낼 곳이 없습니다."

"아니, 단지 그런 이유뿐입니까?"

네플류도프는 걸음을 멈추고 물었다.

죄수복을 입은 마흔 명 가량 되는 사람들이 네플류도프와 부소장을 둘러쌌다. 여러 사람이 동시에 지껄여댔다. 그러자 부소장이 이를 가로막았다.

"누구 한 사람만 말해요."

그 중에서 키가 크고 잘생긴 쉰 살 가량의 농부가 나섰다. 그는 자신들이 여권을 갖지 않았기 때문에 체포되어 투옥되었다고 네플류도프에게 설명했다. 여권은 가지고 있었지만 단지 기한이 2주일 가량 지나 있었다는 것이다. 매년 기한이 지나도 아무 말 없었는데 올해에만 유난히 체포되어 두 달 가까이 옥에 갇혀 범죄자 취급을 받고 있다는 것이었다.

"우리는 모두 석공(石工)인데 같은 조합원입니다. 현의 감옥이 타 버렸다고는 하지만 그런 것은 우리들이 알 바가 아닙니다. 제발 도와주십시오."

네플류도프는 노인의 말이 통 머리에 들어오지 않았다. 왜냐하면 노인의 수염 사이를 기어다니는 커다랗고 거무죽죽한 잿빛 이에 모든 정신이 집중되어 있기 때문이었다.

"단지 그런 이유로, 이럴 수 있습니까?"

네플류도프는 부소장을 보고 말했다.

"그렇습니다. 상부의 태만에서 발생된 일이지요. 이 사람들은 모두 송환해서 거주지에 정착시켜야 합니다."

부소장이 말했다.

그가 말을 끝내자마자 사람들 속에서 자그마한 사나이가 뛰어나와 입을 씰룩거리며, 자신들이 여기서 아무 이유 없이 개보다 더 심한 취급을 받으며 고통당하고 있다고 호소하기 시작했다.

"개보다도 더 심한 취급이라……."

"쓸데없는 소리 그만둬! 그렇지 않으면……."

"어쩌자는 거요?"

하고 몸집이 작은 사나이는 필사적으로 외쳤다.

"우리들에게 무슨 죄가 있단 말이오?"

"닥쳐!"

하고 부소장이 외쳤다. 그러자 작은 사나이는 입을 다물었다.

'대체 이게 어떻게 된 일인가?'

　감방 안에서 내다보는 죄수들과 도중에서 만나는 죄수들의 눈총을 받으며 쫓겨나듯 감방 밖으로 빠져나오던 네플류도프는 스스로에게 중얼거렸다.

　"정말 저렇게 아무 죄도 없는 사람들을 가두어 둡니까?"

　복도를 나오면서 네플류도프는 부소장에게 물었다.

　"하지만 뾰족한 수가 없습니다. 그리고 대체적으로 그들이 하는 말은 거짓말입니다. 듣고 있으면 죄 있는 자는 하나도 없지요."

하고 부소장은 대답했다.

　"그러나 지금 그 사람들은 아무 죄도 없지 않습니까?"

　"글쎄요, 하지만 근성이 비뚤어진 놈들뿐이라서 말이죠. 엄하게 다루지 않으면 당할 수가 없어요. 그 중에는 아주 지독한 망나니들도 있어서 마음을 놓을 수가 없답니다. 하는 수 없이 어제도 두 명이나 처벌을 했습니다."

　"처벌이라니요?"

하고 네플류도프는 물었다.

　"명령대로 태형에 처했지요."

　"하지만 태형은 폐지되지 않았습니까?"

　"그것은 공민권을 박탈당하지 않은 자에 한해서이지요. 저들은 다릅니다."

　네플류도프는 어제 대기실에서 기다리고 있을 때 본 것이 생각났다. 그리고 마침, 그때 태형이 행해지고 있었다는 것을 깨달았다. 그러자 호기심과 환멸, 회의감처럼 기묘한 감정이 그를 엄습했다. 이러한 느낌은 전에도 있었지만, 이번처럼 심하게 그를 사로잡은 적은 없었다.

부소장의 말에는 귀도 기울이지 않고 그는 급히 복도로 나와 사무실로 갔다. 소장은 사무실 앞 복도에 있었으나, 다른 일로 바빠 보고두호프스카야를 부르는 것을 잊고 있었다. 그는 네플류도프의 모습을 보고서야 비로소 약속했던 일이 생각난 듯 말했다.

"곧 부르러 보낼 테니 거기 좀 앉아 계십시오."

54

사무실은 두 개의 방으로 나뉘어 있었다. 첫 번째 방에는 칠이 벗겨진 커다란 페치카가 튀어나와 있었고 더러운 창이 두 개 달려 있었다. 그리고 다른 한쪽 구석에는 죄수의 키를 잴 때 쓰이는 까맣게 더럽혀진 기둥이 세워져 있고, 반대편 구석에는 ── 대개 사람을 괴롭히는 장소에는 반드시 있는 것으로 마치 그 가르침을 비웃기나 하는 듯이 ── 커다란 그리스도 성상이 걸려 있었다. 이 방에는 간수가 여러 명 서 있었다.

또 다른 옆 방에는 스무 명 남짓한 남녀가 몇 명씩 뭉쳐 있기도 하고 단둘이 마주 보기도 하며 벽가에 앉아서 나직한 소리로 이야기하고 있기도 했다.

창가에 책상이 하나 놓여져 있었다. 소장은 책상 앞에 가 앉더니 네플류도프에게도 곁에 있는 의자를 권했다. 네플류도프는 그곳에 앉아서 방 안에 있는 사람들을 관찰하기 시작했다.

먼저 그의 주의를 끈 것은 짧은 재킷을 입은 잘생긴 얼굴의 청년이었다. 그는 눈썹이 검은 중년 부인 앞에 서서 손짓을 섞어 가며 무언가를 열심히 이야기했다. 그리고 그 옆에는 파란 안경을 쓴 노인이 죄수복 차림의 젊은 여자의 손을 쥐고, 여자가 이야기하는 것을 꼼짝도 않고 듣고 있었다. 그 옆에는 실업 학교 제복을 입은 사내아이가 겁먹은 얼굴로 노인을 응시하고 있었다.

그 바로 옆 한쪽 구석에는 연인인 듯 보이는 젊은이 한 쌍이 앉아 있었다. 여자는 짧은 금발머리에 아름다운 얼굴을 가진 처녀로 유행하는 옷차림을 하고 있었고, 남자는 웨이브 머리의 미남 청년으로 고무 재킷을 입고 있었다. 그들은 사랑에 도취되어 있는지 소곤소곤 속삭였다. 누구보다도 책상에 제일 가깝게 앉아 있는 사람은 점잖게 옷을 입은, 어머니인 듯한 백발의 부인이었다. 그녀는 눈을 크게 뜨고 자기와 같은 재킷을 입은 폐병 환자인 듯한 청년을 물끄러미 바라보며 무언지 말을 하려 했으나, 눈물 때문에 말이 나오지 않는지 시작하려다가는 입술을 깨물곤 했다. 청년은 성이 난 얼굴로 종이 조각을 손에 쥔 채 그것을 구겼다 폈다 하고 있었다.

그 옆에는 회색 옷을 입고 장갑을 낀, 눈이 크고 아름다운 처녀가 앉아 있었다. 그녀는 울고 있는 어머니 곁에서 상냥하게 어깨를 어루만져 주고 있었다. 이 처녀는 크고 흰 손, 깨끗하게 손질을 한 물결치는 머리칼, 선이 굵은 코, 입술, 이 모두가 아름다웠지만, 그 얼굴의 최대 매력은 선량하고 정직해 보이는 갈색 눈이었다. 그 아름다운 눈이, 네플류도프가 방 안으로 들어섰을 때 어머니의 얼굴에서 떠나 그의 시선과 마주쳤다. 그러나 그녀는 곧 눈길을 돌리고 어머니에게 무언가 이야기하기 시작했다. 연인들과 그리 많이 떨어지지 않은 곳에서, 음울한 얼굴을 한 가무잡잡한 털북숭이 사나이가 거세된 사람처럼 수염 없는 면회자에게 성난 듯이 뭐라고 지껄여댔다. 네플류도프는 소장과 나란히 앉아서 호기심 어린 눈으로 주위를 둘러보았다. 그때 머리를 박박 깎은 한 소년이 가까이 와서 말을 걸었기 때문에 그는 깜짝 놀라 제정신으로 돌아왔다.

"아저씨는 누구를 기다리세요?"

네플류도프는 깜짝 놀랐으나 소년의 총명하게 빛나는 눈, 사려 깊어 보이는 진지한 얼굴을 보고는 아는 부인을 기다리고 있다고 정색하여 대답했다.

"그 사람, 아저씨의 누이동생이세요?"

하고 소년은 물었다.

"아니, 누이는 아니란다."

네플류도프는 깜짝 놀라서 대답했다.

"그래, 너는 누구와 여기 왔니?"

네플류도프는 소년에게 물었다.

"엄마하고 왔어요. 엄마는 정치범이에요."

소년은 자랑스레 말했다.

"마리아 파블로브나, 콜랴를 저리 데려가요."

네플류도프와 소년의 이야기를 불법이라고 인정했는지 소장이 주의를 주었다.

마리아 파블로브나는, 아까 네플류도프와 시선이 마주친 그 양과 같은 눈을 가진 아름다운 여자였다. 그녀는 늘씬한 몸을 쭉 펴고 일어나서 힘차고 남자 같은 걸음으로 네플류도프와 소년 쪽으로 다가왔다.

"얘가 무슨 말을 물었죠? 댁이 누구시냐고 물었나요?"

그녀는 희미한 미소를 머금고는 신뢰하는 눈빛으로 네플류도프를 보면서 물었다. 그것은 그녀가 누구하고라도 다정하고 상냥한 형제 같은 관계를 유지해 왔으며, 또 앞으로도 틀림없이 그러리라는 것을 확신하게 하는 정직한 눈이었다.

"이 아이는 뭐든지 알아야만 직성이 풀리는 아이랍니다."

그녀는 소년을 보고 말하며 환하게 웃었다. 그 웃음이 너무나 선량하고 상냥했으므로 네플류도프도 무의식 중에 그녀를 따라 웃어 버렸다.

"네, 누구를 만나러 왔느냐고 묻더군요."

"마리아 파블로브나, 관계 없는 분과 이야기해서는 안 돼요. 잘 알지 않아."

하고 소장이 말했다.

"네, 네."

그녀는 아직 그녀의 얼굴에서 눈을 떼지 않는 콜랴의 조그만 손을 잡고 폐병쟁이 청년의 어머니에게로 돌아갔다.

"대관절 누구의 아들입니까?"

네플류도프는 소장에게 물었다.

“어느 정치범 여죄수의 아들인데, 이 감옥에서 태어났습니
다.”
자기네 감옥의 특이한 예라도 되는 듯 소장은 약간 자랑스
레 말했다.
“정말입니까?”
“그렇습니다. 머지않아 어머니하고 시베리아로 갈 겁니다.”
“그럼 저 처녀는?”
“말할 수 없는데요.”
소장은 어깨를 움츠리며 말했다.
“아, 보고두호프스카야가 왔군요.”

55

여위어서 누렇게 뜬 얼굴에 짧은 머리를 한 베라 보고두호프스카야가 크고 선량해 보이는 눈을 굴리면서 안쪽 문에서 빠르게 걸어 들어왔다.

"이렇게 와 주셔서 고맙습니다."

그녀는 네플류도프의 손을 잡으면서 말을 이었다.

"저를 기억하시겠어요? 자, 앉으세요."

"이런 곳에서 당신을 만날 줄은 몰랐습니다."

"어머, 저는 무척 기뻐요! 얼마나 기쁜지 이 이상 더 바랄 것이 없을 정도예요."

선량해 보이는 크고 둥근 눈으로 깜짝 놀랐다는 듯이 네플류도프를 보며, 더럽고 초라한 윗도리 깃 사이에서 드러나보이는 가느다랗고 창백한 목을 흔들면서 말했다.

네플류도프는 왜 그녀가 이런 상황에 빠졌는지를 물었다.

그러자 그녀는 아주 활기차게 자기의 운동에 대해 이야기하기 시작했다. 그녀의 이야기에는 선전이니 해체(解體)니, 그룹이니 분회(分會)니, 소분회(小分會)니 하는 많은 외국어가 섞여 있었다. 그녀는 그런 말을 누구든지 알고 있으리라 짐작하는 모양이었지만, 네플류도프는 이제까지 그런 말을 들어 본 적도 없었다.

그녀는 네플류도프가 '인민의 의지(意志)' 운동에 큰 관심을 갖고, 그 비밀을 알게 된 것을 매우 재미있어할 것으로 확신하는 태도로 이야기했다. 그러나 네플류도프는 그녀의 가느다란 목과 헝클어지고 숱이 적은 머리카락을 보면서 왜 이런 짓을 했으며, 또 왜 이런 이야기를 하는지 도무지 이해가 되지 않았다. 그는 그녀를 불쌍하게 생각했지만, 그것은 아무 죄도 없이 악취에 가득 찬 옥에 갇혀 있는 메니쇼프를 불쌍히 여기는 감정과는 전혀 다른 것이었다. 그녀가 무엇보다도 불쌍하게 생각된 것은 그녀의 머리를 차지하고 있는 뚜렷한 사상의 혼란 때문이었다. 그녀는 자신을 운동의 성공을 위해서라면 생명을 내던져 희생할 수 있는 영웅이라고 생각하는 것 같았다. 그러면서도 그녀가 그 운동의 본질이 무엇인지, 그 성공이란 어떤 것인지를 확실히 알고 있다고는 생각되지 않았다.

그녀의 말에 의하면, 모임에는 가입하지도 않았던 슈스토바라는 여자 친구에게 맡겨 두었던 책과 서류가 발각되자, 슈스토바는 다섯 달 전에 자신과 함께 체포되어 페트로파블로프스크 요새 감옥에 감금되었다는 것이다.

그녀는 슈스토바가 구금된 원인의 일부는 자기에게 있다고 생각하여, 연줄이 있는 네플류도프에게 그녀의 석방을 위해 힘써 달라고 간곡히 부탁했다. 또 다른 그녀의 부탁은 페트로 파블로프스크 요새 감옥에 감금되어 있는 구르게비치라는 사나이의 양친과의 면회와 그의 연구에 필요한 서적 차입에 대한 허가를 받을 수 있도록 주선해 달라는 것이었다.

네플류도프는 페테르부르크에 가게 되면 최선을 다해 보겠다고 약속했다.

그녀는 다시 자신의 이야기를 꺼내기 시작했다. 그녀는 조산원 양성소를 졸업하자마자 '인민의 의지' 동지들과 알게 되어 함께 활동했다. 처음 얼마 동안은 모든 것이 순조롭게 진행되어 선언서를 쓰기도 하고 공장에서 선전을 하기도 했다. 그러다가 마침내 간부 한 사람이 체포되어 서류를 압수당하자 일제히 검거되기 시작했다.

"저도 그때 체포되었어요. 머지않아 시베리아로 가게 됩니다."

그녀는 그렇게 자기 이야기를 매듭지었다.

"하지만 이런 것은 아무렇지도 않아요. 그저 담담할 뿐이지요."

그녀는 쓸쓸하게 웃으며 말했다.

네플류도프는 양과 같은 눈을 가진 아까 그 처녀에 대해서 물었다. 베라의 말에 의하면 그녀는 어떤 장군의 딸로 오래전부터 혁명단에 소속되어 있었으며, 헌병을 저격했다는 죄를 뒤집어쓰고 투옥돼 있다는 것이었다. 그녀는 인쇄기를 설치해 놓은 비밀 아지트에 살고 있었는데, 한밤중에 경관들이 가택 수색을 하자 아지트의 동지들은 불을 끄고 증거물을 없애기 시작했다. 경관들이 들이닥쳤을 때 동지 한 사람이 권총을 발사하여 경관에게 중상을 입혔는데, 심문이 시작되자 그녀가 자청해서 자기가 쏘았다고 나선 것이다. 그러나 사실 그녀는 권총을 만져 본 일도 없을 뿐만 아니라, 거미 한 마리 죽여 본 일도 없었다. 결국 경관은 그녀가 죽인 걸로 결론을 내려 그녀는 머지않아 시베리아로 압송될 예정이었다.

"남을 위하는 일밖에 모르는 훌륭한 여자지요."

그녀는 고개를 끄덕이면서 말했다.

그녀가 말하고 싶었던 세 번째 용건은 카튜샤에 관한 일이었다.

이미 감옥 안에 소문이 쫙 퍼져 있었기 때문에 그녀도 카튜샤에 대한 일과 카튜샤와 네플류도프와의 관계를 알고 있었다. 그래서 그녀는 네플류도프에게 카튜샤를 정치범 감방으로 옮기든가, 아니면 마침 환자가 많아서 간호사를 필요로 하는 부속 병원의 잡역부로 일할 수 있도록 주선하는 것이 어떻겠느냐고 권했다.

네플류도프는 그녀의 조언에 감사하며 꼭 그렇게 하도록 노력하겠다고 대답했다.

56

소장이 일어나서 면회 시간이 끝났음을 알렸기 때문에 두
사람의 대화는 중단되었다. 네플류도프는 일어서서 베라와
작별하고 문 쪽으로 가서 눈앞에 벌어지고 있는 광경을 관찰
하기 시작했다.

"여러분, 끝날 시간입니다. 이제 시간이 다 되었습니다."

소장이 앉았다 일어섰다 하면서 말했다.

그러나 소장의 재촉은 방 안에 있는 죄수나 면회자에게 한
층 더 흥분을 주었을 뿐, 누구 하나 헤어지려고 하지 않았다.
일어나기는 했으나 선 채로 이야기하는 사람도 있었고, 울고
있는 사람도 있었다. 특히 감동스러운 장면은 어머니와 폐병
쟁이 아들이었다. 청년은 여전히 종이쪽지를 구기고 있었지
만, 얼굴은 점점 더 험악해질 뿐이었다. 어머니의 감정에 끌
려들어가지 않으려고 자신에게 가하고 있던 노력이 힘에 부

치는 모양이었다. 어머니는 헤어질 시간이 되었다는 말을 듣
자 청년의 어깨에 몸을 기대고 코를 훌쩍거리며 울었다. 양
같은 눈을 가진 처녀는 ― 네플류도프는 자신도 모르게 그녀
의 모습을 눈으로 쫓았다 ― 흐느껴 우는 어머니 앞에 서서
뭐라고 위로하고 있었다. 파란 안경을 쓴 노인은 선 채로 딸
의 손을 쥐고 딸이 하는 말에 고개를 끄덕였다. 젊은 연인들
은 일어나서 손을 마주 잡은 채 잠자코 눈과 눈을 바라보았
다.

"즐거워 보이는 것은 저 두 사람뿐이군요."

네플류도프 곁에 서서, 역시 이별을 애석해하는 사람들을
바라보고 있던, 짧은 재킷을 입은 청년이 연인들을 눈짓으로
가리키면서 말했다.

네플류도프와 청년의 시선을 느끼자 연인들은 ― 고무를
입힌 재킷을 입은 청년과 금발의 귀여운 처녀 ― 서로 깍지
낀 손을 앞으로 내밀어 상체를 뒤로 젖히고 웃으면서 빙글빙
글 돌기 시작했다.

"오늘 밤, 이 감옥 안에서 결혼식을 올립니다. 그리고 저 처
녀도 함께 시베리아로 간답니다."
하고 청년이 말했다.

"저 청년은 어떤 사람인데요?"

"유형수입니다. 저 두 사람만이라도 싱글벙글해야지요. 다
른 사람들은 너무 우울하거든요."

폐병쟁이 청년 어머니의 울음소리에 귀를 기울이면서 재킷
을 입은 청년이 덧붙여 말했다.

"여러분! 자 어서, 어서! 내가 엄격한 조치를 취하지 않게 해주십시오."

소장은 몇 번이나 되풀이하면서 말했다.

"제발, 자, 어서요!"

그는 부드러웠으나 엄하게 말했다.

"왜들 이러십니까? 자, 벌써 시간이 지나지 않았습니까? 이제 이것이 마지막 주의입니다."

소장은 담배를 피워 물었다가 재떨이에 비벼 껐다가 하면서 안타까운 듯이 되풀이했다. 스스로 그 책임을 느끼는 일 없이 타인에 대해 악을 행할 수 있는 구실이 교묘하게 만들어져 오래 전부터 존재했으며, 이제는 완전히 관례로 되어 있다고는 하지만 소장은 자기가 이 방을 가득 채운 슬픔을 빚어낸 장본인 중의 한 사람임을 의식하지 않을 수 없었다.

드디어 죄수와 면회자가, 한쪽은 안쪽 문으로 다른 한쪽은 바깥 쪽 문으로 제각기 헤어지기 시작했다. 남자들이 —— 고무 재킷을 입은 청년, 폐병쟁이 청년, 그리고 가무잡잡한 털북숭이 남자 —— 나갔다. 마리아 파블로브나도 감옥에서 만난 소년의 손을 끌고 문에서 사라졌다.

면회자들도 나가기 시작했다. 파란 안경을 쓴 노인이 무거운 걸음으로 나가고, 뒤를 이어 네플류도프가 걷기 시작했다.

"정말 놀라운 제도입니다."

수다스러운 청년은 네플류도프와 나란히 계단을 내려가면서 중단되었던 이야기를 계속했다.

"그런대로 고마운 것은, 소장이라는 사람이 착해서 그리 규

칙이 까다롭지 않다는 것입니다. 아무튼 실컷 이야기를 하고
나면 마음이 풀리니까요."

"그럼 다른 감옥에서는 이런 면회가 허락되지 않나요?"

"물론 전혀 없습니다. 한 사람씩, 그것도 철망을 사이에 두
어야만 할 수 있는 정도이지요."

이야기를 좋아하는 청년은 메드인체프라고 자신의 이름을
밝혔다. 네플류도프가 청년과 이야기를 하면서 현관으로 나
가자 피로에 지친 듯한 모습의 소장이 나왔다.

"마슬로바와의 면회를 원하신다면 내일 오십시오."

소장은 네플류도프에게 친절히 대하려는 듯이 말했다.

"고맙습니다."

네플류도프는 이렇게 인사하고 급히 문을 나왔다.

메니쇼프가 죄도 없이 받고 있는 고통은 확실히 무서운 것
이었다. 그러나 그 육체적 고통은 그만두고서라도 정작 두려
운 것은, 까닭없이 그를 괴롭히고 있는 사람들을 보고 그가
느꼈을 회의와 선과 신에 대한 불신이었다.

여권에 기입되어 있는 기한이 넘었다는 이유로, 아무런 죄
도 없는 백 명 남짓한 사람들에게 가해지고 있는 굴욕과 고통
도 무서운 것이었다. 자기 동포들을 괴롭히는 데에만 전념하
면서도, 훌륭하고 소중한 일을 하고 있다고 믿고 있는, 양심
이 마비된 간수들도 무서웠다. 그러나 무엇보다도 네플류도
프에게 무섭게 여겨진 것은 어머니와 자식을, 아버지와 딸을,
마치 자기와 자기 자식들과 같은 사람들을 억지로 헤어지게
하지 않으면 안 되는 그 마음 착한 소장의 임무였다.

'이것은 대체 무엇 때문일까?'

네플류도프는 감옥에 올 때면 언제나 느끼는, 육체적인 것
으로 옮아가려는 마음의 구토증을 느끼면서 스스로에게 물어
보았다. 그러나 대답을 얻을 수 없었다.

57

이튿날 네플류도프는 변호사를 찾아가서 메니쇼프 모자 사건에 대해 설명하고 변호를 맡아 달라고 부탁했다. 변호사는 이야기를 다 듣고 나서는, 사건을 자세히 조사해 보고 만약 사건의 전말이 네플류도프가 말한 그대로라면 보수를 받지 않고 변호를 맡겠노라고 했다. 네플류도프는 또 착오로 말미암아 감금되어 있는 1백 30명이나 되는 사람들의 이야기를 하고, 이것이 누구의 책임이냐고 물었다. 변호사는 정확하게 말하려는 듯 잠시 생각에 잠겨 있다가 말했다.

"누구에게 책임이 있느냐고요? 그것은 누구의 책임도 아닙니다. 검사에게 말해 보십시오. 현 지사의 책임이라고 하겠지요. 지사에게 말하면, 검사의 책임이라고 할 겁니다. 즉 아무에게도 책임이 없는 것이지요."

"그럼 지금 마슬레니코프를 찾아가서 그에게 말해 보지요."

"아마 소용 없을 겁니다."

변호사는 빙그레 웃으면서 반대했다.

"그 녀석은…… 설마 그와 친척이나 친구는 아니시겠지요? 그자는 솔직히 말해서 얼간이 바보인데다가 교활하기 그지없는 녀석이랍니다."

네플류도프는 마슬레니코프가 변호사를 혹평하던 것을 생각하고, 아무 대답도 없이 인사를 한 후 마슬레니코프의 집으로 향했다.

네플류도프는 마슬레니코프에게 부탁해야 할 것이 두 가지 있었다. 카튜샤를 병원으로 옮길 것과 여권의 기한이 넘었다는 이유로 죄 없이 감옥에 갇혀 있는 1백 30명이나 되는 사람들에 관한 일이었다. 존경하지도 않는 사람에게 부탁한다는 것이 못 견디게 괴로운 일이기는 해도 그것이 목적을 달성하는 유일한 수단인 이상은 극복하지 않으면 안 되는 것이다.

마슬레니코프의 집 근처에 이르렀을 때 네플류도프는 현관 앞에 사륜마차, 포장마차, 유개마차 등 여러 대의 승용 마차가 있는 것을 보았다. 그리고 오늘이 마침 마슬레니코프가 꼭 와 달라고 그를 초대했던, 부인이 손님들을 초대하는 날이라는 것을 알았다. 네플류도프의 마차가 문 앞에 이르렀을 때, 한 대의 포장마차가 현관 앞쪽에 서 있었다. 그리고 휘장 달린 모자를 쓰고 짧은 외투를 입은 하인이 현관에 나타난 한 귀부인을 마차에 태우는 참이었다. 그는 죽 늘어서 있는 마차 중에 코르차긴의 호화로운 사륜마차가 있는 것을 보았다. 흰 머리에 혈색 좋은 마부가 특히 친밀한 손님을 대접하듯이 공손하고 상냥하게 그에게 인사를 했다.

네플류도프가 문지기에게 미하일 이바노비치(마슬레니코프)가 어디 있느냐고 묻기도 전에 그가 양탄자가 깔려 있는 층계에 나타났다. 그는 이번에는 층계까지가 아니라 밑까지 배웅해야만 하는 매우 중요한 손님을 배웅하고 있었던 것이다. 양탄자가 깔려 있는 층계에 나타나자 매우 중요한 손님인 듯한 군인은, 층계를 내려가면서 시에서 주최하고 있는 양육원 자금 모집을 위한 복권 추첨에 대해 프랑스어로 이야기하면서 이것은 부인들에게 안성맞춤인 사업이라는 의견을 늘어놓았다.

"부인들에게는 재미있고 돈도 생기는 일이니까요."

"재미를 보아 가며 하느님의 축복을 받는 셈이죠. 여, 네플류도프, 잘 있었는가! 오랜만이군."

하고 그는 네플류도프에게 말했다.

"자, 가서 부인들께 경의를 표하게. 코르차긴 댁에서도 와 있어. 그리고 나디네 부크스헤브덴도 있고. 온 시의 미인들이 다 와 있네."

그는 금줄 두른 제복 차림의 현관지기가 내미는 외투를 군복 어깨로 받으면서 말했다.

"그럼, 이만!"

그는 다시 마슬레니코프에게 악수를 했다.

"자 위로 가세, 잘 왔네!"

마슬레니코프는 네플류도프의 팔을 붙들고 뚱뚱한 몸에 어울리지 않는 가벼운 발걸음으로 그를 안내했다.

마슬레니코프는 유난히 흥분해 있었다. 그것은 그가 귀중한 인물들에게서 관심을 받았기 때문이었다. 마슬레니코프는 황실에 가까운 근위 연대에 근무하고 있어 적당히 황족과의 교제에 익숙해져 있을 만도 하지만, 이런 일이 되풀이됨에 따라 비굴한 근성은 점점 더 강해지는 것인지 이렇게 관심을 표해 주면 마슬레니코프는 기뻐서 어찌할 바를 몰라했다. 그것은 마치 애완용 개가 주인이 어루만져 주거나 토닥거려 주거나 귀 뒤를 긁어 주거나 할 때 좋아하는 것과 같았다. 그럴 때면 개는 꼬리를 흔들고 몸을 뭉쳤다 꼬았다 하며 귀를 쫑긋 세우고, 머리를 흔들며 뛰어다닌다. 이것과 마찬가지 짓을 마슬레니코프도 해 보고 싶은 심정이었다. 그는 네플류도프의 얼굴에 나타나 있는 심각한 표정도 눈치채지 못하고, 그가 하는 말도 들리지 않는지 강제로 그를 응접실 쪽으로 끌고 갔다. 그렇기 때문에 거절할 사이도 없이, 네플류도프는 끌려들어갈 수밖에 없었다.

"이야기는 이따가 하세. 자네 부탁이라면 뭐든 들어 주겠네."

마슬레니코프는 네플류도프와 홀을 가로지르면서 말했다.

"장관 부인에게 여쭈어 주게. 네플류도프 공작님이 오셨다고."

그는 걸으면서 하인에게 말했다. 하인은 두 사람 옆을 빠져나가 총총걸음으로 달려갔다.

"자네 명령대로 할 테니 우선 아내를 만나 주게. 전에 자네를 그냥 보냈다고 아주 혼이 났다네."

하인이 벌써 알린 뒤여서, 두 사람이 들어가자 자칭 장관 부인인 부지사 부인 안나 이그나치예브나가 활짝 미소를 지으며 네플류도프에게 인사를 보냈다. 응접실 한구석에 자리 잡은 차 테이블 둘레에는 부인들이 앉아 있고, 문무 관료 등 사나이들은 서 있었다. 그리고 쉴새없이 남녀의 목소리가 들려왔다.

"드디어 오셨군요! 왜 저희들 집에는 찾아오지 않으세요? 무슨 마음에 걸리는 일이라도 있었나요?"

실제로는 한 번도 만난 적이 없는 네플류도프에게 친밀함을 과시하기 위해 안나 이그나치예브나가 이러한 말로 그를 맞았다.

"서로 아시는 사이인지 모르겠습니다만, 이분은 베랴프사카야 부인, 이쪽은 미하일 이바노비치 세르노프 씨. 자, 이리 와서 앉으세요."

"미시, 이쪽 테이블로 오세요. 당신의 차를 이리로 가져오게 할 테니까요…… 그리고 당신도……."

그녀는 미시와 이야기를 하고 있던 장교에게도 말을 건넸으나 아마 그 이름은 잊어버린 것 같았다.

"자, 어서 이리 오세요. 차를 드시겠어요, 공작님?"

"절대로, 절대로 그것은 아닙니다. 찬성할 수 없어요. 그녀는 그저 사랑하고 있지 않았을 뿐이에요."

어떤 여자의 목소리가 들렸다.

"그럼요, 고기 만두를 사랑하고 있었답니다."

"언제나 쓸데없는 농담만 하셔."

높은 모자를 쓰고 비단옷에 금관 보석으로 장식한 다른 부인이 웃으면서 말했다.

"이 와플의 맛은 산뜻해서 참 좋아요. 좀더 주세요."

"그래, 곧 떠나시나요?"

"네, 오늘이 마지막 날입니다. 그래서 여기도 찾아 온 것이지요."

"정말 멋있는 봄이군요. 지금쯤 시골은 근사할 거예요."

미시는 모자를 쓰고 수수한 줄무늬 옷을 입고 있었는데, 날씬한 몸을 구김살 하나 없이 꼭 맞게 감싸고 있어 무어라 말할 수 없는 아름다움이 있었다. 그녀는 네플류도프를 보자 얼굴을 붉혔다.

"어머나, 저는 당신이 떠나신 줄만 알았어요."

"떠날 뻔했습니다만……."

하고 네플류도프는 말했다.

"일 때문에 발이 묶여서요. 여기도 그 일 때문에 온 것입니다."

"어머니도 한번 찾아가 주세요. 무척 만나고 싶어하세요."

라고 그녀는 말했다. 하지만 자기가 거짓말을 하고 있으며, 네플류도프가 그것을 눈치채고 있다는 것을 느꼈는지 점점 더 얼굴이 빨개졌다.

"글쎄, 시간이 있을지요."

그녀가 얼굴을 붉힌 것을 모르는 체하면서 네플류도프는 시무룩한 얼굴로 말했다.

미시는 화가 난 듯이 얼굴을 찡그리며 어깨를 움츠리고, 우아하게 생긴 장교 쪽으로 돌아앉았다. 장교는 그녀의 손에서 빈 찻잔을 받아들고, 군도를 안락의자에 부딪히면서 신사답게 그것을 다른 테이블로 갖다 놓았다.

"당신도 양육원에 기부해 주셔야 돼요."

"뭐, 거절은 않겠습니다. 다만 추첨을 할 때까지는 자중해야겠습니다. 그때 제 실력을 전부 보여 드리죠."

"어머나! 그럼 기대해 보겠어요."

하는 부자연스러운 웃음소리가 들렸다.

접대의 성과가 아주 좋았으므로 안나 부인은 크게 들떠 있었다.

"미치카(이것은 그녀의 뚱뚱한 남편 마슬레니코프를 말하는 것이었다)가 말했습니다. 당신이 감옥 일로 바쁘시다고요. 저는 그것을 이해할 수 있습니다."

그녀는 네플류도프에게 말했다.

"미치카는 여러 가지 결점도 있지만, 아시다시피 무척 마음이 선량하답니다. 불행한 죄수들을 모두 자기 친자식이나 다름없이 생각해요. 그이는 그런 견해밖에 가질 수 없는 사람이랍니다. 그이는 정말 상냥해요."

죄수들에게 매질을 하도록 명령한 장본인인 남편의 선량함을 표현할 수 있는 말을 찾지 못해 그녀는 잠깐 입을 다물었으나, 곧 미소를 지으면서 그곳에 들어온 보랏빛 리본을 단 주름투성이 노부인을 맞았다.

예의에 어긋나지 않을 정도로 필요한 만큼만 말을 한 네플류도프는 일어서서 마슬레니코프 쪽으로 갔다.

“그럼 미안하지만, 내 말을 들어 주겠나?”
“아, 그럴까! 그럼 저쪽으로 가세.”
그들은 작은 서재로 들어가 창가에 앉았다.

58

“자, 이제 들어 보기로 할까……. 담배를 피우겠나? 하지만 잠깐만 기다리게. 이곳을 재로 더럽혀서는 안 될 테니.”

그는 재떨이를 가지고 왔다.

“무슨 이야기지?”

“자네한테 두 가지 부탁이 있네.”

“그래?”

마슬레니코프의 얼굴이 갑자기 어두워졌다. 주인에게 귀 뒤를 긁히우며 귀여움을 받는 강아지와도 같던 그 들뜬 기분은 흔적도 없이 사라지고 말았다. 응접실 쪽에서 떠들썩한 한 여자의 목소리가 들렸다.

“절대로, 절대로 믿지 못해요!”

그러자 반대쪽 구석에서 한 남자의 목소리가 들려왔다.

“보론초프 백작 부인과 빅토르 아프라크신이야.”

하는 말을 되풀이했다. 다른 한쪽 구석에서는 사람들의 말소리와 웃음소리가 범벅이 되어 떠들썩한 소리로만 들렸다. 마슬레니코프는 응접실의 동정에 귀를 기울이면서 한편으로는 네플류도프의 이야기를 듣고 있었다.

"역시 그 여자에 대한 일이야."

하고 네플류도프는 말했다.

"아, 죄 없는 여자 말인가? 음, 알고 있어."

"그녀를 병원 잡역부로 옮겨 주었으면 하네. 그렇게 할 수도 있다고 하더군."

마슬레니코프는 입을 다물고 생각에 잠겼다.

"글쎄, 쉽지 않을 것 같은데……. 아무튼 자세히 알아본 다음 내일 자네한테 전보로 알려 주겠네."

"병원에 환자가 많아서 일손이 부족하다던데……."

"알았네, 어쨌든 결과를 자네에게 알려 주겠네."

"부탁하네."

응접실에서 여러 사람들의 웃음소리가 들려왔다.

"아마 빅토르가 웃고 있을 거야."

마슬레니코프는 히죽히죽 웃으면서 말했다.

"저자는 마음만 내키면 아주 재미있는 농담을 하거든."

"그리고……."

하고 네플류도프는 말했다.

"지금 감옥에 여권 기한이 지났다는 이유만으로 1백 30명의 석공들이 감금되어 있다네. 벌써 한 달이나 되었다더군."

그리고 네플류도프는 그들이 투옥된 이유를 이야기했다.

"대관절 어디서 그런 말을 들었나?"

하고 마슬레니코프는 물었다. 그의 얼굴에는 불안과 불만의 빛이 동시에 나타났다.

"어느 피고한테 면회를 갔었는데, 그 사람들이 복도에서 나를 둘러싸고 호소하더군."

"피고라니, 누구 말인가?"

"죄 없이 기소된 농민인데 내가 변호사를 대 주었어. 그러나 그건 아무래도 좋아. 대관절 아무 죄도 없이 여권 기한이 지났다는 이유만으로 수감되어 있는 석공들 말일세, 그것은……."

"그건 검사의 책임이야."

마슬레니코프는 화가 난 듯 네플류도프의 말을 가로막았다.

"빨리 올바른 재판을 하라고 자네는 말하겠지. 그래, 검사의 의무는 종종 감옥을 방문하고 죄수가 정당한 대우를 받고 있는지 없는지 조사해야 하는 걸세. 그럼에도 불구하고 그들은 아무것도 하지 않으면서 트럼프 놀이만 즐기고 있거든."

"그럼, 자네도 어떻게 할 수 없다는 말인가?"

지사가 검사에게 책임을 돌릴 것이라는 변호사의 말을 생각해 낸 네플류도프는 어두운 표정으로 말했다.

"아니, 해 보겠네. 곧 조사하도록 하겠어."

"저런, 그럼 그 여자가 점점 더 손해를 보는 게 아닐까요? 가엾게도…… 수난의 여성이군요."

라는 말을 하고 있지만, 사실은 자기가 하고 있는 말에 전혀

신경을 쓰지 않는 듯한 여자의 목소리가 응접실에서 들려왔
다.

"그것 참 더욱더 고맙군요. 그럼, 그것도 주시겠습니까?"
라고 농담하는 남자의 목소리와 무엇인지 주지 않으려고 하
는 여자의 장난스러운 웃음이 들려왔다.

"안 돼요, 안 돼요. 누가 드린댔어요?"

여자의 목소리가 또 들렸다.

"잘 알았네. 내가 매듭을 짓겠네."

터키 구슬 반지를 낀 흰 손으로 담뱃불을 끄면서 마슬레니
코프가 되풀이했다.

"자, 이제 부인들한테 가세."

"그리고 또 한 가지 있네."

네플류도프는 응접실로 들어가지 않고 문가에서 발을 멈추
며 말했다.

"어제 감옥에서 태형을 했다는 말을 들었는데 그게 정말인
가?"

마슬레니코프는 얼굴을 붉혔다.

"아니, 자네는 그런 것까지 조사하고 다니나? 안 되겠어.
이젠 절대로 자네를 감옥에 보내지 말아야지. 그렇게 모든 것
을 캐려 들면 당할 수가 있겠는가? 자, 가세. 안나가 부르고
있다네."

그는 네플류도프의 팔을 잡고, 다시 귀한 인물의 방문을 받
은 것처럼 흥분하며 말했다. 하지만 그것은 기뻐서가 아니라
불안스러운 흥분이었다.

네플류도프는 그에게 잡힌 팔을 뿌리친 뒤 아무에게도 인사를 하지 않고 우울한 얼굴로 객실과 홀을 지나, 현관을 통해 밖으로 나왔다.

"저분께서는 왜 그러세요? 당신, 무슨 말씀을 하셨나요?"
하고 부인이 남편에게 물었다.

"저것이 프랑스 식이라는 거죠."
하고 누군가가 말했다.

"뭐가 프랑스 식인가? 저건 아프리카 식이야."

"뭐, 그는 언제나 그랬는걸요."

누군가가 일어섰고, 누군가가 다시 들어왔다. 그리고 이야기는 다시 순조롭게 진행되기 시작했다. 네플류도프의 에피소드는 그날의 손님 초대에 알맞은 화제가 되었다.

이튿날, 네플류도프는 마슬레니코프에게서 편지를 받았다. 그 편지는 문장이 박힌 두껍고 매끄러운 종이에 도장을 찍고 당당한 필적으로 쓰여져 있었는데, 마슬로바를 병원 근무로 옮기는 일에 대해 의사에게 편지를 보냈으니 틀림없이 그의 희망이 이루어질 것이라고 적혀 있었다. 그 밑에는 '자네를 사랑하는 옛 벗'이라고 쓰여져 있었으며, '마슬레니코프'라고 활자로 적힌 글씨 밑에는 놀랄 만큼 크고 뚜렷한 사인이 있었다.

"미친 놈!"
네플류도프는 참을 수가 없어서 자신도 모르게 외치고 말았다. 그는 이 '옛 벗'이라는 말 속에서 마슬레니코프가 자기를 그의 위치까지 끌어내리고 있다는 것이 느껴져 불쾌해졌다. 즉 도덕적으로 더럽고 치사한 일을 하고 있는 주제에 자기를 극히 중요한 사람이라 여기고, 네플류도프를 '옛 벗'이라고 부름으로써, 자기의 훌륭함을 자랑으로 삼고 있지 않다는 것을 표시하려는 속셈이 엿보였기 때문이다.

59

지극히 보편적이고 널리 알려져 있는 아주 흔한 미신 중의 하나는, 인간은 제각기 자기 고유의 성질을 가지고 있는 존재라서 선인, 악인, 영리한 자, 어리석은 자, 활동적인 자, 무기력한 자 등으로 나누어져 있다고 생각하는 견해이다. 그러나 인간이란 그렇지 않다.

우리들은 어떤 사람에 대해, 저 사람은 나쁠 때보다 선량할 때가 많다든가, 어리석을 때보다 영리할 때가 많다거나, 무기력한 때보다 활동적인 때가 많다는 식으로, 또는 그 반대로 말할 수는 있다. 그러나 어떤 사람을 선량하다거나 영리하다거나 또는 어떤 사람을 악인이라거나 바보라는 식으로 말한다면 그것은 분명 잘못이다. 그런데도 우리는 언제나 사람들을 이런 식으로 구분하고 있다. 이것은 옳지 못한 일이다.

인간이란 강물과 같다. 물은 어느 강에서나 마찬가지로 변함이 없지만 그 강 자체가 좁아서 물살이 센 곳도 있고, 넓어서 느린 곳도 있으며, 맑고 차가운 곳도 있는 반면 탁하고 미지근한 곳도 있다.

사람도 마찬가지여서 저마다 인간으로서 모든 성질의 싹을 자기 속에 지니고 있다. 그리고 때로는 이것을 나타내고, 때로는 저것을 나타내는 식이라 종종 '이 사람이 과연 그 사람일까?' 하고 의심을 하는 일도 있다. 그러나 본인임에 틀림없는 것이다. 사람에 따라서는 이런 변화가 특히 심한 사람도 있다.

바로 네플류도프가 그러한 유형의 사람이었다. 그의 경우에 이러한 변화는 육체적인 이유에서도 정신적인 이유에서도 일어났다. 그리고 이 같은 변화가 지금도 그에게 생겨나고 있는 것이다.

재판이 끝나고 카튜샤와 처음으로 면회한 뒤에 경험했던 그 엄숙한 기분과 다시 살아난 듯한 기쁨은 완전히 사라지고, 마지막 면회를 한 뒤에는 그것이 공포와 카튜샤에 대한 혐오로까지 변했다. 그는 그녀를 버리지 않을 것이며, 만약 그녀가 바란다면 결혼하겠다는 자기의 결심을 바꾸지 않겠다고 작정했었다. 그러나 그것이 견딜 수 없을 정도로 고통스러워졌다.

마슬레니코프를 방문하고 그 이튿날, 그는 또 그녀를 만나기 위해 감옥으로 갔다.

소장은 면회를 허락했지만, 장소는 사무실도 변호사 면회실도 아닌 일반 여죄수 면회실이었다. 소장은 여전히 상냥했

으나 전과는 달리 네플류도프를 대하는 태도가 신중해 보였
다. 아마 마슬레니코프가, 이 면회자에 대해서는 충분히 조심
을 하라는 명령을 내린 모양이었다.

"면회는 상관없습니다만……."
하고 소장은 말했다.

"다만 전에 부탁드렸다시피 돈에 대한 것만은 제발 틀림없
도록 해 주십시오. 그리고 그녀를 병원으로 옮기는 문제는 의
사가 승낙을 했습니다만 본인이 바라지 않고 있습니다. '더러
운 옴쟁이들의 변기를 갖다 나르다니…… 그런 건 질색이야'
라고 하는 형편이라서요. 정말 어쩔 수 없는 인간입니다, 공
작님."

소장은 덧붙여 말했다.

네플류도프는 그 말에는 대꾸하지 않고, 면회실로 가게 해
달라고 부탁했다. 소장은 간수에게 안내를 명령했다. 네플류
도프는 그 뒤를 따라 아무도 없는 면회실로 들어갔다.

카튜샤는 벌써 와 있다가 조용히 철망 뒤에서 나타났다. 그
녀는 네플류도프의 곁으로 다가와 그의 얼굴을 보지도 않고
나직한 소리로 말했다.

"죄송해요, 드미트리 이바노비치. 그저께는 정말 무례한 말
씀을 드렸어요."

"나한테 용서를 빌다니……."

"저를 그냥 내버려 두세요."

그를 쳐다보는 사팔눈에서 네플류도프는 강한 적의와 증오
를 보았다.

"왜 당신을 내버려 두라는 말이오?"

"이유는 없어요."

"왜 그러지?"

그녀는 다시 적의가 가득 찬 눈으로 물끄러미 그를 보았다.

"어쨌든……. 저를 내버려 두세요. 전 진심으로 말하는 거예요. 이젠 더 이상 참을 수가 없어요. 이런 일은 이제 깨끗이 청산해 주세요."

그녀는 떨리는 입술로 말하더니 잠시 입을 다물었다.

"정말이에요. 목을 매는 편이 차라리 나아요."

네플류도프는 이 거절 속에 그에 대한 증오와 용서할 수 없는 원한이 있기는 하지만 무엇인가 다른 중대하고 선량한 것이 있다는 것을 느꼈다.

이와 같이 카튜샤가 매우 침착한 태도로 전에 했던 거절을 되풀이하자 네플류도프의 마음에 생겼던 모든 의혹이 깨끗하게 사라졌으며, 그를 이전의 진지하고 감동적인 심정으로 되돌아가게 했다.

"카튜샤, 나는 전에 한 말을 다시 되풀이할 뿐이야. 제발 나하고 결혼해 줘. 만약 네가 싫다고 한다면 승낙할 때까지 네 곁을 떠나지 않을 것이고, 어디든 네가 가는 곳으로 따라갈 작정이야."

그는 더욱 진지한 얼굴로 말했다.

"그것은 당신 마음대로 하세요. 저는 더 이상 아무 말도 하지 않겠어요."

하고 그녀는 말했다. 다시 그녀의 입술이 파르르 떨리기 시작했다.

네플류도프도 잠자코 있었다.

"나는 일단 시골로 갔다가 페테르부르크로 가겠어."

그는 간신히 마음을 가다듬고 말했다.

"그리고 너의, 아니 우리들의 문제를 힘써 볼 생각이야. 반드시 판결이 파기될 거야."

"파기되지 않더라도 마찬가지예요. 그 사건이 아니면 다른 일로라도 제가 이만한 벌을 받는다는 것은 당연한 거예요."
하고 그녀는 말했다. 하지만 네플류도프는 그녀가 눈물을 참기 위해 몹시 애쓰고 있다는 것을 알았다.

"그래, 메니쇼프를 만나셨어요?"

마음의 동요를 숨기기 위해 그녀는 불쑥 이렇게 물었다.

"메니쇼프 모자가 무죄란 건 사실이었지요?"

"그런 것 같소."

"정말 좋은 할머니예요."

그는 메니쇼프한테서 들은 말을 빠짐없이 그녀에게 얘기한 후 필요한 것은 없느냐고 물었다. 그녀는 아무것도 없다고 대답했다.

그들은 한동안 잠자코 있었다.

"그 병원에 대한 일인데요……."

사팔눈으로 그를 보며 갑자기 그녀가 말했다.

"만약 당신이 그 편이 좋다고 하신다면 저는 가겠어요. 그리고 이제는 술도 안 마시겠어요."

네플류도프는 잠자코 그녀의 눈을 보았다. 그녀의 눈에 미소가 어려 있었다.

"좋은 생각이야."

그는 간신히 이 말밖에는 하지 못했다. 그러고는 그녀에게 작별인사를 했다.

'그래, 그녀는 이제 완전히 딴사람이 된 거야.'

좀전까지 지니고 있던 의혹이 사라지고, 사랑이 가장 위대한 것임을 확신하며, 지금까지 경험하지 못한 전혀 새로운 기분이 된 네플류도프는 이렇게 생각했다. 면회실에서 악취가 풍기는 감방으로 돌아오자 카튜샤는 죄수복을 벗고 침대에 앉아 두 손을 힘없이 무릎 위에 놓았다. 감방 안에 있던 사람은 젖먹이를 안은 폐병쟁이 여자와 메니쇼프 노파, 철로지기와 두 아이뿐이었다.

교회 머슴의 딸은 어제 정신 이상이라는 진단을 받고 병원으로 보내졌고, 다른 여죄수들은 모두 빨래터에 가 있었다. 노파는 침상에 누워서 잠을 자고 있었고, 아기를 안은 폐병쟁이 여자와 양말 뜨는 손을 부지런히 놀리던 철로지기가 카튜샤 곁으로 다가왔다.

"어때? 만나고 왔어요?"

두 사람은 그녀에게 물었다.

카튜샤는 아무 말 없이 높다란 침대에 앉은 채 바닥에 닿지 않는 두 발을 흔들거리고 있었다.

"뭘 그리 우울해하고 있어요?"

하고 철로지기가 물었다.

"낙심하는 것은 좋지 않은 일이에요. 카튜샤, 힘을 내요!"

그녀는 부지런히 손가락을 놀리면서 말했다. 그러나 카튜샤는 대답하지 않았다.

"모두들 빨래하러 갔어요. 오늘은 많은 차입이 있었나 봐. 잔뜩 가져왔다는 말을 들었어요."

하고 폐병쟁이 여자가 말했다.

"피나쉬카!"

철로지기가 문 쪽을 보고 소리쳤다.

"총알처럼 어디로 뛰어갔을까?"

그녀는 뜨개바늘을 하나 뽑아서 그것을 실뭉치와 양말에 꽂고는 복도로 나갔다.

그때 복도에서 어수선한 발소리와 여자들의 말소리가 들리더니, 맨발에 죄수화를 신은 여자들이 우르르 감방으로 들어왔다. 모두 흰 빵을 하나씩 들고 있었으며 두 개를 가진 사람도 있었다. 페도시야가 곧 카튜샤 옆으로 달려왔다.

"왜 그래? 무슨 기분 나쁜 일이라도 있었어?"

페도시야가 맑고 푸른 눈으로 염려스러운 듯이 카튜샤를 보며 물었다.

"이건 차 마실 때 먹어요."

그렇게 말하면서 그녀는 빵을 선반 위에 얹어 놓았다.

"왜 그래? 설마 그 남자가 결혼할 마음이 없어진 건 아니겠지?"

콜라브료바가 물었다.

"아니, 그이의 마음이 변한 건 아니지만, 내가 싫어요."

하고 카튜샤가 말했다.

"내가 싫다고 말했어."

"바보같으니!"

콜라브료바는 굵직한 목소리로 말했다.

"하지만 어차피 같이 살 수 없다면 결혼한들 무슨 소용이 있겠어요?"

페도시야가 말했다.

"하지만 네 남편은 너랑 같이 가는 거 아냐?"

철로지기가 한 마디 했다.

"그거야, 우리들은 정식 부부니까요."

하고 페도시야가 대답했다.

"같이 살 수 없는데도 그 사람은 왜 정식 결혼을 하려고 하지?"

"바보같으니…… 왜냐고? 그야 결혼만 하면 이 애를 편하게 해 줄 수 있잖아."

"그이는 말했어요. '네가 어디로 가든지 나는 따라가겠다'고. 그러나 와도 좋고, 오지 않아도 상관없어요. 나는 부탁은 하지 않겠어. 지금부터 페테르부르크로 가서 내 석방에 관해 노력하겠다고 하더군요. 그곳 장관들이 모두 그이의 친척이니까."

그녀는 말을 계속했다.

"하지만 나는 그이의 도움 따위는 필요없어."

"그렇고말고!"

콜라브료바가 자기 배낭 속을 뒤적이면서, 아마 무슨 다른 것을 생각하고 있었는지 갑자기 말했다.

“어때? 술이나 마시지 않겠어?”

“나는 마시지 않겠어요. 당신네들끼리나 마셔요.”

하고 카튜샤가 대답했다.

2부

1

　2주일 후에 상소를 원로원에서 재심할 예정이었으므로 네플류도프는 그때까지 페테르부르크로 갈 생각이었다. 원로원에서 상소가 기각될 경우, 변호사의 권유대로 황제 앞으로 탄원서를 내기로 작정하고 있었다.

　그것도 각하될 경우에(변호사의 의견으로는 상소하는 이유가 극히 미약하므로 그럴 각오도 해 두어야 한다고 했지만), 카튜샤를 포함한 유형수 일대는 6월 초순에 출발할 예정이었다. 그러므로 네플류도프는 굳게 결심하고 있던 대로 카튜샤를 따라 시베리아로 출발할 준비를 해 두어야만 했다. 그러기 위해서는 지금 곧 시골로 가서 토지 문제를 정리해야 했다.

　네플류도프는 먼저 쿠즈민스코예 마을로 떠났다. 이곳은 그의 영지 중에서 가장 가까운 흑토 지대의 광대한 땅으로 그의 수입의 주요한 근원이었다.

그는 이곳에서 어릴 때부터 청년 시절까지 지냈고, 그 뒤에도 두 번이나 찾아간 적이 있었다. 한 번은 어머니의 부탁을 받고 독일인 관리인을 데리고 가서 경영 상태를 같이 조사한 적도 있었다. 그래서 영지의 상태나 농민과 관리 사무소, 즉 농민과 지주의 관계도 이미 전부터 상세히 알고 있었다. 농민과 지주의 관계는 농민이 관리 사무소에 완전히 종속되어 있는 상태, 말하자면 관리 사무소의 노예나 마찬가지였다.

이것은 1861년에 폐지된 농노제와 같은 현실적인 예속, 즉 특정한 주인의 소유물은 아니지만 토지를 갖지 않든가 혹은 조금밖에 갖지 못한 농민 일반의 대지주에 대한 예속, 때로는 지역적으로 주변의 지주들에 대한 예속이라는 주종적 관계였다. 네플류도프는 그것을 잘 알고 있었다. 왜냐하면 이 예속을 기초로 하여 경영이 성립되었고, 그 경영을 확립시킨 것은 다름아닌 그 자신이었기 때문이다. 더욱이 네플류도프는 그것이 옳지 못한 잔혹한 일이라는 것을 학생 때부터 알고 있었다. 그 무렵 그는 헨리 조지의 학설을 신봉하여 그 보급에 힘썼으며, 그 학설을 근거로 삼아 오늘날의 토지 사유는 50년 전의 농노 소유와 마찬가지로 죄악이라고 생각했다. 그래서 아버지에게 물려받은 토지를 농민들에게 나누어 주었던 것이다.

그러나 군대에 들어가 1년에 2만 루블이나 되는 돈을 쓰는 생활에 익숙해지자 이러한 지식들은 생활 신조에서 멀어지면서 잊혀져 갔다. 그는 한동안 사유재산에 대한 자신의 태도라든가, 어머니가 보내 주는 그 많은 돈이 어디서 나오는 것이냐 하는 문제는 일체 생각하지도 않았을 뿐만 아니라, 또 애써 생각하지도 않으려고 했다. 그러나 어머니가 죽고 유산을 상속받아 재산을 관리하게 되자, 다시금 토지 사유에 대한 문제가 제기되었다. 한 달 전의 네플류도프였다면 현행 질서를 바꾸는 일에는 내 힘이 미치지 못한다, 영지를 관리하고 있는 것은 내가 아니다, 하고 스스로에게 말하며 영지에서 멀리 떠나 살면서 돈만을 받는 것으로써 다소나마 위안을 삼으려고 했을 것이다.

그러나 지금 그는 시베리아 행과 감옥이라는 특수 사회와의 복잡다단한 관계를 눈앞에 두고, 돈이 필요하다는 것과 그렇다고 역시 이 문제를 지금까지와 같은 상태로 그대로 방치해 둘 수는 없으며, 자신이 희생을 해서라도 개선해야만 한다고 결심했다. 그러기 위해 그는 농장을 직접 경영하지 않고 싼 값으로 농민들에게 빌려 주어 그들이 지주로부터 독립할 수 있는 가능성을 열어주기로 했다.

네플류도프는 지금까지도 몇 번인가 지주와 농노 소유자의 상태를 비교한 결과, 농노 경작 형식을 개선해 농민들에게 토지를 임대한다는 것은, 농노 소유자들이 행해 온 부역을 연공(年貢)으로 바꾼다는 것과 별차이가 없다는 식으로 간주해 왔다.

이것이 문제 해결은 아니었지만 해결의 첫걸음이기는 했다. 말하자면 이것은 야만적인 폭력 형태에서 비교적 온화한 형태로의 이행이었다. 그는 그 한걸음을 내딛기로 결심한 것이다.

네플류도프는 정오 무렵에 쿠즈민스코예 마을에 도착했다. 그는 간소한 생활을 원했기 때문에 전보로도 알리지 않고 역에서 두 필의 말이 끄는 여행 마차를 불렀다. 마부는 젊은 남자로 남경(南京) 무명으로 된 소매가 없는 겉옷을 입고 있었다. 그는 긴 허리의 아래쪽 주름이 잡힌 곳에 띠를 질끈 졸라매고, 손님과 이야기하기 쉽게끔 마부석에 모로 비스듬히 걸터앉아서 손님과 열심히 이야기를 주고받았다. 그래서 그들이 이야기를 하는 동안 기진맥진하여 절룩거리는 흰 주마(主馬)와 처음부터 숨을 헐떡거리던 여윈 부마(副馬)는 언제나 그들이 바라는 속도로 천천히 달릴 수가 있었다.

마부는 손님이 이 고장 주인인 줄은 모르고 쿠즈민스코예 마을의 관리인에 대한 이야기를 하기 시작했다. 네플류도프는 일부러 자기의 이름을 대지 않았다.

"멋만 부리는 독일 사람이지요."

도회지에서 살며 소설깨나 읽은 듯한 마부가 말했다. 그는 앉은 채 몸을 반쯤 손님 쪽으로 돌리고 긴 채찍의 손잡이를 연방 올려쥐었다 내려쥐었다 하면서 자기 교양을 자랑하는 듯 말했다.

"밤색 말 세 필이 끄는 마차를 사서 마누라와 타고 다니는데, 그다지 보기 좋은 꼴은 아닙죠!"

그는 계속 말을 이었다.

"지난 겨울 크리스마스 트리를 세워 놓고, 나도 손님을 태워 드렸습니다만, 조그만 전구를 잔뜩 꾸며 놓고 말이죠, 이 마을 안에서는 볼 수 없을 정도로 호화로운 것이었답니다! 돈을 잔뜩 훔쳐 가지고…… 대단한 놈이지요! 무서운 것이 없답니다. 아무튼 그놈 혼자 세상이니까요. 말을 들으니 근사한 토지를 샀다고들 합디다."

네플류도프는 독일인이 토지를 어떻게 관리하든, 어떻게 이용하든 자기에겐 전혀 아랑곳없는 일이라고 생각했다. 그러나 젊은 마부의 이야기는 불쾌했다. 그는 화창한 봄날에 이따금 태양을 숨기면서 흘러가는 짙은 구름이며, 곳곳에서 농부들이 쟁기로 귀리밭을 갈고 있는 들이며, 종달새가 날아올랐다 내렸다 하는 짙은 초록빛 채소밭과 늙은 참나무를 빼 놓고는 이미 신록에 덮인 숲이며, 가축 무리와 말이 점점이 흩어져 있는 목장이며, 밭을 가는 농부들이 보이는 경작지를 즐거운 기분으로 보고 있었다. 하지만 이따금 무언지 마음에 그림자를 드리우는 것이 있었다. 그런데 '그것이 무엇일까?' 하고 스스로에게 물어 볼 때마다 떠오르는 것은 독일인 관리인이 쿠즈민스코예 마을에서 제멋대로 행동하고 있다는 마부의 말이었다.

쿠즈민스코예 마을에 도착하여 일에 착수하게 되자 네플류도프는 그러한 감정을 다시 잊어버리고 말았다.

관리사무소의 장부를 조사하거나, 농민들이 가진 토지는 얼마 되지 않고 전부 지주의 토지로 둘러싸여 있기 때문에 매우 유리하다고 늘어놓는 관리인의 유치한 이야기에 네플류도프는 영지의 관리를 그만두고 농민들에게 토지를 몽땅 빌려 줄 의사를 더욱더 굳게 다졌다. 농부와 관리인의 이야기에서, 네플류도프는 전과 마찬가지로 비옥한 경지의 삼 분의 이는 농기구를 써서 고용한 농민들에게 경작시키고, 나머지 삼 분의 일의 토지는 1헥타르당 5루블의 노임으로 농민들에게 경작시키고 있다는 것을 알았다. 즉 5루블의 노임으로 농민은 1헥타르의 경지를 1년에 세 번이나 갈고 세번갈이로 손질하며, 씨를 뿌리고 거두어들여 묶은 다음 그것을 창고로 운반해야만 하는 것이었다.

이것은 자유 노무자의 아무리 싼 임금이라 해도 적어도 1헥타르라면 10루블에 해당되는 노동이었다. 더구나 농민들은 관리사무소에서 빌려야만 하는 것에 대해서는 최고의 값을 노동으로 치르게 되어 있었다. 그들은 목장의 풀과 숲의 나무와 감자 잎을 얻기 위해 일했으며, 절반 이상의 사람들이 관리사무소에 빚을 지고 있었다. 그래서 농민들에게 노임으로 경작시키는 먼 경지에서 그 땅값의 5퍼센트의 금리를 내는 것보다도 1헥타르에 네 배나 되는 이익을 짜내고 있었던 셈이다.

네플류도프는 이러한 일을 이전에도 알고 있었지만 이것이 새로운 일처럼 몸에 스며들어 자기가, 그리고 자기와 같은 입장에 있는 모든 사람들이 어째서 이러한 관계의 이상함을 모르고 있었던가 싶어 놀라울 뿐이었다. 관리인은, 토지를 농민에게 무상이나 다름없이 빌려 준다면 말이나 농기구들이 소용없게 되어 버리고, 팔려고 해도 산 값의 사 분의 일에도 팔리지 않을 것이며, 더욱이 농민들이 토지를 못 쓰게 해버릴 것은 뻔한 일이라는 등, 대체적으로 네플류도프가 얼마만큼 손해를 볼지 모른다고 말을 했다. 그러나 이것은 농민들에게 토지를 빌려 주어 수입의 대부분을 잃더라도 양심에 부끄럽지 않은 행위를 하려는 네플류도프의 결심을 더욱 굳게 만들어 주었다. 그는 이 문제를 지금 이 마을에 있는 동안 처리해 버려야겠다고 작정했다.

파종한 보리를 거두어들여 팔거나, 농기구와 필요 없게 된 설비를 처리해 버리거나 하는 모든 잔무 정리는 그가 떠난 뒤에 관리인에게 맡겨도 되었다. 그래서 그는 자기의 의도를 설명하고 양도되는 토지에 대한 임대 조건을 결정하기 위해 쿠즈민스코예 영지 주위에 있는 세 마을 농민들의 집회를 내일 열도록 관리인에게 부탁했다.

관리인의 주장에 아랑곳없이 농민들을 위해 희생한다는 굳은 각오를 상쾌한 기분으로 의식하면서, 네플류도프는 관리 사무소를 나왔다. 그리고 당면한 문제를 이것저것 생각하면서 집 주위의 황폐할 대로 황폐해진 화단 둘레며(관리인 집 앞에 있었다), 민들레가 무성한 테니스 코트며, 보리수가 들어선 가로수 길 등을 걸었다.

이 가로수 길은 그가 곧잘 담배를 피우면서 산책하던 곳으로, 3년 전에 어머니의 집에 손님으로 왔던 아름다운 키리모바가 그를 만나자고 유인해 낸 곳도 이 가로수 길이었다. 내일 농민들에게 말할 요점을 머릿속에서 정리한 네플류도프는 관리인에게 되돌아가 다시 한 번 경영 전폐 문제에 대해 이야기를 나눈 뒤 편안한 마음으로 자신을 위해 마련된 안채의 방으로 들어갔다. 그곳은 언제나 손님을 위해 마련된 방이었다.

베니스의 풍경화가 장식되고 창문 사이에 거울이 걸려 있는 이 아담하고 산뜻한 방에는 깨끗한 침대와 물병과 성냥,

소등기를 얹어 놓은 조그마한 테이블이 놓여 있었다. 거울 앞에 있는 큼직한 테이블 위에는 뚜껑이 열린 채로 그의 트렁크가 놓여 있어 화장 세트와 가지고 온 책들이 보였다.《범죄의 여러 법칙에 대한 연구》라는 러시아어로 된 책과, 같은 주제를 다룬 독어 및 영어책이 각기 한 권씩 있었다. 그는 이번 여행 중 한가한 시간에 그 책들을 읽을 생각이었으나 오늘밤은 읽을 겨를이 없었다. 내일 조금이라도 일찍 일어나서 농민들과 이야기할 준비를 하기 위해 오늘밤은 일찍 자려고 했기 때문이다.

방 한구석에는 금박 장식이 달린 마호가니제의 낡은 안락의자가 놓여 있었는데, 그것을 보니 그것과 같은 것이 어머니의 침실에 있었던 것이 생각나서 갑자기 네플류도프의 마음에 전혀 뜻밖의 감정이 치밀어올랐다.

그는 갑자기 결국에는 허물어지고 말 이 집도, 황폐해지고 말 정원도, 벌채되고 말 숲도 축사도 마구간도, 농기구 창고도 농기구들도, 말도 소도 모든 것이 아까워졌다. 이 모든 것들은 그 자신의 손에 의해서는 아니더라도 굉장한 노력으로 생겨났으며 유지되어 왔던 것이다. 그는 그것을 알고 있었다. 이제까지는 이런 것을 모두 쉽사리 버릴 수 있을 것 같은 기분이었는데 지금은 갑자기 이러한 것들, 즉 토지도 수입의 절반도 아까워졌다.

게다가 지금부터 돈이 많이 필요하게 될 것은 뻔한 일이었다. 그러자 곧 그 생각을 북돋워 주기나 하듯이 농민들에게 토지를 빌려 주어 재산을 망쳐 버린다는 것은 어리석은 일이고, 해서는 안 된다는 생각이 그를 엄습했다.

　'나는 토지를 소유해서는 안 된다. 그리고 토지를 갖지 않는다면 이만한 저택은 유지해 나갈 수가 없다. 또한 나는 지금부터 시베리아로 가려고 하지 않는가. 그러면 집도 영지도 필요없게 되는 거야.'
하고 한 목소리가 말했다.

　'그건 그렇다.'
　또 다른 목소리가 응수하기 시작했다.
　'하지만 너는 시베리아에서 일생을 보내지는 않겠지. 게다가 결혼하게 되면 아이도 생길 것이다. 네가 영지를 물려받았듯이 이번에는 그것을 자식에게 물려주어야 한다. 그것이 토지에 대한 의무라는 것이다. 모든 것을 남에게 주거나 없애는 것은 무척 쉬운 일이지만, 그것들을 만들어 낸다는 것은 그야말로 어려운 일이다. 무엇보다도 긴요한 것은 자기의 인생이라는 것을 잘 생각하여 자기를 어떻게 하느냐 하는 것을 정하고, 그것에 의하여 자기 재산을 처리해야 한다. 그러나 너는 그것을 굳게 결심하고 있는가? 다음으로, 너는 진정 양심에 부끄럽지 않은 행위를 하고 있는가, 아니면 사람들을 위해, 즉 사람들에게 자랑하려고 이렇게 하는 것은 아닌가?'

　이렇게 네플류도프는 스스로에게 물었으나, 사람들이 어떻게 말할 것이냐 하는 것이 그 결정에 영향을 주었다는 것을 인정하지 않을 수 없었다. 그리고 생각하면 할수록 점점 더 의문이 솟아나서 그것은 더 해결하기 어려운 것이 되어 갔다. 이러한 생각에서 벗어나기 위해 그는 깨끗한 침대에 누워서,

지금 얽혀 있는 온갖 문제는 내일 산뜻한 머리로 해결해야지 하고 생각하면서 잠을 청하려고 했다. 그러나 오랫동안 잠을 이룰 수가 없었다.

열어젖힌 창문으로 상쾌한 밤기운, 달빛과 함께 개구리 울음소리가 흘러 들어왔고, 그 소리를 누비며 먼 공원 쪽에서 꾀꼬리의 피리 같은 가느다란 노랫소리가 들려왔다. 한 마리는 바로 창 밑의 라일락 숲 속에서 울고 있었다. 꾀꼬리 노랫소리와 개구리 합창을 듣고 있는 동안 네플류도프는 감옥 소장의 딸이 치던 피아노 소리가 생각났다. 소장을 생각하자 그는 카튜샤를 떠올리게 되었다.

"이런 일은 이제 깨끗이 집어치워 주세요."

카튜샤가 이렇게 말했을 때 개구리가 우는 것처럼 입술이 파르르 떨리던 것이 생각났다. 그러는 동안 독일인 관리인이 개구리가 우는 쪽으로 내려갔다. 가게 해서는 안 된다고 생각했지만 이미 내려가 버렸고, 게다가 그는 갑자기 카튜샤로 변해,

"나는 유형수고, 당신은 공작님이에요."
하고 그를 책망하기 시작했다. '아니다, 저서는 안 된다' 하고 생각한 순간 네플류도프는 잠이 깼다.

그리고 스스로에게 물었다.

'대체 내가 하고 있는 일이 좋은 일인지, 어리석은 일인지 모르겠구나. 그러나 아무려면 어떤가. 아무래도 좋아. 지금은 다만 자야 할 뿐이다.'

네플류도프는 관리인과 카튜샤가 간 쪽으로 내려가기 시작

했다. 그러자 그대로 어둠 속으로 빨려들어 가고 말았다.

2

이튿날 아침 네플류도프는 9시에 잠이 깼다. 시중을 들라는 명령을 받은 젊은 사무원이 그가 일어나는 기척을 보이자, 지금까지 그래 본 적이 없을 만큼 반짝거리게 닦은 구두와 샘에서 갓 길어온 깨끗하고 차가운 물을 준비하고, 농민들이 벌써 모여 있다고 알렸다. 네플류도프는 그제야 문득 생각이 나서 벌떡 일어났다. 토지를 양도하고 재산을 망친다는 것을 아깝게 생각했던 어젯밤의 기분은 이미 흔적도 없이 사라져 버리고, 지금 그 생각을 하니 이상한 기분마저 들었다. 그리하여 눈앞에 닥친 일에 기쁨을 느끼고, 본의 아니게 자랑이라도 하고 싶은 기분이 되었다. 창문을 통해 민들레가 무성한 테니스 코트가 보였으며, 거기에 관리인의 지시로 농민들이 모여 있었다.

어젯밤에 개구리가 울어대더니 하늘은 잔뜩 흐려 아침부터

바람도 없이 촉촉하고 따뜻한 가랑비를 내렸다. 나뭇잎과 가
지와 풀잎에 빗방울이 반짝였다. 창문으로 신록의 향기에 섞
여 비를 빨아들인 흙냄새가 흘러 들어왔다. 농민들은 한 사람
한 사람 모이더니 서로 모자나 수건을 벗고 인사들을 하며 지
팡이에 몸을 의지하고 빙 둘러섰다. 근골이 늠름하며 다부진
몸매를 한 젊은 관리인이, 큰 단추가 달리고 깃이 바로 선 녹
색 양복을 입고 네플류도프의 방으로 들어왔다. 그리고 모두
모이긴 했으나 기다리게 할 테니, 우선 준비되어 있는 커피나
홍차를 천천히 마시도록 하라고 말했다.

"아니, 그보다도 내가 그들한테 나가기로 하지."

눈앞에 닥친 농민들과의 대화를 생각하자 네플류도프는 전
혀 생각지 못했던 위축감과 부끄러움을 느꼈다.

그는, 농민들의 숙원 —— 싼 값에 토지를 빌려 준다는 ——
을 이루어 주기 위해 걸음을 옮겼다. 그런데 그들에게 선행을
베풀기 위해 가까이 간 것이었지만, 왠지 마음이 부끄러웠다.
드디어 농민들이 모여 있는 곳으로 다가갔는데, 모자를 벗은
농민들의 아마빛 머리며 곱슬머리, 대머리, 백발 등이 나타나
기 시작하자 어리둥절해서 한동안 아무 말도 할 수가 없었다.
여전히 가랑비가 솔솔 내려, 농민들의 머리와 턱수염과 외투
위로 물방울이 대롱대롱 맺혔다. 농민들은 주인을 바라보며
무슨 말을 할까 기다리고 있었으나, 네플류도프는 몹시 당황
하여 아무 말도 할 수가 없었다. 이 서먹한 침묵을 깨뜨려 준
것은 자신만만하고 침착한 독일인 관리인이었다. 그는 러시
아 농민의 심리를 포착하고 있다고 자인하고 있었으며, 유창

하고 정확하게 러시아어를 구사할 줄 알았다. 미식(美食)으로 지방질이 잔뜩 낀 건장한 이 사나이는, 네플류도프 역시 그랬지만, 여위어 쭈글쭈글한 농민들의 얼굴과 외투 겉으로 뚜렷이 드러나는 앙상한 어깨와 놀라운 대조를 이루었다.

"지금부터 공작님께서 당신들에게 좋은 일을 하시겠답니다. 즉 토지를 빌려 드릴 것입니다. 당신들에게는 분에 넘치는 일이지요."

하고 관리인이 말했다.

"어째서 분에 넘치나요, 바실리 카를르이치! 우리가 당신을 위해 일을 하지 않았다는 말인가요? 우린 돌아가신 마님한테 정말 큰 은혜를 입었습죠. 아, 천국에 계신 영혼께 평안이 있으라. 그리고 공작님께서도 고맙게스리 저희들을 버리시지 않으시니……."

당근빛 머리칼의 입담 좋은 농부가 말했다.

"당신들을 모이게 한 것은, 당신들이 원한다면 토지를 전부 나누어 주려고 생각했기 때문이오."

네플류도프는 말했다.

농민들은 말뜻을 모르는지 아니면 믿지 못하겠는지 그저 잠자코 있었다.

"그게 무슨 뜻입니까, 토지를 나누어 주신다는 말씀은?"

반코트를 입은 중년 농민이 말했다.

"당신들에게 빌려 주어서, 당신들이 싼 지대(地代)로 쓸 수 있도록 해주려는 거요."

"거 참 고마운 일입니다."

한 노인이 이렇게 말했다.

"땅을 빌려 주신다는데 싫다고 할 사람이 어디 있어!"

"그야 두말할 필요도 없는 일이지. 우리는 땅으로 먹고 사니까!"

"나리께서도 그편이 편할 겁니다. 단지 지대만 받으면 되니까요. 그렇지 않으면 걱정거리가 끊이지 않습죠!"

사방에서 이런저런 목소리들이 들렸다.

"그건 당신들이 변변치 못하기 때문이오."

이때 관리인이 말했다.

"당신들이 일을 잘하고 정해진 일을 지켜만 준다면야……."

"우리를 책망하는 것은 너무 심해요. 바실리 카를르이치!"

코가 뾰족하고 여윈 노인이 말했다.

"왜 말을 보리밭에 놓았느냐고 당신은 말하지만, 누가 놓고 싶어서 놓았나요? 나는 하루 종일, 그야말로 하루가 1년 같은 생각으로 풀 베는 낫을 휘두르고 있답니다. 너무 고달퍼서 저녁 무렵에는 그만 깜빡 잠이 들 때도 있지요. 그랬더니 말이 당신네 보리밭에 들어갔다고 막 야단을 치시더군요."

"정해진 법칙을 지키기만 하면 되는 거야."

"당신은 상관 없죠. 법칙을 지키라고 말로만 하면 되니까요. 그러나 우리는 힘에 겨워서 어쩔 수가 없군요."

키가 크고 머리가 까만, 털보 같은 중년 나이의 농민이 반박했다.

"그러니까 말하지 않았어, 울타리를 하라고."

"그럼 재목을 주십시오."

뒤쪽에서 자그마하고 초라한 농민이 참견을 했다.

"작년 여름에 울타리를 만들려고 했더니 당신은 나를 감옥에 처넣어서 석 달 동안 이를 끓게 하지 않았소. 울타리를 만들려면 이렇다니깐 글쎄."

"그건 어떻게 된 일인가?"

네플류도프가 관리인에게 물었다.

"저 사람은 마을에서 제일 가는 도둑놈이랍니다."

관리인이 독일어로 말했다.

"해마다 숲 속에서 잡히고 있답니다. 이봐, 남의 것을 소중히 할 줄 알아야 해!"

관리인이 나무랐다.

"아니, 우리들이 당신을 소홀히 했다는 말입니까?"

노인이 말했다.

"당신을 소중히 하지 않고 우리가 어떻게 배깁니까? 아무튼 목덜미가 단단히 잡혀 있으니까요. 우리들을 어떻게 쥐어짜내건 당신 마음대로가 아닌가요?"

"아무것도 당신들을 괴롭히고 있는 게 아니잖소. 너무 그렇게 기를 쓰지 마시오."

"대강하시오. 실컷 괴롭히지 않았소! 이번 여름에는 내 따귀를 때려 고막을 터뜨려 놓고서……. 그래도 나는 아무 말도 하지 못했소. 부자 곁은 재판관도 피해서 지나간다더군요."

"규칙대로 했으면 안 그렇지."

이런 식으로 말다툼이 계속되었으나, 본인들은 무엇 때문에, 무엇을 지껄이고 있는지조차 잘 모르는 것 같았다. 단지 알 수 있는 것은, 한편에는 위엄에 의해 억눌려진 증오가 있고, 또 한편에는 우월감과 권력 의식이 있다는 것뿐이었다. 네플류도프는 이런 말을 듣고 있는 것이 괴로웠으므로 지대와 지불 기일을 정한다는 용건 쪽으로 이야기를 돌리려고 애썼다.

"그런데, 토지에 대한 얘기인데 물론 당신들은 빌려 쓰고 싶겠지? 그럼, 토지 전부를 빌려 준다면 지대는 얼마면 될지?"

"나리의 것이니까, 나리가 정하십시오."

네플류도프는 가격을 정해 보았다. 언제나 그랬지만 네플류도프가 정한 가격은 농민들이 1년 동안 지불하는 액수보다 훨씬 쌌다. 그런데도 농민들은 비싸다면서 에누리를 하기 시작했다. 네플류도프는 자기의 제안을 기꺼이 받아들일 것이라고 기대했는데, 그럼에도 불구하고 농민들의 얼굴에서 반가운 기색이라고는 전혀 찾아볼 수조차 없었다. 네플류도프가 자기 제안이 그들에게 유리하다고 인정할 수 있었던 것은 누가 토지를 빌리느냐, 즉 마을 전체에서 빌리느냐, 아니면 동료들끼리 조합을 만들어서 빌리느냐 하는 말이 났을 때였다. 일을 잘하지 않아 지불 능력이 희박한 패들을 조합에서 제거하려는 농민들과 제거당하는 농민들과의 사이에 심한 언쟁이 벌어졌기 때문이다. 결국 관리인이 중간에 끼여들어 지대와 지불 기일이 정해졌다. 농민들은 웅성웅성 떠들어대면서 산기슭 마을 쪽으로 돌아갔다. 네플류도프는 관리인과 계약서 문안을 작성하기 위해 사무실로 갔다.

　모든 것이 네플류도프가 바라고 기대했던 대로 되었다. 농민들은 주변의 토지 값보다 30퍼센트나 싸게 빌리게 되었다. 네플류도프의 토지 수입은 거의 반감되었으나, 삼림을 판 돈이 들어왔고 농기구를 팔았기 때문에 그것만으로도 충분했다. 모든 것이 잘된 것같이 생각되었으나, 네플류도프는 무엇인지 꺼림칙한 생각이 머릿속에서 떠나질 않았다. 농민들 중 몇 사람은 고맙게 받아들였지만, 거의 태반이 불만이었고 더 많은 것을 바라고 있다는 것을 그는 알아차렸다. 요컨대 네플류도프는 많은 것을 잃었지만 농민들의 기대에는 어긋났던 것이다.

　이튿날 네플류도프는 가(假)계약서에 서명을 하고, 대표로 찾아온 노인들의 배웅을 받으며 무언지 개운치 않은 불쾌한 기분으로, 역에서 올 때 마부가 말한 관리인의 멋진 세 필의 말이 끄는 포장마차를 타고, 불만스레 머리를 갸웃거리고 있는 농민들에게 작별 인사를 한 다음 역으로 향했다. 네플류도프는 석연치 않은 기분에 사로잡혀 결국 우울했으며 왠지 부끄러운 느낌마저 들었다.

3

　네플류도프는 쿠즈민스코예 마을에서 고모들로부터 유산으로 받은 영지로 향했다. 그가 카튜샤를 알게 된 마을이다. 그는 여기서도 쿠즈민스코예 마을에서 정했던 것처럼 토지 문제를 처리할 작정이었다. 그리고 카튜샤에 대한 일과 그녀와 자기와의 사이에서 태어난 아이에 대한 것을 될 수 있는 대로 자세히 알아보고 싶었다. 아이가 죽었다는 것이 사실인지, 어디서 어떻게 죽었는지?

　그는 아침 일찍 파노보 마을에 도착했다. 집 안으로 마차를 몰 때 무엇보다도 그를 놀라게 한 것은 모든 부속 건물들, 특히 안채를 좀먹고 있는 참담한 황폐함과 퇴락한 모습이었다. 전에는 녹색이었던 함석 지붕이 언제부터인지 칠을 하지 않은 채 내버려두어 녹이 슬어 빨갛게 되었으며, 폭풍 때문인지 몇 장은 뒤집혀져 있었다. 안채의 판자 벽은 군데군데 뜯겨 있었다. 뜯어지기 쉬운 곳부터 뜯겨 있고, 못은 녹이 슬어 구부러져 있었다. 현관 계단도 바깥 문도, 특히 그에게는 잊을 수 없는 뒷문도 썩어서 발판이 떨어지고 뼈대만이 남아 있었다. 창문은 몇 개인가 유리 대신 판자가 끼워져 있었다. 관리인이 살고 있던 별채도, 부엌도, 마구간도 모두 낡아서 잿빛으로 그을려 있었다. 다만 정원만이 초목이 가득히 무성하고 꽃이 만발해 있었다. 울타리 너머에는 마치 흰구름처럼 앵두와 능금과 자두꽃이 보였다. 라일락 울타리에는 11년 전에 그 그늘에서 네플류도프가 열여섯 살 난 카튜샤와 술래잡기를 하다가 넘어져 쐐기풀에 찔렸을 때와 똑같은, 아름다운 꽃이 활짝 피어 있었다. 소피아 이바노브나가 안채 옆에 심은 낙엽송은 그 무렵에 말뚝만하던 것이 지금은 들보로도 쓸 수 있을 만한 큰 나무로 자라 황록색의 부드러운 솜털 같은 잎으로 덮여 있었다.

개울은 기슭으로 조용히 흘렀으며, 물방앗간에 떨어지는 흐름만이 요란스러운 소리를 내고 있었다. 개울 맞은편 목장에는 가지 각색의 농가 가축들이 한가로이 풀을 뜯고 있었다. 신학교를 중퇴한 관리인이 싱글벙글 웃으며 뜰로 네플류도프를 마중나왔는데, 얼굴에 웃음을 거두지 않고 관리 사무소로 안내하고는 그 웃음으로 무언가 특별한 것을 약속이나 하듯이 미소를 띤 채 칸막이 벽 뒤로 사라졌다. 칸막이 벽 뒤에서 무언가 속삭이는 소리가 들리더니 곧 잠잠해졌다. 마부는 술값을 받고 나자 방울 소리를 울리면서 뜰에서 나갔다. 그러자 주위는 물을 끼얹은 듯이 조용해졌다. 마차를 따라 창밖으로,

수놓인 셔츠를 입고 귀걸이를 단 맨발의 계집애가 달려갔다. 그 계집애를 쫓아서, 다져진 오솔길에 장화 밑바닥의 징소리를 요란스레 울리며 한 농부가 달려갔다.

네플류도프는 창가에 앉아 뜰을 바라보기도 하고 소리나는 곳으로 귀를 기울이기도 했다. 열려진 조그만 창문으로 상쾌한 봄바람이 그의 땀기어린 이마에 드리워진 머리를 스치고, 칼로 상처 자국이 난 문턱 위에 놓인 메모 용지를 산들산들 날리면서 파헤쳐진 흙의 향기를 싣고 왔다. 개울 쪽에서는 여자들이 방망이로 빨래를 두드리는 소리가 뒤섞여 들려왔고, 그 소리가 햇빛에 반짝이는 맑은 수면에 퍼져나가 사방으로 흘러갔으며, 그것을 누비고 물방앗간의 물 떨어지는 소리가 느릿하게 들렸다. 파리 한 마리가 놀라서 윙윙거리는 날개소리를 남기고 귓전을 스치고 날아갔다. 그러자 네플류도프는 갑자기, 오래 전 그가 아직 젊고 순진했을 무렵, 역시 여기서, 개울 쪽에서 물방앗간의 단조로운 물소리를 누비며 젖은 빨래를 두드리는 방망이 소리를 듣고, 마찬가지로 산들거리는 봄바람이 그의 땀기어린 이마에 늘어진 머리를 매만지고, 칼로 상처 난 문턱 위에 메모지를 한들거렸으며, 역시 깜짝 놀란 파리가 귓전을 스쳐간 일이 있었던 것이 생각났다.

그리고 열여덟 살 난 소년이었던 그 무렵의 자기를 생각해 낸 것은 아니지만, 자신이 그와 같은 젊음과 순결함과 커다란 가능성에 가득 찬 미래를 갖고 있는 것처럼 느껴졌다. 그러나 그와 동시에 꿈속에서 흔히 있듯이 그것은 이미 잃어버린 일이라는 것을 네플류도프는 알고 있었다. 그래서 못 견디게 슬퍼졌다.

"식사는 언제쯤 하시렵니까?"

관리인이 싱글벙글 웃으면서 물었다.

"언제든지 좋소. 별로 시장하지는 않으니까. 지금부터 마을을 좀 돌아보고 오겠소."

"그보다도 안채를 한번 보시지 않겠습니까? 방 안이 깨끗이 정돈되어 있으니까요. 한번 보세요. 만약 밖에서 보시고……."

"아니, 나중에 보기로 하지. 그보다도 묻고 싶은 것이 있는데, 지금도 여기 마트료나 하리나라는 여자가 살고 있소?"

그녀는 카튜샤의 이모였다.

"있습니다, 마을에. 그 여자만은 도저히 당할 수가 없지요. 술을 밀매하고 있습니다. 저도 모른 척할 수가 없어 고발한다고 꾸짖었습니다만 그렇게 한다는 것도 불쌍해서요. 아무튼 늙은이라 손자들이 있기 때문에……."

관리인은 여전히 미소를 지으며 말했다. 그 웃음에는 주인에게 좋은 느낌을 주고자 하는 소망과 네플류도프도 자기와 마찬가지로 모든 것을 알고 있으리라는 확신이 나타나 있었다.

"집이 어디 있지? 좀 들러 보고 싶은데."

"마을 끝인데, 끝에서 셋째 집입니다. 왼편으로 벽돌집이 보이는데, 그 바로 뒤에 있는 오막살이가 그 집입니다. 그보다 제가 안내해 드리죠."

관리인은 기쁜 듯이 웃으면서 말했다.

"아니, 친절은 고맙지만 혼자 가 보겠소. 그보다 당신은 농민들이 한자리에 모일 수 있도록 알려 주구려. 토지에 대해 할 말이 있으니까."

쿠즈민스코예 마을에서와 마찬가지로 네플류도프는 여기서도 농민들과 될 수 있다면 오늘밤에라도 이야기해 버려야겠다고 생각했다.

4

네플류도프는 문 밖으로 나오자, 질경이와 장다리꽃이 만발한 목장 안의 다져진 오솔길을, 알록달록한 앞치마를 두르고 귀걸이를 늘어뜨린, 맨발로 활발하게 땅을 디디며 서둘러 오는 시골 처녀와 마주쳤다. 처녀는 왼손을 앞으로 내저으면서 오른손으로는 붉은 수탉 한 마리를 부둥켜안고 돌아오는 길이었다. 수탉은 빨간 볏을 흔들거리면서 그저 눈만 껌벅거리고는 까만 한쪽 발을 줄곧 오므렸다 폈다 하며 처녀의 앞치마에 걸린 발톱을 빼내려 하고 있었다. 처녀는 지주 쪽으로 다가감에 따라 걸음을 늦추었다. 드디어 그와 엇갈리게 되자 멈추어 서서 머리를 뒤로 한 번 발딱 젖혔다가 꾸벅 절을 했다. 그리고 그가 지나가고 나자 다시 수탉을 부둥켜안고 걸어가기 시작했다. 네플류도프는 우물 쪽으로 내려가는 도중에 더럽고 해진 속옷을 입고 구부러진 등에 무거운 물통을 메고 올라오는 노파와 마주쳤다. 노파는 살그머니 물통을 내려놓고 아까 그 처녀와 마찬가지로 머리를 뒤로 반동을 주어 젖혔다가 절을 했다.

우물을 지나고 나니 어느덧 마을이었다. 맑게 갠 더운 날이라 아침 10시인데도 몹시 찌기 시작했다. 이따금 구름이 몰려와서 태양을 가릴 뿐이었다. 한길 가득히 코를 찌르는 지독한, 하지만 불쾌하지는 않은 거름 냄새가 풍겼다. 산 쪽으로 통하고 있는, 수레바퀴 자국으로 반짝일 정도로 굳어진 길을 줄줄이 이어 지나가는 마차에서도 냄새가 흘러나왔지만, 그보다도 네플류도프가 지나가는 길 옆의 집집마다 열려진 문으로 흘러나오는 파헤쳐진 뜰의 거름 냄새였다.

마차 뒤에서 거름으로 더럽혀진 셔츠와 바지를 입고 맨발로 따라가는 농부들이, 쥐색 모자의 비단 리본을 햇빛에 반짝이면서 번쩍거리는 손잡이에 옹이가 많고 윤이 나는 단장으로 땅을 짚으면서 마을 길을 올라가는, 키가 큰 주인의 모습을 신기한 듯이 돌아보고 있었다. 들에서 돌아오던 농부들은 깜짝 놀라 모자를 벗고는 낯선 신사를 보고 눈을 크게 떴다. 여자들은 문간과 처마끝으로 달려나와 네플류도프를 가리키면서 지켜보았다.

네플류도프가 네 번째 집 문 앞에 이르자, 거름을 산더미처럼 실은 마차가 덜거덕거리는 바퀴 소리를 울리며 나타나 그의 앞길을 가로막았다. 거름 위에는 사람이 앉도록 가마니가 깔려 있었다. 그 뒤에는 여섯 살 가량의 사내아이가 마차에 타려고 맨발로 따라나왔다. 젊은 농부가 큰 걸음으로 걸어 나오면서 말을 문간에서 몰아냈다. 다리가 긴 잿빛 망아지가 그 뒤에서 껑충껑충 뛰어나오다가 네플류도프를 보고는 깜짝 놀라 짐마차에 몸을 부딪히면서, 무거운 짐을 문간으로 끌어내며 불안스레 나직이 콧소리를 내는 어미말 곁을 빠져나가 앞쪽으로 달려갔다. 다음 마차를 끌고 나온 사람은 여위었지만 기운찬 노인이었다. 맨발에 줄무늬 바지를 입은 그는 기다랗고 더러운 셔츠 바람이었는데, 등 아래쪽에 여윈 엉덩이뼈가 튀어나와 있었다.

쏟아진 거름 부스러기가 타고 난 재처럼 메마르게 흩어져 있는 단단한 길로 말들이 나가 버리자, 노인은 문간 쪽으로 되돌아가서 네플류도프에게 인사를 했다.

"이곳 마님의 조카님 아니세요?"

"그렇소."

"잘 오셨습니다. 그러시다면 마을의 동정을 보러 오셨나요?"

노인은 수다스럽게 말했다.

"그렇소. 그런데 어떤가요, 지내는 형편은?"

어떻게 말을 해야 좋을지 몰라 네플류도프가 말했다.

"산다고도 할 수 없지요! 이보다 못한 생활이 어디 있겠습니까?"

노래를 부르는 것처럼 아주 만족한 듯이 말을 끌면서 이야기를 좋아하는 노인은 말했다.

"무엇 때문인가요?"

네플류도프는 문 안으로 들어가면서 말했다.

"이런 생활이 어디 있겠습니까? 정말 말이 아니지요."

네플류도프를 따라 문에 들어간 노인은 거름 부스러기가 치워져 땅바닥이 드러나 보이는 처마밑으로 갔다.

네플류도프도 그 뒤를 따라서 처마밑으로 들어갔다.

"집에는……저것 보십시오. 식구가 열두 명이나 된답니다."

노인은 두 여자 쪽을 가리키면서 말했다. 여자들은 수건을 어깨에 늘어뜨리고 땀투성이가 된 옷자락을 걷어붙이며, 종아리 중간쯤까지 드러낸 다리를 거름으로 더럽힌 채 아직 치우지 않은 산더미 같은 거름 속에서 쇠스랑을 들고 서 있었다.

"매달 1백 킬로그램이나 되는 밀가루를 사야 할 형편인데, 무슨 돈으로 그것을 사겠습니까?"

"영감님 밭에서 나는 걸로는 모자라나요?"

"제 밭이라고요?"

노인은 어처구니없다는 듯이 엷은 웃음을 띠었다.

"우리 집 토지로는 세 사람이 먹는 게 고작이랍니다. 올해는 보리 여덟 단밖에 추수를 하지 못했는데, 크리스마스까지도 못 갈 겁니다."

"그럼, 어떻게들 지내고 있소?"

"그래서 할 수 없이 자식놈 하나를 머슴으로 내보내고 나리 사무실에서 빚을 냈습죠. 그런데 대재일(大齋日) 전에 다 써 버려서 공물도 못 낼 형편이랍니다."

"공물은 얼마나 되지요?"

"네, 저희들 세대에서는 17루블씩 1년에 세 번 내야 합니다. 아, 정말 비참한 생활이라 어떻게 꾸려 가야 할지 도무지 갈피를 못 잡겠습니다."

"당신 집에 들어가도 괜찮겠소?"

네플류도프는 깨끗이 치워 놓은 자리에서 뜰로 나가 아직 손도 대지 않은 거름과 쇠스랑으로 파헤쳐져 강렬한 냄새를 풍기고 있는 싯누런 거름더미 쪽으로 걸어갔다.

"괜찮고말고요. 어서 들어오십시오."

노인은 이렇게 말하며 발가락 사이로 거름물이 질컥질컥 삐져나오도록 거름을 밟고 네플류도프를 앞질러 가서 문을 열었다.

여자들은 흘러내린 수건을 고쳐쓰고 옷자락을 내리고는, 멋있는 신사가 자기들 집에 들어가는 것을 신기한 듯이 지켜 보았다.

집 안에서 더러운 속옷 바람의 소녀 둘이 뛰어나왔다. 네플 류도프는 모자를 벗고 등을 구부리며 들어가 음식이 쉰 듯한 냄새가 배어 있는 더럽고 좁은 방으로 갔다. 거기에는 두 대 의 베틀이 좁은 방 안을 꽉 차지하고 있었다. 부뚜막 옆에는 소매를 걷어붙인 노파가 바짝 마른 두 팔을 드러내고 서 있었 다.

"우리들 나리께서 오셨어."

노인이 말했다.

"아이구, 잘 오셨습니다."

걷어붙였던 소매를 내리면서 노파가 상냥하게 말했다.

"당신네들의 살림살이를 좀 보고 싶어서요."

"네, 그저 보시는 대로지요. 보세요, 집은 방금이라도 쓰러질 것 같아 언제 누가 깔려 죽을지 모른답니다. 그러나 영감은 이래도 좋다고 하니까 이럭저럭 살고 있습죠."

성격이 괄괄한 노파는 부지런히 머리를 흔들면서 말했다.

"지금부터 점심 준비를 할 참이었어요. 일하는 사람들에게 점심을 줘야 하니까요."

"어떤 것을 먹고 있나요?"

"어떤 것을 먹냐고요? 그야말로 우리 집 음식은 대단하죠. 먼저 빵에다 크바스(호밀과 엿기름으로 만든 음료), 그리고 크바스와 빵을 먹는답니다."

절반쯤 삭은 이빨을 보이면서 노파는 말했다.

"아니, 농담이 아니라 당신들이 어떤 것을 먹는지 내게 보여 주구려."

"먹는 것을 말씀입니까?"

노인이 웃으면서 말했다.

"우리들의 음식은 간단합니다. 이봐, 나리께 보여 드려."

노파는 머리를 흔들었다.

"우리 농민들이 먹는 음식을 왜 보시겠다는 겁니까? 허, 나리께서는 호기심이 꽤 많으시군요. 뭐든지 알고 싶어하시니. 제가 말한 대로랍니다. 빵에다 크바스, 그리고는 수프, 어제 며느리들이 황어를 가져왔기 때문에 그걸로 수프를 끓였죠. 그리고 또 감자."

"그것뿐인가요?"

"나머지는 우유로 맛을 들일 정도죠."

노파는 히죽히죽 웃고 문 쪽으로 눈길을 보내면서 말했다.

열려진 문 주위로 사람들이 가득 모여 있었다. 사내아이, 계집아이, 젖먹이를 안은 여자들이 문간에 모여서 농부의 음식을 들여다보고 있는 기묘한 신사를 보고 있었던 것이다. 노파는 분명히 나리와 상대할 수 있는 자기 솜씨를 자랑하고 있는 것 같았다.

"정말 지독한 생활이랍니다. 나리! 밑바닥이죠. 말도 할 수 없습니다."

하고 노인은 말했다.

"저리 가 있어!"

그는 문간에 득실거리고 있는 사람들에게 소리를 질렀다.

"그럼, 잘 있으시오."

네플류도프는 어색함과 부끄러움을 느끼면서 말했다. 그러나 왜 부끄러운지는 잘 알 수가 없었다.

"일부러 들러 주셔서 정말 감사합니다."

하고 노인은 말했다.

문 어귀에 몰려 있던 여자와 아이들이 서로 밀치면서 그에게 길을 비켜 주었다. 그는 밖으로 나가자 위쪽 길을 향해 걸었다. 그 뒤를 쫓아서 두 아이가 맨발로 뛰어나왔다. 형인 듯한 아이는 본래는 하얀 것인 듯한 더러워진 셔츠를 입고 있었고, 또 한 아이는 색이 바랜 허름한 장밋빛 셔츠를 입고 있었다. 네플류도프는 아이들을 돌아보았다.

"이번에는 어디로 가세요?"

흰 셔츠를 입은 사내아이가 말했다.

“마트료나 하리나한테 갈 거다.”

그는 소년에게 말했다.

“너희들 그 사람을 아니?”

장밋빛 셔츠를 입은 조그만 아이가 무엇이 우스운지 히죽히죽 웃기 시작했다. 큰 아이는 정색을 한 얼굴로 되물었다.

“마트료나라니요? 할머니 말인가요?”

“그래, 할머니다.”

“아하!”

큰 아이가 말을 길게 뺐다.

“그럼, 세묘니하 할머니구나. 마을 끝에 있는 집이에요. 우리가 가르쳐 줄게요. 가자 페지카, 아저씨를 데리고 가자, 응?”

“말은 어떻게 하고?”

“뭐, 괜찮아!”

페지카는 고개를 끄덕였다. 세 사람은 위쪽으로 난 마을 길을 걸어가기 시작했다.

5

네플류도프는 어른들과 상대하는 것보다 아이들과 같이 있는 편이 한결 마음이 편했다. 장밋빛 셔츠를 입은 작은 아이도 웃음을 멈추고 큰 아이에게 지지 않고, 영리하고 또렷하게 말했다.

"그래, 이 마을에서 누가 제일 가난하지?"

네플류도프가 물었다.

"누가 가난하냐고요? 미하일도 가난하고 세묜 마카로프도…… 그리고 마르파도 몹시 가난해요."

"그보다도 아니시야가 더 가난해. 아니시야는 암소도 없잖아. 그래서 구걸하고 있잖아."

조그만 페지카가 말했다.

"암소는 없지만 그 대신 세 식구밖에 없잖아. 마르파는 다섯 식구거든."

하고 큰 아이가 반대했다.

"그렇지만 아니시야는 과부야."

작은 아이는 아니시야 편을 고집했다.

"너는 아니시야가 과부라고 하지만 마르파도 과부나 마찬가지야."

하고 큰 아이는 우겼다.

"역시 남편이 집에 없잖아."

"그녀의 남편은 어디 있지?"

네플류도프가 물었다.

"감옥에서 이를 기르고 있대요."

큰 아이가 흔히 하는 표현을 쓰면서 말했다.

"작년 여름에 지주네 숲에서 자작나무 한 그루를 베었대요. 그래서 감옥에 들어간 거지요."

작은 아이가 재빨리 말했다.

"벌써 여섯 달 가까이나 돼요. 그래서 어머니가 구걸을 하고 다닌답니다. 세 아이와 불구 할머니가 있거든요."

하고 자세하게 말해 주었다.

"어디에 있지, 그 집은?"

네플류도프가 물었다.

"바로 저 집이에요."

한 집을 가리키면서 사내아이가 말했다. 네플류도프가 걸어가는 그 집 앞 길가에는 머리가 희끄무레한 어린 사내아이가 심한 밭장다리로 간신히 몸을 의지한 채 비틀거리면서 서 있었다.

"바시카, 이놈아, 어디로 가느냐? 총알처럼."

이때 큰 소리로 외치면서 마치 재라도 뒤집어쓴 듯한 더러운 회색 셔츠 바람의 여자가 집 안에서 뛰어나왔다. 그리고 깜짝 놀란 얼굴로 네플류도프 앞으로 달려와서 마치 그가 아이에게 해라도 끼칠까 겁을 내며 다짜고짜 아이를 끌어안고 부리나케 집 안으로 들어갔다. 그녀는 네플류도프의 산림 속에서 자작나무를 훔쳤기 때문에 감옥에 들어가 있다는 사람의 마누라였다.

"그럼 마트료나는 어떠냐? 역시 가난하냐?"

마트료나의 오두막집까지 거의 다 오자 네플류도프는 아이들에게 물었다.

"가난한 게 뭐예요, 술을 팔고 있는데."

장밋빛 셔츠를 입은 작은 아이가 단호하게 말했다.

마트료나의 집 앞까지 오자 네플류도프는 아이들을 남겨 놓고 집 안으로 들어갔다. 마트료나의 초라한 오두막집은 그 길이가 4미터 남짓밖에 되지 않았으며, 난로 뒤에 있는 침대는 큰 남자라면 발을 오므리지 않고는 잘 수 없을 정도였다. 그는 문득 '이 침대 위에서 카튜샤가 아이를 낳고 병이 들었구나.' 하고 생각했다. 한 대의 베틀이 집 안을 거의 차지하고 있었다. 네플류도프가 문간의 낮은 문턱에 머리를 부딪히면서 들어갔을 때, 노파는 맏손녀와 함께 막 베를 짜려는 참이었다. 벌써 그녀의 두 손녀는 네플류도프의 뒤를 따라 집 안으로 들어와서 문설주에 기대어 그를 바라보았다.

"누구를 찾으시오?"

베틀에 얽힌 실이 잘 풀리지 않아 짜증을 내고 있던 노파가 화가 난 듯이 말했다. 게다가 술을 밀매하고 있기 때문에 노파는 낯선 남자를 몹시 경계하고 있었다.

"나는 지주인데 당신한테 좀 물어볼 말이 있어서 왔소."

노파는 그를 찬찬히 보면서 잠시 말이 없더니, 갑자기 태도가 확 바뀌었다.

"아이고, 젊은 나리시군요. 이를 어쩌나, 바보같이 알아뵙지도 못하고. 지나가는 사람인 줄로만 알았어요."

노파는 짐짓 상냥한 목소리로 말했다.

"정말 잘 오셨습니다. 안녕하셨어요?"

"당신하고 단둘이서만 이야기하고 싶은데요."

열려 있는 문 쪽을 보면서 네플류도프가 말했다. 문간에는 아이들이 서 있었고 그 뒤로 수척해 보이는 한 여자가 넝마 조각으로 만든 모자를 쓰고 병 때문에 얼굴이 창백한 어린애를 안고 서 있었다. 어린애는 말라빠진 얼굴을 하고 있었지만 그래도 방실방실 웃고 있었다.

"무슨 일만 있으면 얼굴을 내미는구나. 때려 줄 테다. 그 몽둥이 이리 줘!"

노파는 문 어귀에 서 있는 여자와 아이들에게 소리쳤다.

"문을 닫지 못해!"

아이들은 달아났고, 어린아이를 안은 여자는 문을 닫았다.

"정말 누구신가 했어요. 주인 나리께서 오시다니 황송합니다. 정말 훌륭하게 되셨군요."

노파는 지껄이기 시작했다.

"누추한데도 불구하고 정말 잘 오셨습니다. 아주 훌륭해지셨군요! 자, 이리 들어오세요, 나리. 어서 앉으십시오."

노파는 판자로 만든 긴 의자를 앞치마로 닦으면서 말했다.

"나는 또 어떤 악당이 왔나 했지요. 나리께서 오실 줄은 꿈에도 몰랐습니다. 우리들의 생명이나 다름없는 자비로운 나리께서 오신 줄은 꿈에도 모르고……. 이 바보 같은 늙은이를 용서해 주십시오. 눈이 멀어서요."

네플류도프는 앉았다. 노파는 그 앞에 선 채로 볼에다 오른손을 받치고 왼손으로는 그 뾰족한 팔꿈치를 누르면서 마치 노래라도 부르는 듯한 소리로 지껄였다.

"하지만 나이가 드셨군요, 나리. 우엉꽃처럼 아름다운 도련님이었는데 완전히 변하셨군요. 역시 걱정이 있으신 모양이에요."

"실은 당신한테 물어볼 게 있어서 왔는데, 카튜샤 마슬로바를 기억하고 있나요?"

"카체리나 말씀입니까? 제가 잊을 리가 있나요…… 조카인걸요…… 어떻게 잊을 수 있겠습니까? 그애가 불쌍해서 얼마나 울었는지. 전 죄다 알고 있어요. 나리, 이 세상에 죄 없는 사람이란 없답니다. 누구든 실수라는 건 있는 법이에요! 젊은 탓이죠. 차를 마시고 있는 동안에라도 그만 일을 저지르고 말지요. 그건 정말 어쩔 수 없는 일이랍니다. 이 일만은 말이에요! 나리는 그애를 버렸지만, 그만한 보상은 하신 셈이죠. 1백 루블이라는 돈을 주셨으니까요. 그러나 그애 꼬락서니라니, 머리가 돌아 버린 거죠. 내 말을 들었더라면 잘 살아갈 수 있었을 것을……. 제 조카입니다만, 바른 대로 말해서 정말 주책없는 계집애였어요. 저는 그때 그 일이 있은 뒤에 좋은 일자리를 마련해 주었답니다. 그런데 주인 말을 듣지 않고 마구 대들었으니……저희들 신분으로 주인한테 대들다니, 그런 것이 용납되겠습니까. 물론 쫓겨났지요. 그 뒤에도 모처럼 지주림(地主林) 감독 댁에 갔습니다만 거기서도 오래 있지를 못했답니다."

"나는 아이에 대한 것을 묻고 싶은데요. 여기서 애를 낳았다죠? 그애는 어디 있소?"

"그때 저도 아이 때문에 골치를 앓았답니다, 나리. 산후가 몹시 나빠서 일어난다는 것은 도저히 생각도 할 수 없었고……. 그래서 저는 아이에게 풍습대로 세례를 받게 해서 남에게 주기로 했답니다. 어머니가 죽어 가는데 천사 같은 조그만 영혼까지 괴롭힌다는 것은 너무한 일이어서 말이지요. 세상에는 낳아서 내버려두고 젖을 먹이지 않기 때문에 말라 죽는 아이가 흔히 있답니다. 그래서 저는 생각했지요. 그럴 수는 없다, 귀찮더라도 남에게 맡기는 편이 낫다. 마침 돈이 있었기 때문에 그것도 할 수 있었지요."

"그래, 맡길 곳은 있었소?"

"있었지요. 그런데 그 여자가 말하더군요. 데리고 가자마자 곧 죽어 버렸다고."

"그 여자라니, 누군가요?"

"그 여자 말이에요? 왜 그 스코로드노예에서 살고 있던 여자 말입니다. 그런 일을 직업적으로 하고 있는 여자였지요.

마라니야라는 이름이었는데, 지금은 죽었지요. 영리한 여자였는데……. 그녀는 이런 식으로 했답니다. 아기를 데리고 오면 자기 집에 맡아 두고 양육원으로 보낼 인원수가 모일 때까지 길렀던 거지요. 그리고 세 명이나 네 명이 모이면 같이 데려가곤 했어요. 집 안도 잘 꾸며져서 부부 침대만한 커다란 요람이 있어 여기저기에다 아이를 누일 수가 있었지요. 조그만 손잡이까지 달려 있어서, 그 속에다 네 아이를 머리가 서로 부딪치지 않게 떼어서 발을 한 군데로 모아 눕힌답니다. 이렇게 한꺼번에 네 아이를 돌봐 주었던 거지요. 젖꼭지만 물려 놓으면 모두들 얌전하거든요."

"그래서 어떻게 되었소?"

"네, 카체리나의 애도 그런 식으로 해서 데려가 주었답니다. 그리고 두 주일 가량 길렀을까요, 아이는 그 여자 집에서 쇠약해졌답니다."

"그래, 귀여운 아이였던가요?"

"그 귀엽기란, 어디를 찾아 봐도 없을 만큼 예쁜 애였답니다. 나리를 꼭 닮았습죠."

노파는 눈을 깜박이면서 덧붙였다.

"왜 쇠약해졌을까요? 아마 먹이는 것이 나빴던 모양이죠?"

"먹이는 것이 좋고 나쁠 게 있습니까! 어느 아이고 똑같이 다루었는데요. 그야 뻔하지요, 뭐. 제 자식이 아니니까요. 어떻게 해서든 살아 있는 동안에 데려다 주는 것뿐이잖습니까? 돌아와서 하는 말을 들어 보니, 그애는 모스크바에 닿자마자 금방 죽어 버렸다나요. 증명서까지 받아 왔습니다. 빈틈없이 말이에요. 참 영리한 여자였죠."

　네플류도프가 자기 아이에 관해서 알 수 있었던 것은 이것
이 전부였다.

6

  방문과 바깥 문턱에 다시 한 번씩 머리를 부딪히면서 네플류도프는 밖으로 나왔다. 회색으로 더러워진 흰 셔츠와 장밋빛 셔츠를 입은 두 아이가 밖에서 기다리고 있었다. 그 밖에 새로 온 아이들이 몇 명 모여 있었다. 그중에는 넝마 조각으로 만든 모자를 쓴 창백한 어린아이를 안은 아까의 그 여윈 여자도 섞여 있었다. 그 늙은이처럼 시들은 어린아이의 작은 얼굴은 온통 주름투성이었고, 줄곧 기분 나쁜 웃음을 띠고는 힘을 주어 구부러진 엄지손가락을 부들부들 떨고 있었다. 네플류도프는 그것이 고통의 웃음이라는 것을 알고 있었다. 그는 그 여자가 누구냐고 물었다.
  "저 여자가 아까 말한 아니시야예요."
  큰 아이가 말했다.
  네플류도프는 아니시야에게 말을 걸었다.

"어떻게 지내고 있소?"

"어떻게 지내느냐고요? 얻어 먹고 지내지요."

아니시야는 그렇게 말하더니 울음을 터뜨렸다. 그러고는 고구마 벌레처럼 가느다란 다리를 오므렸다 폈다 하고 있었다.

네플류도프는 지갑을 꺼내어 10루블 짜리 지폐 한 장을 그 여자에게 주었다. 그러자 그가 채 두 걸음도 떼어놓기 전에 어린애를 안은 다른 여자가 따라붙었다. 그 다음에 노파가, 이어 또 한 여자가 쫓아왔다. 모두들 저마다 자기의 가난함을 호소하면서 도와 달라고 했다. 네플류도프는 지갑에 있던 잔돈 60루블을 몽땅 털어서 그들에게 나누어 주고, 슬픈 심정이 되어 숙소인 관리인의 별채로 돌아왔다. 관리인은 웃는 얼굴로 네플류도프를 맞으면서, 오늘밤에 농민들이 모인다는 것을 알렸다. 네플류도프는 고맙다는 말을 하고는 방으로 들어가지 않고 뜰로 나갔다. 그리고 방금 전에 목격하고 온 것들을 돌이켜 생각하면서, 무성한 풀 위에 하얀 능금 꽃잎이 떨어져 있는 오솔길을 거닐기 시작했다.

처음 한동안 별채 근처는 조용했다. 그때 관리인의 집 쪽에서 다투는 듯한 두 여자의 목소리와 그 사이에 이따금 섞이는 관리인의 웃음을 머금은 듯한 온화한 목소리가 들렸다. 네플류도프는 귀를 기울였다.

"내 힘으로는 넘친단 말이에요. 어째서 목에 걸고 있는 십자가까지 빼앗고 야단이야?"

성난 여자의 외침 소리가 들렸다.

"잠깐 들어갔을 뿐이 아닌가요."

또 한 여자의 목소리가 말했다.

"돌려 줘요. 이대로 내버려두면 암소도 말라 죽고 아이들에게 우유도 못 먹이게 돼요."

"돈으로 갚든지 일로 갚으란 말이야."

관리인의 온화한 목소리가 대답했다.

네플류도프는 뜰을 나와 현관 쪽으로 걸어갔다. 입구 계단 근처에 머리를 산발한 두 여자가 서 있었는데, 한 사람은 임신한 것 같았다. 계단 중간에 범포(帆布)로 만든 외투 주머니에 두 손을 찌른 채 관리인이 서 있었다. 지주의 모습을 보자 여자들은 입을 다물고 머리에서 흘러내린 수건을 매만지기 시작했다. 관리인은 주머니에서 두 손을 빼고 웃는 얼굴을 지었다.

관리인의 말에 의하면, 농민들이 송아지나 암소를 일부러 지주네 목장으로 들여보낸다는 것이다. 이번에도 이 여자들의 암소 두 마리가 목장에서 잡혀 끌려 왔던 것이다. 관리인은 한 마리에 30코페이카씩 배상을 하든지, 그것이 싫으면 이틀간 노동할 것을 여자들에게 요구했다. 그러자 여자들은, 첫째 암소가 잠깐 들어갔을 뿐이라는 것, 둘째 낼 돈이 없다는 것, 셋째 일을 할 것을 약속한다 하더라도 좌우간 아침부터 먹이도 주지 않고 울 속에 갇혀 가련한 비명을 지르고 있는 암소를 당장 돌려 달라고 말했다.

"그 정도로 다짐해 가며 부탁하지 않았소."

관리인은 증인이 되어 달라는 듯이 웃는 얼굴로 네플류도프를 돌아보면서 말했다.

"풀을 뜯어 먹이려고 내놓았으면 감시쯤은 잘 해야지."

"아기를 돌보러 잠깐 갔더니, 그 사이에 달아나 버린 거예요."

"소를 본다고 하면서 그 옆을 떠나서야 되나."

"하지만 어린애 젖은 누가 먹이고요? 당신이 먹여 줄 거예요?"

"정말 목장을 못 쓰게 만들었다면 차라리 낫지요. 배도 안 고플 테니까요. 하지만 잠깐 들어갔을 뿐이 아닌가요?"

다른 여자가 말했다.

"목장이 온통 짓밟혔답니다."

관리인은 네플류도프를 돌아보며 말했다.

"혼내 주지 않으면 건초가 전부 없어지고 맙니다."

"흥, 거짓말 말아요!"

임신한 여자가 소리쳤다.

"우리 집 소는 여태까지 한 번도 붙들린 일이 없었어요."

"그것이 붙들렸으니 돈을 내든가 일을 하든가 하란 말이야."

"그럼 좋아요. 일을 할 테니 암소를 내 줘요. 먹이도 주지 않고 굶겨서 어쩔 작정이에요!"

임신한 여자는 신경질적으로 외쳤다.

"그렇지 않아도 제대로 잠도 못 자는데……. 시어머니는 병중이고 남편은 집에 붙어 있지를 않으니 혼자서 어떻게 모든 일을 해낼 수 있나요. 변상 일로 이제는 지쳐 버렸어. 차라리

나를 죽여 버려요."

네플류도프는 암소를 내어 주라고 관리인에게 이르고 다시 뜰로 나가 자기 생각을 가다듬어 보려고 했으나, 이제는 더 이상 생각할 것이 없었다. 지금의 그에게는 모든 것이 너무나 명백했다. 이처럼 명백한 것이 왜 사람들 눈에 보이지 않는지, 그리고 그 자신도 어째서 이처럼 오랫동안 그것이 보이지 않았는지 이해할 수 없었다.

'농민들은 죽어 가고 있다. 더구나 자기가 죽어 가고 있다는 사실에 마비되어 버리고 말았다. 그들 사이에는 죽음에 홀린 듯한 생활 태도가 만들어져 있다. 아이들의 죽음, 여자들의 힘에 겨운 노동, 모든 사람들, 특히 노인들의 식량 부족, 더구나 점차적으로 이런 상태에 빠져 왔기 때문에 농민들은 자기네들에게 이런 무서움의 전모가 보이지 않았고, 불평을 하지도 않는다. 그러므로 그들은 그런 상태가 자연스럽고 그것이 당연한 모습이라고 생각하고 있다.'

네플류도프에게는 농민들의 주된 빈곤의 원인이 농민의 생활을 지탱할 수 있는 유일한 것인 토지를 지주들에게 빼앗긴 데에 있다는 것이 명백해졌다. 또한, 아이들과 노인들이 죽는 것은 우유가 없기 때문인데, 우유가 없는 것은 가축을 기르고 보리나 건초를 거두어들일 토지가 없기 때문이란 것도 불 보듯 명백한 일이었다. 그리고 농민의 모든 빈곤이, 혹은 빈곤의 가장 큰 원인이 농민을 부양해 주는 토지가 농민의 손에 의해서가 아니라, 토지 소유권을 이용해 농민의 노동에 의해 생활하고 있는 사람들의 손에 쥐어져 있기 때문이라는 명백한 사실이었다. 그것이 없기 때문에 사람들이 죽어 가야 할 만큼, 그만큼 농민에게 필요한 토지가, 극도로 빈곤한 이들 농민들에 의해 경작되고 있지만, 그것은 그 토지에서 나는 보리가 외국으로 팔려 토지 소유자들의 모자나 단장, 마차나 청동 제품 등을 사기 때문인 것이다. 지금 그는 이것을 똑똑히 알 수 있었다. 울타리 안에 갇힌 말이, 발밑의 풀을 다 뜯어 먹었을 때 밖으로 놓여져 다른 곳의 풀을 찾아 먹게끔 허락되지 않는다면 말라 비틀어져 굶어 죽게 되는데, 그것과 똑같은 이치였다. 이것은 무서운 일이다. 그런 짓은 해서도 안 되며 있어서도 안 된다. 그런 일이 없게끔 하기 위해, 혹은 적어도 그런 일에 끼지 않게끔 하기 위한 방법을 발견해야만 한다.

'나는 반드시 그것을 발견하고야 말 테다.'

그는 자작나무 가로수 길을 오락가락하면서 생각했다.

'학회나 정부 기관, 신문 같은 데서는 농민 빈곤의 원인과 생활을 향상시키는 방법 따위가 줄곧 논의되고 있다. 그러나 확실히 농민 생활을 향상시킬 수 있는 절대적인 방법, 즉 농민들에게 필요한 토지를 농민들에게서 빼앗는 것을 중지한다는 방법만은 입을 다물고 말을 하려 하지 않는다.'

그러자 그는 헨리 조지의 기본 이론과 자기가 전에 그것에 열중해 있었던 일이 생각났다. 그리고 어쩌다가 그것을 잊고 있었던가 하는 이상한 생각마저 들었다.

'토지는 사유 대상이 될 수 없다. 물이나 공기나 햇빛과 마찬가지로 매매 대상도 될 수 없다. 토지와 토지가 인간에게 주는 모든 특전에 대해 모든 사람들은 같은 권리를 지니고 있

는 것이다.'

그제야 네플류도프는 쿠즈민스코예 마을에서 행한 자신의 처사를 돌아볼 때 왜 수치감을 느끼지 않을 수 없었던가 하는 이유를 알 수 있었다. 그는 스스로 자신을 속이고 있었던 것이다. 인간이 토지에 대한 소유권을 가질 수 없다는 것을 알면서도 그는 그 권리가 자기에게 있다고 인정하고, 마음속으로는 그 권리가 없다는 것을 알면서도 일부를 농민들에게 양도해 주었던 것이다. 그러나 이제는 그런 일을 하지 않을 것이며, 쿠즈민스코예에서 한 일도 변경할 것이다.

그래서 그는 나름대로 자기의 안을 만들었다. 그것은 농민들에게 지대를 정하여 토지를 빌려 주지만, 그 지대를 농민들의 자금으로 인정하고, 세금이나 공공 사업에 충당시킨다는 것이었다. 이것은 단일세는 아니었으나 현행 제도에서 할 수 있는 그것에 가장 가까운 방법이었다. 가장 중요한 점은 그가 토지 소유권 행사를 포기한다는 것이다.

그가 집으로 돌아오자 관리인이 유난히 반가운 듯이 싱글싱글 웃으면서 식사를 권했다. 그러나 그 얼굴에는, 아내가 귀걸이를 단 계집아이에게 음식 준비를 거들게 하여 요리가 너무 끓여졌거나 구워지지 않았나 하는 불안한 마음이 나타나 있었다.

식탁에는 뻣뻣한 테이블보가 덮여 있고 수놓은 수건이 냅킨 대신 놓여 있었으며, 손잡이가 떨어져 나간 색슨 도자기로 된 수프 접시에는 감자가 담겨 있었다. 그리고 까만 발로 번갈아 버티고 있던 그 수탉이 잘게 썰어져 군데군데 털이 남아 있는 채로 있었다. 수프 다음에는 털을 대강 뜯은 채 구운, 같은 수탉 고기와 버터와 설탕을 듬뿍 넣은 밀크 케이크가 나왔다. 모두 맛없는 것뿐이었지만 네플류도프는 정신없이 먹었다. 마을에서 마음에 품고 돌아온 그 시름을 단번에 해결한 자기 생각에 완전히 사로잡혀 있었기 때문이었다.

귀걸이를 단 계집아이가 조심조심 요리 접시들을 식탁에 나를 때마다 관리인의 아내는 문 뒤에서 걱정스레 지켜보고 있었으나, 관리인은 아내의 요리 솜씨가 자랑스러워 더욱 싱글거리며 웃었다.

식사가 끝나자 네플류도프는 억지로 관리인을 앉힌 다음 자기를 시험함과 동시에 이처럼 마음을 빼앗기고 있는 것을 누군가에게 이야기하기 위해 토지를 농민들에게 빌려 줄 안을 털어놓고, 거기에 대해 관리인의 의견을 물었다. 관리인은 싱글싱글 웃으면서 그와 같은 것을 자기도 벌써 오래 전부터 생각하고 있었는데, 그런 말을 들으니 몹시 반갑다는 표정을 지었다. 하지만 실제로 그는 아무것도 모르고 있었다. 그것은 네플류도프의 설명이 애매해서가 아니었다. 이 안에 의하면, 네플류도프가 남의 이익을 위해 자기 이익을 포기한다는 결과가 되는데, 그러나 인간은 누구나 남의 이익을 희생시켜 자기 이익만을 챙긴다는 진리가 관리인의 의식 속에 깊이 뿌리 내리고 있었기 때문이었다.

토지에서 생기는 수입은 모두 농민들의 공동 자금이 되어야 한다고 네플류도프가 말했을 때, 관리인은 무언지 석연치 않은 생각이 들었다.

“알았습니다. 즉 그 자금에서 이자를 받으신다는 말씀이군
요?”

관리인은 얼굴을 빛내면서 말했다.

“아니, 그런 게 아니오. 당신이 이해해 줘야겠는데, 토지는
개인 소유의 대상이 될 수가 없단 말이오.”

“그렇습니다!”

“그러니 토지에서 나는 모든 것은 여러 사람의 것이오.”

“그러면 주인님의 수입은 없어지지 않습니까?”

관리인은 웃음을 거두고 물었다.

“그렇소. 나는 그것을 포기할 생각이오.”

관리인은 무거운 한숨을 쉬고는 다시 웃는 낯으로 돌아왔
다. 그는 그제야 네플류도프가 약간 정상이 아님을 알았다.
그리고 곧 토지 권리를 포기하겠다는 네플류도프의 계획에
사복(私腹)을 채울 교묘한 길이 없을까 하고 궁리하며 분배될
토지를 잘 이용할 수 있도록 꼭 묘안을 짜내야겠다고 생각했
다.

그러나 그것도 어렵다는 것을 깨닫자 실망하고, 지주의 계
획에 더 이상 관심 갖는 것을 그만두었다. 그는 다만 주인의
기분을 상하게 하지 않기 위해 계속 웃는 낯을 지었다. 관리
인이 이해하지 못하고 있다는 것을 알자 네플류도프는 그를
내보냈다. 그리고 더러운 테이블 앞에 앉아서 자기 생각을 종
이에 쓰기 시작했다.

태양은 이제 가까스로 싹이 트기 시작한 보리수 뒤쪽으로
저물어 갔고, 모기가 떼를 지어 방 안으로 날아들어와 네플류

도프를 물었다. 그가 메모를 다 하고 났을 때 마을 쪽에서 가축 떼의 울음소리, 삐꺽하고 문 열리는 소리, 집회에 모여든 농부들의 말소리가 들려왔다. 네플류도프는 관리인을 불러 농부들을 사무실로 부를 필요없이 마을의 집회 장소로 자신이 직접 가겠노라고 말했다. 관리인이 권하는 차를 급히 마시고 네플류도프는 마을로 나갔다.

7

촌장 집 뜰에 모인 군중들 사이에서 왁자지껄한 이야기 소리가 들렸다. 네플류도프가 가까이 가자 말소리가 딱 멎더니 농부들은 쿠즈민스코예 마을에서와 마찬가지로 차례차례 모자를 벗었다. 이 고장 농부들은 쿠즈민스코예 마을의 농부들보다 훨씬 검소했다. 처녀들과 아낙네들은 약속이나 한 듯이 귀걸이를 달고 있었으며 농부들도 모두 짚신을 신고 집에서 짠 셔츠에다 외투를 입고 있었다. 그 중에는 들에서 돌아왔는지 맨발에 작업복 차림인 사람도 있었다.

네플류도프는 스스로를 격려하면서 토지를 몽땅 농민들에게 나누어 준다는 자기 생각을 설명하기 시작했다. 농부들은 잠자코 있었다. 그러나 그들의 표정에는 아무런 변화도 일어나지 않았다.

"왜 그러냐 하면……."

네플류도프는 얼굴을 붉히면서 말했다.

"그 토지에서 일을 하지 않는 사람이 토지를 소유해서는 안 되며, 누구나 토지를 이용할 권리가 있다고 생각하기 때문이오."

"뻔한 일이지요. 그야 확실히 나리 말씀대로입지요."

농부의 목소리가 들렸다. 네플류도프는 말을 계속했다.

토지에서 나는 수입은 여러 사람들 사이에서 분배되어야만 한다, 그러므로 토지를 사용하는 자는 여러 사람이 정한 대로 땅값을 지불하고, 그것을 공동 자금으로 하여 여러 사람들이 그것을 이용하도록 하면 어떻겠냐고 제안했다. 찬성과 동의하는 소리가 들렸으나 농민들의 진지한 얼굴은 점점 더 심각해졌으며, 지주의 얼굴을 보고 있던 눈들을 차츰 아래로 내리깔기 시작했다. 그것은 마치 지주의 교활한 생각을 알고 있으므로 그런 것에 속지는 않겠지만, 그것을 내색하여 지주에게 창피를 주지 않기 위해서인 것 같았다.

네플류도프는 그들이 잘 알아듣도록 말했고, 농부들은 이해력이 좋은 축들이었다. 그러나 관리인이 오래도록 이해하지 못한 것과 같은 이유처럼 네플류도프의 말을 농부들도 이해할 수가 없었다. 인간은 누구나 자기 이익을 지키는 것이 당연하다고 그들은 굳게 믿고 있었다. 이미 몇 대에 걸친 체험에서, 지주들이란 언제나 농민에게 손해를 끼쳐 가며 자기 이익만을 지키는 족속이라는 것을 뼈저리게 느끼고 있었던 것이다. 그러므로 지주가 그들을 모아 놓고 무슨 새로운 제안을 하면, 그것은 정해 놓고 어떻게 해서라도 더 교활하게 그들을 속이려는 속셈이라고 생각했다.

"그래, 어떻소? 땅값을 얼마로 하면 좋겠소?"

네플류도프가 물었다.

"어떻게 우리들이 정합니까? 그럴 수는 없어요. 땅은 나리의 것이니까, 어떻게 정하든 나리의 마음대로죠."

군중 속에서 누군가가 대답했다.

"아니, 그렇지 않소. 그 돈은 당신네들 자신이 공동 자금으로 쓰게 되는 것이니까."

"그럴 수는 없습니다. 공동 자금은 공동 자금이고, 이것은 이것대로 별개입니다."

"전혀 알아듣지 못하는군."

네플류도프를 따라온 관리인이 농부들을 이해시키려고 웃으면서 말했다.

"잘 들어 봐요. 공작님은 땅값을 정하여 토지를 당신들에게 빌려 주시지만, 그 돈을 다시 당신들의 공동 자금으로 주시겠다는 거요."

"그건 잘 알고 있소."

성급해 보이는 이 빠진 노인이 눈을 내리뜬 채 말했다.

"뭐, 은행 같은 것이죠. 다만 우리는 기일까지 돈을 지불해야만 하거든. 그것이 싫단 말이오. 그렇지 않아도 이 고생인데 그렇게 되면 쫄딱 망합니다."

"그건 질색이오. 우리는 그전대로가 낫습니다."

불만스러운 소리들이 말했다. 난폭한 목소리까지 섞여 있었다.

계약서를 만들어서 그도 서명하고 그들도 서명해야 한다는 말을 네플류도프가 꺼내자 농부들은 한층 더 맹렬히 반대하기 시작했다.

"무엇 때문에 서명을 합니까? 우리는 이렇게 해서 일해 왔습니다. 앞으로도 마찬가지로 하겠어요. 무엇 때문에 그런 짓을 해야 합니까? 우리들은 무식해서요."

"반대하겠습니다. 도무지 들어 보지도 못한 이야기인걸요. 그전대로가 낫지 않습니까? 그저 씨앗만 별도로 해 준다면요."

하는 소리들이 들렸다.

씨앗을 별도로 한다는 것은, 지금까지는 수확의 절반을 지주에게 바치는 밭에 뿌리는 씨앗이 농민들 부담으로 되어 있었는데, 그것을 지주의 부담으로 해 달라는 것이었다.

"그럼, 당신들은 토지를 빌리고 싶지 않다는 말이오?"

너덜너덜한 외투를 입은 맨발의 중년 농부를 보면서 네플류도프가 물었다. 그 사나이는 명랑한 얼굴을 하고, 군인이 구령에 의해 벗은 모자를 지니듯이 왼팔을 단정히 구부려 떨어진 모자를 똑바로 들고 있었다.

"네, 그렇습니다."

분명히 아직 군대 생활의 최면술에서 풀려 있지 않은 듯 그 농부는 대답했다.

"그럼 다시 말해서…… 당신들은 토지가 충분히 있단 말이죠?"

"아니, 그렇지 않습니다."

군인 출신인 농부는 희망자가 있다면 누구든지 쓰라는 듯이 다 떨어진 모자를 가슴 앞에 단정히 들고는 일부러 꾸민 듯이 쾌활한 표정으로 대답했다.

"어쨌든, 내가 한 말을 잘 생각해 보시오."

네플류도프는 어이없는 얼굴로 말한 다음 다시 한 번 자기 제안을 되풀이했다.

"아무것도 생각할 것이 없습니다. 어차피 나리가 말씀한 대로 될 테니까요."

이가 빠진 노인이 침울한 표정으로 화난 듯이 말했다.

"나는 내일 하루 더 여기 있겠소. 생각이 달라지거든 누구든지 심부름을 보내 주시오."

농부들은 아무런 대답도 하지 않았다.

이렇게 하여 네플류도프는 아무 소득도 없이 허무하게 사무실로 돌아왔다.

"정말 딱하군요, 공작님."

집으로 돌아오자 관리인이 말했다.

"아무리 말해도 소용이 없습니다. 완고한 사람들이라서요. 집회에 나오기만 하면 고집을 부리고 끄떡도 않거든요. 그것은 모든 것이 두렵기 때문이랍니다. 백발 할아범이나 얼굴이 검은 그 사람이나 다 사리분별을 할 줄 아는 사람이랍니다. 사무실에 왔을 때 차라도 대접한다면……."

관리인은 웃으면서 말했다.

"말도 잘하고 어찌나 영리한지 그야말로 장관 뺨칠 만큼 무슨 일이든 꿰뚫어보고 판단을 내린답니다. 그게 글쎄 집회만

하게 되면 딴사람이 된 것처럼 같은 소리밖에 하지 않거든
요……."
　"그렇다면 그렇게 사리분별을 제대로 할 줄 아는 농부들만
몇 명 부를 수 없을까?"
　네플류도프는 말했다.
　"그들한테 자세히 설명하고 싶은데."
　"그건 할 수 있지요."
　빙그레 웃으면서 관리인이 말했다.
　"그럼 미안하지만 내일 좀 불러 주시오."
　"좋습니다. 내일 모이도록 하죠."
　관리인은 더욱 기쁜 듯이 웃었다.

　"정말 빈틈없는 놈이야!"
　아직 빗질을 한 적이 없는 텁수룩한 턱수염을 제멋대로 기
른 얼굴이 검은 농부가 살찐 암말을 타고 끄덕거리면서 말했
다. 그는 말다리를 묶는 쇠사슬을 덜거덕거리며 나란히 말을
타고 가는 남루한 외투의 여위고 늙은 농부에게 말하고 있었
다.
　농부들은 밤이 되면 한길가로 말에게 풀을 먹이러 가는데,
언제나 몰래 지주네 숲에서 풀을 뜯게 하는 것이었다.
　"서명만 하면 거저 토지를 준다고? 여태까지 얼마나 속아
왔다구. 흥, 어림도 없지. 이제는 우리도 그리 쉽사리 속지는
않는단 말이야."
　얼굴빛이 검은 농부는 덧붙여 말하고 나서 뒤떨어진 망아

지를 부르기 시작했다.

"코냐쉬, 코냐쉬!"

그는 말을 세우고 뒤를 돌아다보면서 소리쳤다. 그러나 망아지는 뒤쪽이 아니라 옆쪽에 있었다. 목장 안으로 들어가 버린 것이다.

"빌어먹을 망아지 새끼, 지주네 목장에 들어가는 것은 또 언제 배웠누?"

수영 잎을 부스럭거리면서 늪의 습기가 자욱한, 이슬에 젖은 목장에서 뛰어나오는 망아지의 울음소리를 듣고 얼굴이 까만 털북숭이 농부가 말했다.

"저 소리를 들으니 풀이 꽤 자란 모양이군. 노는 날에 여자들을 시켜서 풀을 뽑아내야겠어."

남루한 외투를 입은 여윈 노인이 말했다.

"그렇지 않으면 낫이 못 쓰게 돼."

"서명을 하라고?"

털북숭이 농부는 지주의 말에 대한 자기의 생각을 계속해서 말했다.

"서명만 해 보라지. 산 채로 잡아 먹히고 말 테니까."

"그렇고말고."

노인이 대답했다. 그리고 두 사람은 일을 다물었다. 단단한 땅을 밟는 말굽소리가 들릴 뿐이었다.

8

집으로 돌아오자, 네플류도프는 침실로 마련된 사무실에 높다란 침대가 놓여지고 깃털 이불, 베개 두 개, 작은 꽃무늬가 있는 새빨갛고 폭이 넓은 새 비단 이불이 준비되어 있는 것을 보았다. 분명히 관리인의 아내가 시집올 때 가지고 온 것인 듯했다. 관리인은 그에게 먹다 남은 점심을 권했으나 그가 거절하자 식사와 빵의 준비가 변변치 못한 것을 사과하고 나서 나갔다.

농민들은 네플류도프의 의견을 거부했지만 그는 결코 자기의 결심을 꺾지 않았다. 쿠즈민스코예 마을에서는 그의 제안이 받아들여지고 줄곧 감사를 하였건만, 여기 농부들은 불신만이 아니라 적의까지 드러냈다. 그럼에도 불구하고 그의 마음은 차분해지고 기쁨을 느끼고 있었다.

사무실 안은 무덥고 불결했다. 네플류도프는 정원으로 나갈까 했으나, 그날 밤의 일과 하녀방의 창문과 뒤쪽 문이 생각나서, 죄 많은 추억으로 더럽혀진 근처를 거닐기 싫어졌다. 그래서 그는 현관 계단에 걸터앉아 따뜻한 공기를 가득 채우고 있는 자작나무 새싹의 짙은 향기를 들이마시면서 어둠에 쌓인 정원으로 오랫동안 눈길을 보냈다. 물레방아 소리와 꾀꼬리 소리, 그리고 무슨 새인지 현관 바로 옆 수풀 속에서 단조롭게 울고 있는 새 소리에 가만히 귀를 기울였다. 관리인 방의 창문도 캄캄했다. 헛간 너머의 동쪽 하늘이 솟아오르는 달빛으로 창백하게 물들고, 멀리 보이는 번갯불이 풀과 꽃으로 뒤덮인 정원과 다 쓰러져 가는 집을 환하게 비추기 시작하더니 멀리서 으르렁거리는 소리가 들려왔다.

하늘의 삼 분의 일 가량이 검은 비구름으로 뒤덮였다. 꾀꼬리와 이름 모를 새 소리가 뚝 멎고, 물레방앗간의 물소리 사이로 꽥꽥거리는 오리 소리가 들려왔다. 이어 마을과 관리인의 뜰 언저리에서 성급한 닭이 홰를 치기 시작했다. 천둥이 있을 듯한 무더운 밤에는 여느 때보다 닭이 빨리 홰를 치는 법이다. 네플류도프에게는 이 밤이 기쁨과 행복에 찬 밤이었다. 또 이곳은 순정적인 청년으로 지낸 그 행복했던 한여름의 기억이 되살아나게 했다. 그는 지금 이제까지의 생애에서 가장 아름다웠던 때로의 자기로 돌아간 것 같았다. 열네 살 때, 진리를 계시해 달라고 하느님께 기도했던 때의 자기, 아직 어렸을 때 어머니의 무릎에 안겨 어머니와 작별인사를 하면서 늘 착한 아이로서 결코 어머니를 슬프게 하지 않겠다고 울면서 약속했던 자기, 네플류도프는 그러한 자기를 상기했을 뿐만 아니라, 지금의 자기 속에서 그때의 자신을 느꼈다. 그는 지금의 자기가 니코레니카 이르체네프와 함께 서로서로 도와서 훌륭한 생활을 하고, 모든 사람들을 행복하게 해주자고 맹세하던 시절의 자신과 같다고 느꼈다.

그는 또, 쿠즈민스코예 마을에서 유혹에 사로잡혀 집도 살림도, 농장도 토지도 놓치는 것이 아깝게 생각되었던 것을 상기했다. 그리고 지금도 그것이 아까운 것일까 하고 자문해 보았다. 그러자 왜 아까운 생각이 들었을까 하고 납득할 수가 없었다. 그는 오늘 보고 온 일을 생각해 보았다. 네플류도프 집안의 산림에서 나무를 훔쳤기 때문에 남편이 감옥에 들어가 있다는, 아이를 안은 농부 아낙네, 여자란 남정네들의 첩이 되는 것이 당연한 일이라고 생각하는, 혹은 적어도 입으로는 그렇게 말하는 그 무서운 마트료나, 그 여자가 아이들을 대하는 태도, 아이들을 양육원으로 데리고 가는 방법, 그리고 그 넝마 조각의 모자를 쓰고서 늙은이같이 시들은 얼굴로 웃고 있던 영양 실조로 다 죽어 가는 불행한 어린아이, 일에 지쳐 굶주린 암소를 감시하지 못했기 때문에 지주인 그에게 노동으로 배상해야만 하는 임신한 연약한 여자…… 이러한 사람들을 그는 생각했다. 그와 동시에 머리를 깎인 죄수들, 감방, 코를 찌르는 악취, 쇠사슬, 그리고 상류 사회 사람들의 어처구니없는 사치가 떠올랐다. 이렇게 모든 것이 너무나 명백하여 의심할 여지마저 없었다.

보름달에 가까운 밝은 달이 헛간 뒤에서 솟아올라, 검은 그림자를 정원 쪽으로 길게 뻗게 했고 허물어져 가는 집의 함석 지붕을 환하게 비췄다. 그러자 이 빛을 놓치지 않으려는 듯이 숨을 죽이고 있던 꾀꼬리가 갑자기 가느다랗고 아름다운 소리를 내며 정원 쪽에서 울기 시작했다.

네플류도프는 쿠즈민스코예 마을에서의 생활에 대해 이것 저것 생각해 보고 무엇을 어떻게 할까 생각하다가, 핵심을 잃어버려 해결할 수 없었던 것을 떠올렸다. 어느 문제건 생각해야 할 것이 너무나 많았다. 그는 지금 그 문제를 새삼 생각해 보고는 모든 것이 너무나 간단한 것에 놀랐다. 왜냐하면, 지금 자기가 어떻게 될까 하는 것은 생각지 않았기 때문이었다. 그런 문제는 그의 주의를 끌지도 않았었다. 다만 무엇을 해야 하느냐는 것만을 생각하고 있었다. 그리고 이상하게도 자기에게 무엇이 필요한가 하는 것은 해결할 수 없었지만, 남을 위해 무엇을 해야 하느냐는 것만은 확실히 알 수 있었다. 토지를 농민들에게 나누어 주어야만 했다. 토지를 독점하는 것이 나쁘다는 걸 확실히 알았기 때문이었다. 카튜샤를 그대로 두어서도 안 되었다. 그녀를 구하고, 그녀에 대한 죄를 속죄하기 위해 어떤 일이라도 할 각오를 해야만 한다는 것도 확실히 알았다. 남들이 보지 못한 무엇인가를 자기가 본 듯했던, 그 재판과 형벌의 온갖 문제를 연구하고 분석하여 이해해야만 된다는 것을 그는 뚜렷이 알고 있었다. 이러한 것들에서 어떠한 결과가 생겨날 것인지 그는 알지 못했다. 그러나 이세 가지 일만은 어떻게 하든 처리해야 한다는 것을 그는 명확히 깨달았고, 이 굳센 확신으로 기뻤다.

검은 구름이 완전히 퍼지고 번개는 이제 아주 가까이에서 번쩍거려 정원과 다 쓰러져 가는 집과 허물어져 가는 정면 현관의 계단을 비추었다. 그리고 천둥소리가 벌써 머리 위에서 들리기 시작했다.

새들은 모두 숨을 죽였으나 그 대신 나뭇잎이 살랑대기 시작했고, 바람이 네플류도프가 앉아 있는 계단 입구까지 불어닥쳐 그의 머리칼을 날렸다. 한 방울씩 비가 날아들어 수영잎과 함석 지붕을 때리기 시작했다.

하늘 가득히 섬광이 스치더니 주위가 갑자기 잠잠해졌다. 그리고 네플류도프가 채 셋을 세기도 전에 머리 바로 위에서 무언지 무섭게 때리는 소리가 나더니 하늘을 울리며 내달았다.

네플류도프는 집 안으로 들어갔다.

'그렇다, 그렇다!'

하고 그는 생각했다.

'우리들 인생에서 일어나는 모든 문제를, 그 문제의 모든 의미를 나는 모르며 알 턱도 없다. 왜 고모들이 있었던가? 왜 니코레니카 이르체네프가 죽고 내가 살아 있는가? 왜 카튜샤가 있을까? 그리고 나의 미친 짓은? 왜 그 전쟁이 있었던가? 그리고 그 뒤의 나의 어지러운 생활은? 이 모든 것을 이해하고 조물주의 섭리를 이해한다는 것은 결코 내 힘으로는 미치지 않는다. 그러나 양심에 새겨진 조물주의 뜻을 행한다는 것, 이것은 내 힘으로 할 수 있는 일이며 나는 그것을 확실히 알고 있다. 그것을 행하면 틀림없이 마음의 평정을 얻을 수 있을 것이다.'

이미 비는 세차게 쏟아지고 있었다. 빗물이 요란한 소리를 내며 지붕에서 홈통으로 흘러 떨어졌고 정원과 뜰을 비추어 주던 번갯불이 차츰 뜸해졌다. 네플류도프는 방으로 들어가 옷을 벗고 빈대가 달려들지나 않을까 걱정하면서 침대에 누웠다.

여기저기 너덜거리고 더러운 벽지를 보니 빈대가 없을 것 같지가 않았다.

'그렇다, 자신을 주인이 아니라, 종으로 느껴야 한다.'

네플류도프는 이러한 생각에 즐거워졌다.

그가 걱정하던 바가 들어맞았다. 불을 끄자마자 사방에서 기어나온 빈대가 그를 물기 시작했다.

'토지를 내어 주고 시베리아로 가자. 벼룩, 빈대, 불결……. 그까짓 것들이 무슨 상관이 있나. 참아야 한다면 참자.'

그러나 그렇게 생각은 해 보았지만, 아무래도 견딜 수가 없어 네플류도프는 열어젖힌 창가에 앉아 멀어져 가는 검은 구름과 다시 얼굴을 내민 둥근 달에 넋을 잃고 있었다.

⫸ 2권에서 계속됩니다.

이동현

· 한국외국어대 러시아어과 교수 역임
· 역서로 푸쉬킨의 〈대위의 딸〉, 고골리의 〈검찰관〉,
  도스토예프스키의 〈까라마조프네 형제들〉, 〈죄와 벌〉,
  파스테르나크의 〈의사 지바고〉 등 다수

판권본사소유

(밀레니엄북스 40)

부활 1

초판 1쇄 발행 | 2005년 5월 3일
초판 2쇄 발행 | 2009년 1월 20일

지은이 | 톨스토이
옮긴이 | 이 동 현
펴낸이 | 신 원 영
펴낸곳 | (주)신원문화사
책임 편집 | 최 광 희

주   소 | 서울시 강서구 등촌1동 636 - 25
전   화 | 3664 - 2131~4
팩   스 | 3664 - 2130

출판등록 | 1976년 9월 16일 제5 - 68호

＊ 잘못된 책은 바꾸어 드립니다.

ISBN 89 - 359 - 1254 - 9   04890
ISBN 89 - 359 - 1253 - 0   (세트)